시베리아의 위대한 영혼

시베리아의 위대한 영혼

지음_박수용

1판 1쇄 발행 _ 2011. 9. 10.
1판 6쇄 발행 _ 2021. 11. 26.

발행처 _ 김영사
발행인 _ 고세규

등록번호 _ 제406-2003-036호
등록일자 _ 1979. 5. 17.

경기도 파주시 문발로 197(문발동) 우편번호 10881
마케팅부 031)955-3100, 편집부 031)955-3200, 팩스 031)955-3111

값은 뒤표지에 있습니다.
ISBN 978-89-349-5485-9 03810

홈페이지 _ www.gimmyoung.com   블로그 _ blog.naver.com/gybook
인스타그램 _ instagram.com/gimmyoung   이메일 _ bestbook@gimmyoung.com

좋은 독자가 좋은 책을 만듭니다.
김영사는 독자 여러분의 의견에 항상 귀 기울이고 있습니다.

박
수
용
—

시베리아의 위대한 영혼

SIBERIAN **TIGER**

김영사

사진_ 우수리 원주민.
일부 사진을 제공해주신 블라디미르 메드베제프, 유리 쉽니프, 갈리나 샬키나 님께 감사드립니다.

이 책을 L.G. 카플라노프와 우수리 원주민,
그리고 사라져가는 블러디 메리의 후손에게 바칩니다.

차
례

서
문

———

20년의 기다림,
1000시간의 기록

SIBERIAN TIGER

　　1995년부터 지금까지 저는 우수리와 만주, 북한 국경, 그리고 남한의 백두대간 줄기를 오르내리며 야생호랑이를 조사하고 관찰해왔습니다. 한 해의 절반은 호랑이의 흔적을 따라 산맥을 넘고 숲을 헤맸으며, 나머지 한 해의 절반은 영하 30도 오지의 아름드리나무 위나 땅굴 속에서 호랑이를 기다렸습니다. 오지 않는 호랑이를 끝없이 기다리며 때로는 자연에 순응하고, 때로는 자연을 원망하며 20년 가까운 세월을 보냈습니다. 그러면서 〈시베리아, 잃어버린 한국의 야생동물을 찾아서〉, 〈시베리아호랑이 3대의 죽음〉 등 일곱 편의 시베리아호랑이 다큐멘터리를 제작했습니다. 그 결과 이전에는 세계에서 한 시간도 기록되어 있지 않던 야생의 시베리아호랑이를 1,000시간 가까이 영상으로 기록하게 되었고, 육안으로는 영상으로 기록한 시간의 서너 배를 관찰했습니다.

　　에베레스트 등정이 백 미터 달리기라면, 자연 속으로 스며들어 오랜 기간 잠복하는 것은 마라톤입니다. 오지의 한 평짜리 지하 비트에 갇혀 대소변을 해결하고 얼어붙은 주먹밥을 녹여 먹으며 시베리아에서 불어오는 차가운 북서풍과 싸웁니다. 씻지도, 소리 지르지도, 불을 켜지도 못하고 6개월을 갇혀 지내다 보면 독방에 갇힌 죄수가 부러워집니다.

오랜 기다림 끝에 호랑이가 나타나면 꿈에 사무치던 연인을 만난 듯 반갑습니다. 심장 둥둥 울리는 환희가 밀물처럼 밀려오며 짧은 순간 영원을 느낍니다. 그러다 불현듯 공포가 엄습합니다. 낌새를 챈 호랑이가 칠흑 같은 어둠 속에서 푸른 안광眼光을 빛내며 일직선으로 다가옵니다. 비트 밖으로 내놓은 렌즈의 포커스 링 위에 왼손을, 비트 안 카메라 삼각대 손잡이에 오른손을 그대로 올려둔 채 그냥 지나가기를 간절히 바라며 숨을 죽입니다. 뿌드득거리며 눈을 밟는 호랑이의 발자국 소리가 점점 가까워집니다. 이윽고 소리가 멈춥니다. 뜨뜻한 콧김이 훅 끼쳐오며 호랑이의 뻣뻣한 수염이 왼쪽 손등을 스쳐갑니다. 삶과 죽음, 그 허약한 존재의 추가 눈앞에서 어른거립니다.

그러나 얼어붙은 비트 안에서 나를 더 얼어붙게 만든 것은 맹수나 절대온도 같은 물리적인 것에 대한 두려움보다 홀로 있다는 고독감이었습니다. 끝없는 사막 혹은 심연과도 같은 비트 속에서 고독이 밀물처럼 밀려듭니다. 저를 둘러싼 한 평의 공간이 폐소공포증에 걸린 사람처럼 덜덜 떨게 만듭니다. 사람은 호랑이처럼 홀로 사는 동물이 아니라 더불어 사는 종이라는 사실을 깨닫게 됩니다.

시베리아호랑이란 어떤 존재인가

지구상에는 다섯 종류의 호랑이가 살고 있습니다. 시베리아호랑이, 벵골호랑이, 인도차이나호랑이, 수마트라호랑이, 남중국호랑이. 이 가운데 시베리아호랑이를 제외하면 모두 열대지방에 서식합니다. 반면 시베리아호랑이는 우수리(연해주), 만주, 한반도에 살고 있습니다. 시베리아호랑이Siberian Tiger라는 명칭은 서구 영어권에서 붙인 이름인데 사실 이 호랑이들이 사는 지역이 시베리아가 아니기 때문에 정확한 표현은 아닙니다. 러시아 사람들은 이 호랑이를 아무르호랑이Amur Tiger라고 부릅니다. 그리고 중화민족漢族은 중국 남부에 서식하는 남중국호랑이와 대비시켜 동북東北호랑이라고 부릅니다. 동북공정의 일환으로 자신들이 모든 것의 중심이라는 중화사상을 표현한 것입니다. 그러나 원래 이름은 만주에 살면 만주호랑이, 우수리에 살면 우수리호랑이, 한반도에 살면 한국호랑이였습니다.

이 호랑이들은 과거 장백산맥을 타고 만주에서 백두산으로, 두만강을 넘어 우수리에서 함경산맥으로 넘나들며 살았습니다. 한반도로 넘어오면 한국호랑이가 되었고, 우수리로 넘어가면 우수리호랑이가 되었습니다. 사람들은 자신이 사는 지역 이름을 따 호랑이에게 붙여주었습니다. 하지만 이들은 모두 'Panthera tigris altaica'라는 학명을 가진, 같은 호랑이 아종입니다.

시베리아호랑이는 열대지방에 사는 호랑이와는 무척 다릅니다. 체구가 열대지방 호랑이에 비해 30퍼센트 이상 크며, 돌아다니는 영역도 벵골호랑이보다 100배나 넓습니다. 게다가 열대지방 호랑이는 10,000마리 가까이 살아 있는데 반해, 시베리아호랑이는 고작 350여 마리 정도만 남아 있습니다. 자신을 드러내지 않는 습성은 마치 다른 동물인 양 전혀 다릅니다. 열대지방 호랑이는 사람을 피하지 않고 목장의 소처럼 대로를 어슬렁거리지만, 시베리아호랑이는 철저하게 인간의 눈을 피해 광활한 산맥을 은밀히 누비며 살아갑니다. 산중에서 그를 만나기란 하늘의 별따기입니다. 시베리아호랑이만 연구하는 학자들도 평생 한두 번 만날까 말까 합니다. 그래서 시베리아호랑이의 생태는 밝혀진 부분보다 밝혀지지 않은 부분이 더 많습니다. 특히 새끼와 함께 지내는 암호랑이나 새끼와 아비의 관계 등 가족의 형성과 해체에 대해서는 알려진 바가 거의 없습니다. 자신의 기척을 감추는 은밀함 외에도, 상황을 파악하고 물러설 때와 나설 때를 아는 현명함, 일단 나서면 결말을 짓고 마는 대담함은 신비스럽기까지 합니다.

우수리에는 이런 시베리아호랑이를 신으로 숭배하는 원주민들이 살고 있습니다. 대대로 사냥을 하고 물고기를 잡으며 살아온 마지막 정령주의자들, 우데게와 고리드입니다. 우리 민족과 마찬가지로 언어학상으로는 알타이Altai계, 인종학상으로는 퉁구스Tungus족에 속하는 이들은 숲과 물과 대지의 모든 생명에는 영혼이 존재한다고 믿으며, 그 영혼의 정령들과 교류하며 자연의 일부로 살아왔습니다. 이들에게 숲의 신은 '암바'입니다. '제일 힘센 자'라는 뜻으로 호랑이를 의미합니다. 단군신화에서 알 수 있듯이 한국인에게도 호랑이와 곰을 숭배하는 토테미즘이 남아 있습니다. 곰은 북방 시베리아 원주민 전체의 토템이지만 호랑이는 한반도와 만주, 우수리에 살았던 알타이 퉁구스족 특유의 토템입니다. 이 지역에만 시베리아호랑이가 살았기 때문입니다. 오래전 북방에서 곰을 숭배하는 민족이 남하하면서 호랑이를 숭배하는 토착세력과 갈등을 빚으며 융화했습니다. 북방세력이 주도권을 장악하면 곰 숭배사상이 강해졌고 토착세력이 주도권을 장악하면 호랑이 숭배사상이 강해졌습니다. 단군신화에서 곰 숭배사상이 더 강한 것을 보면 한민족은 북방민족이 주도권을 잡고 지배계층을 형성했던 것과 같습니다. 하지만 서민들은 지금도 곰보다는 호랑이를 산신령이니 산중군자니 하면서 더 신성시합니다. 88올림픽 때의 마스코트도 호돌이었고, 한반도를 그릴 때도 호랑이 모습으로 그리지 않습니까? 당시 대다수 사회구성원이 호랑이를 숭배하던 토착세력이었기 때문일 것입니다. 이렇듯 시베리아호랑이는 우수리 원주민의 신일 뿐 아니라 우리 민족의 기상이요, 정신적 상징이기도 합니다.

시베리아호랑이, 그 외로운 생존투쟁

우수리와 만주, 한반도의 숲에서는 인간과 호랑이의 냉혹한 생존투쟁, 그 도전과 응전의 역사가 오랜 세월 진행되어 왔습니다. 그리고 지금도 진행되고 있습니다. 벌목과 개발, 혹한과 밀렵 등 숲의 역사는 점점 더 혹독해지고 있습니다. 창이 사라지면 총이 나타나고, 총이 사라지면 무인총이 설치되고, 이제는 심지어 지뢰까지 등장했습니다.

우연히 숲에서 시베리아호랑이를 마주치면 그들은 대부분 먼저 공격하지 않습니다. 인간이 선제공격하지 않는 한 일정한 거리를 두고 스스로 자제합니다. 종전終戰협정을 맺자고 평화의 손길을 내미는 것입니다. 하지만 쇠붙이 냄새나는 총을 든 사냥꾼을 만나면 달라집니다. 잔혹한 살육전이 벌어지기도 합니다. 시베리아호랑이는 인간의 간섭으로부터 떨어져 자유롭게 살아가려고 하지만, 인간의 도전이 늘 그들을 응전하게 만듭니다.

한때 밀림이라고 불렸던 두만강 북쪽의 숲은 이제 밀렵의 천국이 되었습니다. 지금 이 순간에도 지구상에 350여 마리밖에 남지 않은 시베리아호랑이가 매년 수십 마리씩 죽어가고 있습니다. 가장 용맹하고 신성시되던 한 종족이 인간의 손에 의해 멸종의 길을 걷고 있습니다.

삶을 살아가기는 사람이나 호랑이나 매한가지입니다. 그 뒤에 영혼이 있지요. 다들 자신의 영혼이 상처받지 않도록 조심하며 살아갑니다. 그래도 영혼은 늘 상처받고 또 상처 입히며 살아갑니다. 그게 바로 자연입니다. 자연은 자신의 법칙을 가차 없이 집행하지만 자연스런 수준까지만 실행합니다. 하지만 문명은 그렇지 않습니다. 문명은 자연의 일부이길 거부하고 신이 되려고 합니다. 그 와중에 많은 자연물들의 삶이 붕괴되고 영혼이 파괴됩니다. 한때 10,000마리에 달했던 시베리아호랑이가 지금은 350여 마리만이 살아남았습니다. 한때 수십만에 달했던 우수리 원주민도 이제 만여 명만 살아남아 그 외로운 생존의 끈을 이어가고 있습니다. 과거 번성했던 우수리 원주민과 그들이 숭배하는 우수리호랑이가 이제는 길동무가 되어 퉁구스 신화의 황혼 속으로 사라지고 있습니다.

이 책은 블러디 메리라 불리던 한 암호랑이의 가족을 3대에 걸쳐 관찰한 기록입니다. 나아가 시베리아호랑이를 신으로 숭배했던 우수리 원주민에 대한 이야기입니다. 이 책이 사라져가는 시베리아호랑이와 우수리 원주민의 애환을 이해하고 그들의 삶을 정상적으로 돌이키는 데 조금이라도 도움이 되기를 바랍니다.

꿈을 주신 분께 감사드립니다

살면서 젊은 시절의 소중함을 느낍니다. 고등학교 시절 세 번 죽을 각오하라고 배웠습니다. 얼어 죽을 각오하고, 굶어 죽을 각오하고, 감방 갈 각오하라고 배웠습니다. 평소에는 필요한 줄 모르지만 반드시 필요한 빛과 소금이 되라고 배웠습니다. 그렇게 살려고 노력했지만 힘들었습니다. 주변이 온통 그렇지 않으니 미운 오리새끼가 되기 일쑤였습니다. 처음엔 젊은 혈기로 버텼습니다만 불혹을 넘어가는 고갯마루가 그렇게 가팔랐습니다. 미혹되지 말아야 할 불혹인데 의혹이 가장 많이 찾아왔습니다. 고갯마루란 없는 듯 높았습니다. 하지만 지금 편안합니다. 고갯마루를 넘으며 살아온 날들보다 살아갈 날이 더 가벼워지자 안개가 걷히고 살아온 궤적이 보입니다. 살아갈 방향도 뚜렷이 보입니다. 제 차의 네비게이션처럼 작은 골목에서는 길을 헤맸지만 큰 대로에서는 방향을 잃지 않았다는 안도감도 듭니다. 꿈을 가지게 해주었고 유지하게 해준 분들께 감사드립니다.

어린 시절도 생각납니다. 젊은 시절의 은사들이 꿈꿀 밭을 주셨다면 어린 시절의 부모님은 그 밭에 뿌릴 씨를 주셨습니다. 제 부모님은 농부이자 소장수였습니다. 어린 시절 저는 소를 몰았습니다. 합천장에서 산 소를 고령장으로, 고령장에서 못 판 소를 거창장으로, 거창장에서 다시 산 소를 무주장으로, 5일장이 열리는 곳마다 찾아다니며 소와 함께 걸었습니다. 어떤 때는 먼지 뿌연 신작로를, 어떤 때는 숲을 가로지르는 오솔길을, 어떤 때는 산허리를 휘돌며 소백산맥을 넘었습니다. 5일장을 떠돌다 고향으로 돌아와 우리 집 외양간에 소를 묶으면 온몸에 기분 좋은 나른함이 퍼졌습니다. 그렇게 7년을 걸으며 알게 모르게 자연이 내 몸속으로 들어왔습니다. 자연에서의 일이란 원한다면 행복한 일이지만 원하지 않는다면 고통이 됩니다. 6개월을 잠복하는 땅굴도 원한다면 호텔이 되지만 원하지 않으면 감방이 됩니다. 자연에 순응하고 그 속에서 일할 수 있게 해준 부모님께 감사드립니다.

이 책의 출간을 도와주신 김영사 박은주 대표님 외 많은 분들께 감사드립니다. 강원정보문화진흥원의 박홍수 원장님께도 감사드립니다. 사회의 기초적 가치에 대한 그분의 인식과 노력은 제가 산으로 가는 데 큰 힘이 되었습니다. 우수리의 오지를 함께 걸었던 산지기 스테파노비치 그리고 갈리나, 발로쟈 부부, 전쟁하듯 일하며 형제처럼 정을 나누었던 이효종, 순동기, 장진 님에게도 고마움을 전합니다. 이 글은 저의 기록일 뿐 아니라 그들의 기록입니다. 아내에게 감사드립니다. 남편을 수도 없이 산으로 보내면서, 돌아오는 남편을 마중하면서, 또 나의 옛 추억을 다듬고 교정해주면서 언제나 든든한 버팀목이 되어주었습니다. 집에 오면 자연을 그리워하고 자연에 가면 집을 그리워하며 살겠습니다.

2011년 9월

박수용

Ussury <small>한반도 생물의 원류, 우수리</small>

시베리아와 만주, 우리 선조들의 고향. 이 두 지역을 나누는 경계는 아무르Amur 강이다. 검은 용이 굽이치듯 흘러간다고 흑룡黑龍강이라고도 부른다. 이 강을 기준으로 위는 시베리아, 아래는 만주다. 만주 밑에는 백두산에서 발원한 두만강과 압록강이 흐른다. 그 사이를 송화松花강과 우수리Ussury 강이 남에서 북으로 흐르며 이어준다. 송화강은 백두산에서 발원하여 아무르 강으로 흘러 들어가고, 우수리 강은 두만강 북쪽에서 시작해 아무르 강으로 흘러 들어간다.

우수리 강은 현재 중국과 러시아의 국경으로 이 강에서 동해까지를 연해주 혹은 우수리라 부른다. 우수리에는 거대한 시호테알린Sikhote-Alin 산맥이 동해안을 따라 북에서 남으로 뻗어 내린다. 시호테알린 산맥이 동쪽에 치우쳐 있어 우수리는 우리나라와 마찬가지로 전형적인 동고서저 지형을 이루고 있다. 시베리아에서 불어오는 차가운 북서풍이 시호테알린 산맥에 가로막혀 그 기운이 꺾이면 여름철엔 폭우, 겨울철엔 폭설로 바뀐다. 그래서 수많은 강들이 이 산맥에서 발원하게 되었는데, 크고 작은 강들은 서쪽으로 흘러가다가 지맥의 높낮이에 따라 제각각 호르Horr 강, 비긴Bikin 강, 이만Imman 강으로 합류하고, 결국 우수리 강으로 들어가 그 흐름을 마친다. 그래서 우수리 강부터 그 지류들의 발원지인 시호테알린 산맥 너머 동해까지를 '우수리 유역', 줄여서 '우수리' 라고 부른다.

시호테알린 산맥은 장백산맥과 함경산맥을 거쳐 한반도의 백두대간으로 이어진다. 지질학상 같은 동해안 지맥을 두고 우리나라에서는 백두대간, 우수리에서는 시호테알린 산맥이라 부르는 것이다. 평균 고도가 약 1,000미터로, 동북아 최고의 고원지대인 백두산 지역 다음으로 높다. 바위로 덮인 고지대를 제외하고는 한대식물과 온대식물이 잘 혼합된 울창한 숲으로 덮여 있어 지금도 우수리호랑이, 조선표범, 스라소니, 반달가슴곰, 백두산사슴, 우수리사슴, 호사비오리 등 세계적으로 멸종위기에 처한 동물들에게 안식처를 제공하고 있다. 과거 호랑이를 비롯한 많은 생물들이 이 산맥에 잇닿은 장백산맥과 함경산맥을 타고 우리나라로 넘나들었다. 우수리야말로 백두대간 생태계의 원형을 잘 간직하고 있는 한반도 생물들의 원류인 것이다.

해골분지의 암호랑이 달리는 베이스캠프 시호테알린 산맥의 정령
'회색곰 워브' 처럼 용의 등뼈를 넘다 호랑이가 낚시하는 법

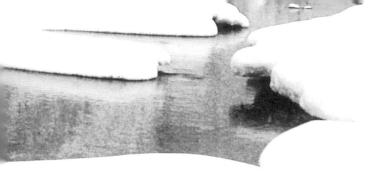

1

블러디 메리

검푸른 파도가 몰아쳐온다. 파도더미가 장쾌하다.
시원한 바람도 불어온다. 기나긴 겨울이 끝났다. 산봉우리를 제외하고는 눈더미들이 거의 다 스러졌다.

해골분지의 암호랑이

검푸른 파도가 몰아쳐온다. 파도더미가 장쾌하다. 시원한 바람도 불어온
다. 기나긴 겨울이 끝났다. 산봉우리를 제외하고는 눈더미들이 거의 다 스
러졌다. 숲과 언덕은 일 년 중 가장 볼품없는 검누른빛 일색이다. 거무스름
하고 누르스름한 색조가 누더기처럼 이어져 있고, 개울과 강들의 얼음은
가만히 내버려두어도 우두둑부두둑 무너져 황톳빛 물살에 떠내려간다. 아
직 솔새 소리가 들리지 않고 녹색의 기운 또한 대지를 뚫고 나오진 않았지
만, 빛바랜 대지 밑에서는 힘찬 생명의 기운이 가득 차 마지막 고비를 이겨
내고 있다.

험준한 타친코(大新谷, 우수리 원주민인 우데게 말로 '새로 발견된 큰 계곡'이라는
뜻) 절벽. 하염없이 바다를 내려다보고 있으니 파도 속으로 어질어질 빨려들
것 같다. 창공을 맴돌던 독수리 한 마리가 건너편 절벽 꼭대기에 내려앉는
다. 하늘하늘 피어오르는 아지랑이 줄기 사이로 진달래 꽃눈이 몽글몽글 여
물었다.

두두둑, 투둑.

건너편 절벽에서 돌멩이 두어 개가 굴러떨어졌다. 독수리들이 날아올랐다. 우수리사슴 두 마리가 70미터 높이에 60도 이상 가파른 절벽을 조심조심 내려오고 있다. 우수리사슴은 꽃사슴sika deer의 일종으로, 그중에서도 가장 큰 종이다. 과거에는 한반도를 비롯해 만주와 우수리까지 널리 퍼져 살았지만, 수가 줄어든 지금은 주로 우수리 지역에 서식한다. 초여름이 되면 붉은 몸통에 하얗게 도드라지는 아름다운 매화무늬 때문에 '매화록梅花鹿'으로도 불리지만, 지금은 우수리 숲의 창백한 피부처럼 털이 초췌하고 윤기 없이 누리끼리하다. 몸도 비쩍 말라 힘이 없어 보인다. 용케도 우수리의 혹독한 겨울을 잘 넘기고 살아남았다.

해마다 초봄이면 겨울을 무사히 보낸 우수리사슴들이 해안가로 내려온다. 아직 새싹이 나기 전이라 힘든 시절, 우수리사슴들은 해변에 떠밀려온 미역이나 다시마 같은 해조류로 허기를 채우며 마지막 보릿고개를 넘긴다. 겨우내 섭취하지 못했던 염분도 보충한다. 눈이 녹을 때부터 시작되는 이 해안가 여행은 출산철인 5월을 전후로 절정을 이룬다. 뱃속에 든 새끼들이 자랄수록 더 많은 염분을 섭취해야 하기 때문이다.

좌르르르, 콰드드득……

다시 돌멩이가 구르더니 돌더미가 한꺼번에 떨어져 내렸다. 돌더미에 섞여 우수리사슴 한 마리가 절벽에서 미끄러졌다. 떨어지면서 절벽 중간의 암벽에 한 번 부딪치고는 바닷속으로 빠졌다. 수면 밑으로 잠겼던 사슴이 다시 떠올랐다. 움직일 수가 없는지 물 밖으로 목만 내놓은 채 파도에 이리저리 떠밀린다. 이제 막 뿔이 나기 시작하는 수사슴이다.

내가 가까이 다가가자 버둥거리며 반대편 바위 위로 올라가려고 안간힘을 쓴다. 있는 힘을 다해 물속에서 일어섰다가 이내 파도에 쓰러진다. 사슴을 도와 바위 위로 끌어 올려주었다. 바위에 오르자 온몸을 편안히 누이고 가쁜 숨을 몰아쉰다. 눈망울이 애처롭다.

절벽 꼭대기마다 독수리가 한 마리씩 앉아 있다. 마치 장돌뱅이처럼, 이 시기에 여기 오면 무슨 일이 벌어지는지 다 안다는 듯, 먼 산을 쳐다보고 딴 청을 피우며 조용히 기다린다.

아직 눈을 껌벅이고 숨을 헐떡이지만 이 사슴은 가망이 없다. 산지기 스테파노비치가 머리에 총을 쏘아 사슴을 잠재우려고 한다. 나는 손을 들어 제지했다. 총소리가 싫다. 호랑이를 찾아 소리 없이 움직이는 직업병 때문일까, 고요한 자연의 흐름에 충격을 주고 싶지 않다. 고통스럽겠지만 사슴은 제 운명을 자연의 흐름에 맡길 수밖에 없다. 결국 절벽 꼭대기에 앉아 있는 녀석들이 차지할 것이다.

우수리의 동해안을 따라 남으로 뻗어내리던 시호테알린 산맥의 한 갈래가 바다 쪽으로 바짝 붙어 해안산맥이 형성되었다. 라조지역을 지나는 이 해안산맥의 중간쯤에 타친코 해안이 있다. 해변의 좌우에는 조선산양들이 사는 가파른 절벽이 들어서 있고, 그 사이로 동해의 힘찬 파도가 오랜 세월 드나들며 초승달 모양의 모래사장을 만들었다. 모래가 거칠고 자갈이 반인 이 모래사장을 1킬로미터쯤 따라가다 보면 넓고 깊은 굴참나무 계곡이 나온다.

모래사장에 사슴 발자국이 나 있다. 사슴 발자국 위로 호랑이가 점프한 발자국도 찍혀 있다. 발자국의 끝에서 호랑이와 사슴이 모래를 튀기며 뒹굴었다. 호랑이가 굴참나무 숲의 가장자리에 숨어 있다가 단 세 번의 도약으로 사슴을 잡았다. 거리는 약 15미터. 호랑이가 세 번 도약하는 동안 사슴은 한 발밖에 뛰지 못했다. 호랑이의 사슴사냥에서 흔한 일이 아니다. 호랑이가 은신하는 곳에서 매우 가까운 거리에, 그것도 사슴이 앉아서 쉬고 있을 때나 가능한 흔적이다.

하지만 사슴이 앉아서 쉬었던 흔적은 없다. 사슴은 해변을 향해 걸어가고 있었다. 그럼에도 불구하고 한 발밖에 도망가지 못했다. 완벽한 잠복과 깨끗한 습격이다. 거친 힘보다는 교묘한 은신술, 그리고 순간적인 속도가 돋보이는 솜씨다.

우수리의 수호랑이는 사슴이나 멧돼지, 곰 같은 큰 동물을 사냥할 때 강력한 힘을 사용한다. 하지만 체격이 작고 성격이 예민한 암호랑이는 힘 외에 좀 더 효과적인 무기, 속임수를 쓴다.

모래가 불그죽죽하다. 사슴이 피를 많이 흘렸다. 피에 젖은 모래가 채 굳지 않았다. 간밤, 아니면 오늘 새벽에 생긴 핏자국이다. 굴참나무 숲으로 사슴을 끌고 갔다. 호랑이는 먹이를 잡으면 근처에 마실 물이 있는 으슥한 곳으로 끌고 가 먹는다. 보통은 200~300미터, 가끔은 1킬로미터까지도 끌고 간다. 가는 도중에 깔려 있는 자갈에도 피가 묻어 있다. 숲 속의 작은 개울가에서 사슴을 뜯어 먹었다. 개울가에도 사슴피가 많이 묻어 있다. 블러디 메리Bloody Mary! 호랑이는 '블러디 메리'였다. 사슴이나 멧돼지를 사냥할 때 주변을 온통 피투성이로 만든다고 해서 붙여진 이름, 피의 메리!

사슴의 목줄을 일격에 물어 죽이는 건 다른 호랑이와 마찬가지인데, 이 암호랑이는 확인사살을 한다. 이미 죽은 사슴의 목줄도 악착스럽게 물고 흔든다. 그러다 원추형의 커다란 송곳니가 상처구멍을 크게 만들고, 결국 목줄의 동맥까지 건드려 피를 많이 흘리게 한다. 확실한 것을 좋아하는 조심성, 그리고 집요한 성격을 가졌다.

이 지역 사람들은 이 암호랑이를 한 번도 본 적은 없지만, 그 사냥흔적의 핏자국만을 가지고 성격이 잔인하고 악독하다고 지레 짐작한다. 그래서 16세기경 수많은 신교도들을 처형했던 영국 여왕의 별명, '피의 메리Bloody Mary'를 이 암호랑이의 이름으로 붙여놓았다. 하지만 블러디 메리는 성격이 신중할 뿐, 사람에게 악독하지는 않다. 이 암호랑이에게 피해를 입었다는 이야기를 들어본 적이 없다. 오히려 사람을 극도로 피하는 조심성과 매사 끈질긴 집요함 덕분에 스스로를 잘 지키고 새끼도 잘 키운다. 인간이 설치한 위험물을 파악하는 능력도 뛰어나고, 새끼를 많이 낳아도 충분히 먹여 살릴 만큼 사냥도 잘한다.

블러디 메리는 사람에 대한 경계심이 강한 만큼 자신의 영역에 대한 애착도 깊다. 아무도 그녀를 본 적이 없을 정도로 평소 사람 앞에는 그림자조차 나타내지 않지만, 자신의 영역에 사람이 들어온 것을 알게 되면 그 주변을 몰래 맴돌며 떠날 때까지 지켜본다. 최근에는 자신의 영역인 라조 지역 남동부 중에서도 이 타친코 해안 일대를 돌아다니고 있다. 여기서 우수리사슴과 조선산양을 관찰하는 우리를 지켜보았을 것이다. 그녀는 한 번도 모습을 드러내지 않았지만 우리 주변에 자주 흔적을 남겨놓았다. 마치 품던 알들이 흩어져 있는 것이 수상쩍어 알 주위를 빙빙 돌고 있는 어미 새처럼 우리 주위를 맴돌았다. 어쩌면 숲 속에서 서로 스쳐 지나갔을지도 모른다. 나는 그녀를 볼 수 없지만 그녀는 나를 보고 있다. 나라는 존재를 다른 인간과 개별적으로 구분하며 내가 사냥꾼이 아니라는 것도 알고 있을 것이다. 그런 것이 우수리호랑이다. 게다가 블러디 메리다. 그렇지 않았다면 이렇게 나 혼자 숲 속을 돌아다닐 용기를 내지 못했을 것이다.

개울가에 블러디 메리가 앞 이빨로 뽑아낸 사슴털이 널려 있다. 암호랑이답게 사슴을 먹기 전에 털을 꼼꼼히도 뽑아냈다. 가랑잎에 자신의 코를 박고 사슴의 머리가 처량하게 뒹굴고 있다. 뿌옇게 변색되어 가는 사슴의 동공이 허공을 바라본다. 그 속에 하늘구름과 나무그림자가 지고 있다. 이빨을 살펴보니 어금니가 누렇게 닳았다. 나이 든 수사슴이다. 널브러져 있는 위장속에는 내용물이 많지 않다. 주로 마른 참나무 잎을 먹은 듯한데, 그것도 충

뿌옇게 변색되어 가는 사슴의 동공이 허공을 바라본다.
그 속에 하늘구름과 나무 그림자가 지고 있다.

분히 먹지 못해 얼굴이 말랐다. 뜯어 먹을 게 별로 없는 비쩍 마른 사슴인데
도 블러디 메리는 살점을 여기저기 남겨 놓았다. 머리에는 입도 대지 않았고
갈비뼈와 다리뼈에도 살점을 드문드문 남겨 놓았다.

　개울은 얼음이 거의 다 녹아 맑은 물이 졸졸 흘러내렸다. 아직 남은 얼음
도 햇빛을 받아 속에 갇힌 공기방울이 커지고 있고 일부는 둥그렇게 구멍이
뚫렸다. 블러디 메리는 사슴을 뜯어 먹은 다음 개울가에 서서 물을 마셨다.

개울가의 눅눅한 진흙에 그녀의 앞발자국 두 개가 도장처럼 선명하고 가지런하게 찍혀 있다. 호랑이는 발자국이나 보폭 같은 흔적으로 그 크기와 나이, 성별을 어느 정도 판별할 수 있다. 그중에서도 앞발자국의 발볼 너비가 중요한 기준이 된다. 앞발 볼의 너비가 10센티미터가 넘으면 대부분 수호랑이다. 암호랑이는 10센티미터를 넘는 경우가 거의 없다. 개울가에 찍힌 앞발자국 볼의 너비는 9.7센티미터. 암호랑이치고 발자국이 큰 편이다. 하지만 진흙에 찍힌 발자국의 깊이로 보아 몸은 가벼워 보였다. 한반도 남부의 암호랑이처럼, 몸집은 크지 않지만 새끼를 잘 키워내는 영리하고 야무진 암호랑이……

블러디 메리는 차가운 물을 마신 다음 개울을 건너 굴참나무 숲으로 들어갔다. 굴참나무 숲은 타친코 해변을 앞에 두고 남동향으로 자리 잡은 아늑한 분지다. 이 숲을 통과해야 사슴들이 해변으로 갈 수 있다. 좌우의 절벽을 타고 해변으로 내려오기도 하지만, 그 길은 너무 가팔라 사슴들이 잘 이용하지 않는다.

넓은 분지에 굴참나무가 빼곡하게 들어차 있다. 바닥의 누런 가랑잎과 굴참나무의 거무스름한 껍질, 마른 풀들과 주변의 갈대밭…… 호랑이의 보호색이 잘 발휘되는 장소다. 은신하고 사냥하기에 안성맞춤이다. 봄철, 마른 참나무 잎을 주워 먹으며 해안으로 내려오는 사슴들이 주로 이 숲에서 당했다. 오랜 세월을 거치며 호랑이가 죽인 사슴의 두개골과 허연 뼈다귀들이 곳곳에 널려 있다.

해가 맑고 바람이 잠잠한 날, 그 속에 들어가 있으면 마른 낙엽이 담요처럼 깔린 숲이 안락하니 온몸이 나른해지고 금방 졸음이 쏟아진다. 잠이 들게 하는 분지다. 하지만 해변에 안개라도 몰려오는 날이면, 젖은 굴참나무의 칙칙한 껍질이며 곳곳에 널려 있는 사슴 뼈다귀와 두개골들이 어둑한 우윳빛 안개와 어울려 괴기스러움을 더한다. 자욱한 안개 속에서 죽은 사슴들의 원혼이 스멀스멀 살아나와 물끄러미 쳐다보는 듯도 하고, 블러디 메리가 소리 없이 다가와 금방이라도 덮칠 것도 같다. 왠지 무섭고 축축해서 지나가기 싫은 안개의 늪이다. 해마다 이곳을 지나야 하는 우수리사슴들에게는 더할 것이다. 그래서 타친코 해안의 이 분지를 해골분지라고 부른다. 최근 한 달 이내에 죽은 사슴의 두개골도 두 개나 보인다. 대부분은 블러디 메리의 짓일 것이다. 그녀가 사슴 뼈다귀를 깨끗이 발라먹지 않고 살점을 남기는 이유를 알겠다. 무서운 타친코의 봄이다.

올 듯 말 듯하던 봄이 왔다. 그 한발 앞에서 쓰러졌다. 우수리사슴들에게는 공포의 장소지만, 그들이 해안으로 이동하는 봄철, 해골분지를 포함한 라조 동해안 지역은 블러디 메리가 새끼를 낳아 기르기에 더없이 좋은 영토다. 그녀가 새끼를 잘 키우기로 소문난 또 다른 이유다. 그녀의 얼굴이 궁금해졌다.

그러나 이때까지만 해도 알지 못했다. 그녀가 훅 불어내는 콧김의 감촉이 그녀의 길고 뻣뻣한 수염과 함께 나의 왼손 등을 스쳐가고, 마침내 그녀의 죽음까지 목격하리라고는, 나는 상상도 하지 못했다.

해마다 초봄이면 혹독한 겨울을 넘기고
살아남은 우수리사슴들이 해골분지를 지나 해안가로 내려온다.

달리는 베이스캠프

두만강 너머 우수리에 봄이 오면 가장 먼저 아도니스_{adonis}가 피어난다. 스러져가는 눈을 뚫고 양지 바른 곳에서 피어나는 노란 꽃무덤, '얼음새꽃'이라고도 부른다. 얼음새꽃에 이어 야생초들이 차츰차츰 자신의 꽃망울을 소중하게 보듬어 올리고, 붉은색, 노란색, 보라색, 키 낮은 봄꽃들이 마치 세계지도를 그리듯 갖가지 군락을 이루어 피어나면, 숲은 어느덧 비밀의 화원이 된다. 가도 가도 끝이 없는 야생의 꽃밭이 펼쳐지는 것이다. 이때쯤이면 다람쥐가 나오고 구렁이도 나온다. 오소리도 슬슬 돌아다니며 야생초를 파헤쳐 알뿌리를 캐 먹는다. 반달가슴곰도 지난겨울 굴속에서 낳은 어린 새끼들을 데리고 나와 쏘다니기 시작한다. 바위를 들추어 새끼들에게 개미와 애벌레를 먹이고, 융단 같은 녹색대지 위를 뒹굴며 겨우내 굶주렸던 배를 새싹으로 채운다. 멧돼지도 무리지어 다니며 비옥한 토지를 뒤적이고, 토실토실 살이 오른 굼벵이나 지렁이를 신나게 잡아먹는다. 멧돼지 무리가 한 번

스러져가는 눈을 뚫고 양지 바른 곳에서 피어나는 노란 꽃무덤.
얼음새꽃이 우수리의 봄을 알린다.

지나가면 마치 공룡이 지나간 듯 비밀의 화원은 엉망이 된다.

이맘때면 기나긴 우수리의 겨울 잠복을 마친다. 그리고 다시 호랑이를 따라 끊임없이 이동하며 호랑이 생태지도를 그리기 시작한다. 5월부터 9월까지는 숲을 다니며 호랑이의 흔적을 관찰하고, 그 관찰의 결과를 토대로 호랑이들의 이동루트를 파악하여 잠복할 곳을 선정한다. 10월부터 이듬해 4월까지는 선정된 잠복지에서 호랑이를 기다리며 잠복생활을 한다. 일 년의 절반은 이동관찰, 나머지 일 년의 절반은 잠복관찰. 자연을 관찰하는 두 가지 방식이다.

이동관찰을 제대로 하지 않으면 잠복관찰의 효율이 떨어진다. 깊고 넓은 자연 속에 언제 머물지, 어디서 머물지, 어떻게 머물지 등 잠복관찰을 위한 여러 가지 세세한 정보를 이동관찰을 통해 얻을 수 있기 때문이다. 눈에 띄지 않는 대상을 쫓으며 흔적을 조사하는 여름관찰을 통해, 보이지 않는 대상이 스스로 모습을 드러낼 때까지 한 곳에 가만히 머무는 겨울잠복을 준비하는 것이다.

우리가 야생호랑이를 관찰하는 지역은 라조 자연보호구를 품고 있는 우수리 남동부의 라조 지역이다. 러시아에서는 자연보호구를 자파베드닉(Zapovednik, 영어로는 Nature Reserve로 번역됨)이라고 하는데, 자연을 보호하기 위해 설정한 지역 중 가장 엄격하게 관리되는 곳이다. 자연보호구에는 허가받은 사람 외에 모든 사람의 출입이 금지되며 보호구 내의 모든 자연물은 엄격하게 보호된다. 그래서 자파베드닉이란 용어를 생각하면 가장 먼저 떠오르는 이미지가 '관계자 외 출입금지'다. 여기서 관계자란 자연보호구 내의 산지기, 학자, 행정인을 말한다.[1] 이들도 출입 시에는 허가를 받아야 함은 물론이다. 그 넓은 지역에 무슨 울타리를 쳐놓은 것은 아니지만 마치 사유지처럼 일반인의 출입을 법으로 금지한 것이다.

무단 출입자에 대해서는 숲을 지키는 경찰인 산지기Ranger들이 현장체포 및 도주 시 발포권을 가지고, 체포된 자에 대한 취조 및 기소권도 가진다. 자연보호구는 출입 자체가 불법일 뿐만 아니라, 그 안에서의 밀렵, 어로, 채

---

1 / 자연보호, 학술연구, 환경교육이라는 세 가지 목적을 위해 자연보호구의 조직도 삼원화되어 있다. 산지기들은 자연보호구 내 사람의 출입을 통제하여 밀렵이나 산불, 벌목 등을 방지하고, 학자들은 식물, 곤충에서부터 포유류까지 보호구 내의 자연을 연구한다. 그리고 행정인들은 일반인에게 자연을 교육하고 홍보하며 보호구를 이끌어간다.

취, 벌목 등 일체의 자연파괴 행위는 더 큰 중벌에 처해진다. 한반도나 만주에서 야생호랑이가 거의 사라졌는데도 불구하고, 우수리에는 위태위태하지만 그나마 유전적, 생태적으로 의미 있는 야생호랑이의 유효생존개체수(viable population, 한 종이 유전적, 생태적으로 건강함과 다양성을 잃지 않고 살아가는 데 필요한 최소 개체수)가 남아 있는 이유를 이를 통해 알 수 있다. 자연보호의 강도가 다른 것이다.

러시아의 자연보호구는 모두 101개로 러시아 전체면적의 1.6퍼센트를 차지한다. 그중 야생호랑이와 그 서식지를 보호하고 있는 자연보호구는 세 개인데 셋 다 두만강에 가까운 우수리에 있다. 제일 작은 우수리 국립자연보호구, 중간 크기의 라조 국립자연보호구, 그리고 제일 큰 시호테알린 국립자연보호구이다. 자연보호구는 아니지만 최근에 '나챠날릭 빠르크 조프 찌그르'라는 야생호랑이 보호를 위한 국립공원(812평방킬로미터)도 새로 생겼다.

우수리 자연보호구의 면적은 578평방킬로미터이다. 면적이 그리 넓지 않고 시호테알린 산맥과 떨어져 고립되어 있다보니 서식하는 야생호랑이 수도 4~5마리로 적다. 그마저도 보호구 안에 안정적으로 머물기보다는 보호구 외곽으로 떠돌며 살아가는 경우가 많다. 그래서 실질적으로 야생호랑이를 보호하는 자연보호구는 시호테알린 자연보호구와 라조 자연보호구라고 할 수 있다.

시호테알린 자연보호구는 우수리의 동해안을 따라 뻗어 내린 시호테알린 산맥의 중부에 있다. 야생호랑이를 보호하는 자연보호구 중 가장 먼저 설립되었으며 면적도 4,014평방킬로미터로 가장 넓고, 서식하는 야생호랑이도 약 20~25마리 내외로 가장 많다.

반면 라조 자연보호구는 시호테알린 산맥의 남부에 위치한다. 자연보호구 면적은 1,210평방킬로미터지만 호랑이가 넘나드는 그 외곽까지 포함한

● 야생호랑이를 위한 자연보호구. 라조 자연보호구는 시호테알린 산맥 남부에 위치한다.

아무르강   ◉ 하바로프스크

호르강

스트렐리코프산맥   비긴강

이만강

중국

우수리강

한카호수

시호테알린
자연보호구

러시아

호랑이 국립공원

우수리 자연보호구

케드르바야빠찌
자연보호구

두만강

아무르만   ◉ 블라디보스토크

동 해

북한

라조 자연보호구

라조 지역 전체의 면적은 4,700평방킬로미터로, 3개 도道 4개 군郡에 걸쳐 있는 지리산 국립공원 면적(472평방킬로미터)의 약 10배다. 라조 자연보호구에는 그 내외곽에 걸쳐 8~12마리의 야생호랑이가 살아간다. 그중 한 마리가 블러디 메리다.

이동관찰이든 잠복관찰이든 그 출발점은 베이스캠프다. 베이스캠프는 주요 관찰 장소로부터 가까운 마을이나 산막에 주로 마련한다. 관찰 장소가 여러 곳이면 그 중간쯤에 두는 것이 좋다.

지금 우리는 라조 남동부를 영역으로 내륙과 동해안을 오가며 살아가는 블러디 메리를 조사하고 있다. 그래서 우리의 베이스캠프는 라조 읍내에서 70킬로미터쯤 떨어진, 라조 최남단 마을 키에프카Kievka에 있다. 100호 정도로 이루어진 이 마을은 원래 원주민 마을이었다.

역사가 기록되기 이전부터 우수리에서 살아왔던 원주민은 우데게와 고리드다. 이들은 우리 민족과 마찬가지로 언어학상으로는 알타이Altai 계, 인종학상으로는 퉁구스Tungus 족에 속하는 북방 유목민족의 후예들이다. 우데게는 수렵을 생업으로 삼아 주로 숲 속에서 살았으며 정착생활보다는 씨족 단위로 우수리 전역에 뿔뿔이 흩어져 사냥감을 따라다니는 이동생활을 해왔다. 반면 고리드는 겨울에는 짐승을 사냥하고 여름에는 물고기를 잡으며 주로 강을 따라 정착해 살았다.[2] 고리드는 나나이라고도 하는데, 강 상류에 살면 고리드, 하류에 살면 나나이라고 부른다. 이들은 대대로 우수리에서 사냥을 하고 물고기를 잡으며 자연의 일부로 살아왔다.

19세기부터 슬라브족이 우수리로 남하하기 시작하면서 이 마을에도 우크라이나의 키에프Kiev에서 백인들이 하나 둘 이주해왔다. 그러면서 주민들도 바뀌고 마을 이름도 키에프카로 바뀌었다. 이제 원주민들은 거의 남아 있지 않다. 15킬로미터쯤 떨어진 마야 마을의 키몬코 올가를 비롯해 몇 가구만이 심마니 일을 하며 살고 있을 뿐이다.

키에프카 마을에 있는 우리의 베이스캠프는 목재로 지어진 아담한 집이다. 문을 열고 들어가면 꽤 널찍한 현관이 있고, 또 하나의 문을 열면 큰방, 작은방, 부엌이 있다. 세 방의 가운데 벽에 페치카가 설치되어 있어 각 방으로 골고루 열기를 보내준다. 창문이 많아 아침햇살도 풍부하게 비친다. 이곳이 우리의 집이자 지휘본부다. 이곳에서 정보도 수집하고 장비도 수리하며 잠복지에 넣어줄 보급품도 준비한다. 배터리뿐 아니라 지친 몸도 충전한다. 오랜 잠복이나 숲 속 생활에서 돌아오면 이곳이 아늑한 고향처럼 느껴진다.

베이스캠프가 마을 안에 있으면 자연스럽게 마을사람들과 친해진다. 마을사람들이 도움을 요청하는 일이 있으면 우리는 웬만하면 들어준다. 마을사람들도 호랑이의 흔적을 보면 알려주거나 필요한 물품을 구해주는 등 여러 가지 편의를 봐준다. 그런 마을사람들 가운데 부부 한 쌍을 고용하기도 했다. 부인은 우리가 베이스캠프에 체류할 때 식사를 준비해주거나 청소를 했고, 남편은 우리가 없을 때 베이스캠프를 지키는 일종의 집사 일을 했다.

그렇게 평온하게 지내던 어느 날이었다. 러시아인 다섯 명이 총을 들고 베이스캠프로 쳐들어왔다. 자신들을 '러시아 피의 민족단Russian Bloody Party' 소속이라고 밝히며 총으로 위협을 했다. 요구조건은 돈과 우리의 귀국이었다. 오랫동안 라조 지역에서 생활하다보니 우리 소문이 멀리까지 난 모양이었다. 피의 민족단은 미국의 KKK 같은 인종차별주의자 단체로, 특히 동양인을 싫어한다. 러시아 학자에 따르면 러일 전쟁에서 패배한 후 생긴 현상

---

2 / 잡은 물고기 가죽으로 옷이나 신발을 만들어 사용한다고 해서 고리드를 어피족魚皮族이라고 부르기도 한다.

이라고 한다.

우리가 말을 안 듣자 그들은 다짜고짜 피투성이가 되도록 린치를 가했다. 가정부가 몰래 빠져나가 라조 자연보호구 남부지역 산지기 대장이자 마을 주민인 세르게이 스타르쉰에게 알렸다. 세르게이가 마을사람들과 함께 우리를 구출하러 왔다. 베이스캠프 앞에서 총격전이 벌어졌다. 총알이 핑핑 주변을 스쳐 지나갔다. 그 소리를 듣고 키에프카 외곽에서 해안을 지키기 위해 주둔해 있던 군부대가 출동했다. 피의 민족단 두 명은 체포되고 세 명은 도망갔다. 도망가면서 우리 일행 중 한 명을 납치했다. 납치된 이는 달리는 차에서 뛰어내려 탈출에 성공했지만 많이 다쳤다.

세르게이가 출동한 군부대에게 상황을 설명하고 경찰에도 이 사실을 알렸다. 그러자 이때부터 영화에나 나올 법한 살 떨리는 일이 벌어졌다. 피의 민족단이 은밀하게 협박을 해온 것이다.

"체포된 단원들에 대한 고소를 취하하라. 만약 재판이 시작되면 너희들은 살아남지 못할 것이다."

상부 경찰서에서는 진술서를 쓰라고 자꾸 부르는데, 고민이었다. 그때 다시 협박이 들어왔다.

"진술서를 써라. 아무 일 없었다고."

세르게이가 고소를 취하하는 것이 좋겠다며 한 마디 했다.

"러시아 마피아보다 더 잔인한 것이 피의 민족단이라네."

다음날 경찰서에 가서 진술서를 썼다.

"Nothing happened(아무 일도 없었다)."

하던 일을 그만둘 수도 없고 목숨이 달린 일이라 고소를 취하했지만 마음이 우울했다. 하지만 마을사람들에게만큼은 정말 고마웠다. 베이스캠프 생활에서 마을주민이나 산지기와의 관계가 얼마나 중요한지 다시금 알 수 있는 사건이었다.

　마을의 베이스캠프 외에도 우리에겐 또 하나의 베이스캠프가 있다. 이동용 베이스캠프인 '우랄'이다. 우수리호랑이는 끊임없이 이동하며 살아간다. 100~200킬로미터는 예사로 움직인다. 이동지역이 워낙 넓다보니 그 영토를 조사하려면 움직이는 베이스캠프가 꼭 필요하다. 그래서 러시아군에서 쓰던 사륜트럭을 한 대 구입했다. 그 트럭의 이름이 우랄이다. 기름을 엄청나게 많이 먹지만 우랄산맥만큼 힘도 좋다.

　짐칸을 송두리째 뜯어내고 '쿤'이라고 부르는 4미터짜리 철제 컨테이너를 장착했다. 나를 도와주는 산지기 스테파노비치와 발로쟈가 신이 나서 작업을 했다. 산속에서 생활하는 우리에게 움직이는 산막이 생긴다는 것은 정말 신나는 일이다. 쿤 안에 4인용 침대를 설치하고, 페치카와 전등 시설을 마련했다. 페치카와 연결된 굴뚝을 지붕 위로 올리고 양쪽으로 창문을 내니 그럴듯한 이동용 베이스캠프가 완성되었다. 우랄의 운전과 관리는 스테파노비치가 맡기로 했다.

　우랄을 타고 숲 속 조사를 한 번 나가면 한 달 정도 걸린다. 낮에는 숲을 다니며 호랑이 흔적을 조사하고, 밤에는 우랄로 돌아와 잠을 잔다. 장기 야영을 할 때도 있는데 그때는 우랄이 우리를 실어다 산맥 한쪽에 내려놓고, 산맥 반대편의 약속된 장소에 미리 가서 기다린다. 기다리면서 주변의 호랑이 흔적을 조사한다. 그 사이 우리는 낮에는 조사를 하고 밤에는 야영을 하며 산맥을 넘는다. 산맥을 넘어 조사를 마친 뒤 우랄에 합류한다.

　숲 속에서 조사를 하다보면 폭우를 만나거나 심한 추위를 견뎌야 할 때가 있다. 그럴 때 우랄이 근처에 있으면 마음이 뿌듯하다. 쿤 속에 들어가서 전등을 켜고 페치카를 피우면 마치 아궁이 속처럼 따뜻해진다. 젖은 옷도 말

우랄. 끊임없이 이동하며 살아가는 우수리호랑이의 흔적을
찾기 위해선 이동용 베이스 캠프가 필요하다.

리고 요리도 하고 보드카도 마시며 하룻밤 휴식을 취한다. 평소 답답한 쿤도 이때만큼은 그렇게 안락할 수가 없다. 그렇게 한 달 정도의 숲 속 조사를 마치면 마을의 베이스캠프로 돌아온다. 1~2주 정도 재충전을 한 후, 다시 우랄을 몰고 새로운 장소로 숲 속 조사를 떠난다.

시호테알린 산맥에서는 강물이 일찍 언다. 10월 말이면 눈도 내리기 시작한다. 이때 얼어붙은 강을 우랄로 건너는 것은 매우 위험하다. 강이 얼고 바로 눈이 오면 얼음의 강도가 불규칙해진다. 눈이 많이 쌓여 있는 곳은 보온 효과 때문에 얼음이 얇고, 바람이 눈을 휩쓸고 간 자리는 얼음이 상대적으로 두껍다. 강의 이쪽이 단단히 얼었다고 저쪽도 그러려니 생각하면 큰일 난다. 강이 얼기 시작할 때의 함정이다. 추위가 심해지면서 얼음은 점점 두꺼워지지만, 처음 생긴 얼음 두께의 차이는 여전하다. 녹을 때도 얇은 쪽 얼음이 당연히 더 빨리 녹는다.

두만강에서 북쪽으로 올라가다보면 여러 개의 만灣을 만나게 된다. 표트르대제 만이다. 러시아의 위대한 황제 표트르대제의 이름을 붙인 이 만은 여러 개의 작은 만으로 이루어져 있다. 그중 제일 왼쪽에 기다란 아무르스키 만이 있고, 아무르스키 만 너머에 블라디보스토크가 있다.

한겨울에는 아무르스키 만의 바닷물이 꽁꽁 언다. 블라디보스토크가 부동항이라고는 하지만 이때 외해外海로 나가려면 쇄빙선이 돌아다니며 항로를 개척해야 한다. 이렇게 바닷물이 얼 때면 블라디보스토크에 볼일이 있는 사람들은 다들 바다로 차를 몰고 간다. 육로로 돌아가면 100킬로미터 거리지만 아무르스키 만을 가로지르면 10여 킬로미터밖에 안 되기 때문이다.

그런데 얼음이 녹는 철이 되면 차량사고가 많이 발생한다. 교통사고가 아니라 모두 익차溺車 사고다. 가난한 러시아 사람들에게 차는 아주 소중한 물건이라 시에서도 차로 바다를 건너지 말라는 위험고지를 자주 내린다. 그럼에도 불구하고 얼음이 깨져 천천히 가라앉는 차를 버려두고 투덜거리며 걸어오는 사람들을 가끔 볼 수 있다. 표정이 오묘하다. 막심한 자책과 후회, 하필 왜 내 차냐 하는 억울함, 그래도 사람이 안 빠졌으니 다행이라는 안도감 등 여러 가지 심경이 섞여 있다. 웃어서는 안 되는데 자꾸 웃음이 나온다.

열지 말라면 더 열고 싶은 게 판도라의 상자다. 얼음이 녹아 푸석푸석할 때는 단념하는데, 녹았는지 안 녹았는지 애매모호할 때가 문제다. 얼음은 바닷물이 닿는 속에서부터 녹기 시작하기 때문에 겉으로는 멀쩡하다. 게다가 아침만 해도 이 길을 건넌 사람들이 있다. 그러니 다들 설마 하며 바다를 건너는 폭탄돌리기를 계속한다. 해마다 폭탄이 터져 몇몇 차량이 바닷속으로 가라앉으면 그제야 게임을 멈춘다.

표트르대제 만을 '표트르 주차장'이라고 부르는 사람들도 있다. 그들에 따르면, 슬슬 말이나 타고 다니며 무료함을 즐기던 표트르대제가 어느 때인가부터 바다 속으로 밀려들어오는 수많은 차를 주차 관리하느라 눈코 뜰 새 없이 바쁘다고 한다.

우랄이 러시아 군용트럭이긴 하지만 험한 산길로만 다니다 보니 고장이 안 날 수가 없다. 산속에서 고장이 나면 오도 가도 못한다. 그 산골짜기에 차량정비소가 있는 것도 아니어서 정비에 자신이 없으면 차를 몰고 나갈 엄두도 못 낸다. 하지만 러시아 운전자들이 다 그렇듯이 스테파노비치와 발로쟈는 운전만 잘하는 것이 아니라 차량정비에도 전문가다. 마을에서 차가 고장 나도 정비소에 가지 않고 스스로 고친다. 오래되어 더 이상 사용할 수 없는 차를 하나 구해 마당 한편에 세워두고, 고장 난 차를 수리할 때마다 부품을 뜯어 쓴다. 버리는 것이 하나도 없다. 사소한 폐품도 놔두었다가 나중에 다 사용한다. 사실 가난해서 새 부품을 살 돈도 없다. 그렇게 배운 정비기술이다.

한번은 산길 오르막을 오르던 우랄이 흰 연기를 뿜어내며 엔진을 멈춰버렸다. 보닛을 열어보자 팬벨트가 끊어지고 냉각수가 반 이상 증발했다. 예비 팬벨트도 없는데 이거 큰일 났구나 싶었지만, 한편으로는 어떻게든 수를 내겠지 하는 막연한 믿음이 있었다. 아니나 다를까 아무 문제없다는 듯 주변을 휘 둘러보던 스테파노비치가 나에게 카메라를 내놓으라고 했다. 영문도 모른 채 내줬더니 그는 카메라의 멜빵을 끌렀다. 멜빵 두 개를 모아서 팬벨트 길이에 맞춰 와이어 줄로 엮었다. 금세 훌륭한 팬벨트가 만들어졌다. 개울의 맑은 물을 떠다가 냉각수를 보충하고 새 팬벨트를 장착했다. 뿌우우~ 소리를 내며 우랄은 힘차게 전진했다. 이런 운전기술과 정비기술 덕분에 우수리호랑이가 제아무리 멀리 움직여도 우리의 이동용 베이스캠프 우랄은 제 임무를 다하고 있다.

시호테알린 산맥의
정령

우랄이 베이스캠프를 출발했다. 라조 읍내로 가는 신작로를 따라 북쪽으로 15킬로미터쯤 달리자 수호이 개울로 들어가는 작은 오솔길이 나왔다. 발로쟈와 함께 배낭을 챙겨서 내렸다. 우랄은 방향을 돌려 왔던 길을 되돌아갔다. 우랄이 지나간 비포장도로에 뿌연 먼지가 피어올랐다.

블러디 메리가 새끼를 데리고 다닌 흔적은 과거에 여러 번 목격되었다. 하지만 누구도 그녀의 얼굴을 보지는 못했다. 숲을 매일 다니는 심마니들이라면 우연히 한 번 마주칠 법도 하지만, 특유의 조심성 때문에 그녀는 오랫동안 미지의 얼굴로 남아 있다. 블러디 메리의 영토에 인접한 마을을 찾아다니며 새끼호랑이의 발자국을 본 사람들을 수소문해 본 결과, 그녀는 대략 7년 전과 4년 전에 새끼를 낳았다. 7년 전에는 두 마리의 새끼를 낳아 무사히 독립시켰고, 4년 전에는 무려 네 마리를 낳아 길렀다. 기르는 도중 한 마리를 잃었지만 세 마리의 흔적은 독립할 때까지 그녀 곁에 남아 있었다.

우수리호랑이는 세 살쯤 되면 첫 새끼를 낳아 2년 반쯤 키워 독립시킨다. 이로 미루어 볼 때 블러디 메리는 대략 열 살 정도 된 노련한 암호랑이다. 정상적인 짝짓기를 했다면 지금쯤 세 번째 새끼를 데리고 다닐 시기다. 과연 새끼가 있는지, 있다면 몇 마리인지 궁금하다. 이번 관찰조사의 목표는 블러디 메리다. 블러디 메리를 직접 보기는 어렵겠지만, 그 흔적을 찾아내고 조사해서 그녀의 현 상태에 대한 가능한 한 많은 정보를 얻는 것이 목표다.

배낭을 메고 오솔길을 걷기 시작했다. 이 수호이 개울을 따라가면 용의 등뼈가 나오고 용의 등뼈를 넘으면 동해안에 못 미쳐 미지네츠 강 상류가 나온다. 미지네츠는 새끼손가락이란 뜻으로, 다섯 개의 강이 마치 다섯 손가락을 펼친 것처럼 흐르는 곳이 있는데 그중 새끼손가락에 해당하는 강이다. 새끼손가락 강은 남쪽으로 흐르다 나머지 네 개의 손가락과 합류하고, 다시 작은 강 샤우카小河와 만나 동해로 흘러 들어간다. 직선으로는 50킬로미터밖에 안 되는 거리지만 숲을 좌우로 폭넓게 오르내리며 꼼꼼히 관찰하려면 200~300킬로미터는 족히 움직일 각오를 해야 한다. 스테파노비치는 우랄을 몰고 다섯손가락 강 하류로 갔다. 그곳에 우랄을 세워놓고 강을 따라 올라오며 조사할 것이다.

이런 식으로 5월 한 달간 수호이 개울을 따라 미지네츠 강 상류까지 조사를 마치면 보름간 재충전을 하고, 6월 중순부터 7월 중순까지는 산타고 계곡을 따라 샤우카까지, 8월에는 해안산맥을 따라 내려오며 타친코에서 마약 마을까지 조사할 계획이다. 9월에는 조사결과들을 토대로 몇 개의 잠복지를 만들고, 이르면 10월부터 다음해 3월까지 6개월간의 기나긴 겨울잠복에 들어갈 것이다.

나뭇잎들이 피어나고 있다. 녹색의 다양한 농담濃淡에 따라 숲은 원근감이 살아났다. 잣나무의 바늘잎들은 검푸른 바다빛깔이고, 낙엽송 군락은 연푸

● 라조지역 호랑이 관찰계획 지도

라조

키에프카강

메 아리리메 계곡

매 (몽 이 대)

조선곡

검은강

2차
이동관찰

신바고

다피로유

해

검은산

1차
이동관찰

수호이 개울

까마귀산
사슴계곡

미지네츠

리

해

인

3차
이동관찰

시

다천손가라강

샤우카

타친코 해안

샤우친코 해안

키에프카

페트로바 섬

동 해

마약

른 산호초다. 단풍나무 새 잎들은 노란 초록이고, 참나무 군락은 연초록이다. 버드나무와 사시나무 잎은 푸른 얼음 빛에 희끄무레한 색이 감돈다. 자작나무의 하얀 둥치도 겨우내 자신을 감싸주던 허물을 한 겹 벗었다. 분이 묻어날 듯한 하얀 껍질을 까보았다. 껍질 속에 파란 물이 든 새 껍질이 자라고 있다.

자작나무는 불에 넣으면 자작자작 잘 탄다고 해서 붙여진 이름이다. 우리 민족과 소나무를 떼어놓고 생각할 수 없듯이 우수리 원주민은 자작나무, 그리고 버드나무와 뗄 수 없는 인연을 맺고 있다. 우리 민족은 아기가 태어나면 금줄에 솔가지를 매달았고 소나무 속껍질을 벗겨다가 솔떡을 해먹으며 보릿고개를 넘겼다. 송홧가루로는 다식을 만들었고, 솔잎으로는 술을 빚었으며, 송진은 약으로 썼다. 솔갈비(마른 솔잎)는 불쏘시개로, 마른가지와 삭정이는 땔감으로, 둥치는 오래 지나도 휘거나 벌레가 생기지 않아 집을 지을 때 기둥과 서까래로 사용했다. 그리고 종내는 소나무 관속에 누워 솔밭에 묻혔고 무덤 속에서 은은한 솔바람을 즐겼다.

우수리 원주민도 마찬가지다. 봄이면 자작나무 속껍질을 파다가 곡식가루와 섞어 쪄먹었고, 가을이면 자작나무 진액에서 자란 차가버섯을 따서 기름을 짜고 술을 담그고 차를 끓여 마셨다. 자작나무 둥치를 베어 집을 짓고 땔감으로 썼으며 마른 껍질은 벗겨서 불쏘시개로 사용하거나 바구니, 아기 요람 같은 살림살이를 만들어 썼다. 버드나무로는 개썰매와 낚싯대를 만들었고 껍질은 말려서 노끈으로 삼았다. 지금은 아스피린의 원료로 쓰는 버드나무 껍질을 달여 먹고 병을 치료했으며 우리네처럼 버들피리를 만들어 불었다. 숲에는 자작나무, 강가에는 버드나무가 지천이었다.

우데게와 고리드는 사람의 영혼은 나무에서 태어나며, 이승에서의 삶을 마치면 그 영혼이 남자는 버드나무, 여자는 자작나무로 돌아간다고 믿었다.

나무들은 휴면을 거쳐 새로운 영혼으로 다시 태어난다. 그래서 이 중간세계는 죽음도 없으며 슬픔도 없는, 영혼이 영원히 순환하는 곳이라고 생각했다. 그들에게 이 세상의 모든 것은 살아 있으며 서로 에너지를 교류하고 있다. 그 에너지는 자연에서 잠시 빌려 쓰는 것이며 언젠가는 돌려줘야 하는 것이다. 삶과 죽음이란 이런 사이클의 반복이며 에너지의 순환이다.

강을 끼고 살아가는 이들에게는 강변의 버드나무가 친숙하고, 숲에서 살아가는 사람들에게는 숲 속에 널려 있는 자작나무가 친밀하게 느껴졌을 것이다. 나무에서 태어나 나무와 함께하다 나무로 돌아갔다. 그래서 이들은 숲을 자신들의 조상이자 역사로 생각하고 스스로를 우데게, 나나이라 불렀다. 우데게는 '숲의 사람들'이란 뜻이고, 나나이는 '땅의 사람들'이란 뜻이다. 둘 다 우수리 유역을 자신들의 삶의 터전으로 살아온 '우수리 원주민'이란 의미가 담겨 있다.

작은 산마루에 올라서자 멀리 시호테알린 산맥이 보였다. 저 푸른 줄기를 따라 북쪽으로 한참 올라가면 '검은산(초르나야 산, 1,379미터)'이 솟아 있다. 올라갈수록 바위로 뒤덮여 있어 상층부에는 몇몇 침엽수와 관목 외에는 생명이 잘 자라지 않는 산이다. 그래서 우수리 원주민은 이 산을 '어두운 산' 즉 '검은산'이라고 부른다. 반대로 생명들이 바쁘게 살아가는 저지대의 울창한 숲은 '밝은숲'이라고 부른다.

검은산을 가운데 두고 남북으로 200킬로미터는 험준한 산악지형이다. 우데게는 이 지형을 '용의 등뼈'라고 부른다. 검은산 정상에서 내려다보면 웅장한 바위들이 산맥의 정상부분을 따라 길게 이어져 있다. 마치 커다란 용이 죽은 뒤 가죽과 살은 자연으로 돌아가고 굵직굵직한 등뼈들만 남아 누워 있는 듯하다. 북동쪽으로는 조선곡朝鮮谷[3]의 깊고 아름다운 골짜기가 좌우로 밝은숲을 거느리며 펼쳐져 있고, 남서쪽으로는 검은산을 휘돌아 나온 아메

우수리 원주민과 뗄 수 없는 인연을 맺고 있는 자작나무.
사람의 영혼은 나무에서 태어나며, 이승에서 삶을 마치면 그 영혼이 남자는 버드나무,
여자는 자작나무로 돌아간다고 우데게와 고리드 사람들은 믿었다.

리카 계곡의 발원지가 멀리 보인다. 그 너머에 산타고三大谷[4] 계곡이 아스라이 펼쳐져 있다. 산타고 계곡부터 그 남쪽이 블러디 메리의 영토다.

라조 지역의 야생호랑이는 대략 10마리 내외를 유지하고 있다. 이들은 자연보호구 내외곽을 넘나들며 4,700평방킬로미터에 달하는 라조 전 지역을 활보하며 살아간다. 이 호랑이들의 영토는 라조 중부의 검은산을 중심으로 나눠진다. 영토의 경계를 정확히 알 수는 없지만, 대략 4등분하여 암컷 네 마리가 차지하고 있다. 검은산 서쪽은 한창 때의 암호랑이, 북서지역은 늙은 암호랑이, 북동지역은 조선곡 암호랑이, 남쪽은 블러디 메리의 영토다.

암호랑이 한 마리가 돌아다니는 영역은 대략 3개 도 4개 군에 걸쳐 있는 지리산국립공원(472평방킬로미터)만 하다. 호랑이의 목에 무선전파발신기를 달아서 측정한 결과는 평균 440평방킬로미터였고, 호랑이의 흔적을 일일이 조사하는 전통적인 방식으로 측정한 결과는 450평방킬로미터를 조금 넘었다. 수호랑이의 영역은 암호랑이의 네 배 정도 된다.

라조 남동부의 동해안에서부터 내륙의 용의 등뼈 너머까지 돌아다니는 블러디 메리의 영역은 핵심영역만 400평방킬로미터 정도이고, 주변영역까지 합친다면 500평방킬로미터가 넘는다. 조사지역이 넓고 험해 시간이 오래 걸리며 사슴과 멧돼지같이 호랑이가 좋아하는 발굽동물[5]의 움직임도 매년 달라져 블러디 메리의 이동경로와 자주 들르는 곳을 정확히 조사하기란 쉽지 않다.

---

3 / 러시아 말로는 '꼬로빠찌'라고 한다. '꼬로'는 '까레이스끼'의 줄임말로 조선사람을 뜻하고, '빠찌'는 골짜기를 뜻한다. 과거 이 골짜기에 조선 사람들이 모여 살았기 때문에 붙여진 이름이다.

4 / 산타고는 우데게 말로 '세 번째 큰 골짜기'란 뜻이다. 산타고가 라조지역에서 아메리카 계곡과 조선곡 다음으로 큰 골짜기라서 이렇게 이름 지어졌다.

5 / 사슴이나 노루, 산양, 멧돼지 같이 발굽이 있는 동물을 통틀어 발굽동물 또는 유제류(有蹄類, Ungulata)라고 한다. 발굽동물은 식생을 조절하고 호랑이 같은 큰 맹수들의 먹이동물로서 생태계에서 중요한 역할을 한다.

● 블러디 메리의 영역 지도

라조

카예프카강

아페리카 계곡

검은강

매 (매 앙 뼈)

조선곡

검은산 ▲

산타고

해

까마귀산 ▲

사슴계곡

태

블러디 메리의 영토

헤

지

타친코 해안

키에프카

맥

산

안

해

동 해

마약

검은산을 가운데 두고 남북으로 200킬로미터는 험준한 산악지형이다.
이 지형을 '용의 등뼈'라 부른다. 마치 커다란 용이 죽은 뒤 가죽과 살은 자연으로 돌아가고
굵직굵직한 등뼈들만 남아 누워 있는 듯하다.

그래도 자주 들르는 곳이 있다. 바로 서로의 영역 접경지다. 호랑이들은 텃세가 심해 다른 호랑이가 자신의 영역으로 넘어오는 것을 싫어한다. 암호랑이에게 영역이란 새끼를 낳아 안전하게 기르는 보금자리이자 그 새끼를 기르는 데 충분한 먹이를 구하는 사냥터다. 간혹 낯선 호랑이가 넘어와서 마주치면 격렬한 싸움도 벌어진다. 하지만 대부분 마주치지 않도록 미연에 방지한다. 자신의 영역을 순찰하며 끊임없이 영역표시를 남겨 경고하는 것이다. 땅을 긁어내고 자신만의 고유한 화학물질이 섞인 배설물을 남기기도 하고, 양쪽 앞발톱으로 아름드리나무를 높은 데서부터 긁어내려 경고하기도 한다. 나무둥치에 목을 비벼 털을 붙여놓기도 하고 오줌을 스프레이처럼 뿌려 강력한 냄새를 남기기도 한다.

이런 영역표시들은 다른 호랑이에게 자신의 존재를 알리는 수단이다. 이성이나 가족같이 우호적인 호랑이들에게는 대화의 수단이고 동성의 라이벌들에게는 경고의 메시지다. 특히 네 암호랑이는 모두의 영역 접경지인 검은산 주변을 두고 치열한 신경전을 벌인다.

나머지 네다섯 마리는 어미로부터 독립은 했지만 아직 경험이 부족한 젊은 호랑이들이다. 이들은 터를 잡지 못해 떠돌아다니거나 자연보호구 외곽으로 밀려났다. 그나마 젊은 암호랑이들은 기존에 터를 잡은 암호랑이가 자신의 어미인 경우가 많아 어미의 영역 접경지를 전전하고 다닐 수 있다. 하지만 젊은 수호랑이들은 사정이 다르다. 이들은 라조 지역에서 제일 크고 힘센 수컷, 왕대王大의 눈길을 피해야 한다. 그래서 라조 전역을 떠돌아다니거나 그 바깥 지역으로까지 밀려난다. 반면 왕대는 확고하게 터를 잡은 네 마리의 암호랑이를 거느리며 그 영역 전체를 돌아다닌다.

예로부터 우수리 원주민들은 한 지역에서 가장 강하고 전성기에 있는 수호랑이를 왕대라고 불렀다. 시베리아호랑이의 줄무늬는 어릴 때는 가늘게 퍼져 있다가 자라면서 체격이 장대해질수록 굵고 선명해진다. 다 자라면 검은 줄무늬가 이마에는 임금 王자로, 등줄기로 넘어가는 뒷덜미에는 큰 大자로 선명하게 나타난다. 줄무늬가 가늘고 면도날로 잘라낸 듯 날카로운 열대지방 호랑이와는 달리 줄무늬가 굵고 간결한 시베리아호랑이만의 특징이다. 특히 암호랑이보다 체격이 월등히 큰 수호랑이, 그중에서도 가장 크고 힘센 수호랑이에게서 이런 현상이 두드러진다.

우데게에게는 왕대와 관련된 전설이 하나 전해져 내려온다. 옛날 그들의 선조인 누르하치가 만주로 사냥을 나왔다. 그때 부하들이 큰 호랑이 한 마리를 그물로 사로잡아 누르하치에게 바쳤다. 누르하치는 그 호랑이를 살펴보다 이마와 등의 줄무늬가 '王大'라고 쓰여 있는 것을 발견했다. 이를 심상치 않게 여긴 누르하치는 호랑이를 풀어주었고, 이후 사냥을 나갈 때는 꼭 왕대에게 고사를 지냈다. 그 후 누르하치는 후금後金을 세웠고 후손들은 중화민족(漢族)을 복속시켜 청나라를 건국했다.

우데게와 고리드는 퉁구스족의 종교관과 우주관을 지키는 마지막 남은 정령주의자들이다. 이들은 이 세상이 위의 세계(上界), 중간세계(中間界), 아래세계(下界), 세 부분으로 이루어져 있다고 믿는다. 위의 세계는 대정령(大精靈)들이 사는 하늘 세계고, 중간세계는 사람과 자연의 정령들이 사는 땅의 세계며, 아래세계는 죽은 자의 영혼이 사는 지하 세계다. 이 세 개의 세계는 엔그제킷 강으로 연결되어 있는데, 우리로 친다면 황천강黃泉江이다.

위의 세계에는 최고의 신 '엔두리'와 대정령들이 살고 있다. 엔두리는 하늘과 땅과 인간세상의 조화를 관장하는 하늘의 대정령이다. 이 조화를 유지하기 위해 추위와 번개 같은 악마와 싸우며, 중간세계를 다스리기 위해 숲과 물의 대정령을 중간세계로 내려 보낸다.

물의 대정령은 '테무'다. 테무는 바다와 강을 다스리는 책무를 맡고 있다. 자신의 책무를 다하기 위해 테무도 자신에게 속한 정령을 사자로 보낸다. 예를 들면 아무르 강을 다스리기 위해 칼루가를 사자로 보내는데, 칼루가는 해마다 5월이면 산란을 위해 오호츠크 해에서 아무르 강으로 올라오는 철갑상어. 이 칼루가는 덩치가 커서 5미터에 500킬로그램은 족히 넘는다. 아무르 강가에 사는 나나이들은 이 칼루가를 잡으며 살아 왔다. 하지만 테무가 보낸 사자로 존중해 자신들이 먹을 만큼 이상은 잡지 않았다. 특히 알을 가진 암컷의 경우, 잡는 수를 더욱 제한했고, 잡고 나서도 칼루가의 영혼을 위로하는 속죄의식을 치렀다.

중간세계는 사람과 자연물들이 살고 있는 땅의 세계다. 자연은 불가사의한 힘을 가진 존재이며, 그 속의 모든 자연물은 영혼을 가지고 있다. 그 영혼들의 대표는 물의 정령, 불의 정령, 바람의 정령, 바위의 정령, 물고기의 정령 등 정령의 형태를 취하고 있다. 우데게와 고리드의 삶에 가장 깊숙이 배어 있는 것이 이 정령주의Animism다.

'암바'는 엔두리가 만물과 인간세상의 조화를 유지하고 그 기운을 서로 소통시키기 위해 중간세계로 내려 보낸 숲의 대정령이다. 암바는 숲의 모든 정령들과 교류하며 인간과 기운을 나눈다. 만물에 영혼이 존재함을 믿어온 우데게와 고리드는 암바를 숲의 신으로 숭배한다. 암바는 '제일 힘센 자'란 의미의 우데게 말로, 우수리 숲을 다스리는 호랑이를 말한다. 그중에서도 가장 힘 센 우두머리가 왕대다.

우수리 원주민들에게 왕대들이 사는 시호테알린 산맥은 조상 대대로 살아온 삶의 터전이자 정신적 지주다. 그들은 시호테알린 산맥을 '쿤카 캬마니', 즉 '잠자는 영혼'이라고 부른다. 라조 지역의 한 우데게가 쿤카 캬마니를 다니다 어느 날 엄청나게 큰 수호랑이와 마주쳤다. 그 후 우데게들은 이 호랑이를 '쿤카 캬마니의 하쟈인', 줄여서 '하쟈인(정령 또는 주인이라는 뜻)'이라고 부르기 시작했다. 그가 바로 지금 라조 지역의 왕대인 '시호테알린 산맥의 정령'이다.

　왕대는 네다섯 마리의 암호랑이를 거느린다. 움직이는 면적이 보통 2,000평방킬로미터이고 영역의 둘레는 200킬로미터 정도다. 하지만 그 영역의 최대 크기는 아무도 모른다. 하쟈인 이전의 왕대였던 '꼬리'처럼 4,700평방킬로미터에 달하는 라조 전역을 돌아다니는지, 아니면 꼬리 이전의 왕대였던 '꾸찌 마파'처럼 라조 지역을 벗어나 북쪽 추구이프카 지역까지 넘어가는지 알 수가 없다. 꾸찌 마파는 라조 남부에서 추구이프카 북쪽까지 400킬로미터를 움직였고, 하바로프스크 지역의 한 왕대는 2,000킬로미터 떨어진 바이칼 호수에서 발견되었으며, 또 다른 왕대는 2,500킬로미터 떨어진 시베리아의 중심부 야쿠트Yakut에서 발견된 적이 있다. 나는 이렇게 멀리 움직이는 호랑이를 광개토호랑이라고 부른다. 광개토호랑이들의 영역 크기는 섣불리 말할 수가 없다. 누구도 두려워하지 않고 무엇도 거리끼지 않는 호연지기 때문일까? 왕대들만의 특징이다.

'회색곰 워브' 처럼

"호호호호호호, 호호호호호호호······"

요정이 웃는 듯한 맑은 소리가 연초록 숲으로 퍼져나간다. 불의 새, 호반새다.

"끼르르륵, 끼르르륵······"

"삣, 삐이이잇······"

물의 새, 청호반새도 돌아오고, 에메랄드빛 물총새도 돌아왔다. 여름철새들이 짝을 짓고 둥지를 만드느라 분주한 계절이다.

"꽥꽥꽥, 꽥꽥."

멀지 않은 곳에서 물 흐르는 소리와 함께 둔탁한 소리가 들려온다. 물소리를 따라 조심스럽게 걸어 내려가자 작은 개울이 나타났다. 느리지도 급하지도 않게 흐르는 개울물 위에 야생오리들이 떠다닌다. 그 사이로 호사비오리 몇 마리가 맑은 물속에서 하늘거리는 수초를 헤집으며 자맥질을 하고 있다. 하얀 몸에 비늘 모양의 검은 줄무늬가 호랑이의 것처럼 호화롭고 사치스럽다 해서 호사비오리라는 이름이 붙었다. 지구상에 1,000여 마리밖에 남지 않은 희귀종으로 국제자연보전연맹IUCN의 적색목록Red Book에 등재되어 있다. 추운 겨울이 되면 이중 일부가 따뜻한 곳을 찾아 한반도로 내려온다.

수초를 뜯어 먹는 보통 오리들과는 달리 비오리 종류는 물고기를 잡아먹는 육식성 오리다. 이렇게 맑은 오지의 개울에서 잡을 물고기는 뻔하다. 차가운 일급수에만 사는 냉수성 어종, 열목어와 산천어다. 다 큰 물고기는 못 잡을 테고, 작년 9월 동해에서 올라온 송어가 이 개울에 살고 있던 산천어와 드잡이질을 해서 부화시킨 산천어 새끼들을 잡느라 연방 맑은 물속을 들락거린다.[6]

살며시 개울가로 다가가자 오리들이 경계음을 내며 부산하게 날아오른다. 물 위를 박차고 달리다 뒤뚱거리는 엉덩이가 떠오르더니 순식간에 숲 너머로 사라졌다. 물갈퀴가 수면에 남긴 동심원들이 물수제비를 뜬 듯 빙그르 퍼져나가다 서로 마주치며 사라진다.

오리들에게는 미안하지만 오늘은 이 개울가에서 야영하기로 했다. 야영지는 냇가나 강가와 가까우면서도 높은 지대가 좋다. 건조한 봄철의 산불 염려도 적고, 산모기나 물모기의 극성을 피하기에도 그나마 나은데다, 떠날 때 흔적을 지우기에도 편하기 때문이다.

배낭에서 야영에 필요한 도구들을 꺼냈다. 둔덕 위 풀밭에 텐트를 치고 모닥불을 피웠다. 바짝 마른 자작나무나 사시나무 껍질을 불쏘시개로 쓰면 연기도 나지 않고 불도 잘 붙는다. 그 위에 마른 잔가지들을 얹고 점점 큰

---

6 / 송어와 산천어는 '시마'라고 불리는 연어의 일종이다. 북태평양을 떠돌다가 고향으로 돌아온 송어는 차갑고 맑은 계곡물에 사는 산천어를 만나 산란을 한다. 이듬해 봄, 알이 부화하면 암컷들은 다시 바다로 나가 송어가 되고 수컷들은 송어가 돌아올 때까지 맑은 계곡물을 지키며 사는 산천어가 된다.

호사비오리는 세계적인 멸종위기종으로
국제자연보전연맹의 적색목록에 등재되어 있다.

가지들을 얹는다. 불을 지핀 다음 성급하게 큰 나무 등걸을 얹으면 연기가
많이 난다. 불이 활활 타오르기 시작하면 잘 마른 침엽수 등걸을 하나둘 얹
어 불의 크기를 조절한다. 이렇게 하면 먼 산마루에서 지켜볼지도 모를 호
랑이에게 들키지 않고 모닥불을 피울 수 있다.

　발로쟈는 산마늘과 레모닉, 야생박하 잎을 구하러 숲으로 들어가고, 나는
루어낚시를 던져 산천어와 열목어를 몇 마리 잡았다. 낚시를 끝내자 발로쟈
가 돌아왔다. 발로쟈가 구해온 잎으로 물고기를 싼 다음 진흙을 잔뜩 발라
모닥불에 넣었다. 이렇게 구우면 그 맛이 담백하니 진미다. 산마늘 잎으로
싼 물고기는 마늘 향이 살짝 배어나고 레모닉 잎으로 싼 물고기는 시큼하
다. 야생박하 잎으로 싼 물고기는 시원한 맛이 난다.

차를 끓이고 구운 물고기와 러시아 흑빵으로 식사를 했다. 흑빵은 독일과의 전쟁 때 러시아 병사들이 베개로 쓰다가 배가 고프면 뜯어 먹던 빵이다. 장기 야영 시 부패하지도 않고 실제 베개로도 쓸 수 있어 유용하다.

먹다 남은 흑빵 부스러기를 모아 개울에 던졌다. 물고기 머리와 뼈는 숲속에 던졌다. 우데게의 관습이다. 우데게에게는 음식을 먹을 때 주변에 있는 자연의 정령들에게 조금씩 떼서 바치는 고수레 문화가 있다. 물의 정령에게는 숲의 것을, 숲의 정령에게는 물의 것을 고수레한다. 숲의 것을 숲의 정령에게, 물의 것을 물의 정령에게 바치면 동족을 먹는 것이 되어 정령들에게 큰 실례가 된다. 먹고 남은 물고기를 강물에 던지면 특히 물고기의 정령인 수그자 아자니가 크게 노한다. 필요 이상의 물고기를 잡은 것으로 비치기 때문이다. 물고기를 함부로 잡아 낭비한 죄의 대가로 정령은 더 이상 사람들에게 물고기를 보내지 않는다. 우데게가 찾아가 진심으로 용서를 구하면, 다시는 물고기가 물에서 부패하지 않도록 하겠다는 약속을 받고 다시 강으로 물고기 떼를 보낸다. 그래서 우데게는 늘 필요한 만큼의 물고기만 잡는다. 물고기를 먹을 때도 뼈만 남기고 다 먹는다. 뼈는 말려 두었다가 빻아서 겨울철 사냥개의 식량으로 쓴다.

숲과 물과 대지를 존중하고 그 속의 모든 정령들과 교류하며 소박하고 자연친화적인 삶을 살아왔던 퉁구스족은 나무를 베거나 동물을 죽이는 것은, 오직 인간이 생존을 위해 필요한 만큼만 자연의 정령이 허락하는 것이라고 믿었다. 지나치게 죽이거나 파괴하는 것은 엔두리, 즉 자연의 조화를 깨는 것이라고 생각했다. 생존을 위해 어쩔 수 없이 사냥한 동물들에 대해서는 속죄의식을 치렀다. 나나이는 철갑상어를 잡을 때 알을 밴 암컷을 피하고, 잡고 나서도 그 영혼을 위로한다. 우데게는 그 해에 처음 사냥한 곰의 몸 일부와 뼈를 묻어주고 곰축제를 연다. 길랴크족(고아시아족에 속하지만 퉁구스족인 우데게처럼 자연친화적인 삶을 살았다)은 해안을 끼고 살아가며 범고래를 사냥하면서도 존중의 제祭를 지낸다. 이런 속죄의식들은 아메리카 인디언의 경우처럼 토템사상Totemism으로 발전했다. 모두 자신들이 생업으로 사냥하는 동물들을 토템으로 삼았다.

산에서 생활하다 보면 도시의 삶에서 중요하다고 생각했던 것들이 사소하게 느껴진다. 대신 도시에서 사소하게 생각했던 것들이 중요하게 다가온다. 여기서는 어떻게 하면 소리를 작게 내며 걸을 수 있을까? 옻이 오르면 어떻게 치료할까? 어떻게 하면 클래쉬를 퇴치할 수 있을까? 이런 일들이 주요 관심사다.

올해는 클래쉬가 일찍 나왔다. '딕'이라고도 하는 왕개미 머리만 한 진드기다. 덤불에 붙어 있다가 사람이나 동물이 지나가면서 덤불을 흔들면 본능적으로 뛰어내려 달라붙는다. 몸집의 3분의 1을 차지하는 어금니로 살을 파고들어 피를 빠는데, 일본 뇌염 바이러스를 가지고 있어서 감염되면 치사율이 높다. 우리는 이미 항체가 형성되어 있어 괜찮지만 일반인이 물리면 위험하다. 사슴이나 멧돼지, 호랑이 모두 이 클래쉬 때문에 고생이 이만저만이 아니다.

하루 산행을 마치고 나니 수십 마리의 클래쉬가 몸에 붙어 있다. 발로쟈와 나는 웃통을 벗고 마치 원숭이 모자母子처럼 서로의 클래쉬를 잡아주었다. 클래쉬를 잡고 나서 둘 다 발가벗고 맑은 개울물에 몸을 담갔다. 서늘한 한기가 밀려와 소름이 돋는다. 시간이 흐르자 차가운 물에 적응이 된다. 하늘거리는 수초가 발끝을 간질인다. 머릿속이 상쾌하다.

방랑자처럼 끊임없이 숲 속을 돌아다니는 일은 힘겹지만, 가끔씩 찾아오는 이런 상쾌함이 그 모든 힘겨움을 상쇄시킨다. 발로쟈와의 우정도 숲 속 생활의 힘겨움을 잊게 하는 힘이다. 몇 개월씩 함께 다니며 숲 속에서 일하고 야영하다보면 정이 든다. 적나라한 삶을 공유하다보니 위선도 없고 잘난 체할 필요도 없다. 의지할 사람이라곤 우리 둘밖에 없으니 서로 도움이 되고 싶어하고, 친밀해진다.

어제는 눈이 내렸다. 우수리에서는 5월에도 가끔 눈이 내린다. 연초록 숲에 내린 하얀 눈은 마치 수채화 같다. 저렇게 그려놓으면 미술 선생님에게 혼날까? 신록과 눈, 이질적이지만 신선하다고 칭찬받을까?

눈이 녹아 물방울이 뚝뚝 떨어지는 숲을 걷는데 어디선가 고약한 냄새가 났다. 냄새를 따라 발길을 옮길수록 냄새가 지독해졌다. 무언가 썩는 냄새다. 백양나무들이 서 있는 산비탈로 올라가보니 썩어가는 가마니가 시체 썩는 냄새를 풍기며 놓여 있다. 곰을 잡기 위한 트랩이었다. 동면에서 깨어난 지 얼마 안 된 곰들은 시체 썩는 냄새를 찾아다닌다. 겨우내 빠져나간 영양분을 채우기 위해서는 무엇이든 닥치는 대로 먹어야 한다. 이 점을 이용해 밀렵꾼들이 곰 트랩을 만든다. 병 걸려 죽은 소나 짐승을 가마니에 넣고 푹 썩힌 다음, 그것을 곰이 지나다니는 길목에 놓아두고 냄새를 피운다. 지나가던 곰들이 그 냄새를 맡으면 하이에나처럼 달려든다.

불룩한 가마니는 한쪽 입구가 터져 있다. 터진 입구로 소의 다리가 보였다. 그 다리에 투명한 낚싯줄이 묶여 있다. 가는 낚싯줄은 땅 위로 5센티미터쯤 떨어진 채 팽팽하게 당겨져 있다. 낚싯줄을 조심스럽게 따라갔다. 3미터쯤 따라가자 작은 쇠구멍이 보였다. 무인총의 총구였다. 굵은 백양나무 밑에 설치된 무인총은 돌과 나무, 덤불 등으로 감쪽같이 위장되어 있다. 그리고 총구는 정확히 가마니 입구를 겨냥하고 있다.

발로쟈가 곰이 들어오거나 나갈 만한 길에 교묘하게 설치되어 있는 강철 덫 두 개를 찾아냈다. 덫을 들어 올리자 땅에 묻혀 있던 쇠줄이 딸려 나왔고, 그 끝은 백양나무에 묶여 있다. 총과 덫을 수거했다. 이런 밀렵 도구들

곰이 다닐 만한 길에 교묘하게 설치되어 있던 곰덫.
이중 삼중의 밀렵 장치에 살아남을 곰은 거의 없을 것이다.

은 조심하지 않으면 사람도 다친다. 하물며 곰들이 이런 이중 삼중의 밀렵 장치에 걸리면 살아남기 힘들다. 총알이 빗나간다 해도 덫이 기다린다.

반달가슴곰이 새끼 두 마리를 데리고 가마니로 다가온다. 가마니 입구에 코를 들이대고 킁킁거린다. 가마니에 소의 사체가 들어 있다는 것을 알고서는 기분이 좋아진다. 푸짐한 먹을거리에 새끼들도 행복해한다. 어미가 한 발로 가마니를 누르고 머리를 입구에 집어넣는다. 새끼들은 벌써 썩은 다리 살을 뜯고 있다. 어미가 소를 끄집어내기 위해 다리를 물고 힘껏 당긴다. 그때, 소의 다리에 팽팽하게 묶인 낚싯줄이 무인총의 방아쇠를 당긴다.

"타―앙!"

총알이 날아와 어미의 두개골에 박힌다. 어미는 그 자리에 나무토막처럼 쓰러진다. 총소리에 놀란 새끼들이 부리나케 도망간다. 도망갈 길은 앞길 아니면 뒷길밖에 없다. 새끼들이 뒷길로 달린다.

"철커덕."

톱니바퀴 모양의 시커먼 물체가 새끼 한 마리의 발목을 붙잡는다.

"우웨에엑, 우웨에엑!"

새끼는 미친 듯이 소리 지르며 몸부림친다. 도망가던 다른 새끼가 멈춰 선다. 엄마와 형이 따라오지 않자 불안한 지 뒤돌아본다. 뒷발로 일어서서 주위를 살펴보다 살금살금 돌아온다.

시커먼 물체에 붙잡힌 형이 소리 지르며 몸부림치고 있다. 새끼는 형의 콧등을 핥아준다. 형은 발목을 움켜쥐고 있는 딱딱한 물체를 물어뜯는다. 형을 지나 어미 곁으로 간다. 엄마는 죽은 듯이 누워 있다. 엄마의 목덜미에 제 머리를 치대며 칭얼거려 본다. 평소처럼 엄마의 넓은 등짝에 올라타 장난도 쳐본다. 엄마는 꿈적도 하지 않는다. 붉은 피가 이마로 흘러내려 콧등을 적시고 있다. 엄마의 콧등을 핥는다. 그래도 엄마가 움직이지 않자 형의 곁으로 돌아간다. 울부짖다 지친 형이 낑낑거리며 아픈 다리를 핥는다. 같이 핥아준다.

날이 어두워지자 문득 배가 고프다. 누워 있는 엄마에게 다시 다가가 가슴팍을 헤집는다. 퉁퉁한 젖꼭지를 찾아내 쭉쭉 빨았다. 차가운 맛이 났다.

봄철, 어미 곰들은 대부분 이런 식으로 밀렵 당한다. 그래서 봄에는 어미 잃은 새끼곰들이 자주 보인다. 새끼곰들은 총에 맞아 절명한 어미의 젖을 빨다가, 덫에 걸려 몸부림치는 어미 곁을 지키다가 밀렵꾼에게 사로잡힌다. 운이 좋으면 동물원으로 보내지지만 대부분은 웅담을 필요로 하는 사육자에게 팔려나간다. 다행히 밀렵꾼의 손에서 도망친다 해도 혼자서 삶을 헤쳐나가기는 힘들다. 고난을 이겨내고 살아남으면 《시튼 동물기》의 '회색곰 워브'처럼 평생 인간에 대해 적의를 품고 살아간다.

멧돼지와 노루의 수가 그나마 많은 것은 고기값밖에 못 건지기 때문이다. 반달곰과 사향노루는 웅담과 사향 때문에 그 수가 훨씬 적다. 호랑이는 가죽뿐만 아니라 뼈와 살까지 비싼 약재로 팔린다. 그래서 호랑이가 가장 먼저 멸종위기에 몰렸다. 사람들은 동물에게 상업적 가치를 매긴다. 그 가치 순으로 동물은 멸종해간다.

잣송이

용의 등뼈를 넘다

　우수리는 한국보다 겨울이 한 달쯤 먼저 시작되고, 한 달쯤 늦게 끝난다. 추위는 더 심하고 눈도 많이 온다. 그래서 봄은 더욱 따뜻하게 느껴지고 생명들은 더욱 바쁘다. 쓰러진 고목들 위로 오랜 세월 두껍게 자란 이끼들이 파릇하다. 그 위에 축축한 민달팽이들이 물컹물컹 뭉쳐서 새 생명을 잉태한다. 고목 밑에는 시커먼 먹구렁이 네다섯 마리가 모여 사람이 다가오는 줄도 모르고 암컷 쟁탈전에 열을 올린다. 꽈배기를 꼬듯 온몸을 비틀어 올리며 넝쿨처럼 서로를 기어오른다. 한 놈은 혀를 날름거리며 암컷의 등을 애무하고, 성질 급한 한 놈은 암컷의 등을 깨물어 강압한다. 또 한 놈은 그 사이를 비집고 들어가 훼방을 놓는다. 덩치가 큰 암컷은 등 근육을 울컥거리며 수컷들의 경쟁을 더욱 부추긴다. 가장 강한 놈을 받아들이려는 본능이다.

　그냥 보고 지나치기엔 애틋한 5월, 이 신록의 계절이 먹구렁이들의 번식철이다. 본능의 계절이 끝나면 먹구렁이들은 설치류를 찾아다니며 영양분을 채운다. 그렇게 7월이 오면 태양의 빛을 빨아들여 단맛을 채운 야생포도 알처럼 탐스럽게 영근, 달걀 반만 한 타원형의 알 스무남은 개를 으슥한 바위나 낙엽 밑에 고이 낳을 것이다.

저지대의 숲을 통과하자 완만하지만 높은 산이 앞을 가로막는다. 우데게 말로 우쑤산烏巢山, 즉 까마귀가 둥지를 트는 산이다. 용의 등뼈 남부를 이루는 산들 중 가장 큰 산이다. 까마귀산 발치에서 발로쟈와 헤어졌다. 나는 능선을 타고 올라가며 조사하고, 발로쟈는 골짜기를 따라 올라가며 조사하다 산 정상에서 만나기로 했다.

호랑이의 흔적을 조사한다는 것은 호랑이가 다닐 만한 길들을 따라다니는 것이다. 늘 위험이 도사린다. 헤어지기 전에 우리는 세 개씩 탄을 나눠 가졌다. 하나는 끈을 당기면 30분쯤 불꽃이 나오는 불꽃탄, 또 하나는 두 시간쯤 연기가 나오는 연기탄, 나머지 하나는 대포소리가 나며 폭죽이 솟아오르는 대포탄이다. 각각 용도가 다르다. 길을 잃거나 다쳐서 움직일 수 없을 때는 연기탄, 밤에 서로 연락하거나 위험에 처했을 때는 불꽃탄, 맹수의 습격을 받을 때는 대포탄을 사용한다.

산줄기를 오르다 호랑이 흔적을 발견했다. 두 번 이상 비를 맞은 낡은 배설물이다. 그 속에서 멧돼지의 뻣뻣한 털 뭉치가 나왔다. 발자국은 형태만 희미하게 남아 있다. 보름 넘게 동쪽으로 전진하고 있지만 이렇다 할 흔적이 없다. 발자국과 배설물, 나무에 긁어놓은 발톱자국들을 가끔 보긴 했지만 호랑이의 정체를 파악하기에는 너무 오래된 흔적들이었다. 호랑이의 흔적은 2주 이상 지나면 정확한 정보를 얻기가 힘들다.

산에는 짐승들이 다니는 길이 미로처럼 얽혀 있다. 사람이 다니는 오솔길만 해도 여러 갈래다. 호랑이는 이렇게 복잡한 길이 어디로 통하는지 다 알고 있다. 그래서 자신의 목적지까지 질러가고 싶으면 지름길을, 돌아가고 싶으면 우회로를 정확하게 찾아낸다. 나는 이런 호랑이를 '택시 아저씨'라고 부른다. 지름길과 둘러가는 길, 사냥 다니는 길과 휴식하러 가는 길 등 지역 내 모든 산길을 택시 아저씨처럼 꿰뚫고 있기 때문이다. 하지만 노선이 있다는 점에서는 '버스 아저씨'에 가깝다.

호랑이의 노선은 주로 산마루 길과 골짜기의 물길을 따라 나 있다. 산줄기의 높은 능선에는 어디든 짐승들이 다니는 산마루 길이 있다. 조선표범이나 스라소니, 산양 등은 평소 산마루 길로 다니기를 좋아한다. 호랑이도 높은 산마루 길을 자주 이용한다. 아니면 아예 골짜기 낮은 지대의 물길을 따라 다닌다. 사냥감을 쫓는다든지 잠자리가 있다든지, 아니면 큰 호랑이를 피해야 한다든지 하는 특별한 경우를 빼고는 능선과 골짜기 사이의 산중턱으로는 잘 다니지 않는다.

호랑이가 산마루 길을 애용하는 이유는 편하고 빠르게 이동할 수 있기 때문이다. 여름에는 저지대보다 덤불이 적고, 산모기나 등에 같은 벌레의 성가심도 덜하다. 겨울에는 매서운 바람이 산마루에 쌓인 눈을 저지대로 날려 버려 눈이 덜 쌓인다. 사람 사는 세상으로 치자면 고속도로에 해당한다. 산마루 길은 시야가 탁 트여 골짜기에서 돌아다니는 짐승들의 움직임을 관찰하기에도 좋다. 산비탈을 따라 올라오는 산들바람을 타고 저지대의 짐승 냄새도 실려 온다.

사냥감을 발견하면 호랑이는 비로소 골짜기로 내려간다. 평평한 저지대에는 나무와 풀이 무성해 초식동물의 먹이가 풍부하다. 강이나 개울을 끼고 있어 물을 마시기에도 좋다. 그래서 대부분의 초식동물은 골짜기의 저지대를 따라 움직이며 먹이를 찾는다. 호랑이가 저지대로 내려가는 것에는 이런 동물들을 사냥하겠다는 뜻이 담겨 있다.

사냥 외에 동족 간의 볼일도 있다. 동족 간의 볼일이란 사랑 아니면 갈등이다. 번식기에 냄새를 피우며 짝을 만나거나 그렇게 해서 태어난 가족을

호랑이는 편하고 빠른 산마루 길을 애용한다.
산마루는 시야가 탁 트여 골짜기에서 돌아다니는 짐승들의 움직임을 관찰하기에도 좋다.

만나는 것은 사랑이다. 반면, 자신의 영역으로 들어온 동족을 내쫓거나 들어오지 말라고 경고표시를 남기는 것은 갈등이다. 이런 의사표시를 위해 산마루뿐만 아니라 저지대의 주요 길목에도 영역표시를 한다.

능선을 따라 올라갈수록 잣 향기가 났다. 얼마 지나지 않아 눈앞에 잣나무 군락이 펼쳐졌다. 올해 자라난 잣나무 가지마다 꽃대들이 길쭉길쭉 솟아나 숲 표면이 울긋불긋하다. 바람이 불자 붉은 잣나무 수꽃가루가 매캐하게 날려 온다. 이 수꽃가루가 자주색 암꽃에 닿으면 수정이 되고, 수정된 암꽃은 조그마한 잣으로 달려 있다가 이듬해 가을에 익는다. 지금 달려 있는 골프공만 한 잣송이들은 작년에 수정된 것들이다. 가을에는 튼실하게 여물어 발굽동물의 겨울철 먹이가 될 것이다.

세어보니 가지마다 잣송이가 서너 개씩 달려 있다. 대여섯 개씩 달린 가지도 많다. 풍작이다. 이동관찰을 하면서 잣나무와 참나무, 야생호두나무 숲에 열매가 얼마나 열렸는지 확인하는 것은 필수사항이다. 발굽동물들은 봄부터 가을까지는 여기저기 다니며 어렵지 않게 먹이를 구할 수 있지만, 겨울에는 결국 이런 숲을 찾아와 눈을 헤집고 바닥에 떨어진 잣송이나 도토리, 호두를 뒤진다. 이 발굽동물을 따라 호랑이가 출몰한다. 그래서 숲의 열매를 확인하는 일은 잠복지를 설정하는 데 중요한 근거가 된다.

'까마귀산 서사면西斜面 초입의 15헥타르 잣나무 군락. 가지마다 평균 3개 이상의 잣송이. 한 달 이상 지나서 정체를 파악할 수 없는 호랑이 발자국과 배설물.'

수첩에 적어 넣었다. 이런 정보들이 축적되면 호랑이 생태지도가 완성된다. 생태지도에는 다음과 같은 정보들이 표기된다.

● 호랑이의 흔적 발자국, 배설물, 발톱자국 등 호랑이 흔적과 흔적을 통해 파악된 호랑이의 정체

● 호랑이의 사냥 흔적 사냥 대상과 시기, 장소, 뜯어 먹은 장소

● 발굽동물의 흔적 지나간 발굽동물의 종류와 수, 이동경로 및 방문목적

● 숲의 열매 참나무, 잣나무, 야생호두나무 군락의 위치와 크기, 열매의 풍작 또는 해거리 여부

● 기타 특이사항

생태지도가 완성되면 호랑이가 자주 나타나는 곳과 이동경로를 어느 정도 파악할 수 있다. 그 결과를 토대로 겨울에 잠복할 지역을 결정하고, 결정

된 지역만 집중 조사해서 다시 작은 생태지도를 만든다. 작은 생태지도에는 그 지역 내에서 호랑이와 발굽동물이 움직이는 구체적인 길을 표시한다. 그에 따라 잠복지의 정확한 위치와 카메라의 각도, 배경 등을 확정한다.

잣나무 군락을 지나자 시야가 트였다. 산마루 길을 따라 계속 올라가다 백두산사슴의 똥을 발견했다. 백두산사슴은 백두산 지역에 많이 산다고 해서 붙여진 이름인데 그 크기 때문에 지역마다 이름이 다양하다. 함경북도에서는 소처럼 크고 누렇다고 해서 '누렁이', 만주족은 말처럼 크다고 해서 '마록馬鹿', 우수리에서는 '이즈부라'라고 부른다. 붉은사슴Red Deer의 일종으로 큰 놈은 덩치가 꽃사슴의 세 배 가까이 될 정도로 정말 말만 하다.

백두산사슴은 저지대 들판보다 이런 고지대 산등성이를 좋아한다. 봄에는 저지대 들판으로 내려가 새순을 뜯어 먹지만 여름이 가까워질수록 점점 고지대로 올라온다. 똥에 윤기가 흐르는 것이 지나간 지 얼마 되지 않았다. 어미와 새끼, 두 마리다. 똥의 색깔은 먹이에 따라 달라지는데 크고 검은 것은 어미의 똥이고, 작고 노란빛이 섞인 것은 아직 젖을 먹는 새끼의 똥이다. 발굽 자국과 똥의 굵기로 보아 태어난 지 몇 주 되지 않은 새끼다.

백두산사슴 중 수컷의 뿔은 나뭇가지처럼 갈래갈래 자란다. 봄이 되면 이 우람한 뿔이 떨어지고 융단처럼 짧고 부드러운 털로 덮인 새 뿔이 빠르게 자라난다. 이것을 녹각 중에서도 으뜸으로 치는 대각袋角이라 한다. 예전부터 함경도와 만주, 우수리 유역에는 봄만 되면 이 대각을 얻기 위해 많은 포수들이 모여들었다. 이런 이유로 백두산사슴의 수가 크게 줄었다. 과거 라조 지역에서도 호랑이가 제일 많이 사냥하던 먹이가 백두산사슴이었지만 지금은 그 수가 줄어 우수리사슴으로 바뀌었다.[7]

산 정상에 이르니 커다란 바위투성이다. 용의 등뼈 꼬리에 해당하는 곳이지만 험준하기가 머리 못지않다. 너럭바위 하나에 자리를 잡고 앉았다. 시호테알린 산맥이 좌우로 시원하게 뻗어 있다. 신록의 계절을 맞은 산맥의 피부가 눈부시다. 멀리 동쪽으로는 미지네츠 강이 봄 햇살에 아스라이 반짝인다.

"뻐꾹, 뻐꾹, 뻑뻐꾹."

건너편 산에서 뻐꾸기가 암컷을 부른다. 수컷만이 낼 수 있는 이 소리는 듣는 사람의 사지를 나른하게 만든다. 이 소리에 암컷들은 삐삐삐삐, 들릴 듯 말 듯한 소리를 내며 수컷 주변으로 날아가 얼쩡댄다.

"국구, 국구, 구구국구."

한편에서는 산비둘기가 짝을 부르는 소리가 들려온다. 허파에서 울려나오는 듯한 이 소리는 너무도 허허로워 들을 때마다 적막감을 안겨준다. 자연의 소리란 본디 감정이 절제되어 있다. 감정이 배어 있다 하더라도 그 울리는 사유를 다 알기 어려운 법이다. 그러니 사람들이 자연의 소리를 듣고 느끼는 감정은 주로 자신의 희로애락이 반영된 것이다.

♫~
왔다 갈 줄 아는 봄을
반겨한들 쓸데 있나.
봄아 왔다가 가려거든, 가거라.
네가 가도 여름이 되면……

먼 산을 바라보며 날짐승 소리에 하염없이 빠져 있는데 누군가 등을 두드린다. 돌아보니 발로쟈다. 그도 백두산사슴 모자의 흔적 외에는 별 소득이

---

7 / 우수리호랑이의 먹이는 1980년대부터 백두산사슴과 멧돼지에서 우수리사슴으로 서서히 바뀌기 시작했다. 1990년대에 상업적 밀렵이 기승을 부리며 백두산사슴이 급격히 줄어들자 이런 현상은 우수리 전역으로 확산되었다.(마코프킨, 1999)

없다. 나도 잣나무 군락에 잣이 풍성하게 열렸다는 이야기와 오래된 호랑이 흔적 외에는 전해줄 말이 별로 없다.

잠시 앉아 쉬던 발로쟈가 멀리 한 곳을 가리킨다. 몇 년 전, 군 장성 하나가 올가미를 수없이 깔아 어린 호랑이 한 마리를 잡은 곳이라고 한다. 산지기들이 그 장성의 차를 수색해 죽은 호랑이를 찾아냈다. 그는 경찰에 넘겨졌지만 다음날 풀려났다. 그때 죽은 호랑이는 블러디 메리가 두 번째로 낳은 새끼 네 마리 중 한 마리일 것이다. 광활한 블러디 메리의 영토에 봄바람이 흘렀다. 흐르는 봄바람을 타고 산맥 곳곳에서 유황처럼 노란 송홧가루가 피어올랐다.

나아갈 길을 생각하며 산 정상에서 지형지물을 확인했다. 까마귀산 남쪽은 완만하고 넓게 펼쳐진 사슴계곡이다. 울창한 나무로 뒤덮인 사슴계곡을 거쳐 미지네츠 강 상류로 나아갈 것이다.

능선을 따라 내려가자 사슴계곡을 구불구불 헤치며 사슴강이 흐르고 있다. 개울이라고 하기에는 크고 강이라고 하기에는 작지만, 은실같이 맑고 아름답다. 강 양쪽에는 아름드리나무가 즐비하다. 잣나무, 참나무 등 여러 종류의 나무들과 뒤섞여 야생호두나무도 넓게 퍼져 있다. 사슴계속은 침엽수와 활엽수가 잘 어우러진 전형적인 밝은 숲이다.

걷다 말고 어마어마한 굵기의 도플러(포플러나무의 일종) 뒤에 슬그머니 몸을 숨겼다. 강 건너에서 우수리사슴 열댓 마리가 행복한 한때를 보내고 있다. 수컷들은 뿔싸움에 정신이 팔려 있다. 달려와서 앞발을 번쩍 치켜들었다가 내리치면서 서로의 머리를 박는다. 교미철이 아니라서 박력은 떨어지지만 꽤 힘차고 리드미컬하다. 머리에는 아담하니 붉은 녹각이 새로 돋아났다. 암컷들은 수컷들의 뿔싸움에 아랑곳없이 강가 자갈밭으로 나와 풀을 뜯는다. 몇몇 암컷은 여리고 앙증맞은 새끼를 데리고 있다. 백두산사슴과 마찬가지로 우수리사슴도 봄에 새끼를 낳는다.

풀을 뜯던 사슴 한 마리가 문득 고개를 들어 주위를 경계한다. 고개를 뺏다 넣었다 하며 이쪽을 한참 쳐다보다 짧은 꼬리를 좌우로 흔들어 모기를 쫓는다. 꼬리가 닿지 않는지 고개를 돌려 등짝을 한 번 스윽 문지르고는 다시 풀을 뜯는다. 분홍 몸통에 하얀 매화무늬가 도드라졌다. 5월은 꽃사슴이 가장 아름다울 때다. 하지만 이 아름다운 모습 뒤에 섬세하고 진실하며 처절한 삶의 실제가 있다. 이처럼 고요한 한때가 지나가면 언제 어디서 살육의 폭풍이 휘몰아칠지 모른다.

다 자란 우수리호랑이는 대략 2주에 한 번 꼴로 발굽동물을 잡아먹는다. 1년이면 30마리 정도의 발굽동물을 잡아먹는데, 그중 50퍼센트가량이 우수리사슴이다. 그래서 사슴은 늘 호랑이의 기척을 살피며 경계하고 조심한다. 하지만 호랑이보다 더 무서운 것이 있다. 밀렵이다.

갈리나 박사의 보고에 따르면 1981년부터 2004년까지 라조 지역에서 발견된 우수리사슴의 사체는 총 1,658마리였다. 사망원인은 밀렵에 의한 경우가 57퍼센트, 호랑이에 의한 경우가 28퍼센트였다.[8] 1990년까지만 해도 밀렵에 의한 사망이 22퍼센트, 호랑이에 의한 사망이 77퍼센트였다. 하지만 1990년대 초반, 개혁개방 정책이 진행되고 구소련이 해체되는 사회적 혼란기에 이 수치가 역전되더니 1990년대 후반에는 밀렵에 의한 사망이 75퍼센트, 호랑이에 의한 사망이 19퍼센트로 집계되었다. 밀렵이 증가하고 있다.

밀렵과 맹수의 위험이 늘 도사리는 숲에서 이렇게 싱싱하고 평화롭게 노니는 사슴들의 모습을 풀잎냄새 맡으며 지켜보는 것은 넘치는 행복이다. 몸

---

8 / 그 외 겨울에 눈이 많이 내려 굶어죽는 경우를 포함한 자연사가 10.8퍼센트, 들개에 의해 사망한 경우가 2.1퍼센트, 스라소니, 담비 같은 다른 맹수에 의해 잡아먹히거나 차에 치이거나, 혹은 수컷들끼리 싸우거나 절벽에서 떨어져 죽는 등 나머지 경우가 2.1퍼센트였다.

숲을 다니다 보면 개울이나 강가에서 동물들을 가끔 만난다. 밀렵과 맹수의 위험이 도사리는 숲 속에서 싱싱하게 뛰노는 동물들을 본다는 것은 넘치는 행복이다. 위_ 우수리사슴 아래_ 멧돼지.

은 비록 지쳤지만 정신이 맑고 가슴은 뛴다. 자연의 깊은 곳을 보여준 엔두리에게 감사하며, 낮은 포복으로 뒷걸음쳤다. 꽃사슴 무리의 평화를 방해하지 않는 것은 자연에 대한 예의다.

호랑이가 낚시하는 법

　사슴강을 따라 걸었다. 갈수기라 강물이 많이 줄었다. 강물이 흐르는 여울은 폭이 4~5미터, 강물이 모여 있는 소沼는 7~8미터로 좁다. 강이 곡선을 그리는 곳에 홍수 때 뿌리째 뽑혀 떠내려 온 아름드리 잣나무가 걸쳐져 있다. 자연이 만든 통나무다리다. 개울을 건널 때 이런 통나무다리를 이용하는 것은 사람이나 호랑이나 매한가지다.

　강을 건너다 말고 통나무다리 위에 주저앉아 강물을 내려다보았다. 물살이 급하지 않은 얕은 여울마다 점박이 물고기들이 모여 퍼덕거린다. 열목어들의 산란이 한창이다. 강물이 말라가는 4~5월은 우수리 열목어의 산란철이다. 한국에선 서식지 자체가 천연기념물인데, 여기선 열목어가 지천이다.[9]

---

9 / 열목어는 맑고 차가운 물에 사는 냉수성 어종으로, 깊은 계곡의 소나 여울에서만 사는 육식성 민물고기다. 과거 평안도와 함경도 사람들은 이 물고기의 눈이 빨간 것은 몸에 열이 나서 충혈되었기 때문이라며, 그 열을 식히기 위해 차가운 물에서만 산다고 생각했다. 그래서 '열목어熱目魚'라는 이름을 얻었다. 우수리에서는 해동이 늦어 산란철도 한국보다 조금 늦다. 한국의 열목어 산란철은 3~4월로, 이때를 금어기禁漁期로 정해놓고 있다.

열목어들이 꼬리를 살랑살랑 흔들며 물결을 거슬러 헤엄친다. 물결의 흐름과 지느러미의 추진력이 적당한 균형을 이루어 열목어들은 제자리를 맴돌거나 천천히 상류로 올라갔다. 검은 점이 줄줄이 박힌 온몸이 붉은 혼인색을 띠고 지느러미마다 녹색이 살짝 밴 무지갯빛 광택이 난다. 아름다운 혼인 예복으로 갈아입은 수컷들은 물속의 물정을 살피며 암수를 구분하여 반응했다. 암컷이 자신의 세력권으로 들어오면 마중을 나가 호위를 하고 수컷이 들어오면 쏜살같이 달려가 쫓아낸다. 주름졌다 사라지고 다시 생기는 맑고도 끊임없는 물고랑 사이를 열목어들이 넘나든다. 어른거리는 점박이들의 모습이 시간의 저쪽에서 이쪽으로 건너왔다 건너가는 물결처럼 보였다. 물에 대한 감각이거나 순간의 환상이었다. 시간을 거스를 수 없듯이, 물결을 거스르던 열목어들은 어느 순간 물결의 흐름에 몸을 맡기며 제자리로 떠내려와 처음부터 물결타기를 다시 시작했다. 점박이 열목어들은 그렇게 자신의 영역을 반복하여 오르내렸다.

수컷들이 자기가 점찍어 놓은 암컷 주변을 맴돌며 다른 수컷들을 쫓아내는 사이, 암컷들은 꼬리로 모래자갈을 빠르게 헤치며 산란할 알이 물에 떠내려가지 않도록 산란자리를 만들었다. 산란자리가 만들어지자 수컷이 물살을 가르며 암컷의 몸을 비볐다. 암컷도 꼬리를 뒤흔들며 안간힘을 다해 노란색 알들을 낳았다. 그 위로 수컷의 하얀 정액이 퍼졌다. 물결을 오르내리며 눈치를 보던 다른 수컷들이 때를 놓치지 않고 잽싸게 끼어들어 동시에 정액을 방사했다. 한 달쯤 지나면 이렇게 수정된 알에서 새끼들이 태어날 것이다. 잡아먹히지 않고 4, 5년을 살아남는다면 그 열목어가 다시 노란색 알을 낳을 것이다.

통나무다리를 건너 작은 모래톱에 배낭을 벗어 내려놓았다. 산길을 오래 걸었더니 여름처럼 덥다. 신발을 벗고 조심스럽게 강물로 들어가자 산란을 위해 모여 있던 열목어들이 깊은 곳으로 도망친다. 강바닥은 모래와 자잘한 자갈이 적당히 섞여 있어 열목어들이 바닥을 헤치고 산란하기에 좋다. 움푹움푹 파인 산란자리마다 노란 알들이 소복이 쌓여 있다.

수심은 무릎까지 오고 물살은 느리지도 빠르지도 않다. 열목어들은 이렇게 적당한 수심에 적당한 물살이 흐르는 곳에서 산란한다. 수심이 너무 깊으면 숙성해 가는 알에 풍부한 산소를 공급하지 못해 부화율이 떨어지고, 너무 얕으면 천적에게 쉽게 노출된다. 물살이 급하면 알이 떠내려가고, 너무 느리면 알에 유기물이 달라붙어 부화를 방해한다. 자연을 이용하면서도 자연에 순응하는 오묘한 이치다.

좀 더 깊은 곳으로 들어가 보았다. 제일 깊은 곳이라야 허리가 잠길 정도다. 물살을 헤치며 다가가자 열목어들이 수선을 피우며 도망간다. 그러다 물속에 흥건히 가라앉은 암갈색 낙엽 속으로, 혹은 바위 밑으로 파고든다. 물이 차가워 종아리가 아릿아릿하다. 세수를 하고 땀을 씻어낸 뒤 돌아 나왔다.

강물을 벗어나 모래톱에 막 발을 내딛으려다 깜짝 놀라 동작을 멈췄다. 호랑이 발자국이 찍혀 있었다. 등잔 밑이 어둡다더니 발밑에 호랑이 발자국을 두고도 밟을 뻔했다. 모래에 찍힌 발자국이라 정확한 크기를 알 수는 없지만, 윤곽이 살아 있는 것으로 보아 오래된 발자국은 아니다. 모래에 찍힌 발자국은 오래되면 윤곽이 희미해진다. 비에 씻겨나가고 바람에 쓸려나가며 모래는 발자국을 조금씩 지워버린다.

오래되지 않은 흔적, 마음이 설렌다. 발자국을 따라가자 눈앞이 훤해졌다. 아, 온통 호랑이 흔적이다. 강 상류로 이어진 좁다란 모래톱에 호랑이 발자국이 어지럽게 널려 있다. 달리기를 한 흔적도 있고, 장난을 친 흔적도 있다. 드러누워 쉬었던 흔적도 여러 곳이다. 한 마리가 아니라 서너 마리의 호랑이들이 여기서 쉬며 놀았다.

호랑이는 홀로 생활하는 고독한 짐승이다. 그런데 이 맑은 강가의 작은 모래톱에 서너 마리의 호랑이들이 있었다. 가슴이 뛴다. 여기는 블러디 메리의 영토 한가운데다. 블러디 메리의 세 번째 새끼들일 가능성이 아주 높다. 어린 새끼들은 아니다. 거의 다 자란 호랑이들의 발자국이다.

그런데 이상한 흔적이 눈에 들어왔다. 모래톱이 끝나는 풀밭 여기저기에 물고기 지느러미들이 흩어져 있다. 가까이 가보니 열목어 꼬리다. 머리와 뼈는 거의 없고 대부분 꼬리지느러미다. 산란을 위해 얕은 여울로 나온 열목어를 잡아먹었다. 호랑이가 물고기를 잡아먹는다는 이야기를 들어보긴 했지만 그 흔적을 확인하기는 처음이다.

물고기를 잡기에 가장 좋은 철은 연어와 송어가 산란을 위해 바다에서 강으로 올라오는 가을이다. 9, 10월이 되면 돌아온 연어와 송어를 잡기 위해 곰들이 강가로 모여든다. 이때는 호랑이도 강가로 움직이는 경우가 잦다. 곰도 잡고 연어도 잡을 겸 강을 따라 다닌다. 그래도 연어보다는 곰이 호랑이의 주요 목표다.

물고기가 호랑이의 주식이 아니다 보니 호랑이가 물고기를 잡는 모습을 목격하는 일은 거의 없다. 물고기를 잡아먹은 흔적을 발견하는 일도 드물다. 더욱이 가을철 연어도 아니고 호랑이가 봄철 열목어를 잡아먹는다는 이야기는 단 한 번을 빼고는 들어본 적이 없다. 그 단 한 번은 마약 마을에 사는 심마니 키몬코 올가에게서 들었다. 그녀가 자신의 아버지에게서 들은 이야기를 내게 들려주었는데, 그녀의 아버지는 우데게 중에서도 호르 강가에 사는 키몬코 씨족의 사냥꾼이었다.

"어느 해 봄 백두산사슴을 잡으러 개울을 따라 올라가고 있었지. 크게 굽이진 개울을 돌다가 암바를 봤어. 개울 한가운데에 글쎄 암바가 우두커니 서 있는 거야. 얼른 바위 뒤로 숨었지. 그러고는 암바가 지나가기를 기다렸어. 근데 아무리 기다려도 암바가 갈 생각을 않는 거야. 가만히 지켜봤더니 한쪽 앞발을 들고 서서 물속을 들여다보고 있더군. 한참을 그대로 서 있더니 갑자기 들고 있던 발로 딛고 있던 발을 후려쳤어. 개울물이 첨벙 튀었지. 그 러고는 물속을 뒤적여 뭔가를 건져냈는데, 사슴 꼬리만 한 레눅(열목어)이었 어. 레눅을 물고 개울가로 나와 머리부터 맛있게 씹어 먹더군. 다 먹은 다음 다시 개울로 들어가더니 또 꼼짝도 하지 않고 서 있는 거야. 신통하지 않아?"

과거에 두꺼비가 집단으로 모여 산란하는 곳을 조사한 적이 있다. 얼마 후 다시 가보니 알이 모두 부화해 굵직한 올챙이들이 되어 있었다. 물속에 손을 담그자 처음에는 도망가던 올챙이들이 시간이 흐르면서 다시 모여들어 내 손에 달라붙었다. 조용히 손을 들어 올리자 각질을 벗겨 먹느라 손을 간질이 던 올챙이들이 한 움큼 잡혀 올라왔다. 올가 아버지의 경험담을 전해 들었을 때 이 올챙이들 생각이 났었다.

호랑이 한 마리가 시내 가운데로 걸어 들어간다. 산란철을 맞은 열목어들이 놀라서 도망간다. 호랑이는 한 발을 들고 가만히 선다. 봄철 갈수기라 물이 줄 었지만, 그래도 호랑이 다리털이 물결에 하늘거린다. 인내심을 가지고 한참을 기다리자 열목어들이 하나둘 다시 모여든다. 주둥이로 다리를 툭툭 건드린다. 하늘거리는 다리털을 수초나 수서곤충인 줄 알고 뜯어 먹는다. 그 모습을 가만 히 들여다보던 호랑이가 들고 있던 해머 같은 앞발로 물고기를 내려친다. 기절 한 물고기를 물고 천천히 걸어 나온다.

다리털을 미끼로 열목어를 기다리는 기상천외한 낚시법이다. 강태공 못 지않다. 이런 기다림의 낚시는 인내심 강하고, 힘보다는 속임수를 앞세우는 암호랑이에게 어울린다. 특히 블러디 메리의 성격에 꼭 맞는다. 철없는 새끼호랑이라면 물속을 첨벙첨벙 뛰어다니며 보이는 대로 열목어를 덮쳤을 것이다. 마치 곰이 연어를 때려잡을 때처럼 말이다. 하지만 그런 방식은 가을에 강을 거슬러 떼 지어 올라오는 덩치 크고 느려터진 참연어나 곱사연어들에게나 통한다. 가을 연어에 비할 수 없이 수가 적고, 덩치도 작으면서 민첩하기 그지없는 개울의 터줏대감 열목어들이 그런 무식한 방식에 당할 리 없다.

이 기발한 낚시법이 아니라도 블러디 메리는 정말 영리하다. 열목어의 산란철을 알고 있다. 열목어가 어디에서 산란하기를 좋아하는지도 알고 있다. 더구나 산란철이 갈수기라 물에 들어가 낚시하기 좋다는 것도 알고 있다. 이 모래톱을 낚시터로 선택한 것이 그 증거다. 경험 많은 호랑이가 숲 속에서 일어나는 일에 얼마나 이해가 깊은지 알 수 있다.

발자국은 강가를 따라 미지네츠 강 쪽으로 이어졌다. 얼마 안 가 숲을 가로질러 강으로 들어가는 작은 개울 하나가 나타났다. 개울가 진흙 위에 호랑이 가족의 발자국이 깨끗하게 찍혀 있었다. 모두 네 마리다. 그중 하나는 앞발 볼의 너비가 9.7센티미터, 역시 블러디 메리다. 지난번 타친코 해안에서 계측했던 발자국의 주인공. 그녀가 세 마리의 새끼를 낳았다. 암컷 두 마리, 수컷 한 마리. 암컷 새끼 두 마리는 앞발 볼의 너비가 비슷하다. 9.2센티미터, 9.4센티미터. 나머지 하나는 10.8센티미터, 수컷 새끼다.

암컷 새끼는 두 살쯤 자라야 어미만큼 커지지만 수컷 새끼는 더 빨리 자란다. 한 살이면 비록 젖살이긴 하지만 벌써 그 덩치와 발자국이 어미만 해진다. 새끼들의 발자국 크기를 보니 거의 다 자라 한 살 반은 넘은 것 같다. 우수리의 암호랑이들 가운데서도 블러디 메리는 역시 좋은 어미호랑이다. 이번에도 세 마리의 새끼를 낳아 아무 탈 없이 이만큼 키워냈다.

암호랑이는 번식기에 암내를 풍겨 수컷들에게 알린다. 이 냄새는 너무나 강력하고 유혹적이라 호랑이에게 가장 중요한 사냥도 두 번째 일이 된다.

그 지역에 사는 대부분의 수컷들이 이 냄새를 맡고 찾아온다. 왕대도 예외가 아니어서 암내를 맡으면 만사 제쳐놓고 그 냄새의 주인을 찾아 나선다. 아무리 많은 수컷들이 모여들어도 왕대가 나타나면 신랑은 정해진 것이나 다름없다. 왕대가 암컷의 짝이 된다. 시기적으로 봤을 때 블러디 메리의 첫 번째와 두 번째 배의 새끼들은 아마도 내가 '꼬리'라고 부르는 지난번 왕대의 자식들일 것이다. 하지만 이번 새끼들의 아버지는 라조 지역의 현역 왕대인 시호테알린 산맥의 정령, 하쟈인일 가능성이 높다.

안개가 퍼지듯 는개비가 스며들더니 차츰 짙어진다. 보슬비가 내린다. 빗방울이 풀잎을 두드린다. 난처럼 휘어진 풀잎의 탄력에 살짝 튀어 올랐다가 수십 개의 옥구슬로 깨어져 구른다. 인적 없는 사슴강 멀리, 수없는 궤적을 그리며 보슬비의 가는 선들이 흩날린다. 봄장마가 시작되었다. 깊이와 운치를 뿌옇게 더해가는 강가 어딘가로 블러디 메리의 가족이 걸어가고 있을 것이다. 점점이 남겨진 가족의 자취는 봄장마가 지워줄 것이다.

개울가 진흙 위에 찍힌 블러디 메리의 발자국

미녀 박사와 산지기 | 호랑이는 흔적을 남긴다 | 폭풍의 정령, 테무 | 안개 속의 사슴 사냥
강한 새끼만 키운다? | 하늘나무 | 해변의 호랑이 가족 | 호랑이를 신으로 믿는 사람들

2
—
숲의 신, 암바

SIBERIAN TIGER

우수리의 숲이 여름으로 깨어나고 있다. 야생오리들의 둔탁한 울음소리가 사라지고,
휘파람새나 솔새들의 명랑하고 쾌활한 소리가 숲을 누빈다.

산지기 권혁범 씨

미녀 박사와 산지기

　넓고 혹독한 자연환경, 수많은 외침의 역사 속에서 형성된 러시아 사람들의 성정은 이중적인 면이 있다. 표면적인 이권에 대단한 관심을 보이면서도 그 마음 한편에는 순수한 영혼이 자리 잡고 있다.

　언젠가 차가 한 대 필요할 때였다. 마침 러시아 사람 한 명이 우리 용도에 맞는 지프를 팔려고 내놓았다. 블라디보스토크까지 나가서 차를 사는 데 며칠을 소요하느니 가격을 더 주고 그 지프를 사는 게 낫겠다 싶었다.

　"시중가격보다 2,000달러 더 주겠습니다. 파세요."

　그런데 그는 4,000달러를 더 요구했다.

　"우리도 중고차 시세 다 압니다. 이것만 받아도 이득이지 않습니까?"

　"그렇게는 안 파네."

　"그러면 우리도 안 삽니다."

　"사지 말게."

　그는 계산하거나 재보지 않고 그렇게 협상을 끝냈다. 아무 미련도 보이지 않았다. 며칠 후, 그는 다른 사람에게 시중가격으로 그 차를 팔았다. 우리에게 연락하면 2,000달러 더 받을 수 있다는 것을 알지만, 가난한 형편에도 불구하고 그는 연락하지 않았다.

또 한번은 블라디보스토크에서 출발해 상페테르스부르크까지 지프로 시베리아 횡단을 할 때였다. 우랄산맥 근처에서 알렉세이라는 도보 여행자를 만났다. 그는 폴란드 옆에 붙어 있는 벨로루시(백러시아)를 출발해 지금은 연해주라 불리는 우수리로, 우리와는 반대 방향으로 시베리아를 횡단하고 있었다. 블라디보스토크 옆에 있는 나홋카에 일자리가 있다는 광고를 보고 취직하러 가는 중이라고 했다. 그는 낮에는 걷고 밤에는 노숙을 했다. 날씨가 추워지면 근처 러시아 정교회에 찾아가 허드렛일을 해주며 겨울을 났다. 봄이 되면 다시 걷기 시작했다. 그렇게 러시아의 끝에서 끝까지 3년째 걷고 있었다. 러시아의 포레스트 검프였다.

러시아 사람들의 마음속에는 겉으로 보이는 것보다 그 기초가 되는 것, 당장 이익이 없더라도 자신의 꿈에 몰두하는 것, 지금 힘들지만 여유 있는 마음을 가지는 것, 이런 근원적인 것들에 대한 동경이 자리 잡고 있다. 그래서 러시아 사람들은 1차 산업에 종사하는 사람들을 존중한다. 감자를 재배하는 사람이 없다면 감자 칩도 없다고 말한다. 학문에서는 수학이나 물리학, 생물학 등 당장 산업적 부가가치를 만들어내지는 못하지만 다른 학문이나 산업의 기초가 되는 학문을 중시한다. 가난하지만 순수한 꿈과 열정으로 기초학문에 정진하는 학자들을 마음속 깊이 존경한다. 갈리나 살키나 박사나 린다 박사도 이런 기초학문을 연구하는 사람들이다. 기초학문 중에서도 생물학, 생물학 중에서도 포유류의 큰고양잇과 동물을 연구한다.

갈리나와 린다 박사는 둘 다 중년 여성으로, 라조 자연보호구에서 남자들도 하기 어려운 야생호랑이 연구를 하고 있다. 그것도 컴퓨터 앞에 앉아서

하는 연구보다는 현장 연구를 우선시한다. 산지기 남편을 둔 것도 닮았다. 산지기 남편들이 부인들의 숲 속 연구를 따라 다니며 도와주고 지켜준다.

갈리나 박사는 러시아 여인 특유의 강하고 순수한 영혼을 지니고 있다. 오늘 먹을 감자가 없어도 연구를 지속하는 올곧음과 우직함이 있다. 그녀는 개를 이용해 호랑이를 연구한다. 호랑이의 배설물에는 각 호랑이마다 다른, 고유의 화학물질이 배어 있다. 잘 훈련된 개들이 이 화학물질의 냄새를 맡고 호랑이를 구분해낸다. 이 연구방식은 숲 속을 일일이 다니며 배설물을 수집 해야 하는 수고로움이 따른다. 하지만 호랑이에게 피해가 없고 자연을 직접 다녀야만 알 수 있는 호랑이의 생태까지 연구할 수 있는 장점이 있다.

갈리나 박사는 호랑이를 닮았다. 특히 눈이 그렇다. 고지식하고 거짓말을 못하며 평소 남편에게 자상하다. 남편의 이름은 블라디미르 칼레스니코프, 줄여서 발로쟈라고 부른다. 라조 자연보호구에서 산지기 일을 하고 있는 그 는 심성이 무척 착하다. 호랑이 흔적을 조사하러 나갈 때면 운전부터 숲 속 생활까지 갈리나의 충실한 도우미가 된다.

러시아 사람들은 평소 술을 안 마시다가도 한번 마시면 3일이다. 발로쟈 도 그렇다. 그럴 때는 술김에 갈리나에게 큰 소리를 친다. 하지만 술이 깨면 발로쟈는 호랑이 앞의 사슴이다. 갈리나와 눈도 마주치지 못한다. 그래서 친구인 나와 스승격인 스테파노비치를 찾아와 구원을 요청한다. 내가 남의 집안일에 끼어들 처지는 아니지만 그래도 이렇게 말해준다.

"평상시대로 해. 무슨 소리를 해도 가만히 듣고 있고, 뭘 시키면 재빨리 해치워. '네' 소리 크게 하고……."

하지만 스테파노비치는 이렇게 말해준다.

"한잔 더해."

말은 그렇게 하지만 스테파노비치도 갈리나 근처에는 얼씬도 안 한다. 발로쟈의 술친구가 바로 스테파노비치이기 때문이다. 잘못하다간 불똥이 스테파노비치에게 옮겨 붙는다.

스테파노비치 무잘레프스키는 뛰어난 산지기이자 숲 속 생활의 달인이다. 숲에서 어떤 어려움을 만나더라도 쉽게 해결하는데, 해결에 필요한 모든 것을 자연에서 얻는다. 러시아인이지만 우수리 원주민인 우데게의 정신과 생활을 이어받았다. 그는 스스로를 우수리 최고의 산지기라고 자부한다. 러시아 산지기 대회에서 3위를 한 적도 있다. 산지기 대회는 많은 시험 과목이 있지만 밀렵꾼을 몇 명 체포했느냐가 큰 비중을 차지한다.

하루는 스테파노비치가 숲에서 밀렵꾼을 발견했다. 정지명령을 내렸는데도 밀렵꾼은 멈추지 않고 계속 도망을 쳤다. 스테파노비치가 쫓아가면서 가만히 살펴보니 과거의 동료 산지기 같았다. 일부러 걸음을 늦추어 밀렵꾼을 놔주었다. 시간이 흘러 스테파노비치는 '반야'라는 김이 모락모락 나는 러시아 전통사우나를 하다가 발가벗은 채 그 친구를 다시 만나게 되었다.

"너 맞지?"

"나 맞아."

그 밀렵꾼이 친구만 아니었다면 산지기 대회에서 1위를 했을 거라고 스테파노비치는 늘 큰소리를 친다. 일흔이 다 되어가는 노인네지만 여전히 힘이 장사다. 키와 골격이 장대하고 구레나룻이 멋지다. 올림픽 레슬링 헤비급에서 3연패를 달성한 러시아의 영웅 알렉산더 카렐린을 닮았다. 발로쟈도 스테파노비치로부터 산지기 기술을 배웠다. 두 사람 모두 우리의 숲 속 생활을 도와주며 함께 일한다.

린다 박사는 미인이다. 선하게 생긴 얼굴에 감성적이고 섬세하다. 린다도 늘 남편을 자상하게 대한다. 남편 이름은 미샤로 곰이라는 뜻인데 외모도 영락없는 곰이다. 평소에는 어떤 일이든 부인의 일을 최우선으로 처리한다.

러시아 여인 특유의 강하고 순수한 영혼을 가진 갈리나 박사와
호랑이 흔적 조사를 나갈 때면 그녀의 충실한 도우미가 되어주는 산지기 발로쟈.

하지만 한번 고집이 서면 묵묵부답으로 아내에게 저항한다. 묵비권보다 더
센 것이 있을까? 갈리나가 러시아 여자의 뚝심이 있다면, 미샤는 러시아 남
자의 뚝심을 가지고 있다.

　미국사람인 린다 박사는 시호테알린 자연보호구에서 일하는 미국 연구팀
의 일원이었다. 그녀의 전남편 또한 미국인으로, 같이 연구생활을 했던 생
물학 박사였다. 그러던 어느 날 린다는 이혼을 했다. 그리고 월급도 적고,
배운 것도 없고, 그저 산속 일에만 익숙한 러시아 산지기 미샤와 재혼했다.

오랜 세월 함께 연구해온 박사 남편과 헤어져 중졸의 러시아 산지기와 재혼한 이유는 무엇일까? 정확한 이유는 모르겠지만 추측해보면 이렇다. 전 세계에 알려진, 돈의 힘을 가진 조직의 이름을 빌려 우수리의 숲을 찾은 미국의 배운 남자들, 그중에서도 박사라는 타이틀을 가진 사람이라면 어떤 권위의식을 갖고 있었는지도 모른다. 도시생활이나 컴퓨터 앞에서는 그 권위가 잘 유지되었겠지만 세계 최강대국의 박사도 자연 속으로 들어오면 왜소해진다.

하지만 미샤는 이점에서 다르지 않았을까? 자연 속에서 일하다 보니 그는 권위의식이 없다. 게다가 자연 속에서 직접 하는 일에 강하다. 숲에서 길을 잃지 않게 안내해주고, 연구에 필요한 흔적을 찾아주고, 맹수의 위험으로부터 지켜주고, 눈이 오면 불을 피워 따뜻하게 해준다. 그러면서 정도 쌓였을 것이다.

사실 그렇다. 도시생활에서는 박사 학위가 의미 있을지 모르지만, 자연에서는 아니다. 린다는 그 진실을 아는 사람이다. 도시에서 자랐지만 자연을 좋아했고, 그래서 생물학자가 된 그녀는 같이 자연에서 지낼 동반자를 찾은 것이다. 미샤와 함께 시호테알린 자연보호구를 떠나 라조 자연보호구로 야반도주하듯 내려올 때도 그녀는 행복했을 것이다.

시호테알린 자연보호구의 미국학자들은 무선전파발신기를 이용해 호랑이를 연구한다. 올가미를 놓아 호랑이를 생포하고 호랑이 목에 무선전파발신기를 달아서 풀어준다. 생포 과정에서 많은 호랑이들이 죽거나 다치지만, 무선전파발신기를 달아놓으면 컴퓨터 앞에서 호랑이의 움직임을 편하게 연구할 수 있다.

국제적인 지원들은 언제나 시호테알린 자연보호구의 미국 연구팀에 집중된다. 린다 박사는 개를 이용한 갈리나의 연구방식에 합류하면서 미국 연구팀에게 국제조직의 지원기금을 나눠달라고 요구했다. 그러자 미국 연구팀

측에서는 개를 이용한 방식은 과학적이지 않다는 식으로 비방하며 견제를 하기 시작했다. 오랜 싸움 끝에 린다 박사는 일부 기금을 나눠 받게 되었지만, 조건이 붙었다.

'개를 이용한 린다 박사의 연구는 미국팀 소속으로 진행하는, 미국팀 연구의 일환이다.'

갈리나 박사는 결국 지원을 받지 못했다. 그녀는 늘 연구비용이 부족하다. 그런 면에서 보면 기금도 많이 지원받고 좋은 환경에서 일한 제인 구달 박사는 행복한 사람이다. 게다가 침팬지는 관찰하기가 쉽다. 혹독한 기후를 견뎌가며 살아생전 한 번 보기도 힘든 우수리호랑이 연구에 비하면 확실히 그렇다.

사실 러시아 생물학계에는 무선전파발신기를 이용하는 미국팀의 연구방식을 탐탁지 않게 생각하는 학자들이 많다. 생물학자는 자연 속에서 연구해야 한다는 점을 기본적으로 인식하는 사람들이다. 그들은 호랑이에게 피해를 주지 않는 전통적인 연구 방식을 좋아하고 그것이 옳다고 믿는다. 인간의 편의를 위해 올가미를 놓아 호랑이를 잡고, 그 목에 무게 3킬로그램의 발신기를 달며, 그 과정에서 많은 호랑이들을 다치게 하거나 죽게 하는 일은 옳지 않다고 생각한다. 인간의 규칙으로 보면 심각한 피해를 주며 호랑이 목에 무선전파발신기를 다는 일이 아무렇지 않은 일일지 모르지만 자연의 규칙으로 보면 분명 옳지 않은 일이다. 인간도 자연의 일부이기 때문이다.

박사 출신의 미녀들이 중졸의 산지기와 결혼한다는 것도 인간의 규칙에 지배받는 사람들에게는 쉽지 않은 일이다. 하지만 자연의 규칙으로 매사를 판단하고 선택하는 사람들에겐 쉬운 일이다. 나는 이들에게 동지의식을 느낀다. 그들도 나에게 동지의식을 느낀다. 우리는 친하지만 서로를 존경한다. 우리는 자연에서 지내고 관찰하며, 자연의 방식으로 생각한다.

호랑이는 흔적을 남긴다

  6월 중순, 두 번째 이동관찰을 시작했다. 먼저 디피코우를 둘러보고 산타고로 넘어갈 예정이다. 그리고 산타고 강을 따라 조사하다가 용의 등뼈를 넘어 샤우카(小河, '작은 강'이라는 뜻) 상류까지 이동한 다음 그 강을 따라 내려올 계획이다. 모두 70킬로미터가 넘는 여정으로 이번 조사에는 갈리나 박사가 동행하기로 했다. 다른 팀은 샤우카 강 하류에서 상류로 거슬러 올라오며 조사할 것이다.

  산타고 강은 시호테알린 산맥의 저지대를 이리저리 헤치며 라조 지역의 중간을 가로지른다. 이 강을 따라 깊이 형성된 골짜기가 블러디 메리 영토의 북쪽 경계로 추정되는 산타고다. 산타고와 큰 산줄기 하나를 사이에 두고 디피코우가 있다. 둘 다 우데게가 붙인 이름이다. 산타고의 '고'와 디피코우의 '코우'는 어간에 따라 다르게 발음되긴 하지만 모두 '谷'에서 나온 말로 큰 골짜기를 뜻한다. 디피코우는 '사냥꾼들이 자주 찾는 골짜기'라는 뜻인데, 그 이름에서 과거에 동물들이 많이 살았음을 알 수 있다.

내륙의 이 두 골짜기에는 잣나무와 참나무 숲이 잘 형성되어 있다. 특히 디피코우에 빽빽이 들어찬 참나무 군락은 보기 드문 우량림이다. 참나무 중에서도 신갈나무가 주종을 이루고 있는데, 이 신갈나무 군락에는 올해도 도토리가 많이 열렸다.

디피코우에는 산등성이 위에 넓은 물웅덩이가 있는 특이한 지형이 있다. 그 부근에 멧돼지의 흔적이 많이 눈에 띄었다. 물웅덩이에서 진흙목욕을 마친 멧돼지들이 주변 참나무에 어깨를 비볐다. 진흙자국 중에는 가슴 높이까지 오는 것도 있다. 이 지역 멧돼지들의 우두머리, 그 유명한 '어금니'의 흔적이다. 여전히 싱싱하게 활동하고 있다.

오솔길을 따라가다 발자국을 발견했다. 새끼호랑이의 발자국과 닮았다. 한 마리가 아니라 여러 마리가 뒤섞여 지나갔다. 가만히 살펴보니 발자국에서 발볼이 차지하는 면적이 작고 발가락 끝에 발톱자국이 뚜렷하다. 호랑이 발자국과 비슷하지만, 개과 동물의 발자국이다.

고양잇과 동물의 발자국과 개과 동물의 발자국은 보통 사람이 구분하지 못할 만큼 유사하다. 그러나 자세히 살펴보면 크게 네 가지 차이점이 있다.

첫째, 발톱자국이다. 고양잇과 동물은 평소 발톱을 오므려 숨기고 다닌다. 그러다가 사냥감에 발톱을 박아 넣을 때나, 나무와 바위절벽처럼 가파른 곳을 오를 때만 갈고리 같은 발톱을 좍 펼친다. 필요할 때만 꺼내 쓰기 때문에 발자국에 발톱자국이 찍히지 않는다. 반면 개과 동물은 발톱을 오므리고 펼 수 있는 기능이 없다. 그래서 발자국마다 늘 발톱자국이 찍힌다.

둘째, 발볼의 크기와 모양이다. 같은 크기의 발자국이라도 고양잇과 동물의 발볼이 훨씬 크다. 보통 사람들은 도사처럼 큰 개의 발자국을 그 크기만 보고 호랑이 발자국으로 착각하곤 한다. 개의 발가락은 길고 넓게 퍼져 있어서 전체적으로 발자국이 커 보이기 때문이다. 그러나 자세히 비교해 보면

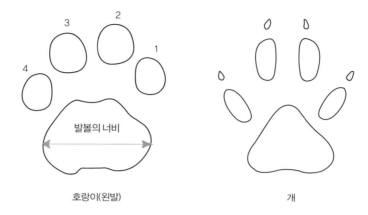

호랑이(왼발)   개

같은 크기의 발자국이라도 발볼의 크기는 다 자란 도사견보다 새끼호랑이
가 월등히 크다. 그리고 고양잇과 동물의 발볼은 사다리꼴인데 비해 개과
동물의 발볼은 삼각형이다.

　셋째, 발자국의 가로 세로 비율이다. 고양잇과 동물의 발자국은 길이와
너비가 비슷한 원형이지만, 개과 동물의 발자국은 길이가 너비보다 긴 타원
형이다. 여우의 발자국이 제일 길고 그 다음은 늑대, 그 다음은 개의 순서
다. 호랑이의 뒷발자국도 길이가 너비보다 약간 길다. 하지만 앞발자국은
길이가 너비와 같거나 오히려 짧아서 둥그스름한 원형을 이룬다. 원형 안에
네 발가락과 발볼이 찍혀 있는 모양이 둥근 매화를 닮았다 해서 호랑이의
발자국을 매화발자국이라고도 부른다.

　마지막으로 발가락의 위치다. 호랑이는 두 번째 발가락 자국이 제일 높이
위치한다. 그 다음으로 세 번째, 첫 번째, 네 번째 발가락 순이다. 그래서 두

번째 발가락으로 오른발과 왼발을 구분한다. 제일 크고 높은 발가락이 왼쪽에서 두 번째라면 오른발이고, 오른쪽에서 두 번째라면 왼발이다. 반면 개과 동물은 두 번째와 세 번째 발가락의 크기와 높이가 똑같다. 그래서 발자국 하나만 보면 왼발인지 오른발인지 구분하기가 어렵다. 또한 호랑이의 발가락은 첫 번째와 네 번째가 개과 동물처럼 측면으로 벌어지지 않고 안쪽으로 오므려져 있어 전체적으로 둥글고 다부지게 갈무리된 느낌을 준다.

발자국을 따라가자 사슴의 주검이 나왔다. 머리와 다리 등 뜯어 먹히고 남겨진 잔해에 상처가 많다. 전형적인 개과 동물의 사냥 흔적이다. 개과 동물은 무리지어 사냥하기 때문에 사냥감을 여기저기 마구 물어뜯는다. 반면 홀로 사냥하는 호랑이는 뒷덜미를 물어 단번에 목뼈를 부러뜨린다. 단번에 목뼈를 부러뜨릴 수 없을 만큼 큰 수사슴이나 멧돼지, 곰이라면 목줄을 물어 질식사시킨다. 그래서 호랑이가 사냥한 동물 사체에는 목줄이나 뒷덜미에 네 개의 송곳니 구멍만 남는다. 이 사슴의 주검은 집을 나와 떠돌다가 야생화된 개들의 소행이다. 요즘 우수리에는 들개들이 사슴을 사냥하는 경우가 점점 늘어나고 있다.[1]

들개들도 발굽동물을 사냥하지만, 발굽동물을 잡는 것은 대부분 호랑이 아니면 밀렵꾼이다. 밀렵꾼은 발굽동물을 잡으면 살코기만 가져가고 머리와 다리, 큰 뼈, 가죽 따위는 버린다. 무게를 줄여야 이동하기에 편하기 때문이다. 호랑이도 발굽동물을 잡으면 살코기만 뜯어 먹고 머리와 다리, 큰 뼈들은 버린다. 그래서 밀렵꾼이 버린 잔해와 호랑이가 버린 잔해는 얼핏

---

1 / 해안을 조사할 때는 가끔 파도에 떠밀려온 사슴 주검을 발견한다. 절벽에서 떨어지는 경우도 있지만 대부분 들개에게 쫓겨 바닷물에 빠져 죽은 경우다. 사슴은 들개에게 쫓기면 도망치다 물속으로 뛰어든다. 여름에는 괜찮지만 겨울에는 대부분 과냉(過冷) 상태로 동사한다. 장시간에 걸친 들개의 추격을 받다보면 사슴은 물에 뛰어들 기회도 없이 스트레스를 견디지 못해 쇼크로 죽기도 한다.

호랑이가 앞이빨로 사슴의 털을 일일이 뽑아내고 가죽까지 먹어치웠다. 호랑이의 이빨은 아래위 모두 30개인데, 그중 앞니가 12개로 제일 많아 사냥한 짐승의 털을 뽑는 데 편리하다.

유사해 보인다. 하지만 자세히 살펴보면 누구의 짓인지 금방 알 수 있다.

밀렵이 있었던 현장에는 사람과 사냥개의 발자국, 탄피나 지프의 흔적이 남는다. 반면 호랑이의 경우는 발자국과 함께 잡은 동물을 끌고 간 흔적이 남는다. 오래되어 발자국이 지워졌다면 동물의 잔해를 살펴보면 된다. 밀렵꾼은 잡은 동물의 가죽을 통으로 벗겨내기 때문에 그 뼈와 가죽에 칼로 절단한 흔적이 남는다. 반면 호랑이는 그 많은 털을 앞이빨로 일일이 뽑아내고 가죽까지 먹어치운다. 그리고 밀렵꾼이 동물의 내장을 꺼내서 통째로 버리는 데 반해, 호랑이는 내장까지 다 먹어치우고 그 속에 들어 있던 내용물만 현장에 남긴다. 또 밀렵꾼이 버린 동물의 머리에는 두피가 남아 있지만 호랑이는 배가 고프면 볼때기나 뒷머리의 살점과 함께 두피까지 먹어치우고 해골만 남긴다. 동물의 잔해는 이렇게 사인을 밝히는 중요한 단서가 된다.

자연은 살아 있는 영혼과 그 흔적들의 집합체이며 그 속에 떠다니는 수많은 느낌들의 전체성이다. 느낌이라고 해서 단순한 추정이나 예감이 아니다. 인디언이나 우수리 원주민처럼, 오랜 세월 자연을 지켜보고 쌓아온 '객관적인 느낌'이다. 숲에서는 이것이 곧 과학이다.

자연 속에서 한 가지 목표하는 바에 도달하려면 아름드리 떡갈나무의 가지가 갈라지는 갈래보다 더 많은 갈래의 길을 만나게 된다. 갈림길마다 서성이며 합리적인 판단을 고민한다. 그때마다 자연에 대한 '느낌의 전체성'과 '흔적들의 집합'은 합리적이고 과학적인 선택을 하도록 도와준다.

그중 가장 중요한 흔적은 지표면에 남겨진 자취다. 살아 움직이는 모든 생명은 존재의 하중을 자취라는 형태로 지구 표면에 남긴다. 이것은 냉정한 물리의 법칙으로 생명들이 대지에 남긴 삶의 기록이다. 그 기록을 가만히 들여다보면 많은 이야기를 얻을 수 있다. 자취는 생명의 과거를 추측하고 미래를 예측하게 한다.

호랑이 같은 대형동물일수록 자취를 통해 더 많은 것을 알 수 있다. 어느 곳을 자주 다녔는지, 어떤 행동을 했는지, 그 행위의 사유는 무엇이었는지 알아낼 수 있다. 나아가 성별과 연령대를 파악해 개체까지 식별할 수 있다.

개체를 식별하려면 먼저 암수를 구분한 다음 성숙한 호랑이adult, 젊은 호랑이subadult, 새끼호랑이juvenile로 나누어 파악하는 것이 좋다. 생후 1년까지는 새끼호랑이, 1년에서 3년까지는 젊은 호랑이, 3년이 넘으면 성숙한 호랑이로 구분한다. 젊은 호랑이의 경우 체격이 성숙한 호랑이와 비슷해 외모만으로는 선뜻 구별하기가 힘들다. 수호랑이는 태어난 지 1년 정도면 몸체와 발자국 크기가 어미만 해지고, 암호랑이는 그 기간이 2년쯤 걸린다. 이런 젊은 호랑이들은 덩치만 컸지 어미로부터 완전히 독립하지 않아 경험이 부족하고 성적으로 아직 미숙하며 정신연령이 낮다.

호랑이의 개체를 식별하는 데 가장 중요한 기준이 되는 것은 발자국이다. 발자국에서도 발가락을 뺀 부분, 즉 발뒤축이라고 할 수 있는 발볼의 너비를 재보면 그 호랑이의 성별과 연령대를 구체적으로 파악할 수 있다. 호랑이는 다른 동물에 비해 발볼이 잘 발달해 있기 때문이다.[2] 발볼 중에서도 특히 앞발 볼의 너비를 잰다. 호랑이는 앞발이 뒷발보다 크고, 앞발의 너비가 길이보다 넓어서 발볼이 더 잘 발달해 있다.

성숙한 수호랑이는 앞발 볼의 너비가 10.5~13센티미터다. 13센티미터면 우수리호랑이가 자랄 수 있는 대로 다 자란, 전성기에 이른 왕대의 발자국이다. 과거에는 더 큰 발자국도 간혹 발견되었지만 최근에는 13센티미터도 기록된 적이 거의 없다.

성숙한 암호랑이의 앞발 볼의 너비는 8.5~10센티미터다. 암호랑이의 발자국도 비공식적으로는 11센티미터 가까이 측정된 적이 있지만 그것은 옛날 이야기이고 개체수가 줄어든 지금은 좀처럼 10센티미터를 넘지 않는다.

앞발 볼의 너비가 8센티미터 이하면 확실히 새끼호랑이고, 앞발 볼의 너비가 10.5센티미터 이상이면 확실히 성숙한 수호랑이다. 하지만 앞발 볼의 너비가 8.5~10센티미터면 성숙한 암호랑이일 수도 있고 젊은 호랑이일 수도 있다. 이때는 발볼의 너비와 함께 보폭과 몸길이를 재서 종합적으로 판단

---

2 / 진즉부터 이 사실에 주목했던 러시아의 생물학자 K. G. 아브라모프가 1961년 처음으로 발볼의 너비로 호랑이의 성별과 연령대를 파악하기 시작했다. 아브라모프 이후에도 여러 학자들이 앞발 볼의 너비로 호랑이의 크기와 나이, 성별을 구분하여 그 방법의 효율성을 입증했다.

시베리아호랑이 앞발 볼의 너비(cm)

나이	수컷	암컷
태어났을 때	2.3	2.0
10일	3.0	2.8
20일	3.6	3.4
30일	4.0	3.7
40일	4.3	4.0
50일	4.5	4.3
60일	4.8	4.6
70일	5.0	4.8
80일	5.3	5.0
90일	5.5	5.1
4개월	6.0	5.5~5.8
5개월	6.5~6.8	6.1~6.3
7개월	7.0	6.5
8개월	8.0	7
11~12개월	9.0~9.5	7.5~8.5
15~16개월	10~11.5	8~10
성체	10.5~13	8.5~10

해야 한다. 호랑이는 몸집에 비해 발이 더 빨리 자라기 때문에 발볼의 크기가 같더라도 젊은 호랑이의 보폭과 몸길이는 성숙한 호랑이보다 짧다.

호랑이의 보폭은 왼쪽이면 왼쪽, 오른쪽이면 오른쪽, 한쪽 앞발자국과 앞발자국 사이의 간격을 말한다. 왼쪽 앞발자국과 오른쪽 앞발자국 사이의 거리는 반+보폭이라고 한다. 우수리호랑이의 보폭은 성숙한 암컷이 보통 60센티미터이고 수컷은 80센티미터이다. 반보폭은 각각 35센티미터, 40센티미터이다. 네 발로 서 있는 전체 보폭은 성숙한 암컷이 평균 150센티미터가 조금 넘고, 수컷은 180센티미터가 채 안 된다.

눈 내린 겨울 숲에서 갓 지나간 호랑이의 발자국을 발견하고 따라가다 보면 으스스한 한기가 돈다. 피부 밖에서부터 살을 에어 들어오는 물리적인 한기와는 다르다. 몸속 깊은 곳 어딘가에서 울려나오는 심리적인 한기다. 마음을 떨며 발자국을 쫓다보면 호랑이가 눈밭에서 뒹굴며 쉬었던 흔적과 마주치기도 한다. 하얀 눈밭에 선명하게 남아 있는, 천진난만하게 뒹굴며 장난쳤던 흔적을 보고 나면 비로소 마음속 떨림이 멈춘다. 호랑이도 여유를 즐기고 정을 나눈다는 사실에서 어떤 안도감을 느끼게 된다.

가끔은 호랑이가 눈밭에 다소곳이 앉아 있었던 흔적도 보게 된다. 피라미

드를 지키는 스핑크스처럼 뒷발을 양 옆구리에 붙이고 앞발은 가지런히 뻗어 바닥에 엎드렸던 흔적은 호랑이가 주위를 경계하거나 사냥을 하기 직전에 자주 나타난다. 이런 스핑크스 자세에서 엉덩이를 옆으로 누인 흔적은 호랑이가 짧은 휴식을 취할 때 나타나는데, 이를 반¥스핑크스 자세라고 한다. 호랑이가 완전히 옆으로 드러누운 자세는 편안히 휴식을 취한 흔적이다. 만약 드러누웠던 자리 밑에 얼음이 얼어 있다면 그것은 호랑이 몸의 열로 인해 눈이 녹았다가 호랑이가 떠난 이후 얼어붙은 것으로 긴 휴식을 취했거나 잠을 잔 흔적이다.

이런 흔적들로 호랑이의 몸길이를 잴 수 있다. 스핑크스와 반스핑크스 자세에서는, 오므리거나 뻗을 수 있는 앞다리와 꼬리를 제외하고 엉덩이부터 앞가슴까지만 잰다. 그리고 누운 자세는 엉덩이에서 머리끝까지 직선으로 잰다.

러시아의 〈극동육상포유동물도록(1984)〉에 따르면, 성숙한 수호랑이의 경우 머리에서 꼬리까지 전체 길이는 보통 3미터이고 체중은 평균 200킬로그램이다. 최고 기록은 전체 길이가 4.17미터(몸길이 3.17미터, 꼬리길이 1미터), 체중은 350킬로그램으로 러시아의 〈희귀멸종위기동물Russian Red Book, 1987〉에 기록되어 있다. 반면 인도나 네팔, 방글라데시 등 열대지방에 사는 벵골호랑이panthera tigris tigris 수컷의 전체 길이는 평균 2.5미터, 체중은 150킬로그램 정도로 알려져 있다. 혹독한 기후와 환경은 시베리아호랑이가 열대지방 호랑이와는 다르게 진화하도록 만들었다. 혹한의 기후에서 열손실을 줄이기 위해 체구를 키운 것이다.[3]

---

3 / 몸집이 클수록 부피에 대한 표면적의 비율이 작아지므로 피부를 통해 빠져나가는 열손실을 줄이는 데 유리하다. 그래서 항온동물은 같은 종일 경우 추운 지방에 살수록 몸의 크기가 더 큰 경향을 보인다. 이것을 베르그만의 법칙Bergmann's Rule이라 한다.

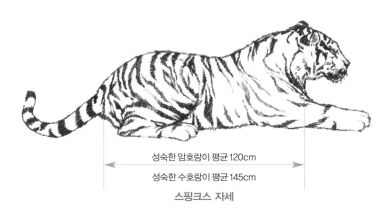

성숙한 암호랑이 평균 120cm

성숙한 수호랑이 평균 145cm

스핑크스 자세

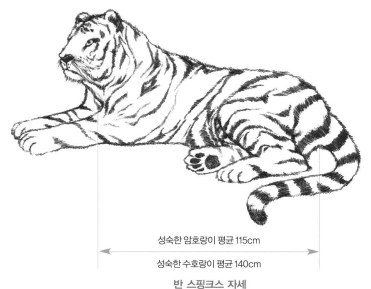

성숙한 암호랑이 평균 115cm

성숙한 수호랑이 평균 140cm

반 스핑크스 자세

성숙한 암호랑이 평균 160cm

성숙한 수호랑이 평균 195cm

누운 자세

똑같은 흔적이라도 지표면의 상태에 따라 모양과 크기가 달라진다. 적당한 습기를 머금은 진흙 위에 찍힌 발자국은 비교적 정확하다. 하지만 진흙에 물기가 너무 많으면 발을 뗄 때 묽은 진흙이 흘러내려 발자국이 줄어든다. 모래사장을 걸을 때도 모래를 튀겨 전체 윤곽은 커지지만 발을 뗄 때 모래가 무너져 내려 발자국의 크기는 줄어든다. 살짝 내린 가루눈 위의 발자국은 오히려 커진다. 발자국을 디딜 때의 공기압으로 인해 눈가루가 밖으로 퍼지기 때문이다. 폭설이 내린 다음의 발자국은 파악하기가 힘들다. 발을 눈 속 깊이 디뎠다 뺄 때 눈이 무너져 내린다. 이럴 때는 발을 디딘 눈구멍의 깊이와 넓이로 가늠하지만 정확하게 파악하기는 힘들다.

발자국 표면도 세심하게 살펴야 한다. 발자국의 경계면과 발가락 사이로 삐져나온 진흙이 축축한지 말랐는지, 뾰족한지 마모되었는지에 따라 지나간 시기를 추측할 수 있다. 발자국 안에 물이 남아 있다면 그 상태가 어떤지도 중요한 정보다. 맑은 물이라면 한 시간 이전에 지나간 발자국이고, 흙이 채 가라앉지 않은 탁한 물이라면 한 시간 이내에 지나간 발자국이다. 만약 지금도 물이 움직이고 있다면 몇 분 전에 지나간 것이다. 풀을 밟았을 때는 풀이 어느 방향으로 넘어졌는지, 부러진 풀줄기가 얼마나 시들었는지, 새벽이라면 이슬이 매달려 있는지 여부를 잘 관찰해야 한다. 부러진 나뭇가지나 엎어진 돌, 나뭇가지에 걸린 한 움큼의 털같이 제 위치를 벗어난 자연의 사물들에도 예리한 눈길을 주어야 한다.

자취를 관찰하는 것은 '모호'에서 '구체'로 한 걸음씩 옮겨가는 일이다. 거듭 관찰하고 추적해 나감에 따라 불명확했던 자취는 점점 선명해져, 마침내는 눈앞에 생생하게 보이는 것처럼 윤기 나는 하나의 작은 사실이 된다. 하나의 사실은 새로운 사실에 연결되고 이렇게 작은 사실들이 조금씩 쌓여 결국 사실의 전체에 도달한다. 때로는 뜻하지 않은 사유를 이끌어내 사실의

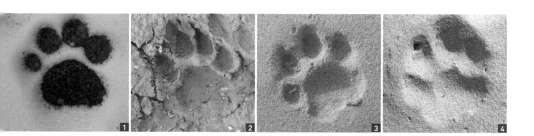

1_ 가루눈 위에 찍힌 발자국. 눈가루가 밖으로 퍼져 녹으면서 발자국이 점점 커지고 있다.

2_ 발가락 사이에 삐져나온 진흙이 뾰족하지만 말랐다. 일주일쯤 된 발자국이다.
　　보름이 넘으면 경계면이 마모되어 정확한 측정이 어려워진다.

3_ 적당한 습기를 머금은 모래에는 발자국이 깨끗하게 찍힌다. 금방 지나간 발자국이다.

4_ 마른 모래에 찍힌 발자국. 윤곽은 크지만 모래가 무너져 발자국의 크기가 줄어들고 풍화작용도 빨리 일어난다.

미래에까지 생각이 미친다. 그래서 자취를 쫓는 것은 그 주인의 존재 양식을 쫓는 것이며 나아가 자연현상을 통찰하는 것이다.

　모든 자취는 시간이 흐르면서 사라진다. 바람은 자취를 쓸어버리고 비는 자취를 씻어버리며 눈은 자취를 덮어버린다. 숲 속의 청소부들은 온갖 생물의 사체를 해체하고 세월은 계절의 흔적조차 소리 없이 지워버린다. 자연은 생명들의 자취를 녹여 스스로 있던 그대로의 모습으로 돌아간다.

　그나마 가장 오래 남는 것이 뼈다. 다른 자취들은 시간의 흐름과 기후의 침식에 따라 곧 사라지지만 뼈는 세월의 풍상을 견디며 그 모습을 오래 유지한다. 뼈는 한 생명이 남기는 마지막 자취다. 그래서 뼈의 자취는 뼈들의 세계, 그 너머로 이어진다. 숲 속에서 뼈를 발견하면 오래전 한 생명이 내쉬었던 숨결이 다가온다. 그 뼈가 살아생전 지녔을 투쟁과 감성의 흔적을 마음속 깊이 느낀다. 뼈는 숲 속의 역사이며 불후의 고전이다. 고전을 읽고 마음이 울리듯 뼈에서 숲의 역사를 읽고 영감을 받는다. 자취란 물리적인 것이면서 때로는 영혼을 울리는 영적인 것이기도 하다. 그래서 고귀한 자취들은 늘 마음속에 남아 영원의 주변을 맴돈다.

폭풍의 정령,
테무

"휘~ 휘링. 휘리 휘리링……."

"삐뾰~삣, 삐뾰, 삐뾰, 삐뾰~삣."

우수리의 숲이 여름으로 깨어나고 있다. 야생오리들의 둔탁한 울음소리
가 사라지고, 휘파람새나 솔새들의 명랑하고 쾌활한 소리가 숲을 누빈다.
봄을 융단처럼 수놓았던 나지막한 꽃들의 군락도 자취를 감추고 대궁이 쑥
쑥 올라온 여름 꽃들이 피어났다. 개울가에는 붉은장화, 노란장화가 줄줄이
꽃신발 가게를 열어놓았고, 언덕배기에는 붓꽃들이 보라색 휘장을 한껏 늘
어뜨려 야생벌과 곤충들을 유혹하고 있다.

으슥한 바위 옆에는 연노랑 등에 하얀 배를 가진 산솔새가 둥지를 틀었
다. 둥지 속의 새끼는 한 마리, 산솔새가 아니라 뻐꾸기 새끼다. 산솔새가
벌써 자기 몸의 몇 배가 넘도록 살집 좋게 키워놓았다. 뻐꾸기는 둥지를 만
들지 않는다. 산란철이면 주변을 돌아다니며 멧새나 솔새, 할미새 같은 다
른 새의 둥지를 관찰한다. 그 둥지의 주인이 알을 낳으면 자신의 알을 한두

개 슬쩍 끼워 넣는다. 재주도 신통해서 알의 크기는 조절할 수 없어도 알의 색깔은 자유자재로 바꾼다. 회색, 갈색, 보라색, 푸르스름한 색 등 둥지 주인이 낳은 알과 같은 색으로 바꿔가며 알을 낳는다. 둥지 주인은 남의 알인 줄도 모르고 열심히 품는다. 뻐꾸기는 이런 식으로 남의 둥지 대여섯 개에 자신의 알을 뿌려놓고는 그 해 자식농사를 마친다. 뻐꾸기 새끼는 불과 10여 일 만에 알에서 깨어난다. 깨어나자마자 눈도 뜨지 않은 채 둥지 주인의 알과 새끼를 등으로 밀어 둥지 밖으로 떨어뜨린다. 둥지 주인은 그것도 모르고 둥지를 독차지한 뻐꾸기 새끼를 애지중지 키운다. 얄밉지만 자연의 일이니 어쩔 수가 없다.

일주일 가까이 디피코우를 조사했지만 참나무 군락에 도토리가 많이 열리고 멧돼지 무리가 여전하다는 것 말고는 특이한 사실이 없다. 산타고로 넘어가 강을 따라 올라가며 일주일쯤 조사했다. 여기에도 호랑이 발자국이 없다. 용의 등뼈로 넘어가기 위해 오줌바위로 향했다. 오줌바위는 지리적으로 중요한 분기점에 있다. 서쪽은 산타고, 남쪽은 디피코우, 동쪽은 용의 등뼈로 올라가는 길목이다. 여러 곳으로 통하는 길목이라 호랑이들도 가끔 지나다닌다. 지나다가 그 커다란 바위에 오줌을 뿌려 영역표시를 남긴다. 너도나도 경쟁적으로 오줌을 뿌리다 보니 호랑이들에게 중요한 랜드마크가 되었다.

앞서 가던 발로쟈와 갈리나 부부가 허리를 숙이고 땅바닥을 살펴본다. 호랑이 발자국이다. 봄장마가 끝난 뒤의 눅눅한 바닥에 명확하게 찍혀 있다. 얼핏 보기에도 엄청나게 크다. 앞발 볼의 너비를 재보니 12.9센티미터. 지금 라조 지역에서 이 정도 크기의 발자국을 가진 호랑이는 한 마리밖에 없다. 하쟈인, 라조 지역을 차지한 수호랑이! 왕대다. 하쟈인이 라조 전역을 차지하기 전, 그의 발자국은 주로 라조 남부에서 발견되었다. 남부 어딘가에서 태어났다는 뜻이다. 라조 남동부를 영역으로 살아가는 블러디 메리와 혈연관계일 수도 있다. 나이로 보아 부녀나 모자 관계일 확률은 낮지만, 친남매나 배다른 남매일 가능성은 있다. 둘 다 나이가 열 살이 넘어 전성기를 맞고 있다.

오줌바위로 향하던 하쟈인의 발자국이 방향을 약간 틀어 오솔길 옆에 서 있는 자작나무로 접근했다. 굵은 나무둥치에 호랑이 발톱자국tiger marking이 나 있다. 앞발을 번쩍 들어 가능한 한 높은 곳에 걸친 다음 양 발톱으로 긁어내렸다. 그 높이가 3미터가 넘는다. 똑바로 서서 지팡이를 들어야 겨우 닿는다. 호랑이들은 발톱자국의 굵기와 높이를 가지고 서로 경쟁한다. 보통 1.5~2.5미터 높이에 발톱자국을 남기는데, 이렇게 3미터가 넘는 것은 왕대의 발톱자국이다. 나무둥치 1.2미터 높이에는 호랑이들이 오랜 세월 오가며 오줌을 뿌려 시커먼 자국이 나 있다. 그 위에 황갈색 호랑이 털이 묻어 있다. 왕대가 발톱자국을 내고 나서 다른 호랑이들이 남긴 오줌자국 위에 뺨과 목덜미를 비벼 털을 남겼다. 호랑이는 털에서도 자신의 고유한 냄새를 풍긴다. 이렇게 호랑이는 다른 호랑이나 동물들이 잘 볼 수 있는 곳에 경쟁적으로 영역표시를 남긴다.

한 마리의 호랑이가 돌아다니며 남기는 영역표시의 수는 실제 우리가 생각하는 것보다 훨씬 많다. 아직까지 호랑이 개체수와 그들이 남기는 영역표시의 개수 사이에 정확히 어떤 상관관계가 있는지는 밝혀지지 않았다. 그러나 특정 경로를 지나간 호랑이의 개체수가 증가할수록 각 호랑이가 남기는 영역표시의 수도 증가한다는 것은 확실하다. 한 마리의 호랑이가 영역표시를 남기면 뒤이어 그 경로를 따라간 다른 호랑이들도 경쟁적으로 영역표시를 남기는 것이다.[4]

자작나무에 영역표시를 마친 하쟈인은 오솔길을 따라 걸었다. 500미터쯤 따라 올라가자 오솔길 옆의 흙이 50센티미터가량 파헤쳐져 있다. 호랑이 스

1.2미터 높이에는 호랑이들이 오랜 세월 오가며
오줌을 뿌려 시키면 자국이 나 있다.

탬프_{stamp}다. 스탬프는 도장이라는 뜻인데, 호랑이가 이 땅은 자신의 영역이라는 표시로 마치 도장을 찍듯이 뒷발로 번갈아가며 땅바닥을 긁어내고, 긁어낸 흙더미 위에 똥이나 오줌을 눈다고 해서 붙여진 이름이다. 매번 배설물을 남길 수가 없어 흙만 긁어내는 경우도 있다. 긁어낸 바닥의 길이는 보통 30~150센티미터인데, 드물게는 길이 2미터 폭 70센티미터에 이르는 것도 있다. 스탬프의 크기는 호랑이의 크기와는 상관없다. 오히려 호랑이의 성격과 관계가 있다. 어떤 호랑이는 길지도 넓지도 않은, 대수롭지 않게 몇 번 할퀸 정도의 흔적을 남기고, 어떤 호랑이는 습관적으로 길고 넓은 흔적을 남긴다. 하쟈인이 남긴 스탬프는 50센티미터 정도의 길이지만 관목과 덤불의 뿌리가 드러날 정도로 매우 깊다. 하쟈인 특유의 습관이다.

하쟈인이 자작나무 둥치 3미터
높이에 발톱자국을 남겼다.

호랑이가 흙더미 위에 남긴 오줌과 똥에는 호랑이마다 서로 다른 고유한 화학물질이 들어 있다. 우리가 냄새를 맡으면 그저 고약할 뿐이지만 호랑이들은 이 냄새로 서로를 구분한다. 뛰어난 후각을 가진 개들도 이 냄새를 구분할 수 있다. 이 점에 착안한 B. N. 크루토바 박사나 갈리나 박사 같은 학자들은 1990년대부터 호랑이의 배설물을 수집하기 시작했다. 그리고 잘 훈련된 개를 이용해 수집한 배설물 견본들을 냄새별로 분류했다. 그 결과가 오래 누적되자 배설물 냄새로 각 호랑이를 어느 정도 구별할 수 있게 되었다. 이 방법은 한 지역 내에 서식하는 호랑이의 개체수를 파악하는 데 매우 유용하다. 뿐만 아니라 호랑이가 돌아다니는 영역의 크기를 파악하는 데도

---

4 / E. N. 마츄쉬킨이라는 학자는 호랑이가 일정 거리 안에 남긴 영역표시의 개수를 통계 내어 그 지역에 서식하는 호랑이의 밀집도를 파악했다. 이러한 작업을 통해 시호테알린 자연보호구의 호랑이 서식지가 내륙에서 해안으로 이동하였음을 밝혔다.

도움이 된다.

하쟈인의 발자국을 계속 따라가자 집채만 한 오줌바위가 나타났다. 발자국은 그 밑에서 멈춰 섰다. 바위 1.5미터 높이에서 독한 냄새가 난다. 하쟈인은 여기서 바위를 향해 꼬리를 번쩍 치켜들고 스프레이처럼 오줌을 뿌렸다. 냄새가 진하다. 봄장마 이후에 뿌린 것이 확실하다. 호랑이는 상대가 잘 볼 수 있는 곳이면 나무나 바위, 쓰러진 고목 등 가리지 않고 고유의 분비물이 섞인 오줌을 뿌린다. 그중에서도 이 오줌바위는 특별한 곳이다. 바위가 우람하고 우뚝 솟아 있어 멀리서도 매우 잘 보인다. 호랑이 오줌 냄새는 독하고 고약해서 호랑이들이 금방 알아챈다. 사슴이나 멧돼지도 이 냄새의 의미를 잘 알아 맡기만 하면 피한다.

오줌바위에 영역표시를 한 후, 왕대는 용의 등뼈로 올라갔다. 지난 봄장마에 씻겨 내려간 자신의 영역표시를 다시 구축하느라 바쁜 것 같다. 비나 눈이 내린 후, 라조 전역을 돌아다니며 냄새를 피우고 발톱자국과 배설물을 남겨 다른 호랑이나 맹수, 인간에게 자신의 영토임을 다시 선포하는 것은 왕대의 의무다. 하쟈인 이전의 왕대였던 꼬리도 비나 눈이 오고 난 다음에는 이 오줌바위를 자주 들렀었다.

준비해온 석회가루를 개울물로 걸쭉하게 만들어 왕대의 앞발자국에 부었다. 20여 분이 지난 후, 단단하게 굳은 석고를 들어내고 흙을 털어냈다. 왕대의 발자국 석고본이 완성되었다. 이 석고본은 왕대에 관한 증거이자 우수리 숲의 역사다. 과거 왕대들의 발자국 석고본 옆에 놓아둘 것이다.

날이 저물어 개울가로 나와 야영준비를 했다. 텐트를 치고 모닥불을 피웠다. 식사를 하다가 갈리나가 하쟈인과 관련된 이야기 하나를 꺼낸다.

"하쟈인은 15시간 만에 92킬로미터를 이동한 기록이 있어요. 우연히 이걸 계측했죠. 산지기 한 명이 라조 북부에서 배설한 지 얼마 안 된 호랑이 배설물을 수집해 왔는데, 개로 확인해봤더니 하쟈인의 것이었어요. 그런데 다음날, 다른 산지기가 라조 남부에서 또 갓 배설한 호랑이 배설물을 가져온 거예요. 역시 하쟈인의 것이었어요. 시간차는 약 15시간이었는데, 그 사이 92킬로미터를 이동한 거죠."

호랑이가 먼 거리를 직선으로, 그것도 빨리 이동해야 하는 경우는 드물다. 그런 경우가 있더라도, 그 시간과 거리를 계측하기는 어려운 일이다. 호랑이는 평소 여유 있게 돌아다닌다. 사냥감이 많으면 오래 머무르고, 사냥감이 없으면 일찍 떠난다. 들를 곳도 많다. 영역을 표시할 장소는 물론이고 과거 사냥한 적이 있는 곳, 휴식하기 좋은 곳, 태어난 곳 등 마음 내키면 여기저기 다 둘러본다. 직선거리가 92킬로미터라도 이런 식으로 가면 한 달이 걸릴 수도 있고 두 달이 걸릴 수도 있다.

하지만 수컷이 번식기의 암컷 냄새를 맡았다든지, 어미가 새끼들의 흔적을 쫓아갈 때는 달라진다. 이런 중요한 볼일이 생기면 만사 제쳐놓고 직선으로 목적지를 향한다. 그렇다고 사냥하듯 전속력으로 달려가지는 않는다. 호랑이 같은 육식동물은 단거리를 빠르게 달리는 순발력이 좋은 대신 장거리를 지속적으로 달리는 지구력은 모자란다. 몇 킬로미터만 전력질주해도 쉽게 지쳐버린다. 그래서 경보하듯 꾸준한 속보로 걷는다. 이런 경우 하룻밤에 최소 100킬로미터는 주파할 수 있다는 사실이 확인된 것이다. 마음만 먹는다면 이보다 더 빨리 이동할 수도 있을 것이다.

내일이면 한 해의 절반이 새로 시작되는 7월이다. 내일은 용의 등뼈를 오를 것이다. 바람은 잔잔하다. 하지만 산 위로 두꺼운 구름이 몰려들고 있다. 꿈틀거리는 구름 사이로 오늘의 태양이 마지막 햇살을 뿌린다. 석양이 핏빛처럼 진하다.

아침부터 바람이 설렁인다.
금방이라도 장대비가 쏟아질 듯한 하늘이다.

아침부터 바람이 설렁이더니 비가 내린다. 용의 등뼈 중턱쯤 오르자 빗줄기가 굵어진다. 나뭇가지를 꺾어다 덤불 위에 얹고, 그 위에 넓은 비닐을 씌운 다음 다시 나뭇가지를 덮어 지붕을 만들었다. 지나가는 비라면 이 정도로 피할 수 있다. 하지만 빗줄기는 점점 강해진다. 장대비가 폭포같이 쏟아진다. 물이 없던 산비탈 주름진 곳마다 1미터가 넘는 빗물이 콸콸 흘러내린다. 엄청난 강풍이 불어와 비막이 지붕을 날려버린다. 숲이 휘청거리며 잣나무 가지들이 뚝뚝 부러져 날아간다. 순간, 주변이 환해지며 번개의 섬광이 내리꽂히더니 곧바로 천둥소리가 들려온다. 굉음과 함께 수백 년은 됐음직한 느릅나무가 눈앞에서 반으로 쩍 갈라진다. 갈라진 나무는 주위의 어린 나무들을 부러뜨리며 천천히 쓰러진다. 굵직한 나무들이 뿌리째 뽑혀 물살에 떠내려간다. 바람이 회오리치면서 누런 강물을 말아 올려 흩뿌린다. 바다와 폭풍의 정령, 테무가 찾아왔다. 태풍이다.

억수 같은 비를 맞으며 용의 등뼈를 기어올랐다. 강물 속을 걸어가듯 흠뻑 젖고 나니, 어느덧 장대비를 즐기고 있는 나 자신을 발견한다. 산맥 정상을 넘고 나서야 겨우 동굴 하나를 찾아 들어갔다. 궂은 날씨라 동굴 속은 음침하다. 깊이는 4~5미터쯤, 작은 동굴은 아니지만 텐트를 치기에는 폭이 좁다.

배낭을 벗고 한숨을 돌렸다. 발로쟈 부부를 보니 물에 빠진 생쥐 꼴이다. 다행히 동굴 안쪽에 낙엽이 수북이 쌓여 있다. 낙엽 앞쪽에 큰 짐승이 누워 있었던 자국이 어렴풋이 보인다. 황갈색 털도 떨어져 있다. 호랑이가 쉬어간 자리다. 우리보다 먼저 용의 등뼈를 올라간 왕대일까? 오소리 발자국도 보인다. 이 녀석도 우리처럼 여기서 쪼그리고 앉아 비를 피했겠구나 생각하니 친근감이 느껴진다. 짐승이나 인간이나 자연에서는 같은 신세다.

낙엽을 끌어다 불을 피우고 젖은 옷과 몸을 말렸다. 매운 연기가 동굴 안에 꽉 차 눈알이 빨개진다. 연기가 서서히 빠져나가면서 공기가 차츰 따뜻해진다. 빗물을 받아다 차를 끓이고 간단한 요기를 마쳤다. 발로쟈가 모닥불에 담배를 댕겨 문다. 갈리나가 호랑이굴에서 담배냄새를 풍긴다고 타박을 한다. 발로쟈는 아랑곳없이 행복한 표정이다. 이런저런 이야기를 주고받다가 결국은 모두 침묵에 빠져들었다. 세상을 날려버릴 듯한 바람소리를 들으며 하늘에 구멍이 난 듯 쏟아지는 장대비만 물끄러미 쳐다보았다. 쉽게 그칠 태풍이 아니다.

숲 속 생활을 하다보면 갖가지 자연의 느낌에 젖어든다. 정제된 새벽공기, 늪 같은 아침안개, 적막한 정오 햇살, 부드러운 저녁바람, 얼어붙은 동토의 푸른 기온, 화려한 설국의 하얀 눈꽃…… 동굴 속에서 바라보는 저 폭풍우는 장엄하다. 폭풍우 치는 자연에서 바라본 동굴 안은 어떨까? 격리된 아늑함!

낙엽을 끌어다 바닥에 깔고 그 위에 매트리스를 폈다. 침낭 속으로 기어들자 잠자리가 제법 안락하다. 폭풍우 소리도 잠자리의 운치를 돋워준다. 내가 누워 있는 이 자리에 누워 있던 호랑이는 누구일까? 블러디 메리의 가족은 이 폭풍우를 어디서 피하고 있을까? 내 마음속 상상의 나래가 바깥세상의 소란스러움과 섞여 아득해지더니 스르르 잠이 들었다.

안개 속의 사슴 사냥

　폭풍우는 이틀째 기세를 죽이지 않다가, 사흘째 새벽부터 수그러들기 시작하더니 아침이 되자 그쳤다. 동쪽부터 햇살이 드러나며 하늘이 말개졌다. 질풍노도처럼 달리던 테무의 화를 엔두리가 가라앉혔다.

　동굴을 나가 숲을 내려다보았다. 태풍의 꼬리를 따라 구름이 빠르게 쫓아가고 있다. 숲은 홀쭉해졌지만 공기는 청정하고 강가에는 운무가 자욱하다. 멀리 운무를 뚫고 솟은 울창한 나무들 위에서 까마귀 무리가 소란을 피우고 있다.

　까마귀는 숲 속의 사소한 일에도 참견하고 떠드는 숲의 수다쟁이다. 까마귀가 소란을 피우는 곳에는 늘 무슨 일이 벌어지고 있다. 특히 맹수들이 짐승을 사냥했을 때는 귀신같이 알아내서 동네방네 소문을 낸다. 그리고 고기 한 점이라도 얻어먹기 위해 그 자리를 줄기차게 지키다가 호랑이가 먹이를 옮기면 졸졸 따라다닌다. 은밀하게 움직이는 우수리호랑이에게는 이런 까마귀들이 매우 성가신 존재다. 하지만 우리에게는 까마귀가 중요한 정보원이다. 까마귀나 어치가 모여 있거나 독수리가 선회하고 있는 곳은 빼놓을 수 없는 조사대상이다.

용의 등뼈를 조심조심 내려가 강변을 더듬거리며 걸었다. 진흙이 쓸려 내려와 길은 없어지고 질퍽하기만 하다. 강과 숲에는 우윳빛 안개가 자욱하게 깔려 안개의 바다에 들어선 듯 한치 앞이 보이지 않는다. 뿌연 안개 사이로 시커먼 무언가가 스멀스멀 움직였다. 강물을 헤치며 천천히 내게로 다가왔다. 가슴이 두근거렸다. 바람이 짙은 안개를 슬쩍 흔들자 형체가 드러났다.

커다란 반달가슴곰이다. 안개 때문에 잘 안 보이는지, 아니면 눈이 어두운지 내가 서 있는 것을 보면서도 그냥 다가오고 있다. 가슴이 쿵쾅거렸다. 물러설까 하다가 그대로 서 있었다. 나를 물끄러미 쳐다보던 곰이 뒤늦게 상황을 파악하고 표정이 돌변한다. 거센 황토 물결을 따라 허겁지겁 방향을 틀어 다시 안개 속으로 사라졌다.

신기하다. 그렇게 찾아다닐 때는 안 보이더니 태풍으로 숲이 엉망이 된 이런 경황없는 날 문득 만난다. 눈은 좀 어두워도 후각과 청각은 누구 못지않게 뛰어난데, 제 발로 헤엄쳐 내 코앞까지 다가왔다. 짧은 시간에 갑자기 일어난 일이라 호랑이 못지않게 헤엄을 잘 친다는 인상 외에 내가 곰을 보긴 보았나 싶다.

강변의 지형이 변하고 지류의 방향도 바뀌었다. 발밑의 황톳물이 빠르게 흐른다. 수위가 2미터 가까이 높아졌다. 강물에 떠내려 온 아름드리나무들이 강바닥 이곳저곳에 처박혀 있다. 수백 년 된 늙은 거목 하나는 뿌리째 밀려와 새로운 통나무 다리를 만들었다. 누런 거품 소용돌이 위로 솟은 굵직한 뿌리에는 흙더미와 어린 나무들이 붙어서, 제 살을 조금씩 거센 물결에 떠내려 보내고 있다. 이렇게 많은 고목들이 강물에 빠졌으니 물의 정령이 좋아할 것 같다.

맑은 날, 흐르는 강물을 가만히 들여다보면 바닥에 쌓여 있는 고목과 큰 통나무들이 어렴풋이 보인다. 물결의 움직임 때문에 마치 커다란 이무기들이 꿈틀거리는 것 같다. 더욱이 소나무나 잣나무 같은 침엽수라면 그 거북등 같은 외피들은 영락없이 물살을 가르는 커다란 파충류의 비늘처럼 보인다.

우데게가 섬기는 물의 정령은 이런 곳에 산다. 물의 정령 룬게는 강바닥의 썩은 나무를 거처 삼아 돌아다닌다. 그래서 우데게는 물속에 빠진 고목들을 소중히 여겨 함부로 다루지 않는다. 물고기를 잡다가 작살로 강바닥의 통나무를 찌르기라도 하면 룬게에게 용서를 구한다.

"물의 정령이시여! 고의가 아니었으니 용서하소서!"

이렇게 홍수가 지면 진달래를 태워 물의 정령에게 바친다. 물을 그만 보내 달라는 기원의 표시다.

비에 젖은 물꽃 몇 송이를 따다가 강물에 흘려보내고, 조심스럽게 오솔길을 따라갔다. 오솔길은 질척거리고 숲은 축축하다. 기름칠을 해놓은 듯 번들거리던 나뭇잎들이 바람에 찢어지고 비에 늘어졌다. 하지만 숲의 윗부분부터 아침햇살을 받으며 조금씩 살아나고 있다. 새들도 다시 지저귀기 시작한다.

한 시간쯤 걸어가자 갑작스레 호랑이 발자국이 나타났다. 방금 지나간 듯 선명하다. 눅눅한 흙 위에 뭔가를 끌고 간 자국과 함께 검붉은 피가 묻어 있다. 왼쪽 숲에서 끌고 나와 잠시 오솔길을 따라가다 오른쪽 숲으로 들어갔다. 풀잎에도 피가 묻어 있다. 비가 그친 새벽 이후에 묻은 핏자국이다. 앞발볼의 너비를 재보니 9.7센티미터다.

"까악, 까악, 깍, 깍!"

까마귀들이 소란을 피우는 소리가 점점 가까워졌다. 여러 마리 호랑이의 발자국이 나타났다. 새끼들과 합류했다. 역시 블러디 메리였다. 숲 속으로 좀 더 들어가자 자욱한 운무 사이로 까마귀들이 이리저리 날아다닌다. 가까이 다가가자 까마귀 떼가 후드득 날아오르며 뜯어 먹히던 짐승의 시체가 윤곽을 드러냈다. 암사슴이다. 살점이 싱싱하고 핏물이 선명하다. 거의 다 뜯어 먹히고 4분의 1쯤 남았다. 10여 미터 떨어진 곳에 한 마리가 더 있다. 한두 달 전에 태어난 새끼사슴이었는데 발목과 뼈다귀, 머리만 남았다. 채 감지 못한 어린 눈동자가 공포에 질려 있다. 그 눈으로 무엇을 보았을까?

섬뜩섬뜩 바람이 지나갔다. 암사슴은 태풍의 전조를 느끼고 서둘러 적당한 수풀을 찾아 그 속에 오그리고 앉았다. 따뜻한 가슴팍에 어린 새끼를 품었다. 아니나 다를까 무서운 폭풍이 휘몰아쳐 왔다. 장대 같은 비가 온몸을 두드렸다. 소중한 새끼와 체온을 나누며 이틀간의 비바람을 필사적으로 견뎌냈다.

바람이 잦아들고 햇살이 비치기 시작했다. 축축한 바닥에서 수증기가 피어오르더니 뿌연 운무가 자욱하게 숲을 뒤덮었다. 고요하게 흐르는 운무 사이로 나뭇잎의 물방울만 똑똑 떨어졌다. 시련이 지나갔다.

기진맥진한 암사슴은 몸을 일으켰다. 몸통을 좌우로 흔들어 물기를 털어내며 자신의 몸을 추슬렀다. 그러곤 젖은 새끼의 털을 핥아주기 시작했다.

그때, 하얀 운무 사이로 언뜻 붉은빛이 비쳤다. 붉은 바탕에 검은 줄무늬가 소리 없이 스며들었다. 바람을 안고 조심스럽게 다가가던 줄무늬가 쓰러진 고목 뒤에 납작 엎드렸다. 고목 위에 가득 피어난 버섯의 향긋한 냄새가 코를 간질였다. 그 사이로 암사슴의 윤곽이 희미하게 보였다.

암사슴은 허기도 채울 겸 습기와 모기를 피하기 위해 강가로 움직였다. 버섯 사이로 노려보던 줄무늬의 두 눈에 안개에 가려 뿌옇던 암사슴의 형체가 점점 뚜렷해졌다. 줄무늬가 온몸의 근육을 수축시켰다. 다가오던 암사슴이 문득 걸음을 멈추었다. 줄무늬가 퉁겨나갔다.

"으웨에에엑, 으웨에에엑……."

단말마의 비명이 고요한 안개 숲을 울리는 동안, 새끼사슴은 후들거리며 달아났다. 암사슴의 목줄에서 핏물이 붉은 물감처럼 흘러나왔다.

태풍이 지나가자마자 사냥에 나선 블러디 메리의 모습이 눈에 선하다. 태풍 직후의 짙은 안개와 발자국 소리를 줄여주는 젖은 숲을 사냥에 이용했다. 우수리사슴 모녀가 그 희생물이 되었다. 달아난 새끼사슴은 새끼호랑이가 잡았다. 새끼호랑이 중 발자국이 제일 작은 암컷이 70~80미터 떨어진 곳에서 새끼사슴을 죽이고 이리로 끌고 와 뜯어 먹었다.

질퍽한 호랑이 발자국에 고인 흙탕물이 흔들리고 있다. 블러디 메리의 가족은 방금까지도 사슴을 뜯어 먹고 있었다. 우리가 오는 소리를 듣고 자리를 피한 것이다. 주변을 둘러보았다. 안개만 자욱하다. 숲 속 어딘가에 몸을 숨긴 채 우리의 기척을 살피고 있을 것이다. 그녀의 가족이 안심하고 돌아와 사슴을 마저 먹을 수 있도록, 간단한 조사만 마치고 일부러 큰소리를 내며 넓은 강가로 물러났다. 강을 따라 내려가며 우리가 떠나는 모습을 보여주었다.

블러디 메리에게 호랑이만 쫓아다니는 사람으로 인식되면 여러모로 곤란하다. 우연히 마주쳤거나 그냥 지나가던 사람으로 비치는 것이 좋다. 이곳에 오래 머물며 샅샅이 조사할 때와 기본적인 사실만 슬쩍 쳐다보듯 조사하고 지나갈 때는 분명 다르다. 야생호랑이는 그 차이를 감지하고 다르게 반응한다.

집에서 기르는 개나 고양이도 주인의 행동과 표정을 보고 기분이 좋은지 나쁜지, 자기를 예뻐하는지 싫어하는지 금방 알아차린다. 영민한 야생의 호랑이는 말할 것도 없다. 저 인간들이 왜 왔을까? 우연일까? 의도적일까? 사람의 행동과 표정, 그리고 몸에서 풍겨 나오는 기운으로 이런 것을 감지하고 경계하며 어떤 때는 공격한다.

내가 아는 절간 향나무에 어치가 둥지를 튼 적이 있다. 어떤 녀석인가 궁금해진 스님이 둥지를 슬쩍 들여다보았다. 그때 알을 품고 있던 어치와 눈이 딱 마주쳤다. 스님은 남의 안방을 들여다본 듯 미안한 마음이 들었다. 다음부터는 둥지 옆을 지나다녀도 일부러 모른 척했다. 어치도 스님이 둥지 옆을 왔다 갔다 해도 별로 신경 쓰지 않았다. 어치는 새끼를 무사히 다 키워 나갔다.

친구네 정원에도 물까치가 둥지를 튼 적이 있다. 연한 파란색의 무늬와 긴 꼬리의 물까치가 너무 아름다워, 친구는 오며 가며 둥지를 자주 들여다보았다. 얼마 후 물까치는 둥지를 포기하고 떠나버렸다. 둥지 안에는 곪은 알만 덩그러니 남아 있었다.

자연은 눈으로 다 볼 수도 없고, 다 보아야 할 필요도 없다. 스님이 어치 새끼를 보지 않고도 잘 크려니 믿는 것, 우리가 하는 행동 하나하나를 호랑이가 보고 있다는 것을 믿고 자제하는 것, 눈으로 보지 않아도 믿는 이런 마음이 중요하다. 스님이 어치에게 무심하면 어치도 스님에게 무심해지고, 우리가 호랑이에게 무심하면 호랑이도 우리에게 무심해진다.

우리에게 호랑이 조사는 생존에 반드시 필요한 것이 아니지만, 호랑이에게 우리의 행동은 생존을 위협하는 것으로 보일 수 있다.

자연에서는 필요 없는 파문을 일으키는 것을 삼가야 한다. 숲에서 인간이 가장 자연스러울 때는 인간답게 행동하지 않고 동물답게 행동할 때다. 인간이라는 한 종족의 규칙이 아니라 모든 종족에게 해당하는 자연의 규칙으로 다른 종족을 바라보는 것, 그러면서 자연에 길들여지는 과정. 이것이 이동 관찰의 묘미다.

강한 새끼만 키운다?

푸드득, 텀벙!

가끔씩 강물이 튀어 오르며 요동친다. 세계 최대의 송어, 타이멘taimen[5]이다. 타이멘들이 강물을 거슬러 올라오고 있다. 이렇게 홍수가 지면 타이멘들이 상류로 올라온다. 물뱀 한 마리도 온몸을 뒤채며 강물을 거슬러 헤엄친다. 홍수로 거세진 물결에 저항하여 고개를 빳빳하게 들고 가슴을 최대한 물 밖으로 내밀며 강을 건넌다. 물뱀이 지나가자 물속에서 개구리 한 마리가 천천히 떠올랐다. 개구리는 수면 바로 밑에서 동작을 멈추고 퉁방울만 한 눈만 물 밖으로 내밀어 지나가는 나그네를 정찰한다. 괜찮다 싶었는지 뒷발을 쫙 펼쳐 강 가장자리로 다가가더니 강물이 불어나 물에 잠긴 나무둥

---

5 / 타이멘은 우수리에서 몽골에 걸쳐 서식하는 한대성 어종으로, 다 자라면 2미터에 100킬로그램이 넘는다. 큰 몸집을 유지하기 위해 작은 물고기나 개구리, 수서곤충뿐 아니라 물 위로 떠내려 오거나 날아다니는 육상곤충까지 닥치는 대로 잡아먹는 육식성 민물고기다. 두만강의 일부지역에도 적은 수가 살고 있다.

치 위로 천천히 기어오른다. 홍수에 지친 기색이다. 그때 황톳물 속에서 암 갈색 물체가 빛살처럼 다가와 나무등치를 향해 솟구쳐 올랐다. 개구리가 깜짝 놀라 허공으로 펄쩍 뛰어올랐다. 육중한 타이멘이 허공에서 경쾌하게 방향을 틀어 개구리를 한입에 삼켜버리고는 다시 물속으로 첨벙 떨어졌다. 근육질의 등줄기로 긴 커브를 그리며 황톳물 속으로 유유히 사라졌다.

한낮이 되자 기온이 점점 높아진다. 태양은 쨍쨍 내리쬐고 하늘은 구름 한 점 없이 맑다. 적당한 강변을 골라 배낭을 풀었다. 태풍의 후유증도 털어낼 겸 일찌감치 야영 준비를 했다. 텐트와 옷가지 등 젖은 것들을 죄다 꺼내 말렸다. 저녁에는 우데게 전통방식으로 타이멘 요리를 해 먹기로 했다.

숲 속으로 들어갔다. 숲은 버섯 천국이다. 우후죽순雨後竹筍처럼, 썩은 고목이나 낙엽 위의 균사가 비가 그치기 무섭게 피어올랐다. 여름비가 내린 뒤의 균사는 대여섯 시간 만에 다 자라 온전한 버섯의 형태를 갖춘다. 모양도 다양하다. 구름버섯, 말불버섯, 방귀버섯, 먹물버섯, 망태버섯, 주름버섯 등 각양각색의 버섯들이 절묘한 장소마다 소담스럽게 솟아났다. 땅의 정령은 숲 속 여기저기 쓰러져 있는 썩은 고목에 산다. 버섯은 땅의 정령이 보내주는 여름선물이다.

숲에서 생활하다 보면 버섯이 먹을거리로 큰 역할을 한다. 음식의 독성이나 물고기의 비린 맛을 없애주고 산뜻하고 담백한 맛을 가미해주는 게 버섯이다. 땀버섯이나 광대버섯 같은 독버섯만 구분할 줄 안다면 많은 도움이 된다. 솔버섯과 목이버섯을 한아름 땄다. 여기서는 체림샤, 우리나라에서는 명이라고 부르는 산마늘잎과 산머위잎도 넉넉하게 꺾었다.

오후가 되자 하리우스가 뛰기 시작한다. 강물 위를 낮게 날아다니는 모기나 하루살이를 잡아먹고 있다. 하리우스는 먹지 혹은 작은 놀래미와 비슷하게 생긴 냉수성 어종이다. 플라이를 던지자 금방 입질을 한다. 하리우스를 몇 마리 잡은 다음, 그걸 미끼로 달고 낚시를 던져 강물에 흘렸다.

날이 저물어 간다. 타이멘들이 활발하게 저녁 식사거리를 찾아다닐 시간이다. 홍수가 진 다음에는 타이멘들이 강 한가운데보다 가장자리로 몰린다. 수위가 높아지면서 물에 잠긴 가장자리에는 물에 빠진 곤충이나 날벌레 같은 먹을거리가 많기 때문이다. 타이멘은 육식을 하는 물고기라 낚싯줄을 채며 미끼를 계속 움직여 주었다.

낚시 흘리기를 10여 분, 묵직한 느낌이 왔다. 힘껏 당겼다. 큼직한 타이멘이 끌려나오다 물을 튀기며 요동친다. 푸르스름한 갈색의 등이 보였다. 다시 한 번 요동을 치자 낚싯줄이 축 늘어지며 손맛이 허전해졌다. 미늘이 없는 플라이 낚싯바늘이라 쉽지가 않다. 다시 미끼를 흘리고, 툭툭 손질할 때마다 출렁이는 유혹의 줄을 물끄러미 바라보았다.

황혼이 지기 시작했다. 노을빛이 수면 위로 길게 드러눕자 은은한 물이랑 사이로 산 그림자가 슬그머니 끼어들었다. 황혼에 물든 강물은 하염없이 흘러내렸다. 흐르는 물결을 따라 날벌레가 날아다녔고 날벌레를 쫓아 물고기들이 뛰어올랐다. 역광을 받은 물고기들이 허공에서 까맣게 춤을 추다 검은 물방울과 싱싱한 잠수소리를 남기고 물결 속으로 사라졌다. 그 위로 다시 은빛 물결이 흘렀다. 은빛으로 반짝이는 물결은 허상일 것이다. 그럼에도 끌어당기는 듯한 유장한 물결에 빠져들었다.

피-잉!

낚싯줄이 쑥 빨려 들어가며 팽팽하게 당겨졌다. 끊어질 듯 강한 힘이 전해왔다. 천천히 당기자 낚싯줄이 내 손을 중심축으로 강 가장자리에서 한가운데로 컴퍼스처럼 반원을 그리며 빙 돌아갔다.

푸드드득, 첨벙!

강물을 박차고 몸부림치며 뛰어올랐다 곤두박질친다. 큰 놈이다. 부리나

케 낚싯줄을 감아 팽팽함을 유지하고는 천천히 당기며 힘이 빠지도록 내버려두었다. 10여 분 정도 힘을 뺀 후 당기는 강도를 높였다. 물살을 가르며 커다란 송어 한 마리가 끌려나왔다. 가장자리까지 끌려나오자 근육질의 몸통을 뒤흔들며 다시 한 번 요동을 친다. 낚싯줄을 팽팽하게 유지했다. 좀 전에는 이런 순간 낚싯줄을 느슨하게 했다가 다 잡은 송어를 놓쳤다. 머리가 물 밖으로 들리자 마지막 몸부림을 친다. 묵직한 송어를 강변으로 끌어냈다. 모래밭에서 펄떡이며 뒹굴더니 이윽고 입만 뻥긋거린다. 80센티미터, 꽤 큰 놈이다.

    물의 정령, 룬게여!
    강의 정령, 씨민이여!
    물고기의 정령, 수그자 아자니여!
    송어를 주셔서 감사합니다.[6]

숲에 머무르며 숲의 품으로부터 먹을 것을 구하다보니 자연의 너그러움에 고마움이 느껴졌다.

송어의 배를 가르고 속을 비웠다. 깨끗이 씻어서 안쪽과 바깥쪽에 소금을 골고루 뿌리고 속에는 산마늘잎과 버섯을 꽉 채워 넣었다. 한쪽에는 산머위잎을 여러 겹으로 나란히 편 다음 그 위에 버섯을 골고루 깔았다. 버섯 위에 준비된 송어를 올려놓고, 그 송어 위에 다시 버섯을 올렸다. 바닥에 간 산머위잎으로 송어를 둘둘 감싸 모닥불의 빨간 잉걸에 얹고는 얇고 평평한 돌로

---

6 / 물과 관련된 정령에도 서열이 있다. 개울에는 개울의 정령이 있고 강에는 강의 정령이 있다. 물의 정령 룬게는 민물 전체를 다스리는 정령이며, 테무는 바다를 포함한 모든 물을 다스리는 대정령이다.

덮어 눌렀다. 돌판 위에다 다시 모닥불을 활활 피웠다. 우데게가 타이멘을 요리하는 방식이다.

스피릿을 꺼냈다. 스피릿은 99도의 알코올 원액으로, 산행을 갈 때는 무게를 줄이기 위해 스피릿을 가져간다. 맑은 물을 떠다가 원액과 적당한 비율로 섞었다. 원액을 그대로 마시면 식도가 타버린다. 60도로 만들면 사마곤, 40도로 만들면 일반 보드카가 된다.

스피릿을 모닥불에 조금 부었다. 불꽃이 훅 타오른다. 우데게는 숲을 다니다 모닥불을 피우면 늘 술이나 음식을 조금 던져 넣는다. 불의 정령에게 감사를 표하는 것이다. 그러면 불의 정령 뿌자가 편안함과 행운을 가져다준다. 뿌자는 불〔火〕에 한자 '者'가 합쳐져서 만들어진 퉁구스어다. 우리말의 어원을 우데게 말에서 보는 듯싶다.

불의 정령 뿌자는 도깨비불처럼 인광이 반짝이는 고목이나 아궁이에 산다. 그래서 나무꾼이 늙은 고목을 자를 때는 반드시 뿌자에게 나무를 떠나달라고 부탁하고 잘라야 한다. 날카로운 쇠붙이로 아궁이나 모닥불을 휘저어서도 안 된다. 자칫 뿌자가 다칠 수 있다.

센 모닥불에 한 시간 이상 달궈진 돌판을 들어내고, 산머위잎으로 감싼 커다란 송어를 그 위에 올려놓았다. 새카맣게 탄 산머위잎을 걷어내자 반쯤 탄 버섯 사이로 김이 무럭무럭 올라왔다. 버섯이 기름을 적당히 빼내 육질이 부드럽고 담백하다. 물고기의 역한 냄새도 버섯이 다 가져가 버렸다. 대신 버섯향과 마늘향이 살짝 배었다. 보드카를 곁들여 오랜만에 만찬을 즐겼다.

맑아진 밤하늘에서 별이 쏟아진다. 태풍의 뒤끝이라 살랑거리는 강바람이 시원하다. 강바람에 불꽃이 일렁인다. 모닥불 불빛 앞에서는 어떤 감정도 순화되며 때로는 먼 과거의 애틋한 감정까지도 살아난다. 우리는 모닥불

앞에서 시베리아호랑이의 과거와 미래에 대해 이야기했다. 그리고 카플라노프L. G. Kaplanov에 대해 이야기했다. 그의 노력과 희생이 없었다면 우리는 가장 용맹하고 아름다운 지구상 최대의 육식동물을 동물원에서밖에 보지 못했을지도 모른다.

라조 지역의 야생호랑이는 8마리에서 12마리 사이로, 1990년대 후반부터 늘 이 정도 개체수를 유지하고 있다. 라조 지역의 야생호랑이 수는 정체되어 있는데, 시베리아호랑이 전체 수는 매년 늘어나고 있는 것으로 발표된다. 2010년 시베리아호랑이 전체 개체수는 500마리 내외라고 발표되었다. 중국과 북한지역에서 살아남은 야생의 시베리아호랑이는 다 합쳐서 50마리가 채 되지 않는다. 만주의 30~40마리, 한반도의 10여 마리를 제외하고는 모두 러시아의 우수리 지역에서 살아가는 호랑이다. 그 발표대로라면 우수리에 450마리 이상의 야생호랑이가 서식하는 셈이다.

하지만 갈리나 박사는 우수리호랑이의 개체수를 300여 마리로 추정했다. 케드로바야바찌 자연보호구의 전임 책임자였던 빅토르 까르지시까 박사도 우수리호랑이의 개체수는 30퍼센트 정도 부풀려졌다고 주장했다. 까르지시까 박사는 호랑이 개체수가 부풀려지는 이유를, 개체수를 조사할 때 비전문가를 동원하고, 국내외로부터 기금을 많이 타기 위해서 보호 실적을 높이기 때문이라고 말했다.

우수리에서 호랑이 개체수를 조사할 때 쓰는 전통적인 조사방식은 평행조사 방식이다. 평행조사 방식은 최초로 체계적인 호랑이 개체수 조사를 시작한 카플라노프가 처음 도입했다. 이 방식은 호랑이가 서식하는 지역의 주요 강줄기를 따라 여러 조사팀이 동시에 조사하는 것으로, 한 지역 내에서 호랑이가 다닐 만한 모든 루트를 동시에 조사하기 때문에 그 지역 내에 서식하는 호랑이의 개체수를 어느 정도 정확하게 확인할 수 있다는 장점이 있다.[7]

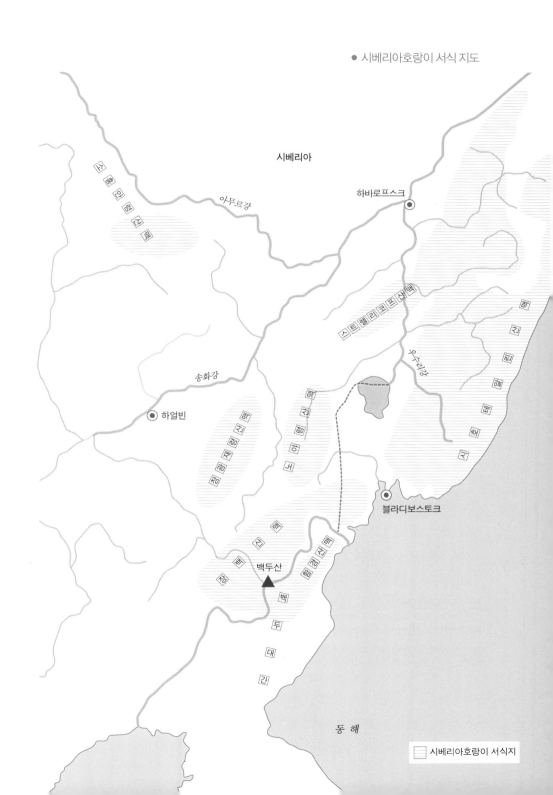

● 시베리아호랑이 서식 지도

시베리아

하바로프스크

아무르강

스타노보이산맥

송화강

하얼빈

시호테알린산맥

스트렐리코프산맥

우수리강

백두산

블라디보스토크

백두대간

동 해

시베리아호랑이 서식지

그러나 넓은 면적을 동시에 조사하기 때문에 인원과 비용이 많이 든다. 그래서 비용을 줄이기 위해 사냥꾼이나 마을사람들 같은 비전문가를 동원하는 경우가 많다. 하지만 전문가도 발자국이 암컷인지 수컷인지 헛갈릴 때가 있는데, 비전문가는 말할 것도 없다. 개 발자국을 호랑이 발자국과 혼동하고 표범 발자국을 호랑이 발자국으로 오인한다. 이미 계산한 발자국을 다른 지역에 가서 또 세기도 한다. 그러면서 호랑이의 개체수는 부풀려진다.[8]

현재 시베리아호랑이는 한반도, 만주, 우수리에 대략 350마리쯤 살아남은 것으로 추정된다. 그중 300마리 정도가 우수리에서 살아간다. 멸종위기에 처한 채로 그 수가 늘지도 줄지도 않고 있다. 새로운 호랑이가 태어나도 개체수가 늘지 않는 것은 태어난 만큼 죽기 때문이다.

호랑이는 새끼를 낳으면 제일 강한 한 마리만 키우고 나머지는 버린다고 한다. 이 이야기의 결과는 사실이지만 원인은 사실이 아니다. 그 이면에는 슬픈 현실이 숨어 있다. 어미는 모든 새끼를 무사히 키워내려고 애쓴다. 하지만 살아갈 숲은 점점 줄어들고 밀렵은 늘어나며 발굽동물은 사라지고 있다. 힘든 어린 시절을 이겨내지 못하고 먹이 부족이나 질병, 사고로 죽는 새끼호랑이가 절반이 넘는다. 성숙한 호랑이들도 올가미나 무인총에 희생당하지만, 새끼호랑이들이 성적으로 성숙해지고 정신적으로 완전히 독립이 가능한 세 살이 될 때까지 살아남는 확률은 그에 비할 바가 아니다. 운 좋고 강한 한두 마리만 살아남는다.

우수리에 사는 300여 마리의 호랑이 중 암수가 각각 절반이라고 가정하

---

7 / 라조 자연보호구에서도 첫눈이 내린 직후 최소 3일간은 이 방법을 통해 호랑이 개체수 조사를 실시한다. 각 조사팀은 자신에게 주어진 경로를 따라다니며 호랑이 흔적들을 발견하고 그 흔적들의 크기와 발견 장소, 진행방향 및 특이사항을 기록한다. 이 기록들을 모두 취합하면 그 지역 내에 서식하는 호랑이의 수와 성별, 분포상황 등을 대략 파악할 수 있다.

8 / 2003년 필자가 3년간 집중적으로 조사하고 관찰하던 라조 동해안 지역의 호랑이는 첫해 4마리, 두 번째 해 4마리, 세 번째 해는 새끼 포함해서 5마리였는데 개체수 조사에서는 각각 6마리, 7마리, 7마리로 보고되었다.

면, 암호랑이는 대략 150마리다. 그중 세 살 미만의 어린 암호랑이와 열다섯 살 이상의 늙은 암호랑이를 제외한, 임신 가능한 나이의 암호랑이는 대략 50퍼센트인 75마리 정도로 추산한다. 평균 2~3년에 한 번 새끼를 낳는 야생호랑이의 번식주기를 감안할 때, 해마다 출산하는 암호랑이는 25마리 내외다(75마리 ÷ 3년). 새끼는 한 배에 한 마리에서 네 마리까지도 낳지만 보통 2~3마리를 낳는다. 평균 잡으면 2.5마리라고 볼 수 있는데, 그러면 한 해에 태어나는 새끼호랑이 수는 62.5마리가 된다(암컷 25마리×새끼 2.5마리). 한 해에 약 60여 마리의 새끼호랑이가 태어나는 것이다.

이중 절반 이상이 세 살이 되기 전에 죽는다. 성숙해질 때까지 살아남는 호랑이는 매해 30마리 정도로 추정할 수 있다. 해마다 약 30마리의 우수리호랑이가 늘어나는 것이다. 하지만 이미 성숙한 호랑이 중에서도 그 정도의 수가 밀렵이나 사고, 자연사 등으로 죽는다. 즉 전체 우수리호랑이의 10퍼센트가 매해 늘어나고 10퍼센트는 매해 사라지는 것이다. 그러니 우수리호랑이의 수가 300마리 언저리에 정체되어 있을 수밖에 없다.

그나마 많이 회복된 수다. 우수리에서도 한때는 야생호랑이가 거의 멸종 단계에 이르렀었다. 카플라노프가 태어난 1900년대 초, 우수리에는 600~800마리의 호랑이가 서식하는 것으로 추산되었다. 하지만 그 수가 급격히 줄어들고 있었다. 그때는 호랑이를 사냥하는 것이 합법이던 시대였다. 게다가 활이나 창이 아닌, 총이라는 획기적인 사냥무기가 새로 도입되어 일반화되고 있었다. 당시에는 호랑이를 잡는 사람이 영웅이었다. 호랑이에게 총을 들이대며 연구하는 수렵학자라는 말까지 생겨나던 시절이었다.

카플라노프는 수많은 호랑이들이 죽어나가는 것을 보며 자랐다. 그때마다 뭔가 잘못되고 있다고 생각하던 카플라노프는 호랑이를 연구하기로 결심했다. 숲을 다니며 연구를 거듭할수록 점점 호랑이의 흔적이 줄어드는 것을 느꼈다. 그러던 어느 날 카플라노프는 더 이상 호랑이의 흔적을 볼 수 없었다. 시호테알린 산맥의 동쪽 사면에서는 20년 동안 호랑이가 거의 한 마리도 보이지 않았고, 비긴 강 골짜기에서도 호랑이가 전혀 살지 않는 것처럼 보였다. 심지어 라조 자연보호구에서조차 호랑이가 완전히 모습을 감추었다. 1936년부터 1948년까지 호랑이가 잡아먹고 남긴 사슴 잔해가 단 한 건도 발견되지 않았고, 대신 늑대의 수가 엄청나게 불어나 늑대 무리가 여기저기서 집단으로 사슴을 사냥하는 모습만 자주 목격되었다.

카플라노프는 호랑이의 개체수를 체계적으로 조사할 필요성을 느꼈다. 1939년과 1940년 그는 눈 덮인 우수리를 겨우내 걸으며 눈 위에 남은 호랑이 발자국을 추적하는 방법으로 호랑이의 개체수를 조사했다. 하지만 12~14마리의 호랑이 흔적밖에 발견하지 못했다. 카플라노프는 우수리에 사는 전체 호랑이 수가 30마리를 넘지 않으며, 어쩌면 20마리에 불과할지도 모른다는 결론에 이르렀다. 그 중 세 마리가 1940년에 사살되었다.

카플라노프는 우수리와 만주, 한반도에 걸쳐 한 때 만 마리가 넘었던 시베리아호랑이가 이제 20~30마리밖에 남지 않았다는 사실에 충격을 받았다. 그대로 두면 멸종은 기정사실이었다. 카플라노프는 조사를 계속하면서 우수리호랑이의 개체수 급감에 대한 논문을 준비했고, 한편으로는 호랑이 사냥을 방지하기 위해 적극적으로 활동했다. 그러던 어느 날, 그는 한 밀렵꾼에 의해 살해당했다. 그의 나이 서른두 살 때였다.

그가 죽은 후 그의 논문이 발표되었다. 그는 논문에서 우수리호랑이가 20~30마리밖에 남지 않았다는 사실을 알리고 그 멸종을 경고했다. 그리고 호랑이 사냥을 전면적으로 금지하자고 절박하게 제안했다. 학술용이나 동물원용으로 생포하던 새끼호랑이의 포획도 최소 5년간 금지하자고 호소했다.

1947년, 소비에트 연방(소련)은 호랑이 밀렵금지법을 제정했다. 1956년에는 학술용 및 동물원용 새끼호랑이의 포획을 5년간 금지하는 법도 통과시켰다.

카플라노프의 주장대로 밀렵금지법이 제정된 이후에야 우수리호랑이의 발자국이 다시 발견되기 시작했다. 라조 지역에서도 호랑이의 수가 조금씩 늘어났다. 이후 호랑이의 수는 꾸준히 늘어나 1970년대 상반기부터 호랑이가 잡아먹고 남긴 발굽동물의 잔해가 다른 맹수들이 남긴 것보다 더 많이 나타나기 시작했다. 1978년의 조사에서는 200여 마리까지 증가했다.

그러나 1990년대 초, 페레스트로이카와 글라스노스트로 알려진 개혁개방 정책으로 구소련이 해체되기 시작하자 인간사회뿐 아니라 자연에서의 상황도 급격하게 바뀌기 시작했다. 구소련의 붕괴는 시베리아호랑이에게 또 한 번의 시련을 가져왔다. 이 사회적 혼란기에 호랑이의 가죽과 뼈를 포함해서 인간이 상업적 가치를 지니고 있다고 생각하는 모든 야생동물을 사고파는 거대한 국제시장이 우수리에서 열렸다. 그리고 우수리 옆에는 그 수요를 부추기는 중국과 한국, 일본이 나란히 자리하고 있었다.

그중 가장 가치가 높게 매겨진 동물이 호랑이였고, 그 여파로 야생호랑이에 대한 계획적이고도 대대적인 밀렵이 들불처럼 번져나갔다. 호랑이를 잡기 위해 고안된 특수 올가미와 무인총뿐 아니라 심지어 지뢰까지 등장했다. 이 무렵 연간 약 60마리의 호랑이가 불법적으로 사냥되었다. 이러한 현상은 라조 자연보호구의 호랑이 개체수에도 고스란히 반영되어 1990년대 중반 자연보호구를 끼고 살아가는 야생호랑이의 수가 다시 절반 이하로 줄어들었다. 호랑이와 함께 발굽동물의 수도 급격하게 감소했다.

이후 러시아의 사회혼란이 수습되고 국제적인 보호노력이 뒤따르면서 1990년대 후반부터 시베리아호랑이의 수는 안정되기 시작했다. 카플라노프가 1940년에 기록한 20~30마리에서 지금은 그 10배로 늘어나 심각한 멸종 위기는 모면했다. 하지만 아직도 자연과 인간에 의한 다양한 위험요소가 널려 있다. 장기적 생존을 보장하기에는 너무 적은 수이다.

그나마 1947년 카플라노프의 제안이 시행되지 않았다면 우수리호랑이도 한국호랑이나 만주호랑이의 전철을 밟았을 것이다. 2010년, 카플라노프의 선구적인 노력과 희생을 기려 라조 국립자연보호구는 'L.G. 카플라노프 라조 국립자연보호구'로 이름을 바꾸었다.

눈을 떴다. 작은 새들이 조용히 지저귀고 있다. 텐트 입구를 열어젖히자 텐트 위에서 새벽이슬이 주르륵 떨어져 내렸다. 은은한 안개 밑으로 강물이 흐른다.

강가로 나가다가 우뚝 멈춰 섰다. 호랑이 발자국이 나 있었다. 숲에서 걸어 나온 발자국은 갈리나가 자고 있는 텐트 앞에 멈췄다가 방향을 바꿔 나와 발로쟈가 잔 텐트를 두 바퀴 돈 다음, 다시 숲으로 들어갔다. 모두가 잠든 사이 블러디 메리가 다녀갔다. 그녀의 성격으로 보아 놀라운 일도 아니고 그녀의 영토에 들어온 이상 이 정도는 각오해야 하지만, 그래도 자신의 모습을 드러내지 않으면서 우리 주변을 맴도는 집요함이 놀랍다.

블러디 메리는 간밤에 새끼들을 떼어놓고 홀로 숲 속에서 우리를 지켜보았을 것이다. 모두가 잠든 깊은 밤을 기다려 조심스럽게 걸어 나와 살펴보았을 것이다. 도대체 뭘 하는 사람들인데 자신의 영토에서 얼쩡거리는지, 위험한 쇠붙이 냄새는 나지 않는지 확인하기 위해 우리 텐트를 두 바퀴나 돌았다. 하지만 갈리나의 텐트에는 잠깐 멈춰 서서 냄새만 한 번 훅 맡고 지나갔다.

고리드인 둔까이는 사냥꾼이자 호랑이를 그리는 화가다. 그는 호랑이가 사람을 분별한다고 했다.

"고리드는 호랑이에게 총을 쏘지 않아요. 그건 우데게도 마찬가지죠. 호랑이에게 총을 쏘면 그 사람은 평생 호랑이에게 쫓기게 됩니다. 고리드는 숲에서 늘 나무지팡이를 짚고 다녀요. 호랑이는 지팡이 소리를 들으면 고리드인 줄 압니다. 고리드들은 자신을 해치지 않는다는 것도 알아요. 그래서 지팡이를 든 사람은 경계하지 않죠. 하지만 총을 들고 다니는 러시아 사냥꾼은 경계합니다. 예의 주시하다가 여차하면 공격하죠."

호랑이는 일반인과 사냥꾼을 구분한다. 심마니가 둘러멘 망태기와 사냥꾼이 둘러멘 사냥총을 구분하고, 입고 있는 복장이나 화장품 냄새, 담배 냄새 등으로 남자와 여자도 구분한다. 여자보다는 남자가 훨씬 위험하다는 것도 알고 있다. 블러디 메리가 갈리나의 텐트는 신경 쓰지 않고 우리 텐트만 두 번 둘러보고 간 이유다.

그녀의 발자국을 따라가면 더 많은 정보를 얻을 수 있을 것이다. 하지만 그녀는 새끼를 데리고 있다. 새끼를 데리고 다니는 암호랑이는 무서울 정도로 예민하다. 그녀의 성격으로 보아 분명 의심을 사게 될 것이다. 저 숲 속 어딘가에서 지금도 우리를 지켜보고 있을지 모른다. 그녀의 의심을 사는 행동은 하지 않기로 했다.

블러디 메리의 가족을 남겨두고 우리는 샤우카로 이동했다. 강물이 많이 줄었다.

하늘나무

    끝없이 펼쳐진 밀밭을 바라보았다. 수없는 푸른 화살깃이 거꾸로 매달린 듯, 가슴까지 자란 대궁 위에 긴 수염이 달린 밀 이삭들이 살랑거린다. 철 이른 소슬바람이 불어오자, 그 푸른 물결 밑으로 천년 묵은 청룡이 지나가며 이삭들이 너울진다. 봄밀은 봄에 씨를 뿌려 가을에 수확하는 밀이고, 가을밀은 가을에 씨를 뿌려 다음해 초여름에 수확하는 밀이다. 우수리는 겨울 추위가 심해 봄밀을 재배한다.

    밀밭을 지나자 타친코 해안으로 넘어가는 산길이 나왔다. 산길 근처에는 굵은 덩굴식물들이 용틀임하듯 저마다 주변의 나무를 휘감고 올라갔다. 열매가 많다. 가을이 빠른 우수리의 8월이라 열매들이 거의 다 익었다. 머루와 다래는 물론이고 명금나무 열매, 오미자, 야가다 등 온갖 야생의 열매들이 산길에 터널을 형성한 덩굴마다 주렁주렁 매달려 있다.

    어치들이 좋아하는 명금나무의 빨간 열매는 알 굵은 홍옥처럼 탐스럽고, 왕머루는 개머루와 뒤섞여 산길 주변에 자신의 진한 향기를 뿌린다. 다람쥐와 청설모, 오소리와 너구리, 담비, 곰 등 숲 속의 모든 동물들이 좋아하는 다래덩굴에는 까마귀 몇 마리가 달라붙어 사람이 지나가는데도 소리 지를 생각조차 하지 않고 열심히 다래를 쪼고 있다. 자연이 이 숲에서 살아가는 생명들을 약소하게나마 먹여서 키우겠다는 희미한 다짐이 느껴진다.

그런데 참나무에 도토리가 없다. 산길을 가면서 계속 살펴보았지만 참나무마다 몇 개씩 드문드문 매달린 도토리밖에 볼 수 없다. 해골분지의 내리막길도 마찬가지다. 올해는 해골분지를 포함한 이 지역 대부분의 참나무 군락에 해거리가 찾아왔다.

가파른 타친코 해안절벽에 올라서자 동해의 푸른 바다가 앞을 가로막는다. 시원한 바람이 불어왔다. 이곳이 블러디 메리 영토의 북쪽 끝이다. 여기서 해안산맥을 따라 남쪽으로 60킬로미터쯤 내려가면 마약 마을이 나온다. 그곳은 블러디 메리 영토의 남쪽 끝이다. 그곳까지 시호테알린 산맥에서 갈라져 나온 해안산맥이 한국의 동해안처럼 융기되어 뻗어 있다.

해안절벽을 따라 남쪽으로 조심조심 내려가자 조용한 절벽 중턱에 조선산양들이 노닐고 있다. 모두 네 마리다. 세 마리는 바위절벽과 비슷한 암갈색인데 한 마리는 하얀색이다. 선천적으로 특정 색소가 부족해 생기는 백화현상albino이다. 호랑이도 가끔 백호가 태어나듯 산양도 가끔 하얀 산양이 태어난다. 위태위태한 절벽 사이를 잘도 다니며 바위 밑이나 키 낮은 관목 사이의 그늘진 곳에서 뒤늦게 올라오는 새순을 뜯어 먹는다. 타친코大新谷에서 샤우친코(小新谷, '새로 발견된 작은 골짜기'라는 뜻)까지 뻗어 있는 해안절벽은 조선산양의 귀중한 서식지다. 특히 타친코가 그렇다.

바다가 잘 내려다보이는 험한 바위와 그 바위들 사이를 뚫고 서 있는 굵은 침엽수 밑에 산양의 검은 똥이 수북이 쌓여 있다. 이 녀석들은 천적을 피하기 위해 배설하는 곳을 몇 군데 정해두고 늘 그 장소에만 똥을 눈다. 아무 곳

두 개로 갈라진 튼튼한 발굽으로 바위절벽을 타는 조선산양.
이런 산양을 노리고 호랑이도 해안절벽을 타고 다닌다.

에나 배설물을 흘리고 다니면 맹수들을 불러들이기 십상이다. 마치 동해를 내려다보며 실례를 하려는 듯 가파르고 전망 좋은 곳에 화장실을 마련했다.

다른 발굽동물들과 달리 산양은 바위절벽을 잘 탄다. 두 개로 갈라진 튼튼한 발굽은 발을 디딜 곳이 얼마나 크고 단단하냐에 따라 마음대로 오므리고 벌릴 수 있다. 발굽을 오므려 쥐는 힘도 대단하다. 발굽 뒤쪽이 고무처럼 말랑말랑해 잘 미끄러지지 않고, 앞다리보다 긴 뒷다리의 근력을 이용해 높은 곳으로도 잘 뛰어 오른다. 맹수들을 피해 바위절벽에서 잘 다닐 수 있도록 진화했다.

하지만 호랑이도 이런 산양을 사냥하기 위해 해안절벽을 타고 다닌다. 가파른 절벽을 암벽 타듯이 기어오른다. 호랑이의 발바닥도 말랑말랑해 접지력이 좋다. 게다가 평소 발가락 속에 접어두었던 갈고리 같은 발톱을 드러내 미끄러지는 것을 방지한다. 특히 봄철이면 조선산양뿐 아니라 해안절벽에 형성된 굴에서 동면을 마치고 나오는 곰을 노리고 호랑이가 자주 찾아온다.

푸른 동해를 배경으로 소나무가 우뚝우뚝 서 있는 절벽 길을 걸어가는 야생호랑이의 모습은 상상하는 것만으로도 가슴이 설렌다. 그러나 이 지역은 전반적으로 참나무들이 심한 해거리를 해서 올 겨울 잠복지로 선정하기는 힘들 것 같다. 절벽 위에서 제 발에 차인 돌멩이 하나가 바다로 굴러 떨어지자 그 소리에 놀란 산양들이 바위를 펄쩍펄쩍 건너뛰어 순식간에 절벽 뒤로 사라졌다.

며칠 동안 해안산맥을 타고 내려왔다. 산등성이에 늙은 나무가 서 있다. 거대한 둥치는 양팔로 네 번을 안아야 할 만큼 굵고, 창공을 향해 굼실굼실 뻗어나간 가지는 느티나무처럼 둥글다. 가지 끝에는 붉은 천과 흰 천들이 매달려 마치 머리카락을 풀어헤친 듯 바람에 휘날린다. 오지의 숲 속, 거대한 나무에서 인간의 흔적이 나부낀다. 생명의 하늘나무, 얄로안 툿케다.

우리 민족을 비롯한 알타이계 퉁구스족은 스스로를 하늘의 자손이라고 생각하여 나라를 세울 때마다 이런 천손사상天孫思想을 건국신화에 표현했다. 단군신화의 환웅이나 주몽신화의 해모수는 모두 하늘에서 내려온 신성한 존재다.

천손사상에서는 하늘을 나는 새나 큰 나무가 하늘과 땅을 연결한다. 일종의 신조神鳥이며 신목神木이다. 한국의 솟대 위에 앉은 나무새나 일본의 토리とり는 사람과 하늘을 연결하는 상징이다. 우데게도 '토폰'이라고 부르는, 기다란 나무줄기 위에 새의 형상을 조각해 붙여놓은 목조물을 금단의 장소나

악마가 출몰하는 곳에 세워둔다. 단군신화의 신단수神檀樹나 서낭당 앞의 늙은 느티나무, 마을 어귀의 당산나무, 그리고 이 얄로안 툿케도 마찬가지다. 그중에서도 신단수나 얄로안 툿케처럼 산꼭대기 높은 곳의 커다란 나무는 생명의 하늘나무이자 샤먼의 우주나무로 신성시했다.

얄로안 툿케의 기운은 하늘과 우주에 닿아 있다. 대지와 그 속에 사는 생명들의 기운을 하늘의 기운과 연결한다. 엔두리는 중간세계의 기운이 위의 세계와 교류하고 조화를 이루도록 이 생명의 하늘나무를 만들었다. 하늘나무를 만들 때 나무를 지키는 정령도 같이 내려 보냈는데, 그 정령의 등에서 뻗어 나온 줄기는 하늘나무와 단단히 붙어 있어서, 숲과 대지에서 받아들인 기운은 하늘로 올려 보내고 하늘에서 내려오는 기운은 숲과 대지로 흘려보낸다.

고조선古朝鮮의 신단수가 우데게의 얄로안 툿케였고, 그것이 시베리아를 거치고 알래스카를 통과해 아메리카 대륙으로 넘어갔다. 그곳에서 인디언의 '영혼의 나무'가 되었다. '영혼의 나무'는 카메론 감독의 영화 〈아바타〉에서 '신성한 나무'로 탈바꿈해 나비족의 영혼과 교감한다. 자연에서 태어나 자연과 교감하다 자연으로 돌아가는 정령주의의 이동이다.

우수리 원주민은 생명의 하늘나무에게 자신의 마음을 터놓는다. 진실한 마음이 아니면 자신의 기운을 하늘의 기운과 섞을 수 없다. 기운을 섞으면 질병을 치료하고 아기를 점지 받으며 길흉화복을 점칠 수 있다. 그리고 삼을 캐거나 사냥을 하며 지날 때마다 흰 천이나 붉은 천을 가지에 하나씩 매단다. 우수리 숲의 지배자인 암바에게 경의를 표하는 것이다.

얄로안 툿케가 우수리 원주민에게 신성한 생명의 하늘나무라면, 우수리 호랑이에게는 영역표시를 위한 중요한 랜드마크다. 호랑이는 가느다란 나무보다 굵은 나무에 영역표시 하기를 좋아한다. 굵을수록 표시가 오래 남고 다른 호랑이의 눈에도 잘 띄기 때문이다.

하늘나무 둥치에 호랑이 발톱자국이 나 있다. 한 쌍은 3미터 높이에서 긁어내린 발톱자국이고, 다른 하나는 그 조금 밑에서 긁어내린 자국이다. 오줌냄새도 풍겨온다. 이 하늘나무는 왕대와 블러디 메리에게도 매우 중요한 나무다. 영토의 동쪽 끝 해안산맥을 둘러볼 때 자주 들르는 곳이다.

얄로안 툿케를 뒤로하고 해안산맥을 따라 남하했다. 산맥이 바다를 만나 단애처럼 급히 꺾이는 곳에 가파르고 좁은 샤우친코 해안이 보였다. 해변에서 사슴 몇 마리가 여름햇살을 받으며 미역을 건져먹고 있다. 사슴들은 자주 고개를 돌려 등 뒤의 숲을 슬금슬금 훔쳐본다. 호랑이는 저렇게 해변으로 나간 사슴이 돌아오는 길목을 노린다.

샤우친코 골짜기를 따라 한참 들어가자 샤우카가 나타났다. 강가에서 반달곰 한 마리가 뜀박질을 하다 우리를 보더니 슬그머니 숲으로 들어간다. 여름의 막바지, 강을 따라 연어가 올라오고 있다. 먼 바다를 헤치고 오느라 힘이 들었는지 가끔 물 위로 떠올라 아가미를 뻐끔거린다. 작은 돌멩이를 하나 던졌다. 물결의 작은 파동에도 순식간에 저쪽으로 몰려갔다가 천천히 유영하며 되돌아온다. 작은 폭포나 급한 계류의 물거품 속에서는 연어들이 뜀뛰기를 하고 있고, 물이 얕은 곳에서는 온갖 어려움을 뚫고 올라온 연어들이 상처투성이의 몸으로 모래자갈을 파헤치며 산란을 하고 있다. 그 한쪽에서는 산란을 마친 뒤 지쳐 쓰러진 연어들을 두고 검독수리와 솔개, 까마귀들이 아귀다툼을 벌이고, 배부른 수달은 바위 위에서 몸을 말린다. 연어가 돌아오는 강에서 일어나는 일상적인 일들이다.

샤우카 상류에서 며칠 머무르며 주변을 조사했다. 곰발자국은 싱싱한 것이 더러 있었지만 호랑이의 흔적은 아주 오래된 것밖에 없었다. 연어고기를 실컷 먹고 원기를 회복한 다음 남쪽으로 길을 재촉했다. 며칠을 조사하며 내려가자 샤우카가 다섯손가락강과 합류해 흘러내리다 바다로 들어가는 곳 즈음에 마을 하나가 나타났다. 마을을 지나 몇 개의 숲을 건너고 산을 넘자 지금까지 볼 수 없었던 넓은 백사장이 펼쳐졌다.

백사장 앞바다에는 작은 섬이 길쭉하게 떠 있다. 발해의 해상기지였던 페트로바 섬이다. 육지와 400미터쯤 떨어져 있는데, 발해 사람들은 이 바다를 가로질러 섬까지 돌다리를 놓았었다. 세월이 흐르면서 돌다리는 무너져 바다 속으로 가라앉았지만, 지금도 헬기를 타고 하늘에서 내려다보거나 썰물이 질 때 보면 물속으로 무너진 돌들이 시커멓게 비치며 섬과 해변을 일직선으로 연결하고 있는 것이 보인다. 섬 안에서는 발해시대의 유물이 가끔 발견된다. 발해시대 성곽과 초소의 흔적도 남아 있다. 그 초소에서 발해의 군사들은 신라와 왜의 배들이 동해를 오가는 것을 지켜보았을 것이다.

우수리는 한국 야생동물의 원류이기도 하지만 우리 민족의 뿌리를 찾을 수 있는 곳이기도 하다. 우데게와 고리드는 우리와 같은 알타이계 퉁구스족으로 만주와 우수리에서 우리 민족이 건국했던 조선(고조선)과 부여, 고구려, 발해의 주요 구성원이었으며, 금나라와 청나라를 세운 세력의 하나였다.

북방 알타이(Altai, 몽골어로 '황금의 산'이란 뜻이다. 알타이산맥의 길이는 2,000킬로미터에 달하며 시베리아와 중앙아시아가 맞닿는 지점에 자리하고 있다)에서 내려온 퉁구스족은 나라를 세울 때마다 '알타이'라는 말이 가진 의미를 나라이름에 표현했다. 알타이는 '밝은 쇠붙이' 혹은 '해 뜨는 곳', '태양처럼 밝다'라는 뜻이다. 단군왕검이 조선을 건국하고 아사달에 도읍을 정했을 때도 그랬다. 조선(아침 朝, 빛날 鮮)은 아침이 밝아오는 나라 또는 태양처럼 찬란히 빛나는 나라라는 뜻이다. 그리고 아사달의 '아사'는 아침, '달'은 산으로 아침이 밝아오는 곳, 즉 태양이 떠오르는 곳이란 의미다. 여진족이 세운 금나라의 '금

가파른 해안절벽에 올라서자 길쭉하게 떠 있는 섬 하나가 멀리 보인다.
발해의 해상기지였던 페트로바 섬이다.

金' 역시 알타이를 뜻한다.

중화민족은 퉁구스족을 시대에 따라 다르게 불렀는데, 상고시대에는 예맥濊貊, 한나라 때는 숙신肅慎, 수당시대에는 말갈靺鞨, 금나라 때는 여진女眞, 청나라 때는 만주족이라고 표기했다. 예맥은 '똥오줌이 묻은 살쾡이', 말갈은 '짐승 가죽을 입고 사는 촌놈들'이라는 뜻으로 비하의 의미가 담겨 있다. 남방 농경민족인 중화민족과 북방 유목민족의 후예인 퉁구스족은 늘 대립하며 살아왔기 때문이다.

하지만 퉁구스족은 스스로를 쥬썬(Jusen, 조선), 혹은 쥬신(Jusin, 주신珠申), 쑤썬(Susen, 숙신), 쥬르젠(Jursen, 여진) 등으로 불렀다. 이것은 모두 조선에서 나온 말로, 조선을 일컫는 쥬썬이란 발음에서 쥬신도, 쑤썬도, 쥬르젠도 나왔다. 쥬신족이라고 통칭하는 상고시대의 조선은 한민족韓民族만을 의미한 것이 아니라 한민족을 포함한 만주 지역의 알타이계 퉁구스족 모두를 지칭한 것이다. 그 주류는 송화강 유역에, 일부는 우수리 유역과 한반도에 살았다.

우수리는 송화강이 흘러내리는 만주평원보다 훨씬 더 거칠고 험한 산악지형이다. 이곳에는 같은 알타이계 퉁구스족이지만 유목생활보다는 거친 자연에 고립되어 수렵과 어로생활을 주로 하는 원주민이 살고 있었다. 이들은 한때 흑수말갈黑水靺鞨로 불렸는데, 흑수는 흑룡강(아무르강), 말갈은 두 글자 모두 부수가 '가죽 혁革'으로, 짐승의 가죽으로 신발과 옷을 만들어 입는 수렵민족을 뜻했다. 이는 과거부터 두만강에서 아무르강까지 우수리 유역에 퍼져 살던 퉁구스족을 말한다. 지금의 우데게와 고리드가 바로 그들이다.

이들은 지금도 말갈을 '모허', 여진을 '쥬르젠'이라고 부르며 자신들의 조상으로 생각한다. 그리고 발해를 건국한 대조영을 조상신으로 숭배하며 매년 제사를 지낸다. 우리는 고구려와 발해를 우리의 역사로 생각하지만, 고리드와 우데게는 금나라와 청나라는 물론이고 고구려와 발해도 자신들의 역사로 생각한다. 우리나 그들이나 비슷한 언어와 문화를 가진 같은 알타이계 퉁구스 민족으로 당시 함께 건국했던 나라였기 때문이다.

이제 페트로바 섬은 주목나무 군락으로 덮였고 흰꼬리수리 몇 쌍만 둥지를 튼다. 봄이면 야생양귀비 군락에서 노란 꽃들이 무성히 피어나고, 그 꽃밭을 날아다니며 꿀을 모으는 야생벌들이 고목이나 바위 속의 묵은 벌집을 해마다 늘려나가고 있다. 그 벌집을 따먹으러 곰들이 썰물을 이용해 가끔 물속 다리를 오갈 뿐이다.

해변의 호랑이 가족

　검은색과 회색이 섞인 작은 개 한 마리가 백사장을 달려왔다. 경주마처럼 달려오는 개를 맞이하기 위해 나는 백사장에 털썩 주저앉아 팔을 벌렸다. 달려오던 개가 품 안으로 뛰어들더니 꼬리를 흔들며 손등과 얼굴을 마구 핥는다. 산막을 지키는 개, 네눈박이 챠라다. 네눈박이는 눈 위에 하얀 점이 하나씩 있어, 마치 눈이 네 개처럼 보인다고 해서 붙여진 별명이다. 작년까지만 해도 북쪽 내륙의 조선곡 산막에 있었는데 산지기를 따라 이곳으로 옮긴 모양이다. 연신 반가운 태를 내며 귀여운 짓을 하지만 챠라도 많이 늙었다.

　백사장이 끝나고 숲이 시작되는 경계에 산막이 하나 있다. 라조 자연보호구 페트로바 산막이다. 산막을 지키고 있던 산지기가 우리를 반긴다. 산막에 여장을 풀었다. 산지기가 이틀 전에 비샨니에로 넘어가는 산길에서 호랑이 발자국을 봤다고 했다.

　여기서부터 마약 마을까지는 대략 15킬로미터 거리다. 그 사이에 다섯 개의

● 라조 남동부 해안 지도. 해안마다 우데게들이 이름을 붙여놓았다.

페트로바 섬

● 비산니에(고운 모래) 해안

● 말라야 아파스나(작지만 위험한) 해안

● 아파스나(위험한) 해안

● 뜨리빠라손까(새끼멧돼지 삼형제) 해안

● 디플락(겨울에도 따뜻한) 해안

● 마약

해변이 있는데, 해변마다 이 지역 우데게들이 이름을 붙여놓았다. 비록 우데게 글이 없어 러시아어로 표기하지만, 그 뜻에는 인디언들의 이름처럼 자연을 바라보는 객관적이고 순수한 마음이 담겨 있다.

다음날 비샨니에로 넘어갔다. 산지기 말대로 비샨니에로 넘어가는 산길에 호랑이 발자국이 찍혀 있었다. 두 마리였다. 하나는 앞발 볼의 너비가 11센티미터, 또 하나는 9.5센티미터. 블러디 메리의 새끼들 중 암수 두 마리인 것 같다. 한 달 전 내륙의 용의 등뼈 언저리에서 발자국을 보았는데 최근 동해안으로 넘어왔다. 영역을 돌고 있다. 어미의 발자국은 안 보이지만 멀지 않은 곳에 있을 것이다.

두 살 가까이 된 이 시기의 새끼호랑이들은 어미와 늘 붙어 다니지는 않는다. 호랑이는 보통 태어난 지 1년 6개월쯤 되면 반독립상태에 들어간다. 어미와 헤어져 며칠씩 홀로 생활하다가도 다시 만나고, 만났다가도 다시 헤어지는 것이다. 이때는 멀리까지 사냥을 나갔다가 주인 곁으로 돌아오는 사냥개처럼 결국 어미 곁으로 돌아온다. 어미가 잡아주는 먹이도 얻어먹고 스스로 사슴과 멧돼지 같은 큰 동물을 사냥하기도 하며 점점 독립을 준비하는 시기다. 완전한 독립 시기는 영역 내 사냥감의 많고 적음에 따라 달라지긴 하지만 어미에게 새로운 번식기가 찾아오는, 생후 2년 6개월 언저리다.

남매의 발자국은 해변으로 내려갔다. 해변은 아담하니 인적 하나 없이 깨끗하다. 고운 모래 위로 파도가 넘실대며 올라왔다 물러나기를 반복한다. 흔히 말하는 금모래다. 우데게가 아니라 내가 이 해변에 이름을 붙인다 해도 '고운 모래'라고 하겠다. 그 가운데로 호랑이 두 마리가 길게 발자국을 남기며 나란히 걸어갔다. 금모래가 습기를 약간 머금으면 발자국이 깨끗하게 찍힌다. 호랑이 발자국이 아름답다. 이런 발자국은 언제나 느낌이 좋다. 살아 있다는 싱싱한 기운을 느끼게 한다.

호랑이 남매는 3~4일 전에 지나갔다. 산지기가 산길에서 발자국을 본 것이 사흘 전이었고, 보름사리는 7일 전이었다. 보름사리가 되면 달의 인력으로 인해 밀물과 썰물의 차이가 가장 커진다. 그래서 보름사리 전후의 2~3일은 큰 파도가 몰려와 모래사장의 모든 흔적을 지워버린다. 따라서 블러디 메리의 새끼들은 보름사리의 여파가 지나간 3~4일 전, 그것도 밤에 지나갔다. 호랑이는 해변처럼 넓은 공터를 대낮에 지나다니는 법이 거의 없다.

　오래전의 해일로 숲에서 끌려나온 거목이 해변에 누워 있다. 나무둥치의 절반은 바닷물에 잠겨 있고, 사람 키만 한 뿌리의 아랫자락은 모래사장에 묻혀 있다. 오랜 세월 바다의 소금물에 씻겨 썩지도 않고 허옇게 탈색되었다. 늙은 거목의 성성한 수염인 양 둥글게 퍼져 있는 뿌리 가운데에 호랑이가 영역표시를 해놓았다. 발톱자국도 내놓았고 오줌도 뿌려놓았다. 새끼들이 낸 영역표시다. 블러디 메리같이 노련한 호랑이가 보름달만 뜨면 파도가 몰아쳐 냄새를 지워버리는 이런 곳에 영역표시를 할 리가 없다. 새끼들이니까 연습 삼아 이런 곳에 한 것이다. 하지만 어릴 때처럼 장난스럽게 아무 데나 할퀸 것이 아니라 어미와 다름없이 양발로 높은 데서 긁어내렸다. 새끼들이 서서히 독립을 준비하고 있다.

　산을 넘을수록 해안절벽이 험해지더니 어느 순간 시야가 툭 트였다. 가파른 절벽 밑에 기암괴석이 즐비하다. 말라야 아파스나. '작지만 위험한' 해변이다. 작지만 위험한 해변을 지나 작은 곶을 넘자 해금강 바닷가 같은 곳이 펼쳐졌다. 깊은 절벽 밑에는 높은 파도가 치고 좁은 해변에는 기암괴석들이 큼직큼직하게 서 있다. 모래사장이 거의 없어 작은 나룻배 한 척도 대기 힘들 것 같다. 아름답지만 위험해 보인다. 아파스나. '위험한' 해변이다.

　해변으로 조심조심 내려갔다. 해변에 호랑이 발자국이 나 있다. 세 마리였다. 블러디 메리가 돌아왔다. 고운 모래 해변에 발자국을 남겼던 새끼 두 마리와 합류했다. 그런데 나머지 새끼 한 마리의 흔적은 보이지 않는다. 일이 생긴 걸까? 그렇지 않을 것이다. 태어난 지 두 살 가까이 되면 독립이 임박했다. 이대로 독립하더라도 혼자 살아갈 수 있는 나이다. 특별한 일이 없다면 지금 이 발자국 속에 없는 새끼 암컷은 다른 두 마리보다 독립준비가 빠른 것이다. 독립이 임박할수록 어미와 더 멀리, 더 오래 떨어진다.

호랑이들은 서로 헤어지더라도 다시 만나는 것이 식은 죽 먹기다. 끊임없이 자신의 냄새와 흔적을 남기고, 이러한 자취를 예리한 후각과 청각 등 오감으로 추적해 금방 상대방의 위치를 찾아낸다. 상대가 가족이라면 더욱 쉽다. 우리는 흔히 친한 친구를 찾을 때 '그 친구 아마 당구장에서 자장면 시켜놓고 내기당구 치고 있을 거야' 같은 생각을 금세 떠올리곤 한다. 친구의 성격과 습성을 잘 알기 때문이다. 호랑이들도 마찬가지다. 그들 또한 가족끼리는 서로의 성격과 습성을 잘 파악하고 있다. 게다가 이 숲은 어릴 때부터 돌아다닌 사냥터이자 놀이터다. 그러니 서로가 갈 만한 장소를 대충 다 안다. 우리가 추적관찰의 초보라면 호랑이는 추적관찰의 대가다.

기암괴석 아래 움푹 들어간 후미진 모래밭에서 어미와 새끼들이 휴식을 취했다. 마치 큰 항아리를 굴린 듯, 쉬면서 몸통을 뒹굴뒹굴 굴린 자국이 나 있다. 블러디 메리의 가족은 이곳에서 장난치고 뒹굴며 즐거운 한때를 보냈다. 서로 핥아주기도 하고 가끔은 고개를 들어 멀리 지나가는 배도 바라보았을 것이다. 떠날 때는 경사진 괴석에 오줌을 뿌리는 것도 잊지 않았다. 새끼들도 어미를 따라서 오줌을 뿌렸다.

휴식을 마친 블러디 메리의 가족은 해안산맥을 타고 마약 마을 방향으로 남하했다. 뜨리 빠라숀까 해변으로 넘어가는 길은 매우 험준하다. 깎아지른 절벽과 바위 봉우리가 즐비하고 그 사이에 들어찬 소나무와 잣나무, 참나무들도 굵직굵직하다. 바위산 정상에 오르자 동해가 시원하게 펼쳐진다. 뒤를

과거 '위험한' 해변에서 무인카메라로 촬영한 야생호랑이.
우_ 다 자란 새끼호랑이가 지나가며 해안절벽에 오줌으로 영역표시를 했다.
좌_ 뒤따라온 어미가 새끼의 냄새를 맡으며 추적하고 있다. 이 호랑이는 블러디 메리의 어미일 가능성이 있다.

돌아보니 저 멀리에 페트로바 섬이 조그맣게 보인다.

이 바위산 정상에서 뜨리 빠라숀까 해변까지를 진달래 절벽이라고 부른다. 굵은 침엽수와 활엽수들 사이에 진달래 군락이 잘 형성되어 있다. 봄이 되면 절벽 전체가 분홍빛으로 물든다. 가파른 진달래 절벽 중간에는 겨울에 곰들이 동면하는 굴도 두 개 있다. 동남향이라 햇볕이 잘 들고 굴도 깊어 해마다 곰들이 찾아든다.

뜨리 빠라숀까 해변은 보기 드문 자갈해변이다. 모래를 찾기 힘들 정도로 검푸른 현무암 자갈이 해변에 가득하다. 장구한 세월을 파도에 씻겨 자갈 하나하나가 모두 타원형으로 반질반질 윤이 난다. 우데게가 왜 이 자갈해변을 '새끼멧돼지 삼형제'라고 불렀는지 모르겠다. 주변을 둘러봐도 멧돼지를 닮은 지형 같은 것은 없다. 마약 마을에 사는 우데게 여인 키몬코 올가에게 그 연유를 물어본 적이 있는데, 해변의 자갈과 관계가 있지 않을까 추측했다. 그러고 보니 해변에 널린 둥글둥글하고 검푸른 자갈들이 멧돼지 똥과 닮았다. 옛날 옛적에 새끼멧돼지 삼형제가 살았는데 우여곡절을 겪다가 시련을 이겨내고 이 해변에서 자손을 퍼뜨리며 오래오래 행복하게 살았다는 그런 전설이 하나쯤 있을지도 모르겠다.

블러디 메리는 '새끼멧돼지 삼형제' 해안을 거쳐 곧바로 디플랴으로 넘어 갔다. 디플랴은 산맥이 빙 돌아가며 감싼 아늑한 분지다. '겨울에도 따뜻한'이라는 이름답게 남향으로 오목하게 자리를 잡아 햇볕이 잘 든다. 분지를 둘러싼 해안산맥은 산양이 살 정도로 험준하지는 않지만, 전체적으로 타친코와 많이 닮았다. 분지에는 참나무들이 빼곡하게 들어서 있다. '새끼멧돼지 삼형제' 해안에서 넘어온 이 참나무 군락은 마약 마을까지 이어진다.

숲으로 들어섰다. 참나무들이 하늘을 가릴 듯 울창하다. 바닥에는 참나무의 잎 그림자가 얼룩얼룩 흔들리고 그 사이로 맑은 햇살이 넘실넘실 춤을 춘다. 여름 햇살을 먹고 옹골차게 여문 도토리들이 참나무 가지마다 촘촘하게 달려 있다. 9월이 눈앞이라 벌써 도토리가 빠져나간 빈 깍지도 더러 보인다.

"투둑 투둑."

따분하고 건조한 숲의 기운을 건드리며 여기저기서 도토리가 떨어져 떼굴떼굴 구른다. 이 도토리들이 자연을 굴러가게 하는 에너지다. 야산을 구르다 벌레에게 먹히고 벌레는 새들의 아침거리가 된다. 일부는 다람쥐와 청설모의 뱃속으로 들어가고 일부는 그들만이 아는 창고에 저장된다. 그중 일부는 창고를 깜빡한 주인 덕분에 해를 넘겨 싹을 틔울 것이다. 나머지는 낙엽에 싸이고 눈에 덮였다가 한겨울 사슴과 멧돼지의 허기를 달래줄 것이다.

산맥중턱에서부터 흘러내린 작은 개울 하나가 해안분지를 뒤덮은 참나무숲을 헤집고 분지 입구의 다복솔밭으로 향했다. 다복솔밭을 통과한 개울은 억새가 섞이고 키가 낮은, 폭 70~80미터의 관목지대를 지나 바다로 흘러들어간다. 관목지대에 잇대어 20~30미터 폭의 해변 모래사장이 길게 뻗어 있다. 파도가 오랜 세월 육지를 갉아먹어 해변이 관목지대보다 3미터쯤 낮다. '겨울에도 따뜻한' 해안분지는 여러가지로 발굽동물들이 모여들 만한 지형이다. 먹이가 풍부하고, 작지만 개울도 흐른다. 양지바른 남향에 휴식을 취할 장소도 많다.

해변에 호랑이 발자국이 나 있다. 블러디 메리의 가족이 모두 모였다. 흔적이 보이지 않던 새끼 암컷도 돌아왔다. 그런데 네 마리가 아니라 다섯 마리다. 커다란 발자국이 새로 합류했다. 앞발 볼의 너비가 12.9센티미터. 왕대였다! 하쟈인이 블러디 메리의 가족과 함께 해변을 걸어간 것이다. 놀라운 일이다. 시베리아호랑이가 이렇게 다섯 마리까지 모이는 일은 정말 드물다. 하지만 더 특별한 것은 왕대가 블러디 메리의 가족 속에 자연스럽게 섞였다는 사실이다. 이것은 두 가지 중요한 의미를 가진다. 하나는 하쟈인이 새끼호랑이들의 아버지라는 사실이 입증된 것이고, 또 하나는 하쟈인과 새끼 수컷의 관계가 어떤 갈등의 흔적도 없이 원만하다는 것이다.

발자국은 개울을 따라 다복솔밭으로 향했다. 개울가에 굵은 산벚꽃나무들이 몇 그루 서 있고, 그 옆으로 다복솔(가지가 탐스럽고 소복하게 퍼진 아담한 소나무)이 십여 그루 자리 잡고 있다. 다복솔밭으로 들어가 보니 소나무 가지들이 낮게 드리워져 생각보다 더 아늑했다. 뜨거운 햇살은 소나무의 수많은 바늘잎을 뚫고 내려오면서 이리 부딪치고 저리 깎여, 햇살이 바닥에 닿을 때는 빛의 기운이 쌀가루처럼 부드러워졌다. 하얀 베일을 투과한 것처럼 따가운 기운은 사라지고 따스한 기운만 남았다. 바닥에는 여러 해를 두고 마른 솔잎이 쌓여 푹신하고, 위로는 파라솔처럼 둥글고 나지막하게 드리운 솔가지들이 막아줘 눈도 덜 쌓인다. 여름에는 시원하고 겨울에는 따뜻하다. 다복솔밭을 둘러싼 키 낮은 관목들 너머로 푸른 바다가 보일 만큼 주변을 관찰하기도 좋다. 게다가 바로 옆에는 개울이 흐른다. 호랑이들은 이런 다복솔밭에서 쉬어가기를 좋아한다.

다복솔밭에 사슴의 잔해가 남아 있다. 뼈에 엉겨 붙은 살점이 말랐지만 딱딱하지는 않은 걸 보니 며칠 되지 않은 흔적이다. 블러디 메리의 가족이 사슴을 사냥해 이곳으로 끌고 와서 먹었다. 호랑이가 다섯 마리라 살점을 거의 남기지 않았고 두피까지 다 벗겨먹었다. 하지만 이곳에서도 다툼의 흔적이 전혀 없다. 먹이를 앞에 두고서도 갈등이 없다는 것은 같은 편이라는 뜻이다.

새끼 수호랑이에게는 인간이나 다른 맹수보다 더 무서운 존재가 있다. 바로 아비가 아닌 수호랑이다. 수호랑이는 자신의 씨를 가능한 한 널리 퍼뜨리려는 본능이 있다. 그래서 넓은 영역을 차지하기 위해 애를 쓰며, 자신의 영역 안에 사는 암호랑이들이 다른 씨를 가지지 못하도록 떠돌이 수호랑이들을 영역 밖으로 쫓아낸다. 이렇게 확실하게 터를 잡은 호랑이가 왕대다.

왕대의 영역이 넓을수록 그 지역에서 태어난 젊은 수호랑이들은 그만큼 더 멀리까지 떠돌아다녀야 한다. 호랑이도 제 산 떠나면 고생이라고 낯선 곳이나 마을이 많은 곳으로 밀려나면 밀렵꾼의 올가미, 목장주인의 덫과 같은 더 많은 위험과 마주치게 된다. 게다가 아직 어리고 서툴러 낯선 환경에 잘 적응하지도 못한다. 수호랑이에게는 이때가 어린 시절 다음으로 위험한 시기다. 그래서 젊은 수호랑이가 정착하기까지 사망할 확률은 암호랑이보다 훨씬 높다. 다행히 이런 시련을 이겨내고 젊은 수호랑이가 새로운 곳에서 왕대로 성장한다면 그 지역 암호랑이들에게 새로운 유전자를 나눠주는 중요한 역할을 하게 된다. 근친교배를 피해 종족의 번성에 기여하는 것이다.

하지만 쫓겨난 수호랑이들은 대부분 자신의 영역을 확보하지 못해 씨를 뿌리지 못한다. 자리가 난다 해도 경쟁이 이만저만이 아니다. 어떻게 영역을 확보하더라도 영역 내의 암호랑이가 이미 새끼를 데리고 있다면 그것도 곤란하다. 새끼를 기르는 동안은 암호랑이가 발정을 하지 않기 때문이다. 수호랑이가 자신의 씨를 뿌리기 위해서는 암호랑이가 새끼를 다 키워낼 때까지 한참을 기다려야 한다. 그러나 남의 새끼가 다 자랄 때까지 기다려줄 만큼 마음씨 좋은 수호랑이는 별로 없다. 영역을 차지한 수호랑이는 다른 수호랑이의 새끼들을 죽여 버린다. 그러면 새끼를 잃은 암호랑이는 몇 달 내에 다시 발정을 하게 되고, 그 암호랑이와 빨리 짝짓기를 할 수 있다.

암호랑이가 임신하면 수호랑이는 곧바로 떠나고, 암호랑이 혼자 새끼를 낳아 키운다. 그런데 같은 배에서 태어난 새끼라 하더라도 암컷과 수컷은 아버지인 수호랑이에게 다른 의미를 가진다. 새끼 수컷은 아들이기도 하지만 미래의 경쟁자이기도 하다. 수호랑이는 암호랑이와 달리 아들이나 형제와도 영토를 나누려고 하지 않기 때문이다. 그래서 새끼들 중 수컷은 자랄수록 아버지와 갈등관계에 놓이게 된다. 부자 간의 혈연관계보다 수컷 대 수컷 간의 경쟁관계가 강해지는 것이다. 이런 이유로 아비가 아들을 만나면 친자식이라도 완전히 자라기 전에 그 새끼를 죽인다는 학설이 있다. 과거 우수리나 만주, 북한지역에서 활약했던 수렵학자들과 사냥꾼들에 의해 알려진 이야기다.

하지만 '겨울에도 따뜻한' 해변을 걸어간 왕대의 행동은 알려진 바와 다르다. 왕대의 발자국에 아무런 긴장감도 없다. 대신 새끼호랑이가 자신의 자식이라는 확실한 인식이 담겨 있다. 새끼호랑이는 다 자라 두 살 가까이 되었다. 가족의 해체시기를 6개월 정도 앞두고 있다. 특히 새끼 수컷은 앞발볼의 너비가 11센티미터나 될 만큼 자랐다. 왕대가 경쟁을 의식하기에 충분한 나이다. 아들을 죽이려 했다면 벌써 죽였을 것이다. 아니면 아들이 아비를 피해 이미 도망간 후라 그 발자국이 이 자리에 없어야 한다. 하지만 이들은 해변을 다정하게 걸어갔고 사슴도 사이좋게 나눠 먹었다.

연해주 극동토양생물연구소의 유진 박사는 '150미터×150미터' 면적의 참나무 숲에 울타리를 쳐서 호랑이를 키우고 있다. 수컷의 이름은 꾸찌르고 암컷의 이름은 뉴르카다. 둘 사이에서 여러 배의 새끼가 태어났다. 많은 방송국들이 우수리에 야생호랑이를 촬영하러 왔다가 실패하고 이곳에서 대신 촬영하는 바람에 얼굴이 널리 알려진 호랑이들이다(우수리에는 그런 곳이 몇 군데 있다). 유진 박사는 이들을 통해 호랑이의 가족관계를 연구하는데, 그 결과에 따르면 수호랑이도 암호랑이처럼 가족을 떠나지 않고 함께 살 수 있다.

"수호랑이도 새끼들의 교육에 매우 중요한 역할을 합니다. 동물을 잡아 새끼들한테 주고, 새끼들이 먹는 것을 지켜봅니다. 먹는 방식이 틀리면 시범을 보이며 가르쳐주죠. 또 아무리 배가 고파도 새끼들이 달라면 잡은 동물을 내줍니다. 수컷도 암컷처럼 자식을 키우는 것입니다. 학자들에게 이

유진 박사가 키우는 뉴르카와 꾸찌르.
새끼들을 돌보고 가르치는 꾸찌르의 모습에서 부정父情이 엿보인다.

사실을 알려줬더니 놀라더군요."

나도 꾸찌르와 뉴르카를 관찰하고 그 새끼들을 촬영한 적이 있다. 분명 새끼를 돌보고 가르치는 등 꾸찌르의 행동에는 부정父情이 묻어 있었다. 하지만 그가 어미처럼 새끼들과 늘 붙어 다니는 것은 제한된 공간에 살기 때문일 것이다. 울타리에 갇혀 살아가는 호랑이의 행동이 야생호랑이의 행동과 모두 같다고 할 수는 없다.

왕대의 발자국이 말해주듯, 야생의 수컷도 가끔씩 가족을 찾아와 부모자식의 인연을 이어간다. 가족과 같이 지내는 동안은 왕대도 꾸찌르처럼 새끼를 돌보고 교육할 것이다. 하지만 그것은 일시적인 일이다. 어미처럼 늘 붙어 다니며 새끼를 돌보지는 않는다. 야생호랑이에게서 그런 모습이 확인된 적은 한 번도 없다. 그러기에는 드넓은 영토로 다시 떠나려는 수호랑이들의 본능적인 욕구가 너무나 강하다. 떠돌이 수호랑이가 영토를 침범하진 않았는지, 다른 암호랑이들은 잘 있는지, 인간들의 움직임은 어떤지, 발굽동물들은 어디로 이동했는지 등 왕대에게는 자신의 영토에서 일어나는 변화를 확인하고 통제하려는 강렬한 본능이 있다. 어쩌면 광개토호랑이처럼 끊임없이 새로운 땅을 걷고 싶은 것인지도 모른다.

아들이 정신적, 육체적으로 완전히 자라 자신과 영토를 다툴 정도가 된다면 그때는 갈등이 생길지도 모르겠다. 아비가 자식을 죽일 수도 있고, 전성기의 자식이 늙은 아비를 쫓아낼지도 모른다. 하지만 분명한 것은 지금 이 해변의 왕대는 왕대가 아니라 아비라는 사실이다. 자신의 영토를 돌다가 오랜만에 가족을 만나 오붓한 한때를 보냈다.

블러디 메리의 가족은 개울을 따라 해안산맥 산마루로 향했다. 주변 참나무 숲에 우수리사슴의 신선한 똥이 여기저기 흩어져 있다. 사슴과 멧돼지의 두개골과 뼈다귀들도 가끔 보인다.

해안산맥 정상에서 호랑이 가족이 헤어졌다. 블러디 메리의 가족은 산맥을 따라 마약 마을 방향으로, 왕대는 산맥을 넘어 내륙으로 향했다. 남동쪽으로는 푸른 동해가 넘실대고, 북서쪽으로는 푸른 수해樹海가 펼쳐져 있다. 하쟈인은 시호테알린 산맥 저 너머로 다시 영토 순례를 떠났다. 수없이 중첩된 산맥의 주름 속으로 왕대가 걸어가는 듯했다. 한기가 스친 것처럼 몸을 떨며 나 자신, 외롭게 느껴졌다.

호랑이를 신으로
믿는 사람들

　왕대와 헤어진 다음, 블러디 메리는 일직선으로 남하했다. 그녀가 일직선
으로 움직이지 않았다면 우리는 중간에서 그녀의 흔적을 놓쳤을지도 모른
다. 존재의 하중은 대지로 향하지만 늘 발자국이 남는 것은 아니다. 새끼들
은 가끔씩 옆길로 빠져나갔다가 얼마 안 돼 어미 곁으로 돌아오곤 했다.

　블러디 메리의 발자국을 따라 산을 몇 개 넘자 운동장 서너 배만 한 호
수가 나타났다. 해안산맥에서 흘러내려온 물이 저지대에 고여 있다가 조
금씩 바다로 흘러들고 있다. 마약호수다. 물이 해안분지에 타원형으로 담
겨 하늘의 구름과 주변의 나무들을 비추고 있다. 호수는 부릅뜬 대지의 외
눈이며 주변을 선명하게 반사하는 숲의 거울이다. 물결이 일자 유리판이
밝은 빛에서 발하는 청명함이 호수 속으로 스며든다. 아직 남쪽으로 떠나
지 않은 제비들이 유리 같은 수면 위를 스칠 듯 날아다니고, 황로 한 마리
가 개연과 가래풀 사이에 조용히 서서 기다란 부리로 가끔 물을 찌를 뿐,
호숫가는 인적 하나 없이 고요하다. 수많은 발해의 부족들과 여진족의 후

예들이 이 호수의 물을 마시고, 멱을 감고, 물고기를 잡고, 그 아름다움을 즐기고, 그러면서 시간의 뒤안길로 사라졌지만, 마약호수의 물은 여전히 맑고 푸르다.

산을 두 개 더 넘자 참나무 숲으로 뒤덮인 해안 곶들이 바다로 들쑥날쑥 튀어나와 있다. 그중 가장 튀어나온 곶의 정상에는 하얗게 페인트칠한 기다란 등대가 서 있다. 등대 옆에는 군청색 건물이 두 개 자리하고 있는데 등대와 주변시설을 지키기 위해 주둔하는 소규모 군부대 막사다.

천 년 전에는 발해의 군사들이 페트로바 섬의 요새에서 동해안을 오가는 신라와 왜의 배들을 지켜봤다면, 지금은 마약의 이 러시아 등대부대가 그 역할을 하고 있다. 마약은 러시아 말로 '등대'라는 뜻이다. 등대에서 좀 떨어진 산비탈에 10여 호로 형성된 마을이 있다. 블러디 메리 영토의 최남단, 마약 마을이다.

호랑이가 여유부리지 않고 일직선으로 움직이는 데는 그럴만한 이유가 있다. 인간의 영역과 호랑이의 영역이 접하는 곳은 영토순례에서 매우 중요하지만 오래 머물기엔 위험하다. 블러디 메리는 새끼들과 함께 이 높은 산마루에 나란히 서서 등대부대와 마약 마을을 내려다보았다. 자기 영토의 끝까지 걸어와 그곳에 사는 인간들의 동태를 살핀 뒤 다시 발길을 돌렸다.

호랑이 새끼들은 어미를 따라다니며 이런 식으로 지리교육을 받는다. 인간이 사는 곳과 그 위험에 대해 배우고 발굽동물들이 자주 출몰하는 곳도 배우며 산맥 곳곳에 숨겨진 적당히 쉬어갈 만한 곳도 배운다. 지금 이 순간에도 어미를 따라다니며 무언가 배우고 있을 것이다. 어쩌면 어딘가에서 맛있는 멧돼지를 잡아 배불리 먹으며 쉬고 있을지도 모른다. 휴식이 끝나면 내륙의 사슴계곡이나 용의 등뼈로 향할 것이다. 동해안 다음은 내륙을 둘러볼 차례니까.

아쉽지만 올해의 이동관찰은 여기서 마치기로 했다. 산마루를 따라 쫓고 달아나고 장난치며 점점이 멀어져간 블러디 메리 가족의 발자국과 작별을 고하고 마약 마을로 내려갔다.

키몬코 올가의 집은 산비탈 제일 위쪽에 있다. 문을 열고 들어가자 올가의 딸 타냐가 절뚝거리며 나와 나를 반긴다. 아버지와 어머니는 산에 가서 아직 돌아오지 않았다고 한다. 마약 마을 사람들은 대부분 심마니이거나 물고기를 잡는 어부다. 배낭을 벗자 온몸이 홀가분하니 날아갈 것 같다.

어릴 때 발을 다쳐서 다리를 저는 타냐는 부모가 삼을 캐러 나가고 나면 혼자 집안일을 돌보며 지낸다. 쌍둥이 오빠가 있는데 지금은 외지로 나가고 없다. 고등학교를 졸업한 지 3년째인 이 절름발이 아가씨는 늘 말이 없고 밖으로 나다니려고도 하지 않는다. 시집도 안 가고 이 산골에서 평생 살겠다고 한다.

타냐의 부모를 처음 만난 건 산에서였다. 하루는 숲을 조사하고 있는데 늙수그레한 동양인 부부가 망태기를 메고 오솔길을 걸어왔다. 자연보호구를 출입하다 체포되면 중형에 처해지는데도 아무렇지도 않은 듯 다가와 인사를 건넸다. 삼을 캐러 온 타냐의 부모, 악탕카와 키몬코 올가였다. 이야기를 들어보니 옛날부터 해온 심마니 일이 그들의 생업이었다. 그저 산을 다니며 약초를 캐는 일이 편안하고 익숙하며 그게 전부니까 산을 찾아다니며 산다고 했다. 세상이 정해놓은 규칙은 그들에겐 별로 중요하지 않았다. 그들은 인간의 규칙이 아니라 자연의 법칙을 따라 살고 있었다. 법적으로는 잘못되었지만 정서적으로는 신고할 생각이 전혀 들지 않았다. 호랑이 이야기를 하며 함께 걸었다. 자연과 호랑이에 대한 생각이 서로 비슷해서 금방 친해졌다. 심마니 집에 들러서 저녁을 얻어먹고 하룻밤 묵은 뒤, 헤어질 때는 작은 삼뿌리까지 선물로 받았다. 이후부터 지나가면서 한 번씩 들르고 서로 이야기도 나누며 인연을 맺고 있다.

저녁이 다 되어서야 심마니 부부가 돌아왔다. 삼을 많이 캐왔는데, 오양, 각구짜리는 없고 전부 오구, 육구짜리[9]다. 어린 산삼은 자라도록 놔두고 거의 다 자란 산삼만 캐왔다. 8월 말이라 대궁 끝에 산삼 씨가 빨갛게 여물었다.

심마니 부부는 반가운 척은 나중이고 보자마자 산에서 본 호랑이 발자국 이야기부터 한다. 가만히 들어보니 블러디 메리 가족의 발자국이다. 심마니 일을 하면서 호랑이 발자국을 가끔 보곤 하지만, 이번처럼 여러 마리의 발자국을 한꺼번에 본 것은 처음이라고 한다. 산삼을 이렇게 많이 캔 것도 여러 마리의 호랑이 발자국을 본 덕분이라면서 자신들의 신 암바에게 고마워한다.

이 심마니 부부는 둘 다 호랑이 부족 출신이다. 올가는 우수리 원주민 중에서도 호랑이를 가장 강하게 숭배하는 우데게 출신이다. 그중에서도 호르 강가에 사는 키몬코 씨족이다. 악탕카는 아버지가 중국인이고 어머니는 고리드인데, 고리드 중에서도 악탕카 씨족이다. 아버지의 성씨를 물려받아야 마땅한데도 굳이 자신을 악탕카로 부르라고 한다.

악탕카 씨족에게는 재미있는 유래가 있다. 옛날에 고리드 한 명이 깊은 산으로 사냥을 나갔다. 겨울을 나야 했기 때문에 요리를 할 딸도 데리고 갔다. 둘은 산막에 머무르며 오랫동안 사냥을 했다. 그러던 어느 날 사냥을 일찍 마치고 돌아오던 아버지가 산막에서 나오는 호랑이를 보았다. 깜짝 놀라

---

9 / 삼은 한 줄기에 잎이 다섯 장 달린다. 이런 줄기가 하나인 어린 산삼은 오양, 두 개면 각구, 세 개면 삼구라고 부른다. 육구 산삼이 되려면 백 년 가까이 걸린다고 한다.

서둘러 산막으로 들어가 보니 딸은 멀쩡했다. 다음해에 그 딸이 아들을 낳았다. 아버지는 손자 이름을 악탕카라고 지었는데, '호랑이에게서 태어났다'는 뜻이다. 고리드의 악탕카 씨족은 이 아이로부터 시작되었다고 한다. 부계가 호랑이인 셈이다.

악탕카 부부에게는 고민거리가 하나 있다. 도시로 나가 돌아오지 않는 쌍둥이 아들이다. 도시생활에 적응하지 못하면 집으로 돌아와 심마니 일이라도 배우면 좋으련만, 굳이 도시에서 하층생활을 하며 떠돌고 있다. 가끔 경찰서에서 아들과 관련해 연락이 오기도 한다. 러시아 피의 민족단 단원들과 패싸움을 벌여 피투성이가 된 채 입원한 적도 있다.

올가는 쌍둥이를 낳기 전 태몽을 꾸었다고 한다.

"강에서 물고기를 잡고 있는데 어딘가에서 새소리가 자꾸 들려왔어요. 둘러보니 강가의 커다란 버드나무 위에 흰 새가 한 마리 앉아 있는 거예요. 그 새는 버드나무의 정령이라 머리를 숙여 인사를 했지요. 고개를 들어보니 흰 새는 간데없고 버드나무가 두 갈래로 쫙 갈라지는 거예요. 그 속에 아기가 들어 있었어요. 버드나무 아도라서 기대가 컸는데……."

심마니 부부는 아들 이야기만 나오면 '아도Ado'라고 한다. 아도는 고리드 말로 쌍둥이라는 뜻이다. 우수리 원주민에게는 쌍둥이 숭배의식이 남아 있다. 쌍둥이 중 한 명은 정령이 보내준 선물이라는 것이다. 올가도 자신의 아들 중 한 명은 버드나무 정령이 보내준 선물이라고 철석같이 믿고 있다.

원주민 신화에서는 아도 중에서 영웅이 많이 탄생한다. 옛날 옛적 태양이 세 개였던 시절이 있었다. 태양의 열기에 모든 생명이 죽어가고 숲은 시커멓게 타들어갔다. 심지어 물고기조차 뜨거워진 물속에서 죽어갔다. 보다 못한 대지와 물의 정령이 아도를 보냈다.

아도는 세 개의 태양이 떠오르는 곳을 찾아가 활을 쏘아서 두 개를 떨어뜨리고 하나는 대지와 물의 생명들을 위해 남겨두었다. 그후 생명들은 다시 맑은 공기와 차가운 물을 마시며 살게 되었다고 한다.

과거의 아도는 영웅이었지만 현재의 아도는 도시의 부랑아가 되어가고 있다. 원주민 공동체는 파괴되었고 현대사회에서 그들은 정체성을 잃고 방황하고 있다. 변화는 19세기 중반부터 시작되었다.

만주족 출신인 청나라의 지배자들은 중화민족漢族이 자신들의 근거지인 만주에 들어가지 못하도록 막았다. 산해관에서 압록강 하구까지 약 1,000킬로미터에 이르는 거리에 자신들이 신성시하는 버드나무를 심어 유조변柳條邊이라는 선을 긋고 중화민족의 출입을 금지한 것이다. 유사시엔 고향으로 돌아갈 수 있도록 자신들의 요람인 만주를 보호하고 만주족이 중화민족에 동화되는 것을 막기 위한 조치였다.

하지만 청나라 조정의 노력에도 불구하고 중화민족은 조금씩 만주로 유입되었다. 만주족 스스로도 중국 문화에 동화됨으로써 만주 퉁구스 부족들의 결속이 느슨해지기 시작했다. 태평천국의 난과 아편전쟁 등 시대상황까지 어수선해지자 중화민족이 대규모로 이주하기 시작했고, 19세기 후반 만주지역은 중국인 이주자들로 넘쳐났다. 전체의 80퍼센트 이상이 중국인이었다.

중국인 이주자의 수도 문제였지만, 질은 더 문제였다. 당시에는 국가 독점 품목이었던 인삼의 불법 채취꾼, 새롭게 각광받기 시작한 금 채굴꾼, 유랑하는 밀렵꾼, 그리고 악명 높은 비적들, 이런 사람들이 만주로 모여들어 득시글거렸다. 만주는 중국인 범죄자들의 피난처가 되었다.

이런 상황에서 러시아가 우수리 유역으로 진출하자 우데게와 고리드는 양쪽에서 핍박당하는 신세가 되었다. 북쪽에서 내려오는 러시아인들은 이들을 남쪽으로 쫓아냈으며, 남쪽에서 밀려들어오는 중국인들은 이들을 북

1900년대 초의 우데게 마을.
마을 사람들 뒤로 그들의 전통가옥인 유르타yurta가 보인다.

쪽으로 밀어냈다.

우데게와 고리드는 우수리 유역으로 새로 진출한 러시아 상인들의 좋은 착취 대상이었다. 러시아 상인들은 시베리아 원주민들을 착취했던 경험을 살려 우수리 원주민에게도 값싼 공산품과 보드카를 주고 질 좋은 모피를 수거해 갔다. 우데게와 고리드는 자연스럽게 보드카의 유혹에 빠졌고, 알코올 중독이 성실하고 너그러운 원주민들을 타락시켰다. 러시아 상인들의 약탈에 가까운 행위는 원주민을 벼랑으로 내몰아, 1912년 러시아의 니콜라이 2세가 러시아 모피상인의 활동을 금지시켜야 할 정도였다.

더 심한 것은 중국인들이었다. 중국 상인들은 순진한 우데게와 고리드를 술과 아편으로 길들였다. 술과 아편에 중독된 많은 원주민들은 다시 술과 아편을 구하기 위해, 다음해 잡을 사냥감을 미리 저당 잡혔다. 그 이자는 1년에 최소 300퍼센트가 넘었다. 중국 상인들은 빚을 갚지 못하는 원주민의 아내와 딸들을 잡아다 첩으로 삼거나 팔았다. 그래도 빚을 다 못 갚으면 원주민 남자를 노예로 삼았다. 이런 일과 관계된 중국인들은 대부분 비적이나 범법자였으므로 우수리 원주민이 말을 듣지 않으면 무자비한 징벌을 내렸다. 중국인에게 팔려가 첩이 되거나 강제 결혼을 한 원주민 여자들에게서 혼혈아가 대량으로 태어났다. 그들을 타쯔라고 부른다. 타쯔들은 중국인도 아니고 원주민도 아닌 혼혈이다 보니 정체성이 부족했다. 고유의 문화도 없이 우수리 유역을 떠돌아 다녔다.

하지만 이런 착취와 약탈보다 치명적이었던 것은 외부 이주자들이 가져온 전염병이었다. 러시아인과 중국인은 우수리 숲에 새로운 바이러스를 퍼뜨렸다. 새로운 바이러스에 대한 면역력이 없었던 우데게와 고리드는 괴멸했다. 천연두를 비롯한 외부 전염병들로 인해 수도 없이 많은 원주민들이 죽었다. 살아남은 원주민들은 자신들의 문화와 생활방식을 지키기 힘들어지자 외부 문명과의 접촉을 피해 더 깊은 숲 속으로 들어갔다.

1917년 레닌의 '10월혁명'으로 촉발된 러시아 내전이 5년 만에 적군의 승리로 끝나면서 소비에트 연방(소련)이 탄생했다. 우수리는 사회주의 체제에 편입되었고, 레닌의 민족정책이 실시되었다. 레닌의 민족정책은 시베리아와 우수리의 원주민들을 소련의 사회 및 정치제도로 강제 동화시키는 것이 목표였다.

이 정책의 핵심은 유목생활 금지 및 정착화, 분산된 정착촌들의 집단화, 샤머니즘 등 원시종교의 금지였다. 정착화, 집단화, 반샤먼으로 대표되는 레닌의 민족정책은 1930년대 스탈린 시절에 절정에 달했고, 미하일 고르바초프가 대통령이 된 1980년대까지 지속되었다. 거의 모든 사회주의 계획은 원주민들의 전통적인 삶이나 자연환경에 대한 고려 없이 획일적으로 진행되었다. 이런 정책들이 시베리아와 우수리 원주민들의 공동체를 그 근간에서부터 무너뜨렸다.

소련 당국은 먼저 원주민들에게 유목을 금지시키고 정착생활을 강요했다. 유목이나 사냥을 하며 떠도는 소수 씨족들을 부족 단위로 모아 몇 곳의 정착촌에 집단 거주시켰다. 우수리 유역 100여 곳에 퍼져 살던 고리드도 20여 곳의 정착촌에 들어가게 했다. 우수리 전역에 개별 가족 단위로 퍼져서 수렵을 하던 우데게의 사마르가 씨족을 한 마을에 강제로 몰아넣기도 했다. 집단화가 시작되면서 원주민들의 주요 목초지와 사냥터는 소련 정부에 귀속되었고, 모든 가축도 국가 소유가 되었다.

1922년 이후, 애니미즘, 토테미즘, 샤머니즘은 공식적으로 금지됐다. 대중 앞에서의 샤먼의식은 물론이고, 북을 들고 있거나 특별한 의상, 장신구를 걸치고 있는 것도 금지됐다. 유물론을 믿는 소련의 무신론자들에게 원주민의 이런 자연친화적인 신앙은 백해무익한 것으로 비쳐 척결대상 1순위였다. 유목과 수렵에 고도로 전문화 되어 있는 원주민들에게 정령숭배와 샤먼 의식이 어떤 의미가 있는지 소련의 지도부는 전혀 이해하지 못했다. 반정령, 반샤먼 조치는 원주민들에게서 영혼을 빼앗아 가는 것과 마찬가지였다.

원주민 사회 내부에서도 심각한 문제가 발생했다. 어린 아이들이나 젊은 세대가 무방비 상태로 러시아 문화에 노출된 것이다. 그 출발점은 탁아소와 학교였다. 부모가 목초지나 사냥터에 나가 있는 동안 원주민 아이들은 탁아소와 학교에서 러시아 언어와 문화를 배웠다. 반면 전통문화와 생활방식을 익힐 기회는 차단되었다. 원주민 아이들은 부모로부터 원주민 언어를 채 배우기도 전에 러시아 말을 먼저 배웠다. 그리고 1936년부터는 스탈린 헌법에 따라 민족 구별 없이 적정연령의 모든 남성들이 징집되었다. 다민족 혼합 군대가 만들어진 것이다. 원주민 젊은이들이 군대에 가서 접촉하는 대다수도 러시아인이었다. 자연스럽게 러시아 언어와 문화가 원주민 젊은 세대에게 파고들었다.

소련 당국이 제공하는 교육과 의료지원, 직업 획득의 기회, 더 나은 문명의 이기들은 원주민 젊은이들을 사로잡았고 혜택을 준 것도 사실이었다. 하지만 그 대가로 혹독한 자연환경을 이겨내던 원주민 본래의 힘, 성실함과 순수성을 잃어버렸다. 고유문화에 대한 자부심도 사라졌다. 수렵과 유목생활 특유의 공동체 의식도 상실하였다. 그 자리를, 러시아의 보드카 문화로 인한 알코올중독과 나태함, 정체성 상실로 인한 잦은 폭력과 자살 등 사회 문제들이 차지하였다. 전통신앙을 유지하는 나이 든 원주민들과 러시아 문화에 젖은 젊은이들 사이의 세대 간 골은 깊어갔다.

소련이 해체된 이후 우수리 원주민의 전통인 곰축제(퉁구스족이 한 해의 사냥을 시작하면서 치르는 사냥감에 대한 속죄의식으로, 그 해에 처음 잡은 곰의 피와 신체의 일부를 묻어주며 사냥 성공을 기원하는 전통축제)가 재개되었을 때, 우데게나

고리드의 젊은이들은 곰축제를 노래하고 춤추며 노는 축제 이상으로 생각하지 않았다. 곰축제 안에 함축된 종교적 의미를 이해하는 사람은 노인들뿐이었다. 이런 현상을 보다 못한 한 원주민 작가는 이렇게 말했다.

"자신들의 기억을 잃어버린 민족은 사라져 없어질 운명에 처해 있는 민족이다. 그런 나태함은 하나의 민족을 썩어가게 만든다."

나나이족의 철갑상어와 길랴크족의 범고래는 소련의 무분별한 포획정책으로 그 수가 급격하게 줄었다. 우데게의 신, 호랑이도 멸종위기에 처했다. 일제치하 한국에서 해수구제害獸救濟(해로운 맹수들을 박멸하여 백성을 구한다)를 빌미로 일본인들이 한국호랑이와 조선표범을 멸종시키고 있을 때, 우수리에서도 호랑이와 표범들이 수난을 겪고 있었던 것이다.

1985년 미하일 고르바초프가 소련 당서기장에 오르면서 비로소 시베리아와 우수리 원주민에 대한 실상이 알려졌다. 고르바초프의 개혁개방정책 이후 원주민에 대한 개선책도 조금씩 나오기 시작했다. 1989년 북부 원주민협회Association of Peoples of the North가 결성되고, 1990년 소련 최고회의는 우수리에 있는 비긴 강의 사마르가 지역 전체를 우데게에게 영구히 돌려주기로 결정했다. 이로써 우수리 숲을 떠돌던 마지막 정령주의자들, 우데게는 살아남을 수 있게 되었다. 이 조치는 우수리 원주민들에게는 크나큰 의미가 있는 상징적인 사건이었다. 이후 고리드족, 울치족, 길랴크족 등 다른 원주민들도 비슷한 과정을 거쳐 북미 인디언 보호구역처럼 과거 자신들이 살았던 숲과 강의 일부를 돌려받았다.

백해무익하다고 비난받던 정령주의와, 무지몽매한 돌팔이로 간주되던 샤먼도 재평가받기 시작했다. 정령주의는 혼자 살아갈 수 없는 인간이 자연과의 조화를 위해 내미는 범신론적인 손길이 되었다. 샤먼들도 자연에 대한 지혜와 현대사회에서 더 필요한 고도의 정신적 치유기능을 가진 원주민 공동체의 리더로 인식되기 시작했다.

근대 우수리 원주민의 삶은 이데올로기의 탈을 쓴 외부 문명에 의해 침탈당하는 과정이었다. 제국주의 열강은 아메리카나 아프리카에서 그랬던 것처럼, 몇천 년 전부터 살아온 우수리 원주민들의 터전을 마음대로 나누어 국경선을 그었다. 원주민 공동체는 먼저 제국주의에 짓밟히고, 다음은 사회주의에 희생되었다. 그때마다 이데올로기와 아무 관계없이 자연과 교류하며 살아가던 토착 원주민의 삶이 붕괴되었다.

옛날에는 유르타에서 피어오른 연기가 쿠순 강에서 올가 만으로 이동하는 하얀 고니들을 까맣게 물들일 만큼 원주민 마을이 많았다며[10], 늙은 우데게들은 지금도 농담을 하곤 한다. 19세기 중반까지만 해도 수십만 명의 원주민들이 우수리 유역에 살았지만 지금은 거의 다 스러지고 일부만 살아남았다. 살아남은 이들도 타 민족과 혼혈, 동화되어 순수 원주민은 만여 명밖에 되지 않는다. 한때 번성했던 우수리 원주민과 그들이 숭배하는 우수리호랑이가 이제는 길동무가 되어 퉁구스 신화의 황혼 속으로 사라지고 있다.

심마니 부부는 여전히 자연에서 일하며 자신들의 문화를 간직하고 있다. 둘 다 호랑이를 숭배하는 부족의 피를 이어받다 보니 호랑이에 대한 생각이나 자연에 대한 생각이 비슷하다. 이런 문화는 타냐에게도 전해졌다. 그녀는 봄꽃이든 개울이든 숲이든 가끔씩 자연물을 물끄러미 응시하곤 한다. 그때의 눈빛은 자신의 혼을 불러내어 자연과 교감하는 듯하다. 말로 표현할 수 없는 어떤 생각이 내면에서 흐르며 수십 세기에 걸친 토속 문명의 흔적

---

10 / 20세기 초, 러시아의 B. K. 아르세니에프 대위가 우데게 사냥꾼 데르수 우잘라와 함께 우수리를 탐험했는데, 이때 쓴 기행문의 내용을 흉내 내어 늙은 우데게들이 자주 하는 말이다. 유르타yurta는 몽고의 파오pao나 인디언의 티피Tipi처럼 원뿔형으로 생긴 우데게의 이동용 전통 가옥이다.

이 그 얼굴에 어린다. 자연에 대한 그녀의 생각은 부모보다 더 깊을 때도 있다. 이런 식으로나마 우수리 원주민의 문화가 그 명맥을 이어가고 있다는 사실이 다행스럽다.

'호텔' 짓기 | 날씨는 차고 소나무는 푸르다 | 우수리 숲의 도전과 응전 | 월백, 설백, 천지백
고독과 열망 사이 | 메리 크리스마스, 블러디 메리 | 호랑이에게 물려가도 정신만 차리면 산다
호랑이를 팝니다 | 설백과 천지백의 갈등 | 눈이 녹는 계절

3
—

만
남,
그
리
고
이
별

SIBERIAN **TIGER**

바람 없이 떨어지는 낙엽 한 장에도, 바람 불어 떨어지는 무수한 낙엽 떼에도
짧은 순간에 응축된 긴 시간의 흐름이 느껴진다. 세월이 가는 것을 눈으로 목격한다.

'호텔' 짓기

뻐꾸기의 한낮소리와 쏙독새의 한밤소리가 어제 같은데, 우수리 숲의 가을은 바람처럼 빠르다. 짝을 찾는 우수리사슴 떼가 강물을 철벅철벅 튀기며 푸른 강을 건너고, 절벽 위에선 하얀 달빛을 받으며 백두산사슴들이 목청껏 울음을 터뜨린다. 이들에게 본능이고 유혹이며 대를 잇는 번식의 계절이 찾아왔다. 길을 재촉하던 산객山客들도 잠시 멈춰 이 소리에 귀 기울이는 9월, 불그스레 물드는 나무 잎사귀에는 벌써 한 해가 지고 있다.

잠복할 지역을 결정할 시기다. 어디에 잠복할 것인가? 까마귀산의 잣나무 군락도 좋고 사슴계곡의 야생호두나무 군락도 열매를 많이 맺었다. 산타고나 디피코우의 참나무 군락도 괜찮을 것 같고, 용의 등뼈로 올라가는 분기점인 오줌바위 주변도 나쁘지 않을 것 같다. 샤우카 상류는 여름관찰 때 호랑이 흔적이 발견되지 않아서 좀 그렇다. 해안산맥 북부는 참나무들이 해거리라 좋지 않고, 해안산맥 남부는 도토리가 풍작이라 유력한 지역이다.

호랑이가 어디에 자주 나타났느냐보다는 어디에 나타날 것이냐에 초점을 맞춰야 한다. 많은 곳을 조사했지만 세 지역에 잠복지를 만들기로 했다. 동해안의 '겨울에도 따뜻한' 해안과 진달래 절벽, 그리고 내륙의 사슴계곡이다.

'겨울에도 따뜻한' 해안분지는 남향으로 오목하게 자리 잡아 말 그대로 겨울에도 따뜻한데다 울창한 참나무 군락에는 도토리도 풍년이다. 날씨가 추워지면 발굽동물이 자주 나타날 것이고, 그 발굽동물을 노리는 블러디 메리도 올 것이다. 그래서 파도가 오랜 세월 관목지대를 깎아먹어 3미터 높이의 흙벼랑이 형성된 해변 쪽에 하나, 분지 조금 안쪽의 참나무 숲에 하나, 이렇게 두 개의 잠복지를 만들기로 했다.

진달래 절벽은 험준한 바위산이라 잠복지를 구축하기가 힘들다. 하지만 이곳은 블러디 메리가 '겨울에도 따뜻한' 해안분지로 넘어가려면 거쳐야 하는 주요 이동로 중 하나다. 그리고 한국의 동해안처럼 진달래가 피어 있는 절벽을 걸어가는 야생호랑이를 꼭 보고 싶다. 진달래 절벽에도 한 개의 잠복지를 만들기로 했다.

내륙의 까마귀산 밑으로 펼쳐져 있는 사슴계곡은 전형적인 밝은 숲이다. 평탄하면서도 드넓은 골짜기에는 야생호두나무, 참나무, 잣나무, 전나무 등 다양한 종류의 활엽수와 침엽수가 잘 섞여 양질의 혼합림을 이루고 있다. 이 혼합림은 사슴과 멧돼지들의 좋은 서식처다. 특히 평탄하면서도 울창한 숲을 좋아하는 우수리사슴들이 많이 살아 옛날부터 사슴계곡이라고 불러왔다. 블러디 메리가 동해안에서 용의 등뼈 남부로 이동하려면 이 사슴계곡을 통과할 가능성이 높다. 그 이동로 중 하나가 사슴강 상류에 있다. 그곳에 잠복지 하나를 만들기로 했다.

대략적인 위치를 정했으니 이제 구체적인 위치를 정할 차례다. 그러려면 먼저 잠복지 주변에 대한 세밀한 생태지도를 그려야 한다. 지금까지 기록해온 큰 생태지도가 호랑이의 전체 영역과 그 안에서 잠복하기 좋은 지역을 파악하기 위한 것이었다면, 작은 생태지도는 정해진 지역 내부에서 짐승들의 움직임과 지형적 특성을 세밀하게 파악해 구체적인 잠복 위치를 결정하기 위한 것이다.

작은 생태지도를 만들 때 가장 중요한 것은 호랑이가 오고가는 길목이다. 어디에서 와 어디에 머물다가 어디로 갈지 호랑이의 이동경로와 길목을 정확하게 조사하고 예측해야 한다. 호랑이가 한 지역으로 들어오는 길목은 여러 개다. 그중 가장 확률이 높은 곳을 우선적으로 염두에 두고, 나머지 길목은 순위를 생각하며 고려한다. 발굽동물이 넘어오는 길목도 점검한다. 어떤 때는 호랑이의 길목보다 발굽동물의 길목을 파악하기가 더 어렵다. 발굽동물도 다니던 길로 다니긴 하지만 호랑이에 비하면 마음 내키는 대로 움직이는 경향이 강하다.

카메라 앵글도 고려해야 한다. 잠복지에서는 호랑이가 다니는 길목과 머무는 곳이 잘 보여야 한다. 예를 들어 '겨울에도 따뜻한' 해안분지 앞 다복솔밭은 호랑이가 쉬어갈 가능성이 높은 곳인데, 그렇다면 최소한 다복솔밭과 수평이거나 약간 더 높은 곳에 잠복지를 구축해야 한다. 그래야 주변의 나무와 관목, 억새를 피해 솔밭 안을 볼 수 있다. 동시에 주변 자연환경에 녹아들어 호랑이의 눈길이 잘 안 가는 곳이라야 한다. 하지만 이렇게 으슥하면서도 전망이 좋은 곳을 찾기란 쉽지 않다. 또한 가능한 한 자연을 훼손하지 않도록, 잠복이 끝난 후 완벽하게 복원할 수 있는 곳이라야 한다. 이런 조건들을 종합적으로 고려해 잠복지를 만든다.

해안지역에 먼저 만들기 시작했다. 잠복지 하나를 만드는 데는 보통 4~5일 걸리기 때문에 텐트를 치고 며칠간 야영을 한다. 언제 올지 모르는 호랑이한테 혹시라도 들킬까봐 매우 긴장하며, 짧은 시간 안에 효율적으로 일을 끝내려고 노력한다. 땅을 팔 때든 이야기를 나눌 때든 되도록이면 소리를 죽이고,

만남,
그리고 이별

193

오후 4시면 일찌감치 일을 마친다. 4시 이후는 호랑이들이 돌아다닐 가능성이 높은 시간이다. 혹시라도 지나가던 호랑이가 소리를 듣고 숨어서 지켜본다면 모든 일은 수포로 돌아간다. 그렇게 되면 호랑이는 다음부터 이동경로를 바꿀 것이다. 그래서 잠복지를 만들 때는 그 지역 호랑이가 어디쯤 돌아다니고 있는지 대략이라도 파악하고 작업하는 것이 좋다. 블러디 메리가 새끼들을 데리고 내륙으로 들어간 지금이 해안지역 잠복지를 만들기에 가장 좋은 때다.

우리는 지하 잠복지를 '비트(은신처)' 또는 '호텔'이라고 부른다. 오랜 잠복생활을 위해서는 이름이라도 편안한 게 낫다. 실제로도 잠복지 내부를 호텔처럼 편안하게 만들려고 노력한다. 좁은 공간이지만 효율적으로 공간 배치를 하고, 한겨울이면 영하 30~40도까지 내려가게 하는 북서풍이 새어 들어오지 못하도록 꼼꼼히 차단한다. 그래야 6개월이 넘는 긴 잠복기간을 그나마 견뎌낼 수 있다.

호텔의 크기는 보통 '가로×세로×높이'가 '2미터×2미터×1.8미터'로 약 한 평이다. 일어서면 약간 엉거주춤하고 누우면 머리와 발이 벽에 닿는 꽉 차는 규모다. 주변 여건이 허락하지 않으면 반 평까지도 줄여 만든다. 이 작은 잠복지는 '민박'이라고 부르는데 좁아서 6개월 내내 새우잠을 자야 한다. 그 이하 규모는 긴 겨울을 견뎌내기에 무리다.

지내기엔 좁지만 그래도 이 정도 호텔을 지으려면 꽤 많은 자재가 든다. 기본적인 장비와 재료는 베이스캠프에 준비해두었다 현장으로 운반해 오지만 대부분의 자재는 자연에서 얻는다. 그 무겁고 많은 자재들을 멀고 험한 오지로 이고 지며 운반해 올 수가 없다. 숲 속이나 해변을 잘 뒤져보면 쓸 만한 것들이 많다. 쓰러진 고목의 썩지 않은 가지들을 잘라 쓰기도 하고, 바다에서 떠밀려온 돛대와 송판을 주워다 쓰기도 한다.

2미터×2미터 넓이에 1.8미터 깊이까지 땅을 파,
네 귀퉁이에 나무기둥을 세웠다.

  자재가 준비되자 '2미터×2미터' 넓이로 1.8미터 깊이까지 땅을 파, 네 귀퉁이에 나무기둥을 세웠다. 잠복지는 주로 경사진 곳에 짓기 때문에 뒤쪽 기둥은 1.8미터 모두 땅속으로 들어가지만 앞쪽 기둥은 1.4미터 정도만 들어간다. 지상으로 돌출하는 나머지 40센티미터의 앞쪽 기둥 사이에 가로세로 '50센티미터×40센티미터'인 출입구를 만들었다. 그런 다음 똑바른 나무줄기와 송판으로 지붕을 만들고 사방 벽에도 흙이 무너져 내리지 않도록 나무를 꼼꼼하게 덧댔다. 바닥은 절반을 나눠 뒤쪽에 60센티미터 높이의 나무침상을 만들었다.

  틀이 완성되었으니 내부 공간을 정리할 차례다. 먼저 나무줄기와 송판으로 짠 사각 틀 위에 화학냄새가 나지 않는 종이상자와 담요로 도배를 했다. 그리고 좌우 벽과 뒷벽에 선반을 만들었다. 옆선반에는 음식물이나 조리도구처럼 매일 사용하는 것들을 정리해두고, 당장 쓰지 않을 장비나 책 같은 것들은 뒷선반에 올려놓는다. 침상 밑은 연료통과 배설용기 등 잡다한 물건을 넣어두는 창고로 사용한다. 배터리와 식수는 날씨가 추워지면 금방 방전되거나 얼어버리기 때문에 특수보관을 해야 한다. 바닥 좌우에 구덩이를 하나씩 파고 스티로폼 같은 보온재로 마감한 다음 그 안에 따로 넣어둔다. 촬영 기기들은 습기에 약하기 때문에 여기저기 방습제를 걸어둔다. '먹지 마시오'라고 쓰여 있는 식품 봉지 안의 실리카겔을 10개씩 연결해 천장이나 벽에 죽 걸어놓으면 마치 무당이 굿하는 집 같다.

입구에 삼각대를 놓고 카메라를 장착한 다음 삼각대 옆에 촬영자세로 앉았다. 앉은 자세로 손을 뻗어 닿는 거리에도 선반을 하나 만들었다. 이곳에는 촬영에 필요한 물품들을 정렬한다. 그래야 호랑이가 왔을 때 손만 뻗으면 배터리나 테이프 등 필요한 것들이 척척 손에 잡힌다. 손에 잡히는 거리에 없으면 한밤의 암흑 속에서 불을 켤 수도 없고 뒤적뒤적 찾다가 뭘 떨어뜨리거나 덜컹거려 호랑이에게 들키기 십상이다. 그래서 어떤 물건이 어디 있는지 늘 기억해야 하고, 쓰고 나면 꼭 있던 곳에 놓아두어야 한다. 굴러 떨어질 만한 것들은 벽에 못을 박아 떨어지지 않게 걸어둔다. 일곱 개의 못을 박고 1번부터 7번 못까지 번호를 매겨 무엇이 걸려 있는지 외운다. 눈을 감고 필요한 물건을 잡는 암흑적응 훈련도 한다. 이런 사소한 것들을 소홀히 하면 큰 문제를 불러일으킬 수 있다.

못을 박아 출입구에 두꺼운 담요를 세 겹 드리웠다. 담요 가운데를 가로로 30센티미터쯤 찢어 카메라 렌즈를 내놓을 구멍을 만들었다. 담요 세 겹을 하나는 아래, 하나는 위, 또 하나는 아래, 이런 식으로 10센티미터 간격을 두고 찢으면 렌즈를 내놓았을 때 담요구멍이 들뜨지 않는다. 그래야 잠복지 안쪽이 덜 노출되고 찬바람도 덜 들어온다. 담요의 색깔은 주변 자연과 비슷한 색깔로 준비하는 것이 좋다. 송판을 연결해 출입구 크기에 꼭 맞는 판자도 하나 만들었다. 이 판자는 밤이 되면 출입구를 막는 문으로 쓰고 낮에는 밥상으로 쓰는 다용도다.

잠복하는 동안 다른 한 팀은 잠복지에 보급품을 지원하거나 흔적조사를 하는데 이 또한 중요한 일이다. 이 일을 위해 키에프카 마을의 베이스캠프 외에 페트로바 산막까지 임시 베이스캠프로 쓰고 우랄도 수시로 가동한다. 그러다 무슨 일이 있으면 서로 정보를 주고받는다. 잠복지와 베이스캠프 사이에 무전 교신이 가능하도록 작은 안테나를 근처 참나무 위에 나뭇가지처럼 설치했다. 잠복지 안의 카메라로는 전방밖에 보지 못하기 때문에 잠복지 측면과 후방을 관찰할 수 있도록 작은 카메라도 세 대 설치했다.

마지막으로 잠복지 외부를 위장했다. 내부에서 냄새를 피우지 않고 소리나 불빛이 새어나가지 않도록 조심하는 것 못지않게 외부를 감쪽같이 위장하는 것도 중요하다. 카메라 렌즈를 내놓을 입구 양옆으로 관목과 덤불을 심어서 가리고, 지붕과 측면에는 비닐을 여러 겹 씌우고 흙을 넉넉히 덮었다. 그래야 덜 춥다. 그 위에 낙엽을 듬뿍 뿌리고 쓰러진 고목을 가져다 얹으니 주변과 구분하기 힘들다. 늘 다니는 짐승들도 눈치채지 못할 만하다.

이런 식으로 9월 한 달 동안 모두 네 개의 잠복지를 만들었다. 이 네 개의 잠복지를 돌아가며 2년 동안 겨울 두 철을 보낼 것이다. 작업하는 동안 호랑이가 올까봐 늘 마음을 졸였는데 모든 일을 끝내고 나니 마음이 조금 놓인다. 아무리 위장을 잘 해도 사람 냄새나 발자국 흔적은 남는다. 첫눈이 내려야 비로소 모든 냄새가 사라지고 흔적이 깨끗해질 것이다. 그때가 되면 비트는 눈 쌓인 대지의 일부가 되고 그 안은 곰이 동면하는 굴처럼 아늑해질 것이다.

날씨는 차고 소나무는 푸르다

나무 위에 독수리가 앉아 있다. 등 깃털이 바람에 날린다. 물고기는 물을 거슬러 머리를 두지만 새들은 가을이 되면 바람을 등지고 앉는다. 오소리가 개울 위로 쓰러진 고목을 건너다니며 낙엽을 헤치고 반달곰이 잣나무를 기어올라 잣을 딴다. 동면을 준비하는 짐승들이 한 덩어리의 지방이라도 더 축적하기 위해 가을 숲을 부산하게 돌아다닌다. 바람 없이 떨어지는 낙엽 한 장에도, 바람 불어 떨어지는 무수한 낙엽 떼에도 짧은 순간에 응축된 긴 시간의 흐름이 느껴진다. 세월이 가는 것을 눈으로 목격한다. 낙엽과 동면처럼, 아름다우면서도 서늘하다.

10월 초, 또 한 해의 잠복을 시작했다. '겨울에도 따뜻한' 해안분지의 한 평 짜리 지하 비트가 안락하다. 처음엔 늘 설렌다. 가만히 기다리며 자연을 지켜보는 것은 운치 있는 일이다. 하지만 5년, 10년, 15년 잠복생활을 지속하다보면 운치보다는 일상이라는 말이 떠오른다.

숲을 다니며 생물들과 그 자취를 조사하는 일, 학자들에게 그것이 관찰의 끝이라면 나에겐 관찰의 시작이다. 1년의 절반을 조사한 자취의 주인들, 그 자취의 끝에 살아 움직이는 생명들, 그들을 두 눈으로 확인하고 기록하는 일이 남아 있다. 나머지 절반의 본업이 시작된 것이다.

산을 다니면 많은 생물과 그 흔적들을 볼 수 있다. 유리새도 볼 수 있고 다람쥐도 볼 수 있다. 바람을 느끼며 숲을 음미할 수도 있다. 이것만 해도 감상하기에 충분한 자연의 오케스트라다. 그러나 욕심을 내 자연의 더 깊은 곳을 보려면, 비탈에 선 나무가 되어야 한다. 처음부터 그 자리에 서 있었던 나무처럼 한 곳에서 가만히 침묵하고 기다리면 자연의 내밀한 곳을 볼 수 있다. 다람쥐와 유리새의 고민이 무엇인지, 나무와 숲은 어떻게 옷을 갈아입는지, 바람은 친구가 얼마나 많고 안개는 언제 놀러왔다 언제 돌아가는지, 자연의 일부가 되어야만 자연은 자신의 사생활을 하나둘 드러내놓는다.

숲 속을 조사하고 다니면 호랑이가 남긴 흔적들을 볼 수 있다. 그 흔적을 통해 많은 정보도 얻을 수 있다. 하지만 호랑이를 볼 수는 없다. 아주 우연한 행운을 제외하곤 늘 호랑이가 먼저 알아차리고 피해버린다. 호랑이를 보려면 한 곳에 머물러야 한다. 상대를 쫓지 말고 상대가 스스로 오기를 기다려야 한다. 이동하며 관찰할 때는 호랑이가 나를 보고, 한 곳에 머무르며 잠복할 때는 내가 호랑이를 본다. 이동관찰을 할 때는 내가 자연의 주체가 되고, 잠복관찰을 할 때는 내가 자연의 객체가 된다. 주체가 되면 자연의 깊은 곳을 볼 수는 없지만 많이 볼 수 있다. 객체가 되면 자연의 많은 것을 볼 수는 없지만 깊이 볼 수 있다.

에베레스트 등정이 100미터 달리기라면, 자연 속으로 스며들어 오랜 기간 잠복하는 것은 마라톤이다. 자연의 마라토너가 되려면 자연에 순응해야 한다. 자연에 순응하지 못하고 거스르면 독방에 갇힌 죄수가 부러워진다. 영하 30도의 기온에 한 평짜리 지하 감방에서 씻지도, 소리 지르지도,

불을 켜지도 못하고 6개월을 갇혀 지내야 한다. 독방보다 훨씬 고통스럽다. 강제로 시킬 수 있는 일은 아니다. 스스로 원하는 것, 자연에 순응하기 위한 첫걸음이다.

믿음을 가지고 기다리는 마음도 필요하다. 숲을 걷다보면 부엉이가 토해낸 펠릿(부엉이 같은 맹금류가 들쥐나 새 같은 먹이를 통째로 삼킨 뒤 소화가 되지 않은 털과 뼈를 뭉쳐서 입으로 토해낸 것)들이 나무 밑에 떨어져 있는 것을 본다. 부엉이는 가지 위 쉼터에 앉아 나를 내려다보고 있을 것이다. 고개를 들어 확인하고 싶은 생각이 든다. 하지만 충동을 자제하지 못하고 올려다보는 순간, 부엉이는 날아갈 것이다. 그리고 새로운 쉼터를 찾기 위해 숲을 떠도는 수고를 해야 할 것이다. 나는 부엉이가 나뭇가지에 앉아 있다는 사실을 마음으로 믿고 그냥 지나간다. 숲은 일어날 수도 있었던 작은 파문 대신 평화를 유지한다. 실체를 보지 않아도 그 자취만으로 믿는 것, 이런 것이 자연에 대한 믿음이다.

이 믿음이 깨지면 의심이 생긴다. 기다리던 실체가 시간이 지나도 나타나지 않으면 초조해진다. 일반적인 현상과 함께 예외적인 현상도 고려하기 시작한다. 그러다 자연의 규칙보다 개체의 특수한 규칙을 우선시한다. 개체의 규칙을 우선시하는 순간부터 자연 전체에 적용할 객관적인 기준은 사라진다. 객관적 기준이 사라지면 의심은 더욱 커진다. 그 와중에 갈등과 번민이 태어난다. 연쇄반응은 순식간에 진행된다. 결국 잠복지를 뛰쳐나간다.

잠복은 눈으로 기다리는 일이 아니라 마음으로 기다리는 일이다. 처음부터 그 자리에 서 있었던 나무처럼 자연을 믿고 자연에 순응하면, 물고기가 물에서 아늑해하고 새들이 창공에서 자유롭듯이 한 평짜리 비트 속에서 편안한 마음을 유지할 수 있다. 그 기다림 속에서 자연의 깊은 곳을 들여다볼 수 있다. 쉬운 것 같지만 자연 속에서 이 마음을 지키기가 힘들다. 이 마음만 유지한다면 나머지는 나아가면서 배우고 고칠 수 있다.

잠복을 시작한 지 21일째, 쉼 없이 함박눈이 내린다. 하늘을 가득 메운 두툼한 솜털들이 너풀거린다. 허공을 떠돌며 여행을 즐기다 아쉬운 듯 수도 없는 눈송이들이 바닷물에 내려앉는다.

"샤아아아– 샤아아아–."

바닷물에 눈 녹는 소리가 들려온다. 해변 모래사장도 하얀 눈밭으로 변했다. 파도가 몰려와 그 끝자락의 눈들을 연신 훔쳐간다. 침엽수 가지마다 듬뿍듬뿍 쌓인 눈이 투두둑 떨어지고 다시 쌓인다.

바람이 빨라지면서 너풀거리던 눈송이들이 휘날리기 시작했다. 해마다 10월 말이면 머나먼 시베리아에서 북풍의 얼음동굴이 열리고 그 속에서 차가운 바람이 쏟아져 나오기 시작한다. 머리를 풀어헤친 백발마녀(우수리 원주민은 시베리아에서 불어오는 이 북서풍을 '백모풍白毛風'이라고 부른다)가 눈바람을 거느리고 빠져나와 남으로 동으로 만 리를 달린다. 강은 얼어붙고 숲은 눈에 휩싸이며 6개월간의 긴 겨울이 시작된다.

시베리아에서 불어오는 북서풍과 동해의 기류가 만나서 우수리의 겨울기후를 결정한다. 시베리아 북서풍의 기세가 강하면 추운 날씨가 되고, 동해의 기류가 강하면 온화한 날씨가 된다. 둘의 기세가 충돌하면 눈이 내린다. 첫눈은 보통 조금 내리다 말지만 올해는 폭설로 시작한다.

11월의 첫날이다. 달이 밝다. 오늘이 보름이다. 하루 지났나? 달이 약간 이지러진 듯도 하다. 달빛을 받아 눈밭은 반딧불이가 날아다니는 듯 환하다. 마른 수풀의 한쪽은 밝고 한쪽은 그림자가 져 음영이 뚜렷하다. 바람이 감돌

콩새의 머리 위로 함박눈이 쌓인다.
첫눈은 보통 조금 내리다 말지만 올해는 폭설로 시작한다.

때마다 수풀을 덮은 눈가루가 스륵스륵 날리며 제 그림자 위로 떨어진다.

수풀 사이에서 둥그런 빛들이 허공을 둥실둥실 떠다닌다. 잠시 후, 털뭉치 같은 공들이 오솔길로 굴러 나와 빛나는 눈을 깜박이며 가다 서다 주변을 살핀다. 그때마다 둥그스름한 그림자가 하얀 눈밭에 너울지며 따라다닌다. 추운 겨울을 나기 위해 두툼한 털옷을 껴입어 다들 몸집이 통실통실하다. 당당한 아비가 앞장서자 통통하게 살이 오른 새끼 두 마리가 뒤따르고 검은 선글라스를 쓴 듯 눈가에 짙은 테를 두른 어미가 뒤를 봐주며 뒤뚱뒤뚱 걷는다. 근처에 굴이 있는 듯 해가 지고 한두 시간이면 자주 이 오솔길을 지나 밤 사냥을 나간다. 사실 사냥이랄 것도 없이 밤새 쏘다니며 이것저것 먹을 수 있는 것들이면 죄다 주워 먹다가 새벽녘에 돌아오곤 한다.

바스락바스락 눈 밟는 소리와 함께 너구리 가족이 사라지자 수리부엉이들이 울기 시작했다. 저녁식사는 했냐고, 여전히 사랑한다고, 보채듯 앙탈

부리듯 주고받는 부엉이 소리가 텅 빈 분지를 고즈넉하게 채운다. 가끔 달빛에 젖은 날개를 널찍하게 펼친 부엉이가 검은 그림자를 드리우며 분지를 소리 없이 가로지른다. 부엉이는 남쪽에서 한 번 울면 북쪽에서도 한 번 운다. 이쪽에서 두 번 울면 저쪽에서도 두 번 울고, 이쪽에서 소리를 울리며 교태를 부리면 저쪽에서도 그렇게 받아준다. 그러다 한 녀석이 맞은 편으로 날아가 연이어 욱욱욱 소리를 지른다. 그에 맞춰 또 한 녀석은 비음처럼 아-앙 하고 소리를 흘린다. 수리부엉이의 짝짓기가 한창이다. 짧은 짝짓기가 끝나자 분지는 문득 정적에 빠진다. 호랑이가 왔나 바짝 긴장하며 가만히 살펴본다. 바람만 수풀을 흔들며 지나갈 뿐 사방은 고요하다.

파도소리가 구분되기 시작했다. 오늘은 작은 파도가 여섯 번 친 후에 큰 파도가 한 번 밀려온다. 이 주기를 서너 번 반복한 다음에는 어김없이 작은 파도 다섯 번째에 큰 파도가 밀려온다. 그러고는 다시 원래의 주기로 돌아간다. 똑같은 장소에서 똑같은 파도소리를 한 달 넘게 들으니 조금씩 구분이 된다. 서서히 잠복생활에 적응이 되어가는 징후다.

처음 잠복지에 들어오면 파도소리가 신선하다. 휴가를 나온 듯한 느낌도 든다. 그렇게 일주일 이 주일 지나면 점점 지겨워지다 '저 무미건조하고 단조롭게 반복되는 파도소리, 제발 안 들을 수 없나!' 히스테릭해진다. 그러다 어느 순간 파도가 넘실대는 소리를 잊어버린다. 늘 옆에서 우루루 쾅 우루루 쾅쾅 소리 지르고 있으니 무심해진다. 무심함이 좀 지나면 문득 파도소리를 세고 있는 나 자신을 발견한다. 차가운 밤 적막한 지하 비트에 누워 말똥말똥한 정신으로 한 번, 두 번, 세 번, 또렷이 들려오는 파도소리를 센다.

낮에는 바람소리를 구분하며 시간을 보낸다. 눈송이가 똑바로 떨어져 내리면 고요다. 눈송이가 나풀나풀 떨어지면 실바람이다. 얼굴에 바람이 느껴지고 눈송이가 비켜 내리면 남실바람이다. 참나무에 매달린 마른 나뭇잎이

파도소리가 구분되기 시작했다.
오늘은 작은 파도가 여섯 번 친 후에 큰 파도가 한 번 밀려온다.

살랑살랑 흔들리며 눈송이가 휘날리면 산들바람이고, 마른 나뭇잎뿐 아니라 작은 가지까지 흔들리고 바닥에 내린 눈송이가 다시 날아오르면 건들바람이다. 작은 나무 전체가 흔들리며 그 우듬지에 쌓인 눈더미가 날아가면 들바람이고, 큰 가지가 흔들리며 숲이 전깃줄처럼 울면 된바람이다. 큰 나무 전체가 흔들리고 눈이 수평으로 내리면 센바람이고, 가느다란 가지들이 부러져 날아가고 바닥에서 눈가루가 온통 날아올라 시계가 짧아지면 큰바람이다. 큰 가지가 부러져 날아가고 바다에서 용오름이 일어나면 큰센바람이고, 나무가 뿌리째 뽑히고 숲이 뒤집히면 노대바람이다. 이 '자연의 피리소리는 어떤 때는 격류 같고, 어떤 때는 빗발치는 화살 같으며, 어떤 때는 아기의 숨소리 같고, 또 어떤 때는 바다처럼 심원'하기까지 하다.

읽을거리도 동이 났다. 녹차통을 읽었다.

원재료 녹차잎 50%(국산), 유기농 현미 50%(국산)
내용량 37.5g(1.5g×25티백)
식품의 유형 다류식품(혼합침출차)
포장재질 내포장 여과지–천연펄프 100%, 외포장–SC마닐라
제조원 ○○○, 경남 하동군 화개면……
판매원 (주)○○○, 경기도 성남시 분당구……
권장 소비자가 2,500원
보관상 주의사항 개봉 전후에는 건조하고 서늘한 곳에 보관하셔야 맛과 향이 유지됩니다.

세상에선 읽을거리가 넘쳐나 처다보지도 않던 녹차통이지만 여기선 재미있다. 신선한 정보도 있다. SC마닐라가 뭘까? 영어사전을 안 가져온 게 후회된다.

읽은 책을 읽고 또 읽는다. 평가는 하지 않는다. 읽을거리가 있다는 것 자체가 중요하다. 홍길동이 축지법을 배우듯 같은 책을 몇 번씩 되풀이해 읽으면 다들 훌륭한 책이다. 심혈을 기울여 썼다는 것을 알게 된다. 모든 저자가 고맙다.

홍길동이 축지법을 배울 때, 같은 산 같은 길을 하루에도 수없이 넘나들기를 3년, 나중엔 한 발 한 발 내딛는 발밑에 바위가 있는지 도랑이 있는지 눈 감고도 알게 되었다. 발밑 지리가 익숙해지자 마치 땅이 접혔다 펴지는 것처럼 빨리 걸을 수 있었다고 한다. 변화도 중요하지만 때론 천착도 중요하다. 하나를 마무리하지 않고 다음으로 넘어가면 사상누각이 될 수 있다.

작은 주전자에 물을 끓이고 꽁꽁 언 주먹밥 하나를 넣어 녹였다. 반찬은 소금과 김, 말린 과일과 육포. 냄새나는 반찬은 반입금지다. 호랑이의 예민한 후각을 당해낼 수가 없다. 세상에서는 이런 맛 저런 맛 기호에 따라 가려 먹지만, 여기서는 먹을 것이 있다는 것 자체가 중요하다. 읽을거리가 있다는 것, 그 자체가 중요하듯이 말이다.

잠복은 인생에서 중요한 것과 사소한 것을 구분해준다. 세상이 중요하다고 생각하는 것들이 여기서는 사소하고, 세상이 사소하게 생각하는 것들이 여기서는 중요하다. 껍데기와 알맹이, 표피적인 것과 본질적인 것의 차이를 알게 해준다.

잠복은 고개를 들어 유한한 인생의 저 끝을 보게 한다. 힘든 병을 앓거나 죽음이 다가오면 다들 느낀다. 무엇이 중요했고 무엇이 사소했는지를. 잠복은 인생을 마감할 때 느끼는 것들을 미리 느끼게 한다. 삶이 아직 남아 있을 때 그 느낀 바를 실천하게 한다. 가만히 있어도 유한한 인생의 저 끝이 우수리호랑이의 묵직한 발자국처럼 한 발 두 발 다가오기 때문이다.

세상에 매몰되어 살다보면 다시 무엇이 중요하고 무엇이 사소한지 잊어버린다. 세상과 격리되어 봐야 문득 정신을 차리고 정말 중요한 것이 무엇인지 다시금 깨닫게 된다. 날씨가 추워진 뒤에야 소나무와 잣나무의 푸름을 안다[歲寒然後 知松柏之後凋也].

'겨울에도 따뜻한' 해안분지

우수리 숲의 도전과 응전

언제부턴가 쥐 몇 마리가 돌아다니기 시작했다. 오늘도 네 마리가 왔는데 그중 한 마리는 좀 크다. 독립한 지 꽤 된 새끼들과 어미인 듯하다. 몸체는 노르스름하고 등줄기에 검은 줄이 나 있다. 등줄쥐다. 이 녀석들은 설치류답지 않게 겨울식량을 따로 준비하지 않는다. 그래서 이 엄동설한에도 먹이를 찾아 헤맨다. 얼어버린 땅속에서 그나마 호텔 안이 온기가 있고 음식 냄새까지 나니까 찾아온 모양이다. 아니면 이 자리가 원래 등줄쥐들의 영역이었는데 내가 파고 들어왔을 수도 있다.

등줄쥐의 행동을 관찰해서 기록하기 시작했다. 네 마리 중 큰 놈이 벽을 뚫고 빼꼼 내다본다. 다른 놈들은 애써 벽에 둘러놓은 담요의 따뜻한 천을 뜯어 자기 보금자리로 나르기 바쁘다. 내다보던 큰 놈이 벽을 타고 내려온다. 책과 비디오 케이블이 놓여 있는 뒷선반을 코를 킁킁대며 훑어본다. 등줄쥐들은 이 비디오 케이블 갉기를 아주 좋아한다. 딱딱한 나무만 갉다가 부드러운 플라스틱을 갉으면 기분이 좋은 모양이다.

큰 놈이 벽을 타고 옆선반으로 이동하더니 녹차와 김, 육포가 있는 곳을 바로 찾는다. 후각이 뛰어나다. 뚜껑이 닫혀 있으니 반찬통을 갉기 시작한다. 주먹밥을 조금 꺼내 주었다. 1미터쯤 후다닥 도망가더니 돌아서서 물끄러미 쳐다본다. 상황을 지켜보다가 결국 돌아와서 주먹밥을 먹는다. 다른 놈들도 잠시 머뭇거리다 기어온다. 용감하다.

놈들은 호텔 내부의 물건 배치도 이미 다 파악하고 있다. 그때그때 필요한 물건을 이리저리 찾아다니는 것이 아니라 필요한 물건이 놓여 있는 장소로 바로 간다. 배가 고프면 식료품이 있는 옆선반으로, 물을 마시고 싶으면 간이물통이 있는 침상 밑으로, 이를 갈고 싶으면 비디오 케이블이 있는 뒷선반으로 간다. 영장류가 지능이 가장 높고 다음은 고양잇과 동물이라는데, 설치류도 꽤 높은 것 같다.

등줄쥐들이 장난을 치기 시작한다. 장난을 치다가 나와 눈이 마주치자 동작을 멈춘다. 내 눈동자의 움직임과 기운을 읽고 나의 다음 행동을 예측하려고 한다. 내가 일어설 것인가 말 것인가? 가만히 있으면 다시 장난을 친다. 우당탕 뛰기도 하고 선반에서 푹신한 거위털 침낭으로 뛰어내리기도 한다. 이 호텔의 여흥이자 쇼 프로다. 등줄쥐들이 무료한 잠복의 위안거리가 되었다.

그런데 놈들의 행동이 지나치게 과감하다. 겁이 없다. 한국에서도 지금과 똑같이 땅속을 파고들어 잠복한 적이 있는데, 그때의 등줄쥐는 우수리의 등줄쥐와는 많이 달랐다. 한국의 민가 근처 밭에 사는 등줄쥐들은 예민하고 겁이 많았다. 인기척이 전혀 없을 때만 조심스럽게 나타났고 한 번 쫓으면 최소 몇 시간에서 최대 며칠 동안은 두문불출이었다. 늘 사람을 접하며 오랜 세월 피해를 경험하다 보니 그런 습성이 생긴 것이다.

그러나 이 등줄쥐들은 이런 경험이 처음일 것이다. 이곳은 직경 50킬로미터 안에 두세 마을을 빼고는 인가 하나 없는 오지다. 평소 사람 구경하기도 힘든데, 하물며 이 한겨울 땅속에 웬 사람이 들어앉아 있으니, 이런 상황에서 등줄쥐들은 어떻게 행동해야 하는지 경험을 쌓지 못했다. 그래서 사람을 무서워하지 않는 것이다. 하룻강아지 범 무서운 줄 모르는 이유와 같다.

쿠릴열도에서 본 여우가 생각났다. 쿠릴열도의 중간쯤에 있는 무인도 우쉬쉬르에는 삼색여우가 산다. 이 여우의 털은 겨울에는 흰색, 여름에는 갈색인데, 여름철 햇볕을 피해 그늘로 들어가면 푸른색으로 변한다. 그래서 삼색三色여우다. 북극여우와 일본여우의 교배종으로, 제2차 세계대전 때 일본군이 군용 모피를 생산하기 위해 우쉬쉬르 섬에 들어와 키웠다고 한다. 종전 후 일본군이 물러가자 야생화되어 인간의 간섭 없이 60년 넘게 살아왔다.

삼색여우가 나에게 보여준 반응은 우수리 등줄쥐보다 더 심했다. 내가 다가가자 도망은커녕 나를 구경하러 마주 다가왔다. 여우의 굴을 뒤져 새끼를 촬영할 때도 어미 여우는 나를 소 닭 보듯 했다. 새끼는 다가와 내 손가락을 빨기까지 했다. 사람이라고는 본 적 없이 무인도에서 먹이사슬의 최상위를 차지하고 살아오다 보니 사람에 대한 두려움이 없었다. 인간도 고등 외계인을 만난다면 삼색여우와 비슷한 행동을 하지 않을까?

오늘날의 시베리아호랑이는 조심에 조심을 거듭하며 행동한다. 사람에게 노출되는 것을 극히 싫어하고 사람이 만든 구조물이나 물건도 철저하게 피해 다닌다. 오래전 기록들을 보면 이렇게까지 신중하고 조심스럽지는 않았다. 얼마나 많은 수난을 당해왔으면 그 힘센 호랑이가 이렇게까지 조심스러워졌을까? 다행히 오랜 세월 수난을 당하면서도 일부는 살아남았다. 살아남은 호랑이들은 인간이 위험하다는 것을 풍부하게 경험한 호랑이들이었고, 그 반작용으로 조심성도 극대화된 호랑이들이었다. 이런 호랑이들이 자신의 축적된 경험을 자식들에게 교육하면서 인간에게서 살아남을 수 있도록 특화된 DNA로 물려주었다.

시베리아호랑이의 영토에 도로와 철도가 처음 들어섰을 때 차나 기차를 처음 보는 호랑이들이 치여 죽는 일이 생겨났다. 살아남은 호랑이들은 자식들에게 도로와 철도 건너는 법을 교육시켰다. '쇠 냄새 나는 큰 덩어리가 다가오면 건너지 마라. 쇳덩어리가 덜 다니는 밤에 건너라. 밤에도 불빛이 없을 때만 건너라.' 이렇게 대를 이어 교육시키고 DNA로 물려준 결과, 지금은 아주 어리거나 불구인 호랑이를 제외하고는 시베리아호랑이의 로드킬Road Kill이 거의 없어졌다. 그리고 오늘날의 시베리아호랑이는 실제로 불빛이 없는 한밤중에 도로나 철도를 몰래 건넌다.

열대지방에 사는 호랑이들은 또 다르다. 열대지방은 기후조건이 좋고 먹잇감이 풍부해서 같은 면적이라도 시베리아호랑이보다 훨씬 많은 호랑이가 서식한다. 시베리아호랑이의 경우 암호랑이 한 마리가 차지하는 영역이 보통 450평방킬로미터인데, 인도 벵골호랑이의 경우 평균 20평방킬로미터이다. 그러다 보니 인간과의 접촉이 빈번해지고 인간에게 익숙해져 자신을 쉽게 노출시킨다. 인도에서는 관광버스 안에서 야생호랑이를 쉽게 관찰할 수 있다. 호랑이들이 사람이 다니는 대로로 어슬렁어슬렁 걸어 다니고 길가 그늘 밑에서 태연히 낮잠을 잔다. 관찰자가 지프로 접근하면 마주 다가와 지프의 냄새를 맡고 오줌을 갈기는 놈도 있다.

벵골호랑이도 인간에게 수난을 많이 당했지만 이들은 인간에 대해 조심스럽기보다는 과감한 성향을 키워왔다. 여기에는 열대지방의 기후조건과 다닥다닥 맞붙은 서로 간의 좁은 영역이 영향을 미쳤을 것이다. 벵골호랑이는 인간의 위협에 직면하면 유격전보다는 전면전을 펼친다. 최근에도 코끼리를 타고 가는 사람에게 정면에서 덤벼든 적이 있다. 그러다 부상을 당해서 사냥하기가 힘들어지면 인간에 대한 공격성이 더 강해진다. 인도의 전설적인 식인 호랑이 구마온은 4년간 234명의 인명을 해쳤고, 샨파왓은 인도와 네팔 접경지에서 무려 436명을 해쳤다.[1] 러디어드 키플링의 《정글북》에도 비슷한 호랑이가 나온다. 틈만 나면 주인공인 모글리를 잡아먹으려는 절름발이 호랑이 쉬어칸이다. 아마도 실제 다리를 저는 식인 호랑이가 모델이 되었을 것이다.

100여 년 전, 호랑이 사냥에 총이라는 획기적인 무기가 새로 도입되었다. 호랑이들은 총을 기존의 무기인 창이나 활처럼 대수롭지 않게 생각했다. 사냥꾼을 봐도 멀리까지 도망가지 않았고 사냥꾼이 계속 공격하면 오히려 덤벼들었다. 그러다 수도 없는 호랑이들이 죽어나갔고, 호랑이들은 차츰 총의 무서움을 알게 되었다. 총소리나 화약 냄새를 위험신호로 받아들이는 것이 습성화된 것이다.

지금의 시베리아호랑이는 특수한 경우를 제외하곤 총소리가 나면 일단 피한다. 멀리 피하든지 아니면 밀렵꾼 뒤로 몰래 돌아와 습격한다. 자연스럽게 전면전보다 유격전을 택하게 되었다. 사람들에게 자신을 노출시키지 않고 점점 더 은밀하게 움직이는 것이다. 이제는 밀렵꾼들이 성능 좋은 연발총을 들고 아무리 숲 속을 쏘다녀도 호랑이 코빼기조차 보지 못한다. 개체수가 줄었을 뿐 아니라 호랑이들이 새로운 환경에 적응을 한 것이다.

그러자 밀렵꾼들은 숲 속에 무인총이나 특수 올가미를 설치하기 시작했다. 이 새로운 방법에도 많은 시베리아호랑이들이 당했다. 특히 경험이 부족한 젊은 호랑이들이 많이 희생됐다. 하지만 호랑이들도 차츰 대처 방법을 찾아내게 되었다. 바로 숲 속에서 쇠붙이 냄새가 나면 피하거나 파괴하는

---

1 / 1902년에서 1910년까지 인도에서 호랑이에 의해 사망한 사람의 수는 매년 평균 851명이었고, 1922년에는 1,603명으로 늘어났다.

위_ 나무둥치 옆에 말뚝을 박고 총을 고정시킨 뒤, 방아쇠와 연결한 철사 끝에
낚싯줄을 매어 길목 건너편 나무에 팽팽하게 묶었다.
아래_ 주변의 덤불과 잡목으로 위장하고 나면 바닥 가까이 팽팽하게 당겨진 낚싯줄과 둥그런 총구만 남는다.

무인총과 똑같은 방식으로 무인카메라를 설치했다.
조선표범의 발목에 팽팽한 낚싯줄이 걸리는 순간 촬영되었다.
만약 카메라가 아니라 총이었다면 이 표범은 죽었을 것이다.

것이다. 은밀히 숨겨진 무인총을 파괴할 때는 총구 뒤로 돌아가서 총자루를 건드려 총알을 발사시킨 다음 부숴버린다. 총구 앞에서 무인총을 건드리다 당한 경험이 누적되었기 때문이다.

호랑이나 발굽동물을 촬영하기 위해 나는 우수리 숲에 10년 가까이 무인 카메라를 설치해 왔다. 정성들여 숨겨놓은 카메라 중 23대를 우수리호랑이가 찾아내 부쉈다. 소형 카메라를 사슴 똥까지 발라가며 쇠 냄새를 지우고 숨겨놓았지만 절반가량을 찾아내 부쉈다. 부수는 장면은 한 번도 녹화되지 않았고 늘 오디오만 녹음되었다. 모두 카메라 뒤에서 부쉈기 때문이다. 카메라의 검은 렌즈가 호랑이에게 무인총의 총구처럼 보이는 것 같았다. 찾아내지 못할 때는 있어도 찾기만 하면 어김없이 렌즈 뒤에서 부쉈다. 카메라를 찾아내는 능력에선 경험 많은 호랑이가 젊은 호랑이보다 월등했지만, 렌즈 뒤에서 부수는 것은 갓 독립한 호랑이나 성숙한 호랑이나 마찬가지였다. 어릴 때부터 어미호랑이가 총기 교육을 시킨다는 증거다.

또 대부분의 카메라를 암호랑이보다는 수호랑이가 파괴했다. 이것은 주로 수호랑이가 카메라를 부수고 암호랑이는 피해 다닌다는 것을 말해준다. 특기할 만한 것은 카메라를 부순 성숙한 암호랑이 세 마리 중 두 마리는 새끼를 데리고 다녔다는 점이다. 표본이 적어 확신할 수는 없지만, 새끼를 데리고 다닐 때는 더 예민해져 새끼들에게 위험이 될 만한 것들을 미연에 제거하는 듯하다.

호랑이들은 무인카메라의 보조기구로 따로 설치된 감지용 센서도 많이 부쉈는데, 그 비율이 카메라와 대동소이했지만 약간의 차이가 있었다. 센서는 카메라와 달리 쇠붙이 냄새가 나지 않는 플라스틱 재질이고, 검은 렌즈가 없어 총구처럼 보이지도 않기 때문에 호랑이들에게 덜 위협적이다. 그래서인지 센서를 부순 암호랑이의 비율과 젊은 호랑이의 비율이 조금씩 높아졌다.

카메라를 파괴한 호랑이의 성별과 연령층 (총 23대)

	성숙한 호랑이	젊은 호랑이	비율
수컷	14대	5대	78%(19대)
암컷	3대	1대	22%(4대)
비율	74%(17대)	26%(6대)	

센서를 파괴한 호랑이의 성별과 연령층 (총 41개)

	성숙한 호랑이	젊은 호랑이	비율
수컷	20개	10개	73%(30개)
암컷	7개	4개	27%(11개)
비율	66%(27개)	34%(14개)	

숲 속의 이상 물체에 대해서는 암호랑이처럼 아예 피해 다니는 것이 가장 피해가 적다. 젊은 호랑이들은 경험이 부족해 이상 물체를 발견해내고 거기에 대응하는 것이 미숙하다. 그래서 젊은 호랑이들의 피해가 가장 많다. 전체적으로 자기방어의 예민성을 평가하면 '성숙한 암컷 〉 성숙한 수컷 〉 젊은 암컷 〉 젊은 수컷' 순이다.

밀렵꾼은 늘 새로운 밀렵 방식을 찾아낸다. 새로운 밀렵 방식이 도입되면 한동안 호랑이들이 희생을 치른다. 특히 어린 호랑이와 젊은 호랑이들이 많이 당한다. 특수 올가미와 무인총이 처음 도입되었을 때도 그랬다. 노련해지기까지 고비를 넘기기가 쉽지 않다. 그러나 시간이 지나면 결국 호랑이들도 대응법을 찾아낸다. 이런 과정을 통해 인간에 대한 종족방어 수단을 습성화시키고 진화시킨다.

우수리 숲에서의 도전과 응전, 인간과 호랑이 사이의 냉혹한 생존투쟁은 지금도 계속되고 있다.

산등성이의 호랑이 휴식처

월백月白, 설백雪白, 천지백天地白

　며칠째 바다가 험하다. 집채만 한 파도가 날아와 해변을 때린다. 마치 끝장이라도 보자는 듯 악을 쓴다. 눈발도 몰아친다. 함박눈이 바람에 날려 수평으로 내린다. 시베리아에서 불어온 차가운 바람이 동해의 습한 기류와 만나 눈폭풍을 만들었다. 시계가 100미터도 안 된다. 설경을 촬영하고 동면에 든 곰처럼 침낭 속으로 들어가 웅크렸다.

　등줄쥐의 수가 7~8마리로 늘었다. 장난도 점점 심해진다. 한 마리는 머리 뒤편으로 기어오르고 두 마리는 선반 위의 컵 속에 들어가다가 컵을 떨어뜨렸다. 벌떡 일어나 손바닥을 세게 마주치자 일순 조용해진다. 컵을 주워 휴지로 깨끗이 닦아 올려놓았다. 다시 조금씩 부스럭거린다. 요즘 이 녀석들이 약간 골칫거리다. 며칠 전부터는 간식 주는 것도 끊었다. 그런데도 수가 너무 빨리 늘어난다. 어떡하나 고민이다.

　등줄쥐가 도움이 될 때도 있다. 잠복할 때는 언제 호랑이가 올지 모르니 늘 얕은 잠을 자야 한다. 그래야 호랑이가 왔을 때 미세한 움직임이나 소리의 변화를 알아차리고 본능적으로 일어날 수 있다. 그러나 자정이 넘으면 어쩔 수 없이 점점 깊은 잠에 빠져든다. 그럴 때 이 녀석들이 나를 깨워준다. 두루마리 휴지를 떨어뜨리거나 찻숟가락을 두고 싸운다. 그래도 안 일어나면 내 얼굴 위까지 올라와 돌아다닌다.

말할 수 없는 답답함이 엄습해와 가슴이 터질 것 같은 때도 도움이 된다. 서커스단처럼 코믹하고 천진난만하게 뛰노는 녀석들을 지켜보고 있노라면 저절로 마음이 가라앉는다. 잠복지에서의 고민은 어떤 때는 바람소리와 파도소리가 치유해주지만, 또 어떤 때는 때로 몰려와 찍찍거리며 한판 코미디 쇼를 벌이는 이 작은 포유류가 해결해주는 것이다. 바람소리와 파도소리의 해결책이 넓고 심원하다면, 등줄쥐의 해결책은 정서적이라 기분전환이 된다.

오후 들어 눈발이 그쳤다. 바람이 잦아들고 파도도 점점 화를 누그러뜨린다. 구름이 동쪽으로 빠르게 밀려간다. 폭풍이 지나간 다음의 후폭풍이다. 후폭풍이 구름을 다 밀어내고 나면 차가운 시베리아 고기압이 그 자리를 차지해 당분간 맑은 날씨가 지속될 것이다. 해변에서 2킬로미터쯤 떨어진 앞바다에는 폭풍우로 큰 배 한 척이 들어와 어제부터 움직이지 않는다. 비트에 들어온 지 두 달 가까이 되어가지만 처음 있는 일이다.

이튿날 아침, 해변 모래사장에 호랑이 발자국이 길게 났다. 전혀 낌새를 채지 못했는데 간밤에 호랑이가 지나갔다. 30센티미터 정도 쌓인 눈밭보다는 모래사장으로 걷는 것이 편했는지 눈이 파도에 쓸려나간 모래사장과 눈밭의 경계만 디디며 걸어갔다. 발자국이 파도에 쓸리지 않고 깨끗한 것을 보니 썰물이 빠져나간 새벽 이후에 지나간 것 같다.

카메라로 발자국을 줌인 했다. 선명해지긴 했지만 뷰파인더 속이라 발자국의 크기를 정확히 알 수가 없다. 수호랑이의 발자국 같긴 한데 구별이 잘 안 된다. 나가서 발자국을 확인해보고 싶지만 참았다. 코앞이라도 잠복지를 벗어나면 안 된다. 호랑이가 주변에 있을 수 있다.

렌즈를 살며시 돌려 다복솔밭을 살펴보았다. 솔가지마다 눈이 소복이 쌓여 있다. 솔가지들이 드리워져 바닥에는 눈이 얕게 내렸다. 눈에 덮여 살짝살짝 구릉진 바닥으로 가끔씩 솔가지에서 눈더미가 떨어진다. 눈더미 흔적 외에 솔밭은 깨끗하다.

발자국을 통한 신상파악은 포기했다. 잠복지를 들키지 않은 것만 해도 다행이다. 시베리아호랑이는 주로 밤에 다니는데, 밤에는 영토를 순찰하며 사냥을 하고 대낮에는 주변을 살펴볼 수 있는 으슥한 산등성이에서 햇볕을 쬐며 몇 시간 동안 잠을 잔다. 그곳에서 사슴이나 멧돼지 무리의 이동도 살펴보고 인간의 동태도 살핀다. 새벽에 지나간 저 발자국의 주인이 이 해안분지를 둘러싼 산맥 어딘가에서 해변을 내려다보고 있을지도 모른다.

분지 뒤로 멀리 뻗은 산맥 끝자락에 골짜기가 깊다. 골짜기를 타고 바람이 내려오자 산맥이 웅웅 울었다. 바람에 눈의 향기가 실려 왔다. 산맥의 북쪽 능선은 북서풍이 넘어오는 길목이어서 바람이 능선에 부딪칠 때마다 어제 내린 눈이 용처럼 회오리치며 솟아올랐다. 용오름 너머에서 투명한 햇살이 줄기줄기 갈라져 빙그르 돌았다. 공기 중의 수분이 얼어붙어 미세한 얼음알갱이로 떠다니는 세빙細氷. Diamond Dust 현상이 나타났다. 날린 눈가루와 세빙이 대기를 날아다니며 프리즘을 통과한 빛처럼 반짝이다 참나무 숲 위로 천천히 내려앉았다.

밤에도 깊이 잠들지 않고 가수면 상태를 유지하려면 낮에 좀 자두어야 한다. 오랫동안 해온 일이지만 잠복은 늘 힘들다. 두 달이 다 되어 가는데도 마음과 근육이 아직 근신생활에 완전히 적응하지 못했다. 이동관찰할 때의 활동적인 에너지를 차분한 잠복의 에너지로 바꿔야 한다. 발자국의 주인이 못내 궁금하다.

"워-엉 워-엉……."

"그애액 그애액……."

잠복지에서 정면으로 보이는 앞산 꼭대기의 바위틈 어딘가에 수리부엉이 한 쌍이 둥지를 틀었다. 날씨가 나빠서인지 며칠 울음소리가 들리지 않더니 오늘은 암놈이 수놈에게 먹이를 조른다. 얼마 전까지 한창이던 짝짓기가 끝나고 알 품기를 시작했나 보다. 처음 만나 알을 낳기 전까지는 서로 '워-엉 워-엉' 하며 울음소리를 주고받다가, 정이 깊어져 알을 낳으면 암컷의 울음소리에 '그애액 그애액' 투정부리는 듯한 소리가 섞인다. 알을 품으며 먹이를 보채는 소리다.

기온은 영하 24도. 날이 점점 어두워졌다. 주간용 렌즈를 야간용으로 바꿔 꼈다. 평상시처럼 뷰파인더를 주시하며 숲과 해안을 지켜보았다.

너구리 가족이 지나간다. 어미가 앞장서서 털레털레 걸어가고, 그 뒤를 새끼 두 마리가 탈래탈래 쫓아간다. 오늘은 아비가 보이지 않는다. 어미가 어떻게 길렀는지 새끼들은 털이 북슬북슬하고 통통한 것이 볼 때마다 복스럽다.

"삐- 삐이이-."

덩치에 비해 가냘픈 목소리로 새끼들을 재촉하던 어미 너구리가 문득 멈춰 섰다. 고개를 돌려 왼쪽을 쳐다본다. 새끼들이 뒤에 있는데도 왼쪽만 주시한다. 그러다 갑자기 오른쪽의 마른 덤불 속으로 도망치듯 들어간다. 새끼들도 비틀거리며 따라갔다. 렌즈를 왼쪽으로 천천히 돌렸다. 200보쯤 떨어진 다복솔밭 어둑한 곳에 커다란 형체가 가만히 서 있었다. 그 형체 뒤에서 넝쿨 같은 뭔가가 능청거렸다. 내 몸이 미세하게 감응했다. 꼬리만 가웃

거리며 미동도 않고 서 있던 커다란 형체가 성큼성큼 걸어 나왔다. 호랑이였다. 거칠어지려는 호흡을 눌렀다. 눈을 부릅뜨고 다시 보았다. 호랑이였다. 마침내 호랑이가 왔다. 이 변함없는 사실에 애써 눌렀던 호흡이 다시 거칠어졌다. 11월 27일, 19시 47분.

긴장을 달래며 천천히 줌인, 얼굴이 보였다. 눈빛이 긴장하고 있다. 굵은 목덜미의 갈기가 수호랑이다. 그 뒤로 솟은 견갑골이 늠름하지만 성숙한 수호랑이치고는 덜 여물었다. 말라도이 사메스(젊은 수컷)! 블러디 메리의 아들이다. 블러디 메리의 아들이 거의 석 달 만에 '겨울에도 따뜻한' 해안으로 돌아왔다. 다 자란 암호랑이보다 체구가 월등히 크다. 성격도 수호랑이다. 다복솔밭에서 나지막한 나무와 덤불이 어우러진 관목지대로 나오자마자 주변의 냄새를 맡더니 길목에 숨겨둔 작은 센서를 뒤로 돌아가 부쉈다. 평소와 느낌이 다른지 주변을 돌며 계속 관찰한다. 특별히 내가 있는 쪽을 염두에 두는 것 같지는 않지만 잠복지도 가끔씩 쳐다본다. 작지만 보지 못했던 플라스틱 센서, 희미하지만 이곳저곳에 조금씩 배어 있는 이상한 냄새들, 이런 미세한 것들이 모여 과거에 들렀을 때와는 전체적으로 다른 느낌을 주는 것 같다.

달이 구름에 가려 야간 적외선 카메라 속의 호랑이 영상이 흐릿하다. 19시 51분, 갑자기 구름이 걷히고 달빛이 쏟아지기 시작한다. 만월이다. 하얀 눈밭이 달빛에 비쳐 시야가 훤해졌다. 아름다운 광경이다. 만월에 반사되어 은빛으로 반짝이는 동해의 심연이 앞으로 펼쳐져 있고, 해안분지를 감싼 눈꽃산맥의 설경이 뒤로 둘러쳐져 있다. 그 눈꽃산맥 위에서 밤의 고적孤寂을 알리는 수리부엉이의 울음소리가 울려나와 멀리 동해로 퍼져나간다.

월백月白, 설백雪白, 천지백天地白.

그 속에 야생호랑이가 서 있다. 달빛 머금은 블러디 메리의 늠름한 아들!

하얗게 냉기 서린 아름다움에 소름이 돋았다.

구름을 젖히고 보름달이 나오자 호랑이는 몸을 돌려 솔숲으로 걸어갔다. 길쭉한 꼬리가 덤불 위를 툭 치며 눈이 후두둑 떨어지는 것을 마지막으로 시야에서 사라졌다. 19시 53분. 텅 빈 느낌이 들었다. 설경을 그린 한 폭의 동양화에서 방금까지 서 있던 붉은 호랑이만 갑자기 사라진 듯 허전했다.

달이 하늘 가운데로 떠오르면서 해안분지는 점점 더 밝아졌다.

새벽 1시.

"뿌드득 뿌드득."

무언가가 눈을 밟는 소리에 눈을 번쩍 떴다. 크고 넓적한 고무공이 눈을 밟는 듯 조심스러운 소리. 비트 근처다.

숨을 멈추고 살며시 후방 감시카메라를 켰다. 작은 모니터에서 뿌연 빛이 새어나왔다. 눈이 부셨다. 동공이 천천히 조여지며 화면이 눈에 들어왔다. 달빛에 어렴풋한 윤곽이 비쳤다. 호랑이었다. 블러디 메리의 아들이 돌아왔다. 그의 뒤로 다른 윤곽들이 나타났다. 그보다 체구가 작은 암컷 두 마리. 탄력 넘치는 몸체가 이미 다 자랐다. 블러디 메리에게서 이렇게 아름다운 자식들이 태어나 장성한 것이다.

삼 남매가 잠복지 쪽으로 걸어온다. 수컷이 앞장서고 암컷들이 뒤따른다. 신경이 바짝 곤두섰다. 다가올수록 가슴이 쿵쾅거렸다. 냄새를 맡은 걸까? 어두컴컴한 화면 속을 뚫어지게 쳐다보았다. 수컷의 시선이 비트를 향하지 않고 바다를 바라보고 있다. 잠복지가 아니라 바다? ……배! 폭풍우를 피해서 먼 앞바다에 정박해 있는 배를 쳐다보고 있다. 안도의 한숨이 흘러나왔다. 삼 남매는 배에서 새어나오는 불빛이 신기한지 조용히 걸어오며 낯선 풍경을 지켜본다. 수컷이 멈춰 서자 다들 멈춰 선다. 비트에서 불과 몇 미

블러디 메리의 자식들이 폭풍우를 피해 먼 앞바다에
정박해 있는 배를 쳐다보고 있다. 팽팽한 시선 속에 밤바다의 적막이 흐른다.

터. 차분히 선 채로 배를 주시한다. 세 마리 맹수의 팽팽한 시선 속에 밤바다의 적막이 흘러간다.

"푸르륵, 히히힝……."

암컷 한 마리가 시선을 거두더니 야생말이 투레질하는 듯한 소리를 내며 수컷의 목에 얼굴을 비볐다. 이것이 신호라도 되는 듯 일제히 콧소리를 내며 서로의 목에 얼굴을 비빈다. 호랑이 가족이 유대감을 표하는 행동이다.

수컷이 서너 걸음 다가왔다. 턱! 비트 지붕에 중후한 무게감이 느껴졌다. 지붕 위의 평평한 눈밭에 털썩 주저앉는다. 그 충격에 송판 지붕이 울렁거린다. 내 심장도 같이 울렁거린다. 암컷들도 눈밭에 엎드려 다시 바다를 주시한다.

멀리 정박한 배에서 새어나온 빛들이 넘실거리는 너울 위에 아른거린다. 반복적으로 들려오는 파도소리에 섞여, 머리 위에서 호랑이의 콧숨 소리가 들려온다. 나뭇가지를 휘감는 겨울바람 같은 소리에 숨쉬기가 힘들다.

"아―웅, 아아―웅."

암컷 하나가 고양이 하품을 하자 다른 암컷도 따라한다. 수컷도 하품을 하며 벌렁 드러눕는다. 움찔, 지붕이 흔들린다. 드러누운 땅 밑에 사람이 들어 있는 줄은 꿈에도 모르고 이리 뒤척 저리 뒤척 겨울밤을 즐긴다. 그때마다 지붕도 이리저리 움찔거린다. 지붕의 두께는 송판 위에 덮은 흙까지 포함해 약 30센티미터. 쥐 죽은 듯 조용히 하려니 숨소리가 더 거칠어진다. 30센티미터를 사이에 두고 지하에는 사람이, 지상에는 야생호랑이가 함께 호흡을 한다. 눈 덮인 해변 언덕에서 달빛 쏟아지는 동해의 파도소리를 함께 듣는다. 야생의 맹수와 속세의 사람이 이래도 되는 걸까? 블러디 메리의 아들에게 속임수를 쓴 것 같아 미안한 마음이 들었다.

10분쯤 흐른 것 같다. 주변이 조용해지자 등줄쥐들이 다시 설치기 시작했다. 음식을 찾으며 부스럭거린다. 당혹스러웠다.

'제발 가만히 있어다오.'

마음속으로 이 말만 되뇌었다. 그러나 등줄쥐들은 아랑곳없이 뛰어다니며 찍찍거린다.

'등줄쥐들아, 제발.'

그때 선반에서 통 하나가 떨어졌다. 블러디 메리의 아들이 벌떡 일어섰다. 등줄기에 한기가 흘렀다. 걷기 시작했다. 지붕이 울렁였다. 등줄쥐들이 일순 조용해졌다.

뿌드득 뿌드득.

눈 밟는 소리가 들렸다. 비트를 돌고 있다. 돌면서 훅훅거리며 냄새를 맡는다. 모퉁이만 돌면 비트 입구다. 입구가 좁아 안으로 들어오지는 못할 것이다. 이를 위안 삼고, 위장 담요 위에 덧대어 입구를 막은 나무판자를 한 손으로 가만히 눌렀다. 다른 손으로는 공포탄의 뇌관 줄을 잡았다.

뿌드득 뿌드득.

한 발 두 발, 천천히 다가오더니 멈춰 섰다. 입구 바로 앞이다. 소리도 빛도 호흡도 조용하다. 심장박동만 점점 빨라졌다.

"후욱, 훅, 후우욱!"

콧김을 내뿜는 소리가 들렸다. 지척에서 섬뜩한 기운이 흘러왔다. 뇌관 줄을 잡은 손아귀에 저절로 힘이 들어갔다.

툭, 투둑.

주둥이로 입구를 툭툭 친다. 나무판자를 통해 전달된 호랑이 주둥이의 감촉이 판자를 누르고 있던 손등을 따라 독사처럼 휘감고 올라왔다. 뇌관 줄을 당기려다 필사적으로 참았다. 공포탄을 쏘면 그동안의 모든 작업이 수포로 돌아갈 것이다. 이런 냄새, 이런 흙더미 속에 사람이 들어 있다는 것을 호랑이가 알게 되면 여기서의 잠복은 고사하고 해안과 내륙 여러 곳에 지어놓은 모든 비트가 무용지물이 된다. 이와 유사한 모양이나 냄새만 발견해도 즉시 그곳을 단골 방문 장소에서 제외하고 이동경로를 바꿀 것이다. 어쩔 수 없는 상황에 몰려 공포탄을 쏜다 하더라도 결과는 장담할 수 없다. 공포탄을 쏘면 대부분 도망가지만, 호랑이마다 성격이 달라 적의를 불태우며 달려드는 경우도 있다.

나도 모르게 잡아당길까봐 뇌관 줄을 놓았다. 아무래도 이상한지 호랑이는 여전히 입구에서 냄새를 맡고 있다. 등줄쥐들이 다시 부스럭거린다. 속이 타들어간다. 상황이 다급해지자 평소 그럴듯하게 존중해주던 등줄쥐의 생명이 하찮게 여겨졌다. 이기적인 정령주의자……

"푸르륵 푸르륵. 허헝."

암컷 하나가 다가와 수컷의 목을 비빈다. 냄새를 맡던 수컷이 투레질 소리를 내며 마주 비빈다. 수컷이 경계를 풀었다. 수컷이 걸어가자 나머지도 뒤를 따른다. 손이 저렸다. 가슴도 저렸다. 온몸이 늘어지며 저절로 긴 숨이 토해졌다. 아직 경험이 부족하다. 나도 부족하지만 그들도 부족하다. 블러디 메리의 새끼들은 아직 노련하지 못했다. 블러디 메리였다면 달랐을 것이다.

"꾸어헝, 꾸–어헝."

달빛이 쏟아지는 눈밭을 수컷이 포효하며 걸어간다.

"쿠허헝, 쿠허–헝."

앞산 꼭대기에서 화답이 왔다. 블러디 메리다! 얼른 오디오 녹음 버튼을 누르고 귀를 기울였다.

"꾸어–헝, 꾸어–헝."

"쿠허–헝, 쿠허–헝."

서로의 관계를 알고 있어서 그런지는 몰라도, 블러디 메리의 포효에는 왠지 걱정이 담겨 있어 새끼를 곁으로 불러들이는 듯 동적이고, 새끼들의 포효에는 어미의 재촉에도 천천히 걸음을 옮기며 마치 투정부리는 듯한 느긋함이 담겨 있어 정적이다. 그들이 주고받는 포효소리가 장쾌한 파도에 실려 달빛 밝은 동해로 퍼져 나갔다. 저녁 무렵까지만 해도 분지를 생동감으로 채우던 수리부엉이 부부의 다정한 소리는 더 이상 들리지 않고, 파도소리의 한결같음을 깨뜨리는 호랑이들의 포효소리에 섞여 '히힝' 목을 비비는 애교소리와 부드러운 눈을 밟는 발자국소리가 천천히 멀어져 갔다. 블러디 메리 가족의 밤이었다. 1남 2녀. 블러디 메리의 자식들에게 이름을 붙여주었다.

　　막내는 월백, 둘째는 설백, 장남은 천지백.

　　月白, 雪白, 天地白.

　　오늘밤만큼이나 아름다운 이름이다.

고독과 열망 사이

　소금통과 육포를 이용해 쥐틀을 만들었다. 등줄쥐들은 쥐틀이 처음이라 금방금방 사로잡혔다. 아침에만 세 마리를 생포하고, 이후에도 대여섯 마리를 더 생포해 눈 덮인 들판에 던져버렸다. 하지만 등줄쥐들은 대단한 의지력으로 생환했다. 꼬리에 표시를 하고 던지면 하루가 안 돼 같은 놈이 비트 안을 돌아다녔다.

　쥐구멍을 막았다. 그러자 다른 구멍을 뚫고 들어온다. 사형을 집행했다. 그래봤자 하루 이틀 조용하다 새로운 등줄쥐들이 부스럭거린다. 기존의 등줄쥐가 없어지면 다른 구역의 등줄쥐들이 영역을 넓혀 와 항상 열 마리 전후로 잠복지 내의 개체수를 유지한다. 자연의 절묘한 연쇄반응이다.

　나중에 다른 잠복지로 이동하면서 이 잠복지로 들어오는 후배에게 쥐틀을 만들어주었더니 의아해했다. 이야기를 듣고도 실감이 안 가는 듯 웃었다. 하지만 나중에 똑같은 일을 당한 후, 후배는 쥐잡기에 혈안이 되었다.

쥐틀이 아니었다. 무전교신으로 베이스캠프에 보급품을 신청할 때 쥐약을 요청하는 것이었다. 이 등줄쥐들은 쥐약에 대한 경험도 면역도 없다. 외부인이 가져온 천연두로 우수리 원주민의 근간이 사라졌듯이, 쥐약을 도입하면 이 일대의 등줄쥐들은 전멸한다. 쥐틀로 만족하자고 말렸다. 하지만 비어버린 황금구역을 꿰차려고 등줄쥐들이 줄을 서고 있었다. 등줄쥐를 잡아야 할까, 말아야 할까? 다시 고민을 하다가 묘안을 생각해냈다. 호랑이가 오면 쥐구멍마다 주먹밥을 한 덩어리씩 넣어주었다. 그날만큼은 조용했다.

등줄쥐 사건만 제외하면 호텔은 그런대로 만족스럽다. 게다가 친환경적이다. 공기는 맑고 자연의 음악이 흐르며 천연조명은 일찍 켜지고 일찍 꺼진다. 그리고…… 좀 춥고 좁다. 드러누우면 머리와 발이 양쪽 벽에 붙고, 일어서면 엉거주춤 고개를 숙여야 한다. 그래도 익숙해지면 지낼 만하다. 이런 호텔에서의 하루는 어떨까?

새벽에 눈을 뜬다. 사방이 캄캄하다. 밤새 덮혀놓아 따뜻한 침낭에서 나가기 싫지만 겨우 몸을 일으킨다. 차가운 기운이 온몸을 파고든다. 어두운 공간에서 방향감각을 살려 손을 뻗는다. 작은 모니터의 전원 버튼을 찾아 누른다. 모니터 화면이 내부를 희미하게 밝혀준다. 먼저 카메라의 상태를 점검한다. 지난 밤 추위에 얼지는 않았는지, 결빙이나 결로 현상은 없는지 살핀다. 카메라가 영하 45도까지 견딘다고 하지만 어떤 날은 작동이 안 될 때가 있다. 다음은 주변에 밤새 이상이 없었는지 측면과 후방카메라를 켜서 점검한다. 호랑이 발자국이 났는지 사슴 발자국이 났는지 꼼꼼히 살펴야 한다.

두 가지 필수 점검을 끝내고 이상이 없으면 호텔 입구를 열어 내부를 밝힌다. 상대적으로 따뜻했던 공기가 빠져나가고 영하 30도의 바깥 공기가 들어오면서 환기가 된다. 냉동실에서 갓 꺼낸 쇳덩어리에 스친 듯 피부에 소름이 돋으며 정신이 번쩍 든다. 절대기온은 늘 절망의 벽처럼 다가와 인간을 왜소하게 만든다.

이후는 집에서 하는 일과 비슷하다. 집이라면 신문을 들고 화장실로 가서 볼일을 보고 세수를 할 것이다. 호텔에서도 마찬가지다. 먼저 밤새 참았던 볼일을 본다. 잠복을 시작할 때 50리터짜리 약수통 두 개를 가지고 들어오는데, 한 통은 물을 가득 채운 식수통이고 나머지 한 통은 볼일을 보는 소변통이다. 신기한 것은 식수통이 텅 비면 소변통이 꽉 찬다는 사실이다. 가끔은 큰 볼일도 본다. 준비해간 특수용지에 볼일을 본 다음 접어서 비닐 지퍼백에 넣고 밀폐한다. 이것을 더 큰 지퍼백에 넣어서 삼중으로 냄새를 차단한 다음, 커다란 플라스틱 양동이에 넣고 뚜껑을 닫는다. 이렇게 볼일을 다 보고 나면 고양이 세수를 한다. 수건에 물을 조금 적셔 얼굴을 닦고 휴지를 적셔 이도 닦아낸다. 아쉽지만 양치는 안 된다. 양치를 하면 물 소요량이 너무 늘어나고 치약냄새도 문제가 된다.

자, 이제 기다리던 아침식사 시간! 호텔 생활은 활동량이 적어 하루 두 끼면 충분하다. 먼저 저장고에서 작은 물통을 꺼내 주전자에 물을 따른다. 비트를 밀폐시켜 놓으면 내부는 영하 5~7도의 기온을 유지하지만, 바깥 기온이 영하 30도 밑으로 내려가면 내부 온도도 따라 내려간다. 바닥에 물통을 놓아두면 꽝꽝 얼어붙는다. 그래서 땅을 파고 스티로폼을 덧대 물통 저장고를 따로 만든다. 그 속에 큰 물통을 보관하고 그날 쓸 물은 작은 물통으로 옮겨서 그때그때 간편하게 사용한다.

그 다음, 암탉이 알을 품듯 밤새 품고 잔 가스통을 침낭에서 꺼낸다. 잘 데워져 따뜻하다. 석유버너는 추운 날씨에도 불이 잘 붙지만 석유냄새가 심하게 나서 가스버너를 쓴다. 가스는 냄새는 안 나지만 영하의 기온에 금방 얼어버려 다음날 쓸 가스통 하나는 늘 침낭에 품고 잔다. 가스통을 흔들어 버너에 장착하고 불을 댕기자 불꽃이 화르르 피어오른다. 파랗게 타오르는 가스불에 작은 주전자를 올려놓고 물을 끓인다. 끓는 물속에 꽝꽝 언 비닐팩 주먹밥을 한 덩이 넣어 녹인다. 잠복을 시작할 때는 비닐팩에 주먹밥을 한 덩이씩 넣어 약 200~300개 준비해온다. 늘 꽁꽁 얼어 있으니 많이 준비해도 상할 염려는 없다.

주먹밥이 녹아 따끈해지면 주전자에서 꺼내고 끓인 물로는 차를 만든다. 녹차나 누룽지차처럼 자극적인 냄새가 나지 않는 것이 좋다. 늘 냄새를 조심해야 한다. 호텔생활의 최대 적이다. 반찬은 육포와 김, 소금. 후식은 말린 과일과 견과류다. 찬은 소박하지만 푸른 동해의 싱싱함이 식욕을 돋운다. 눈앞에 펼쳐진 동해의 일출을 감상하며 식사를 한다. 식사시간은 늘 즐겁다.

오전 10시 정각, 베이스캠프와 무전 교신을 한다. 특별한 일이 없는 한 교신은 며칠 혹은 몇 주 간격으로 미리 약속한 날짜에만 한다. 그렇게 하지 않으면 배터리가 남아나질 않는다. 잠복지에서는 호랑이의 움직임을 파악하는 일이 최우선이므로 교신할 때는 호랑이의 흔적에 관한 정보를 제일 먼저 교환한다. 다음은 배터리와 음식물이 얼마나 남았는지 알려주고 두 달에 한 번씩 들어오는 보급 때 가져올 장비나 물품들을 신청한다. 그러고 나서야 서로의 안부를 물으며 기타 제반 상황에 대해 소식을 주고받는다.

낮 11시에서 1시, 한낮에 움직이는 것을 싫어하는 호랑이들이 주로 낮잠을 자는 시간대다. 그래서 우리도 낮잠을 잔다. 잠이 안 와도 좀 자두는 것이 좋다. 그래야 밤에 얕은 잠을 자며 주변 상황에 민감하게 반응할 수 있다.

1시부터 4시까지는 취미생활을 한다. 독서나 명상, 일기 쓰기나 등줄쥐와 놀기 등 좋아하는 일을 하며 오랜 잠복생활에서 알게 모르게 쌓이는 스트레스를 털어낸다. 이 시간이 답답해지기 시작하면 심리적으로 무너지는 물꼬가 될 수 있다. 질풍노도의 심리적 격랑이 찾아오지 않도록 스스로를 최대한 이완시키고 달래야 한다.

한 평짜리 지하비트에서 오지 않는 호랑이를 기다린다.
비트는 호랑이를 기다리는 곳이지만 자신을 기다리는 곳이기도 하다.

취미생활 와중에도 가끔씩 카메라를 켜 외부상황을 살핀다. 똑같은 장소, 똑같은 화면, 고정된 카메라 앵글에 비친 자연은 정물화처럼 고요하다. 하지만 가만히 살펴보면 화면 속의 피사체는 살아 움직이며 천천히 변화하고 있다. 지켜보는 시간이 길면 길수록 사계의 변화는 파노라마처럼 생동감 있게 지나간다. 한 곳에 머물며 자연의 변화를 세밀하게 관찰할 수 있다는 건 잠복생활의 즐거움이다.

화면 속에 야생동물이라도 나타나면 기다리는 호랑이가 아니라도 그지없이 반갑고 정겹다. 폭설이 내린 어느 날, 쉴 곳이 마땅치 않았던지 독수리 한 마리가 눈 덮인 숲을 날다가 잣나무에 내려앉았다. 큰 날개를 휘휘 젓고 발로 차면서 가지에 쌓인 눈을 부지런히 치우더니 '때론 나도 어깨가 무거워' 하는 표정으로 날개를 축 늘어뜨리고 설경에 묻혔다. 삶의 애환이 느껴졌다.

　노루가 비트 입구에 냄새나는 엉덩이를 들이댈 때는 웃음이 나온다. 비트가 자연에 동화되었구나, 어느덧 세월이 흘렀구나…… 빨간 몸체에 하얀 꽃무늬를 가진 사슴들이 올해 친 새끼를 데리고 눈꽃 핀 분지로 내려오면, 깊은 산 속에 나 혼자가 아니구나, 안도의 느낌이 훈훈하게 퍼진다. 모두들 잘 있었지? 인사하는 기분으로 이들과 교감을 나눈다.

　오후 4시, 일찌감치 저녁을 먹고 본격적으로 주변을 관찰하기 시작한다. 이제부터는 호랑이가 움직일 확률이 높은 시간대다. 배터리가 부족하기 때문에 카메라를 계속 켜놓을 수가 없다. 4시부터 5시까지는 10분 간격으로 한 번씩, 5시부터 6시까지는 5분 간격으로 한 번씩 켜서 살펴보고, 6시 이후 어두워질 때까지는 계속 켜두고 바깥 상황을 파악한다.

　날이 어두워지면 렌즈를 야간용으로 갈아 끼운다. 야간용으로 좋은 화면을 얻으려면 좋은 빛이 필요한데, 겨울 달빛은 설원에 반사되어 밝은 빛을 제공한다. 보름달이라도 뜨면 반사효과가 배가되어 더욱 밝다. 그 설경에 호랑이가 나타나면 화려한 한기가 돌고 숲이 얼어붙는 듯 휘황찬란해진다.

　빛이 좋지 않아 야간촬영을 하지 않을 경우에는 두터운 위장 담요를 세 겹 모두 내리고 나무판자로 입구를 닫는다. 오지의 지하 한 평짜리 공간은 칠흑처럼 어두워진다. 가만히 누워 바깥소리에 귀를 기울인다. 변함없는 파도소리와 산맥을 훑으며 넘어오는 바람소리, 지나가며 새끼를 부르는 너구리 소리와 뒤늦게 귀가하는 밤 기러기 소리, 앞산 부엉이들의 짝 부르는 소리와 저 멀리 어딘가에서 우는 여우 소리…… 밤의 적막함을 알려주는 소리들이 들려온다.

　생각이 꼬리를 물고 이어진다. 좋은 사람도 생각나고 나쁜 사람도 생각난다. 밥상을 차리면 숟가락만 슬쩍 올려놓는 사람들, 적당한 기회가 오면 자기가 밥상을 차린 것처럼 행세하는 사람들, 그런 사람을 생각하면 열이 뻗치다가도 하염없는 파도소리를 들으면 부질없어진다. 호텔을 나가면 제일 먼저 무엇을 할까? 부모님 돌아가시기 전에 잘해야겠다, 오래 보지 못했던 옛 친구도 찾아봐야겠다, 이렇게 생각의 나래를 펴기 시작하면 완전히 잊고 있던 어릴 적 일까지 새록새록 살아난다.

그러다 깜빡 잠이 든다. 호랑이가 올지 모른다는 긴장의 끈을 놓지 않으며 얕은 꿈을 꾼다. 함박눈이 내린다. 월백과 설백이 눈밭을 뛰논다. 천지백이 어미의 꼬리를 물고 장난을 친다. 온 가족이 서로의 몸에 쌓이는 부드러운 눈을 핥아주며 목을 비빈다. 설백이 뛰기 시작하자 모두 달린다. 눈 내리는 우수리 숲으로 사라진다.

잠복을 시작한 지 두 달이 넘었다. 배터리도 떨어졌고 주먹밥도 거의 떨어져간다. 식수도 새로 받고 배설물도 치워야 된다. 보급이 이틀이나 늦어지고 있다. 날씨 때문이다. 해안 잠복지는 배로 보급품을 실어 올 수도 있지만 선착시설이 없어 파도가 조금만 높아도 매우 위험하다. 그래서 파도가 약간이라도 있으면 남쪽으로 10킬로미터쯤 떨어진 마약 마을을 거쳐 산을 넘어온다. 무거운 배터리와 보급품을 지고 산을 몇 개씩 넘나들려면 각오를 단단히 해야 한다.

마약 마을은 블러디 메리가 일 년에 몇 차례 살펴보러 들르는 곳이다. 보급품을 지고 블러디 메리가 오갔을 오솔길을 홀로 걷다보면 서늘하고 낯선 기운이 느껴진다. 가랑잎 구르는 소리에도 우뚝 멈춰 서 좌우를 두리번거리고 황량한 겨울바람이 산비탈을 쓸어 올리기라도 하면 자꾸 뒤를 돌아보게 된다. 호랑이가 사는 숲에서만 일어나는 일이다.

보급품이 들어올 때는 호랑이에게 들키지 않는 것이 무엇보다 중요하다.

블러디 메리가 오갔을 오솔길을 걷다 보면 서늘하고 날선 기운이 느껴진다.
가랑잎 구르는 소리에도 우뚝 멈춰 서 두리번거리고 자꾸 뒤를 돌아보게 된다.

호랑이가 왔다 간 뒤 너무 빨리 보급대가 들어와도 위험하고 너무 늦게 들어와도 위험하다. 호랑이가 왔다 간 일주일쯤 뒤가 보급받기에 가장 좋다. 너무 빨리 들어오면 근처에 아직 호랑이가 머물 수 있어 들킬 염려가 있고, 또 그것을 걱정하느라 기회를 놓치면 그때는 호랑이가 언제 다시 돌아올지 알 수 없어 곤란하다. 그래서 호랑이가 다른 지역으로 떠났다고 판단할 수 있는 1주에서 다시 돌아올 가능성이 낮은 2주 사이가 보급하기에 적당하다.

드디어 보급품이 도착했다. 오랜 잠복 끝에 보급품을 지고 오는 산지기나 후배를 만나면 마음이 찡해진다. 눈빛을 마주치며 서로 찡한 마음을 달래지만 막상 할 말은 별로 없다. 말할 시간도 별로 없다. 행여나 호랑이가 볼 새라 잠복지 안으로 보급품을 얼른 받아 넣고 다 쓴 배터리나 모아둔 배설물을 챙겨주면 바로 헤어진다. 호랑이가 이 지역에 없다는 확신이 들면 양지바른 언덕 밑에 앉아서 잠시 이야기를 나눈다. 무전으로 다 하기 힘들었던 저간의 사정들을 서로 주고받는다. 그러고는 헤어진다.

다시 혼자 남는다. 기분이 울적하다. 사람은 호랑이처럼 홀로 사는 동물이 아니라 더불어 사는 종이라는 사실을 깨닫는다. 팔다리에 힘이 빠지고 가슴이 답답하다. 끝없는 사막 혹은 심연과도 같은 이 비트 속에서 갑자기 고독이 밀물처럼 밀려든다. 나를 둘러싼 한 평의 공간이 나를 폐소공포증에 걸린 사람처럼 덜덜 떨게 만든다. 그런 절망상태로 밤까지 누워 있었다.

눈을 감아도 감지 않은 듯 의식이 또렷하다. 날이 밝으려면 아직 멀었다. 나갈 수만 있다면 바다 속에라도 뛰어 들어가 엉엉 울고 싶었다. 얼어붙은 비트 안에서 나를 얼어붙게 만드는 것은 맹수나 절대온도 같은 물리적인 것에 대한 두려움이 아니라 홀로 있다는 고독감이었다. 호랑이라는 종족은 어찌 저리도 고독을 즐기며 홀로 살아갈 수 있는 것인지…… 고독을 이기지 못하는 데서 오는 불안과 호랑이를 기다리고 싶은 열망 사이에서 나는 갈팡

질팡했다. 이 고독이 누구를 위한 고독이며 무엇을 위한 고독인지, 비트를 뛰쳐나가 세상으로 나가면 그 세상의 고독은 또 어떻게 감당할 것인지, 나는 생각하고 달래며 나 자신을 추슬렀다.

다음날, 눈이 내렸다. 아침부터 끊임없이 눈이 내렸다. 이런 폭설 속에서 작지만 안락한 이 공간이라도 없다면 살아남기 힘들 것이라고 허전한 마음을 달랬다. 폭설이 그치고 다시 몇 번의 폭설이 내리고 나면 베이스캠프로 돌아가 따뜻한 페치카 옆에 몸을 누이고 보드카를 마시며 깊은 잠에 빠져들 것이라고 스스로를 세뇌시켰다. 폭설이 나를 고독으로부터 건져냈다.

시간이 흐르면서 다시 비트의 안락함에 빠져들었다. 사람은 자연 속에서 한없이 약한 존재지만 나만의 작은 공간에서 내다보면 인적 없는 오지의 폭설도 아름다운 설경이 된다. 바람이 휘몰아치고 눈폭풍이 몰려올수록 지하 비트는 따뜻한 아랫목처럼 아늑해진다. 남들은 지저분하고 불편한 그런 곳에 왜 가 있나 하지만, 나에게 이런 느낌은 마약과도 같다.

구르는 돌에는 이끼가 끼지 않는다. 끊임없이 관계를 맺고 자신을 사회화하며 이끼가 끼지 않는다. 하지만 구르는 돌은 닳게 마련이다. 닳디 닳은 돌들이 모여 자연의 도를 실천한다는 것은 '바다 속에서 강을 파는 것과 같고 모기에게 산을 짊어지라는 것'과 같다. 더구나 '인간세계의 도덕은 상대적이어서 종종 악인의 호신부적護身符籍'으로 사용된다. 세상을 살아가는 동안 가끔은 이끼 낀 돌이 되어야 한다. 구르지 않고 한 곳에 머무르며 자기 내부로 침잠해보는 것, 이런 시간이 없다면 인생이란 숲에서 길을 잃을 수 있다.

메리 크리스마스,
블러디 메리

그제부터 폭설이 내렸다. 어제도 눈이 왔고 오늘도 눈이 내린다. 천지는 설국이다. 눈 내리는 산야를 하염없이 바라보며 호랑이를 기다린다. 눈 쌓이는 덤불을 툭툭 치며 붉은 호랑이가 나타나는 듯싶더니 눈을 씻고 다시 보면 하늘과 잇대어 눈송이만 흘러내린다.

"여기는 디플랴, 여기는 디플랴, 이상 무! 메리 크리스마스!"

"여기는 페트로바, 사슴계곡에서 해안산맥으로 넘어오는 길목에서 호랑이 발자국 발견. 유의 바람. 크리스마스 잘 보내세요."

임시 베이스캠프인 페트로바 산막과 무전 교신을 했다. 이틀 전 페트로바 해안에서 북서쪽으로 30여 킬로미터 떨어진 내륙에서 호랑이 세 마리의 발자국이 발견되었다. 월백과 설백, 천지백의 발자국일 것이다. 한나절이면 올 수 있는 거리지만 언제 올지 알 수가 없다. 함박눈이 내리는 숲 속에서 호랑이 남매는 무엇을 하고 있을까? 우리 아이들은 또 뭘 하고 있을까? 집에 가면 산에 오고 싶고, 산에 오면 집에 가고 싶다. 그러기를 15년. 힘이 든다.

나흘 후, 한밤중에 사슴 울음소리가 들렸다.

"삐-이얏, 삐-이얏, 삐잇."

경고음을 주고받던 사슴이 갑자기 비명소리를 지른다.

"으웨에-엑, 으웨에-엑."

단발마의 비명은 서너 번 만에 그쳤다. 심상치가 않다. 누군가 사슴을 사냥한 것 같다. 해안지역을 끼고 살아가는 스라소니일까? 아니면 호랑이가 돌아온 것일까?

야간렌즈를 좌에서 우로 천천히 돌렸다. 눈 쌓인 분지의 나무와 덤불이 스쳐 지나간다. 흰 눈과 푸른 솔잎, 마른 가지와 색 바랜 덤불의 이면을 자세히 살펴보았다. 우수리 오지에서 야생호랑이를 찾는 이런 긴박감과 현장감은 영상으로 표현하는 데 한계가 있다. 기록된 영상 속에는 그 느낌이 거의 사라지고 없다. 10퍼센트라도 표현할 수 있을지.

'겨울에도 따뜻한' 해안분지는 고요하다. 고요함 속에서 어떤 기운이 느껴진다. 하지만 상대의 소재를 확인할 수가 없다. 이럴 때는 렌즈를 움직이지 않는 것이 바람직하다. 상대가 나를 주시하고 있을지도 모른다. 모든 동작을 멈추고 기다림으로 모드를 전환했다.

이튿날 아침, 난데없이 두두두두 말 달리는 소리가 났다. 사슴 떼다. 어제부터 우수리사슴들이 해안분지로 넘어오고 있다. 그동안 몇 마리씩 넘어오긴 했지만 이런 무리는 잠복 석 달 만에 처음이다. 추위가 본격화된데다 며칠 전 내린 큰 눈이 동물들에게 영향을 미친 것 같다. 큰 눈이 내리면 사슴들은 먹이를 찾기 쉬운 곳으로 이동한다. '겨울에도 따뜻한' 해안분지는 남향이라 따뜻하고, 참나무 숲을 뒤져 도토리와 마른 나뭇잎을 구하기 쉬울 뿐 아니라 해변에서 해조류를 건져 먹을 수도 있다.

뒤쪽에서 발굽소리가 점점 가까워지더니 사슴 한 마리가 비트 지붕을 밟고 입구 앞으로 뛰어내렸다. 하트 모양의 하얀 엉덩이를 내 눈앞에 들이대고 전방에다 경계의 소리를 지른다. 정작 경계해야 할 사람은 바로 뒤에 있는데…… 기분이 묘하다. 사슴은 귀를 쫑긋거리고 고개를 삐죽이더니 발굽으로 땅을 몇 번 차고서 눈 덮인 분지를 줄지어 달리는 무리에 합류했다.

자리를 잘못 잡았다. 잠복지를 만들고 보니 짐승들이 다니는 길목이다. 작은 생태지도를 그릴 때 조사가 미흡했다.

차가운 바람이 회색구름을 잔뜩 몰고 왔다. 눈 덮인 해안산맥의 윤곽선이 회색구름과 맞닿아 흐릿하다. 날씨가 흐리고 바람이 불면 호랑이가 일찍 움직인다. 오늘은 낮부터 집중하기로 마음먹었다. 어젯밤의 비명소리가 호랑이의 사슴사냥 소리였다면, 호랑이는 다시 돌아올 것이다. 호랑이는 사슴을 잡으면 주로 으슥한 개울가로 끌고 가 2, 3일에 걸쳐서 뜯어 먹는다. 배불리 먹으면 안전하고 따뜻한 곳으로 가서 휴식을 취하다가 배가 꺼지면 다시 돌아와 먹는다.

근처에 짐작 가는 곳이 몇 군데 있다. 해안분지 안쪽에 있는 이 잠복지에서 바라보면 왼쪽은 해변이고 오른쪽은 숲이다. 정면에서 약간 오른쪽으로 150미터쯤 떨어진 곳에 다복솔밭이 있다. 여름관찰 때 저 다복솔밭에서 블러디 메리의 가족이 사슴을 끌고 와 뜯어 먹은 흔적을 보았다. 다복솔밭 뒤로는 작은 개울이다. 어젯밤 사냥한 사슴을 다복솔밭이나 얼어붙은 개울가에서 먹었을 것이다. 아니면 개울 뒤 언덕에서 먹었을지도 모른다. 그 언덕에서도 오래전에 잡아먹은 사슴의 잔해를 본 적이 있다. 게다가 언덕에는 키 낮은 개암나무와 어린 참나무 군락이 이어져 있다. 마른 참나무 잎들이 떨어지지 않고 더러 매달려 있어 은신하기에 좋은 곳이다. 어젯밤 사슴을 잡은 것이 호랑이라면 이 세 곳 중 하나로 올 것이다. 이미 근처 숲으로 와서 상황을 지켜보고 있을지도 모른다. 호랑이가 와 있다는 생각이 들자 렌즈를 함부로 움직일 수가 없다.

오후 3시, 렌즈를 돌려 오른쪽 숲을 살펴보다 천천히 언덕 밑으로 돌아왔다. 눈이 얹힌 덤불이 지나가고 푸른 다복솔이 지나갔다. 산줄기 자락을 따라 굵은 참나무들이 서 있고, 그 산발치 언덕에는 1미터 남짓한 어린 참나무들이 빽빽하다. 어린 참나무 군락을 지나가다 렌즈를 멈춰 세웠다. 이미 와 있었다! 그 짧은 틈에 언제 왔는지, 바람에 흔들리는 넓적하고 누런 참나무 이파리 사이로 호랑이가 수염 성성한 얼굴만 내놓고 주위를 살피고 있다. 굵은 몸통은 어린 참나무들에 가려 보이지 않고, 줄무늬 얼굴은 누런 이파리와 가지에 절묘하게 어울리는 보호색이다.

가슴을 쓸어내렸다. 이글거리는 눈빛이 아니었다면 놓칠 뻔했다. 아니, 렌즈의 움직임을 들킬 뻔했다. 다행히 렌즈를 보고 있지는 않다. 보호색 자세 그대로 10분 넘게 주변을 살핀다. 왼쪽으로는 파도가 흰 포말을 일으키며 해변에 철썩이고, 오른쪽으로는 서늘한 산맥이 아담한 분지의 숲을 빙 둘러싸고 있다. 뒤로는 음영의 대조가 선명한 골짜기와 산줄기가 우람하게 뻗어 올랐다. 그 가운데로 호랑이가 천천히 걸어 나왔다.

호랑이가 얌전한 고양이의 자태로 쪼그려 앉아 어제 먹다 만 사슴을 뜯기 시작한다. 동해의 푸른 물결을 배경으로 짙은 황색 바탕에 검은색 줄무늬가 아름답다. 산맥을 배경으로 선 호랑이는 당당하니 남성스러워 보이는데, 바다를 배경으로 한 호랑이는 자유롭지만 어딘지 여성스러워 보인다. 범고래가 바다에 어울리듯 호랑이는 역시 산맥에 어울리나 보다.

체구와 골격이 암호랑이다. 얼굴의 순진한 태가 블러디 메리는 아니고 월백 혹은 설백이다. 혼자 다니는 것을 보니 아무래도 막내 월백 같다. 여름관찰 때 블러디 메리의 새끼들 중 발자국이 제일 작은 암컷이 따로 움직일 때가 있었다. 가난하면 일찍 철이 들듯이 어미가 잡은 먹이가 막내에게까지

동해의 푸른 물결을 배경으로 월백이 사슴을 뜯어 먹는다.
바다를 배경으로 한 호랑이는 어딘지 여성스러워 보인다.

풍족하게 돌아가지 않자 먼저 독립하려는 움직임이 엿보였다.

낮에 보니 지난번 한밤중에 봤을 때보다 덩치가 더 커 보인다. 덩치만으로 어미와 새끼를 구분하기 힘들 때는 얼굴을 봐야 한다. 얼굴을 잘 보면 무심한 게 나이가 들었는지, 아니면 순진하니 아직 경험이 일천한 신출내기인지 알 수 있다. 또 그 행동의 조심성이나 노련함으로도 구분할 수 있다. 블러디 메리였다면 이렇게 대낮에 움직이지 않았을 것이다.

"삐이얏, 삐잇."

월백이 하늘하늘 흔들던 꼬리를 멈췄다. 오른쪽 숲에서 사슴의 경계소리가 들려왔다. 월백이 굵은 앞발을 일으켜 세우더니 소리 난 곳을 쳐다본다. 대낮이라 불안한지 뒷발마저 일으켜 세운다. 주변을 살피던 시선을 거두고 몸을 돌린다. 아까 걸어 나왔던 어린 참나무 군락으로 다시 들어간다. 바람에 스치듯 누런 이파리들이 살짝살짝 흔들리더니 이내 잠잠해졌다. 움직임이 신출귀몰하다. 짧은 순간이었지만 너무나 아름다운 야생의 장면을 영상으로 담았다. 한편으로는 나의 냄새나 렌즈의 움직임을 눈치채고 떠난 것은 아닌지 걱정이다.

다시 눈송이가 날린다. 어제까지만 해도 휘영청 뜬 보름달을 볼 수 있었는데 오늘밤은 힘들 것 같다. 그러고 보니 블러디 메리의 가족은 만월이 뜨는 보름 언저리에 해안을 찾는 것 같다. 지난달에는 보름 사흘 전(11월 27일)에 왔었고 이달에는 보름 전날(12월 29일)인 어제 왔다. 지난 8월 이 해변을 조사할 때도 보름사리 직후에 발자국이 났었고 과거에도 주로 그랬다(이후에도 해안에서 잠복을 할 때면 보름 언저리에 호랑이가 나타나는 확률이 70퍼센트 정도로 높았다).

보름달과 해안이 무슨 연관이 있는 걸까? 해안가로 솟아 있는 가파른 지형과 거친 파도가 원인일 것이다. 칠흑 같은 그믐밤에 동해안의 깎아지른 절벽을 넘나드는 것은 호랑이라도 내키지 않을 것이다. 그렇다고 낮에 다니기는 더욱 내키지 않을 것이다. 해안산맥을 다니다 보면 가끔은 훤히 노출된 해변으로도 지나가야 하는데, 대낮에 노출된 공간으로 나가는 것은 야생호랑이가 제일 싫어하는 일 중 하나다. 그러니 보름달이 훤히 뜨는 밤을 기다려 해안가를 다니는 것이다.

게다가 보름 전후 2~3일은 사냥에 유리하다. 달의 인력으로 밀물과 썰물의 차이가 가장 커지는 보름사리에는 집채만 한 파도가 해변을 때리고 그 소리가 해안을 요란하게 채운다. 이 소리를 이용하면 먹잇감에 쉽게 접근할 수 있다. 또 큰 파도에 뒤이어 달려드는 바람의 와류는 해변을 찾은 발굽동물이 호랑이 냄새를 맡지 못하게 방해한다. 우수리호랑이는 관찰할수록 그 현명함이 나의 허를 찌른다. 허튼 행동이 없고 이유 없는 행동이 없다.

저녁이 되자 눈이 그치고 구름도 걷혔다. 동지를 넘긴 이즈음 부쩍 날이 짧아졌다. 카메라의 노출 한계는 저녁 6시 30분에서 40분 사이. 주간용 렌즈를 야간용으로 갈까 말까 망설였다. '조금만 더, 조금만 더' 하고 있는데 어렴풋이 저쪽에서 커다란 짐승의 윤곽이 나타났다. 6시 43분. 주간용 렌즈가 정확히 노출 한계를 넘긴 직후다. 어두운 실내를 더듬어 조용히 렌즈를 야간용으로 바꾸었다. 많은 연습으로 어둠속에서도 장비통제가 익숙해졌다. 카메라를 켜고 삼각대 잠금쇠를 풀었다. 뷰파인더가 뿌옇게 밝아 왔다. 렌즈를 눈에 띄지 않을 만큼 천천히 돌려 앵글을 잡았다. 부리부리한 안광眼光이 번쩍하면서 줄무늬가 보였다. 건장한 놈이 두리번거리며 서 있었다. 녹화버튼을 누르지 않은 채 주시했다. 호랑이가 뒷산 쪽으로 고개를 돌리는 순간, 녹화버튼을 눌렀다. 테이프가 세팅되는 소리가 미세하게 들리며 돌아갔다. 오늘은 이 소리가 유난히 크게 들린다. 롱샷에서 서서히 줌인 하며 포커스를 맞췄다. 호랑이의 전신이 뚜렷하게 드러나기 시작했다. 천지백이다. 뒷산 쪽을 물끄러미 바라보고 있다.

바라보던 쪽으로 천지백이 걸어간다. 렌즈가 사선으로 따라갔다. 또 다른 호랑이가 화면 속으로 걸어 들어왔다. 천지백과 서로 목을 비비고 푸르릉 푸힝 콧소리를 내며 정을 나눈다. 천지백이 꼬리로 상대의 턱을 슬쩍 스치며 다시 걷기 시작했다. 얼마 안 가 또 한 마리의 호랑이가 화면 속으로 들어왔다. 코를 마주치고 목덜미를 문지르며 정겨운 인사를 한다. 보름달 아래 호랑이 세 마리가 어울렸다. 월백, 설백, 천지백 남매였다. 30킬로미터 떨어진 내륙에서 발자국이 발견된 지 5일 만이다. 사슴 무리를 따라온 것 같다. 독립할 시기지만 여전히 삼 남매는 어울려 다니고 있다. 서로 목을 밀치며 투레질을 하고, 꼬리를 물고 달리며 뒹군다.

뿌드득 뿌드득…….

잠복지 뒤에서 발자국 소리가 들려왔다. 뒤통수가 섬뜩했다. 큰 고양이가 부드러운 발로 눈을 밟는 묵직한 소리…… 블러디 메리?

뿌적 뿌적…….

발자국 소리가 점점 가까워지더니 비트의 지붕 위로 올라섰다. 지붕이 울컹거렸다. 혈류가 급속히 돌아가며 숨이 막혔다.

'침착하자, 침착하자.'

아무리 되뇌어도 워낙 기습적으로 당한 일이라 마음이 요동치고 머리가 어지러웠다. 블러디 메리가 바로 머리 위에 있다. 1초, 2초, 3초, 4초…… 그렇게 30초가량 머물렀던 것 같다. 그 시간이 한없이 길게 느껴졌다. 어느 순간, 그녀는 40센티미터 높이로 위장된 잠복지 입구를 풀쩍 뛰어넘었다. 나지막한 가지에 쌓인 눈더미를 흩뜨리며 관목지대로 들어가는 뒷모습이 렌즈에 들어왔다. 행여 관목에 긁힐까봐 꼬리를 번쩍 쳐들고, 모델처럼 S자로 곡선을 그리면서 새끼들을 향해 성큼성큼 걸어갔다. 블러디 메리는 아침에 넘어온 사슴 떼의 자취를 그대로 따라왔다. 사슴들이 다니는 길목에 잠복지를 설치한 부주의를 다시 한 번 자책했다.

뷰파인더에 호랑이 네 마리가 모두 들어왔다. 짐작한 대로 블러디 메리였다. 타친코 해골 분지의 주인공. 드디어 그녀가 모습을 드러냈다. 길게 늘어뜨린 꼬리 끝은 갈고리처럼 살짝 치켜 올라와 뱀처럼 꿈틀거린다. 늘씬한 몸체가 팽팽하게 이어지다 불쑥 튀어나온 견갑골, 그 위로 당당히 치켜든 강인한 얼굴, 정갈한 외모, 정제된 행동, 깨끗한 모습이다. 힘과 꺾이지 않는 의지가 느껴졌다. 생존을 위한 가혹한 투쟁에서 자신과 가족을 보존하기 위해 움직임 하나하나를 조심스럽게 제어하는 침착함이 묻어 있다. 자신의 삶을 누구에게도 의존하지 않고 스스로 싸워 살아남은 자만이 내뿜을 수 있는 야성의 기운이 뻗어 나왔다.

푸르릉, 푸릉, 푸허헝.

새끼들이 정겨운 소리를 내며 어미의 목덜미에 얼굴을 비빈다. 하지만 블러디 메리는 대꾸하지 않는다. 무언가 이상한 듯 조심스럽게 냄새를 맡고 다니며 사방을 살피기만 한다. 천천히 줌인 해서 블러디 메리의 얼굴을 화면 가득 잡았다. 자애로운 어미의 눈빛이 아니다. 서늘하게 날 선 표정에 의심과 경계의 빛이 가득하다.

주변을 둘러보다 고개를 돌리는 순간, 블러디 메리의 시선이 렌즈와 마주쳤다. 그녀를 따라가던 렌즈를 멈췄다. 마주친 시선 그대로 블러디 메리도 몸을 멈춰 세웠다. 미동도 하지 않는다. 노려보는 눈빛은 고정된 듯 흔들림이 없다. 심장박동이 급격하게 뛰기 시작했다. 처음 드러난 블러디 메리의 모습에 서둘렀다. 그녀가 노련한 어미라는 사실을 잊고 있었다. 고수를 만날수록 침착해야 했는데······.

늘씬한 몸체가 팽팽하게 이어지다 불쑥 튀어나온 견갑골,
그 위로 당당히 치켜든 강인한 얼굴, 블러디 메리였다.

꼼짝 않고 렌즈를 노려보던 블러디 메리가 시선은 그대로 둔 채 비트를 향해 천천히 몸을 돌렸다. 그것은 자신의 새끼들을 위해서라면 온 세상과도 싸우려는 암호랑이의 모습이었다. 소름이 돋았다. 구렁이처럼 긴 꼬리를 번쩍 쳐들고 눈꽃 핀 덤불밭을 헤치며 일직선으로 다가왔다. 잠복지 위 느릅나무 가지에 쌓인 눈이 바람에 우수수 떨어져 내렸다. 렌즈를 똑바로 노려보며 점점 가까이 다가오자 줌인 된 뷰파인더 속 그녀에게 맞춰진 초점이 흐릿해지다 이윽고 사라졌다. 더 이상 그녀의 눈빛을 확인할 수가 없다. 렌즈를 돌릴 수도 없다. 나는 숨을 죽이고 미동도 하지 않았다.

뿌드득, 뿌드득.

눈을 밟으며 다가오는 발자국 소리가 점점 가까워졌다. 피가 얼어붙는 것 같았다. 지금이라도 렌즈를 안으로 들일까 하다가 이미 늦었음을 깨달았다. 코앞에서 들키면 만사가 끝이다. 비트가 무용지물이 되는 것은 물론이고 목숨이 위험해질 수도 있다. 세 겹의 담요를 뚫고 비트 밖으로 내놓은 렌즈의 포커스 링 위에 왼손을, 비트 안 카메라 삼각대 손잡이에 오른손을 그대로 올려둔 채 숨을 죽였다. 그냥 지나가기를 바라며 운명에 맡겼다.

뿌드득, 뿌드득.

블러디 메리가 천천히 입구로 다가왔다. 한 발, 두 발, 세 발, 네 발, 정지. 렌즈 왼쪽이다.

"훅, 후―우욱……"

렌즈의 왼쪽에서 오른쪽으로 고개를 돌리며 블러디 메리가 냄새를 맡는다. 예민한 포커스를 만지느라 장갑을 벗은 왼쪽 손등 위로 뜨뜻한 콧김이 훅 끼쳐왔다. 등골이 깨질듯 경직되며 소름이 돋아 올랐다. 콧김과 함께 그녀의 뻣뻣한 수염이 왼쪽 손등을 스쳤다. 손등의 살이 부들부들 떨렸다. 그 순간, 강력한 앞발이 카메라 렌즈를 후려쳤다. 렌즈가 틀어지고 마이크가 부러졌다.

"크르르렁, 커헉!"

형언할 수 없이 오싹한 위협 소리를 내며 공격을 시작했다. 그녀는 렌즈를 칠 때 딸려나간 줌 케이블을 이빨로 물어서 홱 잡아당겼다. 케이블이 끊어지면서 드러난 구리선이 오른손 등을 베고 지나갔다. 섬뜩한 통증이 왔다. 블러디 메리는 입구를 위장한 관목과 덤불을 긁어내고, 덧댄 판자를 뜯어내기 시작했다. 어미를 따라 새끼들이 몰려왔다. 새끼들도 삽 같은 앞발로 사방의 흙을 긁어내고 통나무를 헤집으며 땅을 판다. 비트 귀퉁이에 작은 구멍들이 뚫렸다. 그 사이로 코를 들이대고 냄새를 맡는다. 바로 귓전에서 호랑이의 숨소리가 쏴악 쏴악 들려왔다.

한 마리가 비트 지붕 위로 올라왔다. 연이어 또 한 마리가 올라온다. 우지직, 뿌지직! 지붕 송판이 부러지는 소리가 났다. 호랑이들이 지붕 위에 덮어놓은 흙을 파헤치기 시작했다. 온몸에 식은땀이 흐르고, 의지와는 관계없이 살이 떨린다. 입구를 막은 세 겹의 담요 중 한 장은 이미 떨어져 나갔고 또 한 장은 반쯤 떨어져 나갔다. 지붕도 곧 무너질 것처럼 울렁거린다. 네 마리 맹수가 서로의 공격을 가속시키며 구덩이 속의 한 무력한 존재를 마비시키고 있다.

또 한 마리의 호랑이가 지붕 위로 올라왔다.

우-지지직, 뿌-악!

호랑이 세 마리가 올라서자 지붕 송판이 우지끈 부러졌다. 얼어버린 흙덩어리, 눈덩어리와 함께 호랑이 뒷발이 쑥 미끄러져 들어왔다. 정신이 멍했다. 호랑이도 시커먼 구멍 속으로 제 발이 빠지자 깜짝 놀랐는지 필사적으로 뒷발질을 하며 빠져나갔다. 뒷발질의 충격에 송판이 다시 한 번 우지끈 부러졌다. 동시에 후다닥 피하는 소리가 들렸다.

호랑이 뒷발이 빠져나가자 퍼뜩 정신이 들었다. 일어서서 지붕 송판을 떠받칠까 하다가 그대로 멈췄다. '꼬리' 생각이 났다. 몇 년 전 시골마을 건초 창고에 갇혔던 늙은 왕대, 이글이글 불타오르면서도 침착했던 꼬리의 눈빛, 그 냉정한 눈빛이 떠올랐다. 지금의 내 처지가 바로 그때의 꼬리 처지와 다르지 않았다. 지붕을 떠받치려던 손을 내렸다. 그리고 눈을 감았다. 호랑이한테 물려가도 정신만 차리면 산다. 끝까지 침착하기로 마음을 다져먹었다.

호랑이들이 조용해졌다. 도대체 이 땅속에 무엇이 들었는지 꼭 확인하고야 말겠다는 듯 긁고 물어뜯고 냄새 맡으며 난리를 치던 호랑이들이 일순간 갑자기 행동을 멈췄다. 발자국 소리가 점점 멀어지더니 그마저도 뚝 그쳤다. 고요가 찾아왔다. 등줄쥐 한 마리 없이 조용했다. 나뭇가지에 쌓인 눈더미만 가끔 바람에 떨어져 내렸다.

잡목지로 향한 블러디 메리의 발자국

호랑이에게 물려가도
정신만 차리면 산다

블러디 메리는 떠나지 않았다. 발자국 소리는 멀어지다가 갑자기 끊어졌다. 분명 어딘가에 숨죽이고 앉아 이곳을 주시하고 있을 것이다. 앞발을 가지런히 모으고 뒷발을 웅크려 양 옆구리에 붙인 스핑크스 자세로 가만히 노려보고 있을 것이다. 하지만 어디 있는지 소재를 확인할 수가 없다. 새끼들도 어미를 따라 꼼짝도 하지 않는다.

지금이 고비라는 것을 본능적으로 느꼈다. 먼저 움직이면 지는 것이다. 만약의 경우를 대비해 입구를 살그머니 판자로 막고 공포탄을 꺼내 뚜껑을 열어둔 다음 꼼짝도 않고 기다렸다. 비트 안으로 들어오지만 않는다면 공포탄을 사용하지 않을 것이다. 이미 이렇게 된 것, 끝까지 시치미를 떼야 한다.

꼼짝도 않은 채 20분이 흘렀다. 무너진 지붕으로 매서운 바람이 쏟아져 들어온다. 추위가 점점 더 심해지고 있다. 손을 비비고 싶다. 하지만 손가락 하나 까딱할 수가 없다. 몸을 움직이면 안 되니 더 춥다. 호랑이도 무섭지만 냉정한 물리의 힘, 영하 30도의 기온이 점점 더 위력을 발휘한다. 머리끝부터 발끝까지 차갑게 얼어왔다. 온몸이 꽁꽁 언 채 바위처럼 굳어 있었다.

30여 분 후, 천천히 다가오는 소리가 들렸다.

뽀드득, 뽀드득······.

촉촉한 눈을 밟는 그 소리가 뇌를 파고들 듯 끔찍하게 들려왔다. 블러디 메리는 지척에 엎드려 있었다. 영악하고 집요한 블러디 메리. 잠복지 바로 뒤에서 30분씩이나 숨죽이고 나를 시험하다니······.

블러디 메리가 다시 입구로 와 냄새를 맡는다. 훅훅 내뿜는 콧김이 내 왼뺨에 끼치는 듯했다. 잠깐 사이에 판자로 입구를 막아놓길 잘했다. 걱정되는 건 무너진 지붕이다. 블러디 메리가 지붕으로 들어온다면? 호랑이의 습성상 무엇이 들어 있는지도 모른 채 이 컴컴한 곳으로 들어오지는 않을 것이다. 하지만 철없는 새끼가 실수로 빠진다면? 이 비좁은 공간에 호랑이와 같이 있게 된다면······ 도망갈 길이 없다. 호랑이 역시 나갈 길이 없기 때문에 반사적으로 나를 공격할 것이다. 이런 상황만 벌어지지 않기를 바랐다.

새끼들도 돌아다니며 냄새를 맡기 시작한다. 이쪽저쪽에서 훅훅거린다. 다 자라 덩치가 어미만 한데도 새끼들은 어미가 하는 대로만 따라한다. 어미가 멈추면 새끼들도 멈추고 어미가 움직이면 새끼들도 움직인다. 일사불란하다. 다행히 지붕 위로 올라오지는 않는다. 자기들도 겁날 테지, 뒷발이 시커먼 구멍으로 쑥 빠졌으니.

들쑤셔놓고 한참을 조용히 지켜보았는데 아무 반응이 없다. 분명 무언가 움직이는 것을 보았고 사람 냄새도 나는데 실체가 없다······ 블러디 메리는 지금 혼란스러운 것 같다. 그녀가 물러간 줄 알고 내가 먼저 움직였더라면······ 떨리는 가슴을 다시 한 번 쓸어내렸다.

다시 공격이 시작됐다. 긁고 물어뜯고 뒤지고 흙을 파내고, 한바탕 소란이 일더니 갑자기 소리가 뚝 끊겼다. 무너진 지붕을 통해 차가운 황소바람만 들어왔다.

50여 분 후, 블러디 메리가 다시 다가왔다. 다시 냄새 맡고 긁고 뒤지고 흙을 파낸다. 반드시 의문을 풀고야 말겠다는 듯 밤새 같은 짓을 되풀이했다.

새벽 4시 10분. 새끼들이 서로 집적거리고 뛰어다니며 장난치는 소리가 들려왔다. 새끼들은 의심을 푼 것 같다. 그러다 블러디 메리의 가족이 하나둘 빠져나가는 것 같았다. 이번 발자국 소리는 가다가 끊기는 게 아니라 지속적으로 멀어졌다.

블러디 메리가 비트에 대해 확실히 눈치를 챘다면 다시는 돌아오지 않을 것이다. 의심을 완전히 풀었어도 돌아오지 않을 것이다. 두 경우 모두 더 이상 확인할 필요가 없다. 하지만 그녀는 아직 의심을 풀지 않은 것 같다. 새벽이 다가올 때까지 머문 것을 보면 이 비트가 끝내 이상한 모양이다. 낮 동안 산에서 내려다보다가 오늘 밤 다시 돌아와 점검할 가능성이 높다. 그런 것이 우수리호랑이의 습성이다. 더구나 블러디 메리다.

영하 34도. 너무 춥다. 여명이 밝기 직전에 가장 어둡듯이 새벽이 오기 직전에 가장 기온이 떨어진다. 어제 아침 고양이 세수를 하고 걸어놓은 수건이 석판처럼 얼어붙었고 두 알 남은 사과는 쇠공처럼 딱딱해져 그것으로 못을 박을 수도 있겠다. 콧잔등과 수염에도 허연 성에가 꼈다. 9시간 내내 미동도 않고 얼어붙어 있었더니 움직이질 못하겠다. 영하 40, 50도에서 텐트와 침낭 없이 야영한 적도 있지만 오늘이 훨씬 더 춥다. 몸을 움직이지 못하면 체감온도가 급격하게 떨어진다는 사실을 알 것 같다. 침낭 속으로 들어가고 싶지만 혹시 몰라 조금만 더 참기로 했다.

훗날, 오늘 겪은 일을 나 자신이 믿을 수 있을런지, 다시 생각해도 피가 얼어붙는 듯하다. 자연 앞에서 허약한 존재의 추가 흔들렸다. 죽음이 눈앞에서 어른거렸다. 삶과 죽음 사이를 오가던 존재의 추가 멈추고 나면, 그 진동이

피투성이가 된 오른손을 닦아내고 비트 안을 수습했다.
산등성이 어딘가에서 내려다보고 있을 것이다. 그런 것이 우수리호랑이다. 더구나 블러디 메리다.

지나가고 나면, 그때의 느낌을 표현하기 힘들다.

날이 밝아오기 시작했다. 올해의 마지막 날이다. 피투성이가 된 오른손의 핏덩어리를 대충 닦아내고 비트 안을 수습했다. 부러진 지붕의 송판을 밀어 올리자 흙더미와 눈덩이가 우르르 떨어졌다. 카메라 삼각대로 지붕을 단단히 받쳤다. 흙더미와 눈덩이를 치우고 침상을 정리했다. 출입구의 위장담요를 여미고 판자문도 점검했다. 다행히 안테나 케이블은 끊어지지 않았다.

10시에 무전으로 베이스캠프에 상황을 알리고 접근하지 말 것을 당부했다. 잠복지가 잘 내려다 보이는 산등성이에서 쉬고 있을 블러디 메리를 생각했다. 다가올 밤을 대비하여 차를 끓이고 얼어붙은 주먹밥을 녹여 간단히 요기를 했다. 도전의 가속 페달은 계속 밟고 있지만 오늘은 왠지 서글픈 생각이 들었다. 고개가 저절로 숙여졌다. 한참 동안 마음을 정리했다. 마음이 조금 진정되자 입구를 봉하고 침낭 속으로 들어갔다.

다시 밤이 찾아왔다. 바람은 잠들고 주변은 조용하다. 오후 늦게까지 구름 한 점 없었으니 보름달이 휘영청 떴을 것이다. 멀리서 수리부엉이 소리가 들려온다. 침엽수 꼭대기에 앉아 크고 붉은 눈을 두리번거리며 눈 덮인 숲을 둘러보는 수리부엉이의 모습이 그려졌다. 비트 안에서는 다시 등줄쥐들이 기어 나와 어젯밤 공습의 여운이 채 가시지 않은 듯 조심스레 돌아다닌다.

자정이 넘었지만 블러디 메리는 돌아오지 않았다. 들킨 것 같아 낭패감이 들었다. 마음이 허전해지며 머리에 열이 났다. 얼핏 선잠이 들었다.

새벽 3시, 잠결에 발자국 소리를 들었다. 눈을 떴다. 오디오 레벨이 오르락내리락 움직이고 있다.

뽀드득 뽀드득.

조심스럽게 눈을 밟는 소리가 잠복지 주변을 한 바퀴 둘러보더니 천천히 입구로 다가왔다.

"흐흐흑, 크르르르……."

호랑이의 설골舌骨에서 울려나오는 나지막하면서도 섬뜩한 쇳소리가 들려왔다. 담요 한 장, 판자 한 장을 사이에 두고 블러디 메리의 숨결이 느껴진다. 오지 않을 때는 허전하더니 막상 오니까 다시 끔찍하다.

어제와는 달리 상황 파악이 잘 된다. 호랑이에게 물려가도 정신만 차리면 산다더니 침착하니까 발자국 소리가 멈춰도 어디쯤 있는지 알겠다. 새끼호랑이들이 잠복지 뒤편의 언덕에서 내려오고 있다. 오늘은 나도 만반의 준비를 갖췄다. 삼각대로 지붕도 단단히 받쳤고 입구도 봉했다. 일찌감치 침낭 속으로 들어가 춥지도 않다. 묘한 감정이 솟는다. 혹독한 눈보라가 치는 날, 따뜻한 구들장에 등을 붙이고 바깥세상에 귀 기울이고 있는 듯한 안도감이

랄까? 아침의 센티멘털한 기분은 간데없이 사라졌다. 대신 존재의 추가 흔들리는 스릴과 긴장감이 그 자리를 채운다.

비트에서 미세한 소리도 나지 않자 블러디 메리는 우측으로 걸어 나갔다. 어미가 자리를 뜨자 새끼들도 따라간다. 조용히 감시카메라를 켜보니 블러디 메리가 고개를 돌려 따라오지 않는 새끼 한 마리를 기다리고 있다. 그 모습이 꼭 이쪽을 노려보는 것 같다. 어미가 멀어지자 덤불 속에서 털을 핥고 있던 월백이 급히 쫓아간다. 블러디 메리의 가족이 다복솔밭으로 들어가더니 시야에서 사라졌다. 여명이 밝기 10분 전이다.

개운치는 않지만 블러디 메리가 어느 정도 의심을 푼 것 같다. 블러디 메리를 속여 넘기다니…… 지붕이 완전히 무너져 호랑이가 안으로 떨어져 내리면 어떡하나, 200킬로그램이 넘는 맹수가, 그것도 네 마리나, 이런 생각을 하며 버티던 어제에 비하면 오늘은…… 오늘도 힘든 하루였다.

동해에서 해가 떠오르기 시작했다. 새해의 시작을 알리는 듯 힘차고 붉다. 하늘도 맑다. 블러디 메리는 떠났을까?

오늘은 촬영을 해보기로 했다. 낮에 눈을 붙이고 오후 4시부터 준비에 들어갔다. 그런데 배터리에 문제가 생겼다. 그제부터 비트 안의 기온이 떨어져 급속도로 방전이 되고 있다. 남은 배터리로 외부 감시카메라를 켰다. 호랑이가 부쉈는지 한 대는 영상과 음향 신호가 들어오지 않는다.

오후 들어 날씨가 점점 흐려졌다. 10분마다 카메라로 확인하다 5시 넘어서는 5분 간격으로 확인했다. 5시 48분, 다복솔밭에서 얼룩무늬가 언뜻 지나갔다. 월백, 설백, 천지백이다. 블러디 메리는 없다. 삼 남매는 아직 날이 밝아 차마 관목지대로 나오지 못하고 다복솔 밑에서 서성거렸다.

한동안 서성이다 막내 월백이 몸을 돌려 산등성이를 타고 내륙으로 향했다. 천지백과 설백은 용기를 내 관목지대로 나오더니 험준한 해안절벽을 타

설백이 천지백을 따라 관목지대로 나오더니 험준한 해안절벽을 타넘는다.
그 모습이 한 폭의 맹호도를 닮았다.

넘는다. 천지백이 대담하다. 가파른 바위산을 오르다 말고 고개만 돌려 잠복지를 뚫어지게 바라본다. 그 모습이 한 폭의 맹호도猛虎圖를 연상시켰다. 천지백과 설백의 검고 붉은 줄무늬가 푸른 소나무가 서 있는 해안절벽 위로 언뜻언뜻 비치다가 눈 덮인 산마루 너머로 사라졌다.

다음날 호랑이는 오지 않았다.

그 다음날 베이스캠프에 연락하고 해안분지의 안쪽 잠복지를 나와 해변 잠복지로 자리를 옮겼다. 세찬 바람을 타고 눈발이 조금씩 흩날린다. 시베리아에서 다시 백발마녀가 날아올 모양이다. 힘들었던 블러디 메리와의 재회. 미약한 인간의 자취를 백발마녀가 깨끗이 지워주기를 바랐다. 거센 눈보라가 몰아쳤다. 폭설이 내렸다.

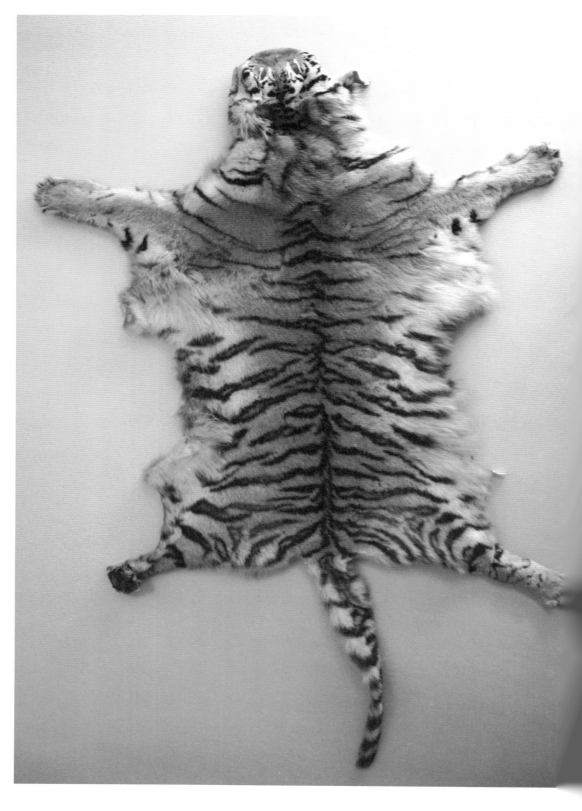

호랑이를 팝니다

이 지역 사람들은 가난하다. 농사라고는 감자농사가 대부분이고 가축이라고는 닭 몇 마리 풀어놓고 키우는 게 고작이다. 돼지를 키우거나 소를 키우는 사람도 드물다. 그래서 철따라 산나물을 캐고 강으로 나가 물고기를 잡는다. 물고기나 산나물, 달걀 등을 바구니에 담아 와서는 베이스캠프 주변을 말없이 기웃거린다. 우리에게 팔고 싶은 것이다. 이런 시골마을에서는 물물교환은 쉬워도 화폐로 교환하기는 쉽지 않다. 그래서 필요한 물품은 웬만하면 값을 후하게 쳐주고 마을사람들에게 구입한다.

마을사람들은 베이스캠프에 놀러왔다가 우리가 가진 장비나 케이블, 소모품 등을 보면 무척 부러워한다. 무엇만 있으면 무엇도 할 수 있고, 또 무엇만 있으면 무엇도 할 수 있다고 중얼거리며 은근한 눈길을 보낸다. 어떤 마을에는 전봇대는 지나가는데 전선이 없어 전기를 끌어 쓰지 못한다. 사회주의가 자본주의로 바뀐 이후 아직 이 오지까지는 보수의 손길이 미치지 않았다. 마을사람 한 명이 놀러 올 때 콘센트를 가져와서 보여준다.

"이거 봐라. 이 콘센트 멀쩡하다. 여기에 전선만 연결하면 우리도 전기 쓸 수 있다."

전선을 안 줄 수가 없다. 호랑이에게 개 꿔준 셈치고 전선을 한 다발 건네준다. 이렇게 해서 마을에 전기가 들어오자 하루는 다른 사람이 와서 종이를 내밀었다. 종이에는 다음과 같이 적혀 있었다.

가르부샤(곱사 연어) 10마리, 체림샤(산마늘) 10단, 오미자술 3병
감자 1포대, 차가버섯 5킬로그램, 참나무숯 10킬로그램, 장작 2m³
P.S. 호랑이 발자국이 보이면 꼭 연락해주겠다.

종이에 적힌 물품을 나에게 주겠다고 한다. 대신 톱을 하나 사달란다. 그 사람은 참나무로 숯을 구워 파는 숯쟁이였는데, 참나무를 벨 톱이 필요했던 것이다. 내가 물었다.

"숯쟁이가 어떻게 톱도 하나 없는거죠?"

그러자 톱질하는 시늉을 하며 말한다.

"부르르르, 부르르르, 부르르르…… 이러면 그냥 끝이다."

톱은 있는데 전기톱이 그렇게 부러웠던 모양이다. 자신이 땀 뻘뻘 흘리며 톱질을 할 때, 다른 사람들은 전기톱으로 세 번만 밀고 당기면 통통한 참나무가 썩둑썩둑 잘리니 얼마나 부러웠을까? 어설프게 배운 자본주의로 생각해보니, 전기톱을 받으려면 뭘 해주긴 해야겠는데 마땅히 줄 것은 없고, 궁리 끝에 자기 집에서 눈에 보이는 물품들을 정성껏 적어 왔다. 전기톱도 하나 사주지 않을 수가 없다. 이런 식으로 지내다보면 마을사람들과 정이 든다. 일하러 나갔다가 호랑이 흔적이라도 보게 되면 내게 꼭 알려준다. 우리의 잠재적 조력자가 되는 것이다.

모처럼 도시라도 나갈 일이 생기면 바빠진다. 이 촌동네 사람들에게 400킬로미터 가까이 떨어진 블라디보스토크까지 나갔다 오는 것은 실로 큰일이다. 먼저 한참을 걸어 라조 읍내까지 나가 버스를 타야 한다. 겨우 버스를 탔다 하더라도 버스가 하루에 한 대밖에 없어 블라디보스토크에서 하룻밤을 묵어야 한다. 따로 묵을 곳도 없고 여관에 갈 돈도 없다. 이러니 지프를 갖고 있는 우리가 이 동네 볼 일은 다 봐줘야 한다. 물품 구입뿐만 아니라 어떤 때는 우편배달부 노릇도 한다. 시내에 가게 되면 '내가 아는 사람이 여기 사는데, 저기 사는데' 하면서 편지를 전해달라고 부탁해온다. 이런 심부름을 다 하다보면 아침 일찍 출발해도 자정이 넘어서 돌아오기 일쑤다.

　출발할 때가 되면 동네 아이들이 몰려온다. 말은 안 해도 도시에 가보고 싶은 간절함이 눈망울에 가득하다. 그 눈망울을 보면 안 데리고 갈 수가 없다. 지프 한번 못 타본 촌동네 아이들을 태우고 먼지 뽀얗게 피어나는 신작로를 달리다 보면 어린 시절에 대한 향수가 피어오른다.

　막심이란 아이가 있었다. 우리와 함께 일한 적이 있는 산지기의 아들인데 그때는 고등학생이었다. 순진해서 처음 본 사람하고는 말도 잘 못했다. 하지만 그애 역시 우리 지프를 타고 싶어 하는 눈빛이 역력했다.

　"부모님 허락만 받아와라. 가보자."

　그 소리를 듣고 얼마나 좋아하던지. 잠시 후 막심은 한 살 위의 누나랑 같이 왔다. 아주 예쁜 소녀였다. 고개를 넘고 신작로를 달리다 개울가에서 파는 샤슬릭(꼬치구이)으로 점심을 때웠다. 배불리 먹고 다시 달리니 남매는 졸음을 못 이겨 서로 기대고 잠이 들었다. 자는 사이에 도착했다. 처음 보는 도시에 내려주자 남매의 눈이 휘둥그레졌다. 구경만 하는 것이 안돼 보여서 사고 싶은 것을 사라고 50달러를 주었다. 고맙다고 인사를 하는데 얼굴이 붉어지며 정말 고마워하는 표정이 순수했다. 내 어린 시절이 생각났다. 어린 시절 추억을 불러 일으켜준 아이가 오히려 고맙게 느껴졌다.

3년 후 다시 만났을 때, 막심은 너무나 반가워했다. 막심은 고등학교를 졸업하고 이른 나이에 결혼까지 했다. 군대도 갔다온 그는, 운전병 출신이라며 공짜로 우리 지프를 운전해주겠단다. 스테파노비치가 테스트한 다음 조수로 채용했다. 막심은 우리의 이동용 베이스캠프 우랄을 몰게 됐다.

막심의 누나는 러시아 최고 대학인 상페테르스부르크 대학에서 생물학을 전공하고 있었다. 그해 여름, 시베리아횡단을 할 때 상페테르스부르크에서 그녀를 다시 만났다. 몇 년 만에 만났는데도 낯설어하지 않고 나를 반겼다. 무척 변해 세련된 러시아 아가씨가 돼 있었다. 야릇한 감정이 들었다. 그 변화가 몇 년 전 시골에서 만났을 때의 느낌을 모두 바꿔놓진 않았지만 약간의 어색함이 끼어들었다. 아버지의 벌이를 뻔히 아는데 멀리까지 와서 고생이겠다 싶어 용돈을 조금 쥐어주고 헤어졌다. 그녀를 보고 돌아서니 타냐가 생각났다. 심마니 부부의 절름발이 딸 타냐는 막심 누이의 고등학교 친구다. 왜 타냐가 생각났을까? 다들 가슴속에 애환을 품고 산다.

러시아에서는 보드카 한잔이면 바로 친구가 된다고 한다. 하지만 사실은 그렇지 않다. 세월이 필요하다. 오랫동안 작업하며 마을사람들과 정이 들어야 비로소 친구가 된다. 대신 한 마을의 사람들과 친구가 되면 다른 마을의 사람들과도 쉽게 친구가 된다. 알음알음으로 소문이 나기 때문이다. 보드카를 한잔 하면서도 '이 사람들이 하는 일은 정말 중요하다. 아이들에게 멸종되어 가는 동물들의 기록을 보여주려는 것이다' 이렇게 우리를 다른 마을사람들에게 소개해주곤 한다.

이런 식으로 이 마을 저 마을 사람들과 오랫동안 교류하고 지내면 남다른 정서적 공감대가 형성된다. 게다가 근처에는 고려인이 많이 살고 있어 우리 얼굴이 러시아인들에게 낯설지도 않다. 산에서 일하면서 세련되게 입는 것도 아니고, 러시아말도 곧잘 하며 허물없이 지내니 더욱 친근하게 생각한다.

그런데 타냐의 부모를 만났던 것처럼 가끔 자연보호구 안에서 마을사람들과 마주칠 때가 있다. 일반인이 보호구를 출입하면 중형에 처해지니 이때는 서로의 관계가 미묘해진다. 그래도 심마니라면 좀 낫다. 그들은 야생동물을 해치지는 않는다. 하지만 총을 들고 다니는 마을사람을 만나면 매우 어색해진다. 그들은 명절이나 연말연시가 되면 자연보호구를 몰래 드나든다. 명절을 지내고 연말연시에 먹을 고기가 필요하기 때문이다. 소고기나 돼지고기를 사려면 너무 비싸다. 결국 가난한 마을사람들은 총을 들고 산으로 들어오고, 명절이 되면 밀렵이 더욱 극성을 부린다.

산에서 생활하는 우리는 밀렵현장을 자주 목격한다. 누가 잡았는지, 무엇을 잡았는지 자연스럽게 알게 된다. 당연히 신고해야 하지만 명절을 지내기 위해서, 애들을 먹이기 위해서 잡는 것인데 차마 신고할 수가 없다. 언젠가는 아내까지 데리고 밀렵을 나온 마을사람을 만난 적도 있다. 어색하면서도 서글픈 마음이 들었다. 산지기가 밀렵꾼을 붙잡고 보니 친구일 때도 있다. 한편에서는 어떻게든 먹고살아야 하고 한편에서는 지켜야 한다. 우리는 그들을 범죄자로 취급할 수가 없다. 마을사람들과 친하게 지내기 때문만은 아니다. 그들이 전문사냥꾼은 아니기 때문이다. 호랑이 같은 맹수를 사냥한다는 것은 엄두도 못 낸다. 단지 먹고살기 위해 가끔 사슴이나 멧돼지를 사냥하는 생계형 밀렵꾼일 뿐이다.

진짜 문제는 전문밀렵꾼이나 자본력이 있는 마피아, 사냥무기가 있는 군인들과 같은 상업적이고 계획적인 밀렵꾼들이다. 이들은 사슴이나 멧돼지뿐 아니라 곰이나 호랑이를 주요 목표로 한다. 육안으로 보면서 호랑이를 사냥하는 것이 불가능하니 무인총과 올가미를 대량으로 설치한다. 무인총은 워낙 교묘하게 위장되어 있어 산지기들도 조심하지 않으면 다친다. 큰 호랑이를 잡아 중국 사람들에게 팔면 2~3만 달러까지 받는다고 하니 몇 자루 잃어버릴 각오하고 총기류를 대량으로 설치하는 것이다.

구소련이 붕괴된 이후 야생호랑이들에게 대재난이 찾아왔다. 호랑이의 가죽과 뼈는 물론이고 사슴의 녹각과 사향노루의 사향, 검은담비의 가죽과 곰의 웅담 등 야생동물을 사고파는 엄청난 아시아 시장이 열려 많은 중국 상인들이 우수리로 몰려들었다. 수요는 공급을 촉진시켜 상업적이고 계획적인 밀렵꾼들이 급격하게 늘어났다. 그들에게 제일 좋은 목표가 호랑이였다. 수많은 호랑이가 밀렵에 희생되어 당시 우수리호랑이의 수가 절반 이하로 줄었다.

심지어 야생호랑이를 구한다느니 얼마에 팔겠다느니 하는 광고가 신문과 TV에 버젓이 나올 정도였다. 밀렵한 호랑이를 통째로 팔기도 하고, 뼈나 가죽, 살점 등 부위별로 팔기도 했다. 판매자는 대부분 러시아 마피아와 군인, 전문밀렵꾼들이었고, 구매자는 거의 동양인이었다. 한국인과 일본인도 있었지만 특히 중국인이 많았다. 판매가격은 호랑이의 크기와 종류에 따라 매겨졌다. 사육호랑이는 3,000~5,000달러, 야생호랑이는 3만 달러가 넘기도 했다. 당시 러시아의 경제상황을 생각해보면 어마어마한 가격이었다.

뤼미에르라는 남자가 있었다. 하바롭스크에서 두 번째로 큰 마피아 조직의 보스였는데, 하루는 나에게 야생호랑이 영상자료를 요청해왔다. 용도를 물어보니 광고용이라고 했다. 중국 측에 호랑이를 팔기 위한 광고였다. 자료 제공을 거절한 이후 많은 시달림을 받아야 했다. 뤼미에르는 그 다음해 마피아 조직 간의 알력으로 자기 집 앞에서 머리에 총을 맞고 살해당했다. 러시아의 마피아는 산 속의 이권에도 깊이 관여한다. 광산과 유전, 벌목뿐 아니라 호랑이 가죽까지 마피아의 힘에 의해 좌우될 때가 많다. 주지사가 마피아 출신인 경우는 더 심해서 이권이 상반되면 주지사도 피살된다.

과거에는 백두산 위쪽을 '수해樹海', 두만강 위쪽을 '밀림密林'이라는 고유명사로 불렀다. 나무가 워낙 울창해 '동북아시아의 아마존'이라고도 했다. 만주보다 험한데다 거주하는 사람도 훨씬 적었던 우수리 산림은 더 잘 보존되어 있었다. 그러나 19세기부터 중화민족이 만주로 진출하면서 '나무의 바다'와 '빽빽한 숲'은 거의 다 사라졌고 두만강 유역도 북한의 난민탈출방지를 위한 벌목으로 황폐해졌다. 슬라브족(러시아 민족)이 남하하면서 우수리의 많은 지역에서도 몇백 년 묵은 나무들은 거의 다 베어지고 주로 작은 나무들만 남았다. 숲이 줄어들자 동물들이 줄어들었고 호랑이도 사라졌다. 그나마 살아남은 호랑이에게 사람들은 총을 쏜다. 숲에 사는 사람들은 생존을 위해 총을 쏘고, 숲 밖에 사는 사람들은 탐욕을 위해 총을 쏜다.

설백과 천지백의 갈등

호랑이를 기다리는 일은 자신을 기다리는 일이다. 오지 않는 호랑이를 매일 기다린다. 10분마다 카메라를 켜보고 켤 때마다 기대를 부풀린다. 바람은 추운지 비트로 파고들고, 빛은 어둠이 싫어 비트를 외면한다. 카메라를 켤 때마다 뷰파인더의 뿌연 우윳빛 기둥만이 비트의 어둠을 밝힌다. 하루가 지나가고 한 달이 지나간다. 호랑이가 오지 않으면 이동로가 바뀌었나? 그래도 안 오면 혹시 사고가 생겼나? 그렇게 몇 달을 안 오면 '설마 오늘 올까? 오늘도 안 오겠지' 점점 부정적인 생각에 젖어든다. 처음에 집중하다가 서서히 흐려지는, 세월의 함정에 빠지기 쉽다.

호랑이가 올 수도 있고 오지 않을 수도 있는 날은 끊임없이 이어진다. 호랑이가 오지 않는 날과 오는 날은 모두 단 하루의 차이다. 이 두 날이 만나는 경계선이 단절되지 않고 끊임없이 연속됨을 믿어야 한다. 두 달 동안 안 왔으니 이제 올 확률이 높아졌겠지, 석 달 동안 안 왔으니 내일은 올 확률이 더 높아졌겠지, 이렇게 자신을 다독이며 점점 집중도를 높인다. 호랑이를 기다리는 일은 오버페이스를 하지 않고 끊임없이 달려야 하는 마라톤과 닮았다. 마라토너의 한 걸음 한 걸음이 이어져서 결승선을 밟듯이 발걸음 하나 호흡 하나 가다듬으며 막판 스퍼트를 준비해야 한다.

두 날이 단절된다고 생각하면 '오늘도 안 왔는데 내일은 올까?' 점점 회의에 빠져들고, 두 날이 연속된다고 믿으면 '호랑이가 왔을 때 무엇을 해야 할까?' 미리 준비하게 된다. 사소하지만 일어날 수 있는 하나하나의 상황을 예측하고 배터리 하나, 물컵의 위치 하나까지 챙긴다. 오랜 기다림 끝에 호랑이가 와도 1.5볼트 건전지 하나가 없어 그냥 보내기도 하고, 선반의 물컵이 떨어지는 바람에 목숨이 위태로워지기도 한다. 이렇게 사소한 하루하루를 준비하며 호랑이가 오기 전날, 호랑이가 오는 다음 날을 느끼려고 노력한다. 호랑이가 나타나지 않을수록 임박했음을 믿는다.

기다림과 사소한 정성 사이를 오가며 세월을 보내다보면 예고 없이 문득 호랑이가 나타난다. 눈 덮인 수풀 사이로 서늘한 기운을 풍기며 호랑이가 스윽 나타나면 가슴속 깊은 곳에서 뜨뜻한 느낌이 뭉클 솟아오른다. 이 녀석, 아무 사고 없이 돌아왔구나, 자신의 주기대로 살아가는구나, 그런 안도감이 호랑이를 기다리고 자신을 기다린 세월에 스며들고 눈시울은 붉어진다.

야릇한 감상도 잠시, 안도감을 밀어내고 살아 펄떡이는 긴장감이 심장박동을 타고 서서히 흘러 들어와 그 자리를 대신한다. 막판 스퍼트 하는 마라토너들이 느끼는 것처럼 숨이 끊어지고 온몸의 모세혈관이 터질듯 야생호랑이를 영상 기록하는 그 짧은 순간이 영원처럼 느껴진다. 결승선을 빛살처럼 통과하고 나면 잠시 환희가 물결처럼 밀려온다. 곧이어 마라토너들은 썰물같이 빠져나가고 호랑이도 언제 오기나 했었냐는 듯 소리 없이 사라진다. 심장 둥둥 울리는 환희에서 문득 깨어나 주변을 돌아보면 다시 마라톤의 출발점에 홀로 덩그러니 서 있는 자신을 보게 된다. 호랑이를 보려면 자신을 바라보며 자연에 순응해야 한다고…… 다시 마음을 다독인다.

블러디 메리의 행적이 두 달째 묘연하다. 지난 연말 비트를 습격한 후 더 이상 소식이 없다. 그녀는 그때 나의 존재를 확인하진 못했지만 아마도 어렴풋이 낌새는 챘을 것이다. 삼 남매의 행적도 묘연하다. 막내 월백은 내륙으로, 천지백과 설백은 해안산맥으로 향한 후 흔적이 발견되지 않고 있다.

이동용 베이스캠프 우랄에서 무전이 들어왔다. 페트로바 산막 근처에서 호랑이 두 마리의 발자국이 발견되었다. 하나는 크고 하나는 작다고 한다. 큰 놈의 앞발 볼이 11.3센티미터. 커가는 수호랑이의 발자국이다. 아마도 둘은 천지백과 설백일 것이다. 남매는 네눈박이 챠라의 흔적을 따라 페트로바 산막 지척까지 접근했다가 산막 앞에서 발길을 돌려 '고운 모래' 해안으로 향했다고 한다.

몸은 다 자랐지만 남매의 정신연령은 아직 어리다. 인간에게 자신을 드러내지 않는 조심성이 부족하다. 블러디 메리와 함께였다면 산막 가까이 접근하지 않았을 것이다. 어미에게 인간의 구조물에 접근하지 말라고 교육받았겠지만, 그것이 얼마나 위험한지는 아직 경험하지 못했을 것이다. 수많은 시련을 이겨내고 경험을 쌓아야만, 그렇게 해서 살아남아야만 진정한 야생호랑이가 된다. 그렇게 살아남은 야생호랑이들도 벅찰 만큼 숲의 현실은 무섭다.

나흘 후, 얼어붙은 개울가에서 갯버들을 따먹던 새가 날아올랐다. 버들가지가 흔들리며 눈송이가 떨어지자 솜털에 덮인 자주버들이 드러났다. 혹한 속에서도 봄기운이 버들에 스며들었다.

붉은 갯버들 대궁 옆으로 호랑이 발자국이 났다. 줌인 하여 포커스를 맞췄다. 발자국이 하나는 크고 하나는 작다. 큰 발자국 위에 작은 발자국이 찍혔다. 큰 놈이 앞장섰고 작은 놈이 뒤따랐다. 며칠 전 페트로바 산막에 접근했던 천지백과 설백이다. 발자국은 작은 개울을 따라 해변으로 내려왔다.

매화를 닮은 발자국이 하얗게 눈 덮인 해변과 나란히, 끝없이 찍혀 있다. 그 정갈한 발자국을 보는 순간 내 마음속 깊은 곳에 파문이 일었다. 이 발자국의 끝에서 살아 움직이고 있을 생명들, 그 두 녀석을 생각하니 마음이 술렁거렸다. 비트를 기어나가 하얀 매화무늬를 따라 하염없이 걷고 싶었다.

충동을 애써 누르고 발자국을 쫓아 렌즈를 움직였다. 남매의 발자국 옆에 공이 굴러간 듯한 흔적이 나 있다. 흔적은 점점 많아지더니 해변이 온통 공 자국이다. 호랑이 발자국도 즐비하다. 그 한가운데 노란 공 하나가 놓여 있다. 바닷사람들이 부표로 쓰는 플라스틱 공이다.

설백과 천지백은 파도에 밀려온 부표를 굴리며 뛰놀았다. 공과 함께 뛴 흔적, 점프한 흔적, 뒹군 흔적…… 남겨진 순서는 잘 모르겠지만 공을 치며 서로 패스를 주고받다가 천지백이 공을 굴리며 드리블을 했다. 드리블 하는 공을 뺏기 위해 설백이 태클도 했으며, 그러다 바다로 굴러 내리는 공을 천지백이 점프하여 붙잡은 뒤 다시 설백에게 센터링해 올리기도 했다. 세상이 모두 잠든 간밤, 블러디 메리의 건강한 자식들이 이곳에서 축구를 즐겼다. 그 유쾌한 흔적 속에 아직 숲의 현실에 물들지 않은 동심이 묻어 있다.

누워서 쉬던 남매의 흔적이 눈을 박차고 일어나 세차게 도약했다. 도약이 멈춘 곳에 붉은 피가 흩뿌려져 있다. 핏자국을 따라 뭔가를 끌고 간 듯 눈밭에 고랑이 패었다. 고랑은 근처 해안 암벽까지 이어졌다. 암벽 밑에 주검이 있었다. 암사슴이다. 목줄의 동맥이 터져 주변 눈밭은 온통 핏자국이다. 얼굴도 피투성이가 되어 턱밑까지 으깨져 있다. 목줄을 무는 정도가 아니라 턱이 다 부서질 정도로 집요하게 물어 죽였다. 설백이 그랬는지 천지백이 그랬는지 사냥습성이 어미를 그대로 닮았다.

공놀이를 하다 눈밭에서 쉬던 남매가 먼저 사슴을 보았을 것이다. 그제가 보름, 해변을 두드리는 커다란 파도 소리와 해풍의 와류가 남매의 기척과

남매는 새벽녘에 사슴을 사냥했다. 턱이 다 부서질 정도로 집요하게 물어 죽였다.
사냥습성이 어미를 그대로 닮았다.

냄새를 숨겼을 것이다. 사슴은 파도소리와 해풍에 오감이 막혀 호랑이가, 그것도 두 마리나 누워 있는지도 모르고 다가왔다. 남매는 사슴을 사냥한 후, 암벽 밑으로 끌어다만 놓고 거의 먹지 않았다. 아마도 밀물이 최고조로 밀려든 새벽녘에 사냥한 것 같다. 사슴을 조금 뜯어 먹다 동이 트자 내버려 두고 산맥으로 올라갔다.

호랑이가 사슴을 잡으면 보통 2, 3일에 걸쳐 하루에 두세 번씩 나눠 먹는다. 한 끼 식사를 하는 데는 약 한 시간이 걸린다. 첫날 첫 식사 때는 먼저 항문 쪽을 뜯어 창자를 꺼내 먹는다. 창자에서 나오는 따끈따끈한 액과 피도 마신다. 그 다음에 털을 뽑고 맛있는 엉덩이 부위부터 뜯어 먹는다. 첫날 두 번째 식사 때는 남은 엉덩이 부위를 마저 뜯어 먹는다. 이때 이쪽 엉덩이와 저쪽 엉덩이를 돌려가면서 몸통의 아래위를 균등하게 뜯어 먹는다. 간혹 위쪽 부분만 뜯어 먹힌 발굽동물의 시체가 발견되는데 그것은 혹독한 겨울에 먹이를 찾지 못해 굶어 죽었거나 질병으로 쓰러진 발굽동물들을 까마귀나 독수리, 담비, 너구리 같은 숲 속의 청소동물들이 뜯어 먹은 것이다. 사슴이나 멧돼지처럼 무게가 나가는 동물을 뒤집으려면 호랑이나 표범, 최소한 스라소니 정도는 되어야 한다.

둘째 날은 주로 등과 가슴 부위를 뜯어 먹고, 셋째 날은 남은 부위를 마저 뜯어 먹는다. 셋째 날은 먹을 게 별로 없기 때문에 뼈에 붙은 살점까지 깨끗이 발라먹는다. 배가 고프면 두피도 벗겨 먹고 위장도 내용물만 비우고 먹어치운다. 먹이를 먹을 때는 사냥감이 가까이 있어도 사냥하지 않고 자신이 잡은 먹이만 깨끗이 해치운다. 시베리아호랑이는 일을 도모할 때 탐욕을 앞세우지 않고 한 발 두 발 확인해가며 단계적으로 진행시킨다는 것을 여기서도 알 수 있다.

해안 암벽 위로 보름달이 떠올랐다. 달빛에 은은하게 젖어들던 암벽에 검은 그림자가 어른거렸다. 무언가를 뜯어 먹는지 그림자가 고개를 들었다 숙이곤 한다. 그 모습이 커다랗게 증폭된 맹수의 형상이다. 또 하나의 그림자가 점점 자라며 암벽으로 다가가자 앉아 있던 그림자가 벌떡 일어선다. 다가서던 그림자가 작아지며 물러난다. 처음 그림자가 일어섰다 앉았다를 되풀이할 때마다 다가가던 그림자는 해안절벽을 휘감고 지나가는 바람에 너울거리듯 암벽에 접근했다 멀어지기를 반복한다.

천지백과 설백이 사슴을 먹으러 돌아왔다. 하지만 이상하다. 전날 밤 사이좋게 공놀이를 하던 다정함은 어디 가고 한 녀석이 다른 한 녀석의 접근을 막고 있다. 혼자 사슴을 뜯어 먹던 녀석이 사슴을 끌고 어둑한 숲으로 들어간다. 그러자 다른 녀석도 따라간다. 웅장한 파도 위로 괴괴한 달빛이 은어 떼처럼 반짝인다.

이튿날, 푸른 가지들이 삿갓 모양으로 나지막하게 흘러내린 다복솔 밑에 사슴이 놓여 있다. 뜯어 먹다 만 사슴 옆으로 키 작은 관목이 즐비하고 그 너머로 푸른 바다가 펼쳐져 있다. 지난여름, 아비인 하쟈인이 찾아왔을 때 블러디 메리의 가족이 함께 사슴을 나눠 먹었던 장소다. 간밤에 호랑이는 저 으슥한 다복솔밭으로 사슴을 끌어들여 반 넘게 먹어치웠다. 렌즈의 초점을 다복솔밭에 맞춰놓고 10분마다 켜 보았다.

오후 4시경, 다복솔밭 저쪽에서 천지백이 나타났다. 날씨가 눈이 올 듯 찌뿌둣해서인지, 아니면 아직 철이 없어서인지 놀랄 만큼 이른 시간의 출현이다. 간밤에는 잘 몰랐지만 두 달 전에 비해 한결 자랐다. 갈기가 성성해지고 견갑골도 불쑥 올라온 게 우수리 숲에 어울리는 모습으로 변했다. 독립을 앞둔 이 시기에 암컷과 수컷은 골격과 체격에서 현저하게 차이가 난다. 수컷들은 놀랄 정도로 무럭무럭 자라며 성격도 더욱 대범해진다.

초점을 조심스럽게 천지백에게 맞췄다. 호랑이를 촬영할 때는 항상 눈을 주시해야 한다. 그래야 호랑이의 생각을 읽을 수 있으며 렌즈를 움직일지 말지 판단할 수 있다. 만약 호랑이의 눈이 화면에서 빠져 있다면 그것은 굉장히 위험한 상황이다. 그때는 함부로 카메라를 움직이면 안 된다. 섣부른 상황판단을 미루고 천천히 줌아웃 한 다음, 호랑이의 눈을 다시 확인하고 호랑이가 이쪽에 신경 쓰지 않을 때 카메라 앵글을 조정해야 한다.

주위를 둘러본 천지백이 앉아서 사슴을 뜯어 먹기 시작한다. 그때 천지백의 널찍한 등 뒤로 또 다른 형체가 어른거리더니 조심스레 다가온다.

"어-흥, 크르르릉……."

천지백이 갑자기 몸을 일으키더니 뒤돌아서서 소리를 질렀다. 다가오던 설백이 멈칫한다. 천지백은 돌아서서 다시 사슴을 뜯어 먹는다. 먹이 앞에서 사이좋던 두 달 전과는 달리 천지백이 설백을 경계한다. 멈칫거리던 설백이 다시 살금살금 다가온다.

"커-흐흥, 크르르릉……."

천지백이 더 크게 소리 지르며 달려 나간다. 달려 나간 천지백이 차마 물지는 못하고 설백의 얼굴에 콧김을 뿜으며 설골을 울려 위협한다. 갑자기 왜 그러느냐는 듯, 설백은 가까이 마주한 천지백의 얼굴을 멀뚱멀뚱 쳐다본다. 천지백이 계속 으르렁거리자 설백이 뒷걸음치며 물러난다.

설백을 멀찌감치 쫓아낸 천지백은 돌아와 다시 사슴을 뜯기 시작했다. 설백은 소나무 둥치의 냄새를 맡는 척하며 천지백을 슬쩍 바라본다. 한참 딴청을 피우는 척하다가 다시 조금씩 다가온다. 다가오는 거 다 안다는 듯, 천지백은 사슴을 뜯으며 뒤도 돌아보지 않은 채 으르렁거린다. 망설이던 설백이 눈밭에 털썩 주저앉아 물끄러미 쳐다본다. 천지백은 아랑곳없이 남은 사슴을 마저 먹어치운다.

어미 곁에서 사이좋게 먹이를 나눠 먹던 시기는 지나갔다. 천지백에게는 홀로 살아가는 것이 자연스러운 그런 때가 찾아왔다. 그의 아비에게도 찾아왔고, 그 아비의 아비에게도 찾아왔었던, 이 세상 누구에게나 찾아오는 그런 시기가 찾아왔다. 봄날 도토리에서 뻗어 나온 참나무 싹들이 자리를 차지하기 위해 서로 경쟁해야 하듯, 지금 이렇게 가까이 있지만 둘은 머지 않아 더 넓은 사냥터를 차지하기 위해 경쟁을 벌일 것이다. 더 성장하면 천지백은 이 지역에서 가장 힘센 수컷, 자신의 아버지이자 왕대인 하쟈인과도 경쟁해야 한다. 하쟈인도 그랬고, 꼬리도 그랬으며, 꾸찌마파도 그랬다.

남매가 사라진 숲에 눈이 내린다. 정물화처럼 서 있는 다복솔 위로 새하얀 눈이 세월처럼 소복소복 쌓여 간다. 비트 속에서도 세월이 흘러간다.

위_ 먹이 앞에서 사이좋던 두 달 전과는 달리 천지백이 으르렁거리며 설백을 경계한다.
아래_ 천지백이 설굴을 울려 위협하자 설백은 왜 그러느냐는 듯, 천지백의 얼굴을 멀뚱멀뚱 쳐다본다.

눈이 녹는 계절

아침 내내 비트 밖을 바라보았다. 햇살의 기운에서 북풍의 얼음동굴이 닫히는 소리가 들려왔다. 구릉이며 산비탈에 아직 눈이 지천이지만 양지 바른 둔덕 밑에는 드문드문 드러난 마른 풀에 햇볕이 튕기고 있다. 눈더미를 뚫고 노란 얼음새꽃이 올라왔다. 모체母體의 기력을 빨아먹고 올해도 가장 먼저 싱싱하게 피어났다.

양광陽光의 기운을 바라볼수록 자꾸만 헛구역질이 났다. 어두운 비트에서 몸을 끄집어내 양지 바른 둔덕 밑으로 기어갔다. 동면하다 나온 곰의 기분이 이럴까? 햇살이 부챗살로 쪼개지며 빙글빙글 돈다. 몸이 삭고 기가 허해 현기증이 일었다. 쪼그리고 앉아 햇볕을 쬐었다. 햇살 줄기가 따스하다.

둔덕 저편에 살쾡이 한 마리가 볕을 쬐고 있다. 병이라도 걸렸는지 눈의 초점이 흐리고 비루먹은 털이 움푹움푹 패었다. 비쩍 말라 도망갈 힘도 의욕도 없는 듯 물끄러미 쳐다본다.

차가운 바람이 지나간다. 바람이 회오리 지며 마른 풀을 감아올린다. 살쾡이의 털이 빠져 날린다. 피골이 상접한 내 얼굴에도 뻣뻣한 머리카락이 형클어져 나부낀다. 더럽고 냄새나는 살거죽에 물기가 빠져 비듬이 떨어졌다. 떨어진 비듬 밑에 뽀얀 솜털로 덮인 인진쑥이 움을 내밀고 있다. 지난여름 이 쑥은 제법 푸르렀는데 가을이 깊어지며 말라갔고 겨울바람에 검누른 대궁이 부러졌다. 자연의 피부가 소리 없이 사그라져 눈에 덮였다 다시 드러나며 내 몸처럼 말라 비틀어졌다. 고치의 섶같이 수북이 쌓인 자연의 비듬 밑에서 다시 움이 돋고 있다. 움 속에서 세월이 피어나고 있다. 저 쑥처럼, 저 살쾡이처럼, 온몸으로 겪어서일까? 물기 빠진 몸에서 이유 없는 눈물이 흐른다. 시간의 순환과 주기, 그 덧없음과 영원함이 햇살 아래 적나라하다. 1년의 절반을 한 곳에 주저앉아 자연을 본다는 건 어쩌면 서글픈 일이다.

　날이 아직 차지만 그래도 다가올 날은 다들 안다. 알아도 견디지 못하는 생명이 있고, 알기 때문에 싱싱한 생명도 있다. 봄은 살아갈 자와 죽어갈 자를 흑백으로 나눈다. 비틀거리며 멀어지는 털 빠진 살쾡이의 꼬랑지가 나를 닮았다. 그 뒤로 파도소리는 어떻게 허구한 날 저럴까?

　무전이 들어왔다. 마약 마을사람들이 제보를 해왔다. 앞발이 부러져 잘 걷지 못하는 호랑이 한 마리가 마약호수 인근을 떠돈다는 소문이 돌고 있다. 전파를 타고 울리는 소리가 습한 계곡의 메아리처럼 칼칼하다. 마약에 주둔하는 군부대가 떠올랐다. 군부대가 숲에 무인총을 깔 거라는 풍문은 지난여름부터 있었다. 동시에 부표를 굴리며 놀던 설백과 천지백이 떠올랐다. 최근 이 해안지역에 나타난 호랑이는 이 남매뿐이다.

　잠복지를 이탈하기로 마음먹었다. 작은 배낭에 간단한 야영도구만 챙겨 산맥을 올랐다. 근력이 쇠약해져 금세 숨이 찼다. 허한 몸이 자꾸만 내려앉는다. 산을 세 개 넘자 마약호수가 내려다보였다. 냉랭한 초봄의 기운이 호수의 기운과 섞여 짙고 음울한 안개가 산허리에 걸려 있다.

참나무가 촘촘히 들어선 산비탈에 사람들이 모여 있다. 비탈은 산맥의 북사면이라 아직도 눈이 서리처럼 날이 서 있다. 그 하얀 눈밭, 붉은 페인트를 쏟아놓은 듯 흥건한 피 속에 블러디 메리가 누워 있었다. 눈을 부릅뜨고 입을 앙다문 채 사지가 뻣뻣하게 굳어 죽어 있었다. 블러디 메리 옆에 선 어린 참나무가 불어오는 건들바람에 마른 잎을 파르르 떨었다. 귓전이 멍해지며 사고의 공백이 찾아왔다. 머리가 찌르듯 쑤셨다.

블러디 메리의 왼쪽 앞발과 어깨 부위가 자잘하게 찢어져 있다. 피는 그곳에서 흘러나와 굳었다. 산탄총의 흔적이다. 하지만 치명상은 복부에 난 소총의 상흔이었다. 러시아 군용소총 칼빈에서 발사된 것으로 보이는 총알 하나가 오른쪽 아랫배를 뚫고 들어가 왼쪽 아랫배로 나왔다. 뚫고 들어간 자리는 손가락만 했지만 뚫고 나온 자리는 주먹보다 컸다. 그 구멍으로 핏덩어리와 함께 창자가 삐져나왔다. 흘러나온 피가 주변을 붉게 물들였다.

마약 사람들이 상황을 설명했다. 그중에 타냐도 있었다. 어제 아침, 얼음이 풀리기 시작하는 마약호수에서 마을사람 몇 명이 낚시를 했다. 타냐는 낚시하는 것을 구경하고 있었다. 며칠 전부터 야생오리들이 날아와 얼음물을 헤치며 자맥질도 하고 얼음덩어리와 함께 떠다녔다. 타냐는 물에 비친 산그림자처럼 조용히 움직이는 오리들을 바라보고 있었다. 어느 순간, 오리들이 고요하던 수면을 차고 꽥꽥거리며 날아올랐다. 타냐는 고개를 돌려 호수를 한 바퀴 빙 돌아가는 오리들을 바라보았다. 그 시선 속으로 호랑이가 들어왔다. 호랑이 한 마리가 절뚝거리며 호숫가로 천천히 걸어오고 있었다.

"암바야, 암바가 와요!"

타냐가 소리치자 마을사람들이 쳐다보았다. 사람들이 웅성거리자 걸어오던 호랑이가 괴성을 지르며 달려왔다. 하지만 제대로 뛰질 못했다. 앞다리를 절뚝거렸고 옆구리에는 뭔가가 덜렁거렸다. 사람들이 모두 달아나자 호랑이는 멈췄다. 그러고는 한참을 호숫가에 서 있다 숲으로 들어갔다. 타냐는 달아나면서도 호랑이를 지켜보았다.

평생 사람 눈에 띄기를 꺼렸던 블러디 메리가 스스로 숲에서 나와 호숫가를 걸었다. 제대로 땅을 딛지 못하고 왼쪽 앞발을 심하게 끌었다. 절뚝거리면서도 낚시하는 사람들을 향해 30미터쯤 달렸고, 그렇게 창자가 흘러나온 채로 괴성을 지르며 달릴 정도로 분노에 차 있었다. 사람들이 달아나자 더 이상 추격하지는 않았다. 다시 숲으로 들어가 3킬로미터쯤 걸었다. 걸어간 발자국은 직선이 아니라 불규칙한 곡선이었다. 중간에 쉬었던 자리도 여러 곳이었다. 길 없는 숲을 헤맸지만 마약에서 디플략으로 넘어가고 있었다. 블러디 메리는 그 초입의 산비탈에서 쓰러졌다. 피가 계속 흘렀다. 피를 너무 많이 흘려 쓰러진 것 같았다.

블러디 메리가 호숫가로 내려오기 이전에 목격한 마을사람도 두 명 있었다. 마약 마을에 사는 리와 미샤였다. 그들은 지난주부터 날아오기 시작한 야생오리를 사냥하기 위해 호수 인근을 돌고 있었다. 리는 고려인이지만 한국말을 할 줄 몰랐다.

"호수 주변에서 야생오리를 찾고 있었습니다. 오솔길을 따라 숲을 도는데 저쪽에서 갑자기 호랑이가 내려왔어요. 놀라서 얼른 참나무 위로 도망갔죠. 그런데 나무 위에서 가만히 내려다보니 호랑이가 심하게 비틀거리며 걷는 거예요. 옆구리에는 창자도 삐져나와 피투성이였어요. 나무 밑까지 와서 우리를 올려다보고는 으르렁거리더니 호숫가로 내려갔어요."

리가 호랑이를 목격했다는 현장으로 올라갔다. 리가 걸어갔던 좁은 오솔길은 호수를 빙 둘러가며 가파른 산허리에 나 있었다. 산허리를 따라 올라갔다 내려오기도 하고, 호숫가에 가까워졌다 멀어지기도 했다. 짐승들과 그 짐승들을 쫓던 사냥꾼들의 발에 의해 오랜 세월 닦여온, 인이 박인 길이었다.

리와 미샤는 구형 산탄총과 분필 서너 배 굵기의 탄환, 군용 망원경으로 무장하고 오솔길을 따라 호수를 돌고 있었다. 오리들이 꽥꽥거리며 가끔씩 물 위로 일어서서 홰를 쳤다. 리는 오리 소리가 나는 쪽으로 살금살금 움직였다. 그러다가 앞쪽 산비탈에서 내려오던 커다란 호랑이를 발견했다.

산비탈에 난 블러디 메리의 흔적을 살펴보니 핏자국은 있지만 앞발을 절지는 않았다. 양쪽 발 모두 정상적으로 눈밭을 밟았다. 그러다 갑자기 발자국이 달렸다. 두 사람이 피신했다는 참나무 바로 아래까지 블러디 메리가 달려왔다. 참나무 높은 곳에 진흙이 묻어 있고, 그 밑에 호랑이 발톱자국이 나 있다. 블러디 메리는 뛰어오르며 나무둥치를 할퀴었다. 착지한 다음 다시 옆으로 펄쩍 뛰어올랐다. 그러고는 산 아래로 걸어갔다. 걸어간 왼쪽 앞발자국이 눈밭에 심하게 끌린 것을 보니 제대로 딛지를 못했다. 누런 플라스틱으로 된 산탄총 탄피 두 개를 주웠다. 하나는 두 사람이 올라갔던 참나무 근처에, 또 하나는 오솔길에 떨어져 있었다. 리는 거짓말을 하고 있었다.

리는 오솔길을 따라 숲을 돌다가 멀리 산비탈을 내려오는 호랑이를 보았다. 호랑이가 복부를 상해 거의 죽기 직전인 것 같으니까 곧바로 오리사냥용 산탄총으로 쏘았다. 총을 맞은 호랑이가 달려들었다. 리와 미샤는 주변의 참나무 위로 피했다. 호랑이가 뛰어오르며 위협하자 나무 위에서 다시 한 발을 쏘았다. 블러디 메리는 근거리에서 왼쪽 어깨와 앞발에 산탄총을 맞았다. 총을 맞자마자 본능적으로 뛰어오르며 옆으로 피했다. 그러고는 총을 피해 절뚝거리며 산을 내려갔다. 복부에 중상을 입고 사경을 헤매다 산탄총 세례까지 받았다. 블러디 메리는 이성을 잃고 분노로 가득 찼다. 호숫가에서 낚시하는 사람들이 자신을 보며 웅성거리자 분노의 감정이 재차 치밀어 그들에게 달려간 것이다.

리를 만나기 전 블러디 메리는 산맥을 타고 내륙 쪽에서 내려왔다. 핏자
국이 산마루 길을 따라 죽 나 있다. 그 산마루 길을 따라 4킬로미터쯤 올라
가자 산마루 길 옆에 수명이 다 되어가는 늙은 자작나무 한 그루가 서 있다.
나무둥치에 호랑이 발톱자국과 털이 남아 있고 특유의 오줌 냄새가 났다.
이 지역을 드나드는 호랑이들이 영역을 표시하는 나무다.

자작나무 밑둥치에 마른 잡목과 검불을 바짝 붙여 쌓았다가 흩트려놓은
흔적이 있다. 무인총을 설치했던 자리였다. 소총을 위장할 때 사용했던 잡
목들만 남아 있고 소총은 수거해가고 없다. 'ㄹ'자 무늬가 연속해서 찍힌 군
화자국 몇 개가 근처를 서성이다 산비탈 아래로 사라졌다. 무인총을 설치했
던 자리 약 1.5미터 앞에 군화자국에 짓밟힌 호랑이 발자국이 있다. 블러디
메리는 산마루를 내려오다 여기서 총을 맞았다. 옆구리에 총을 맞는 순간
블러디 메리는 뛰어올랐고 착지한 곳에서 내장을 쏟았다. 그 자리에 내장이
쏟아져 나오면서 흘린 핏덩어리가 얼어붙어 있다.

블러디 메리는 한 발 한 발 발걸음을 신중하게 내딛었다. 지난번 이 해안산맥
을 둘러본 지 두 달 반 만이다. 그동안 사슴계곡을 거쳐 까마귀산의 잣나무 숲에
머물며 멧돼지를 사냥하고 디피코우와 산타고에 들러 영역표시를 남겼다. 그리
고 산양들이 사는 타친코의 해안절벽을 타고 내려오며 얄로안 툿케에도 영역표
시를 했다. 거목에 남겨진 흔적으로 보아 북쪽으로 영토순례를 떠난 하쟈인은
아직 돌아오지 않았다.

블러디 메리는 해안산맥을 따라 남쪽으로 걸으면서도 새끼들이 걱정이었다. 월
백은 홀로 생활하는 데 익숙해졌고 사냥도 곧잘 해 안심이지만 천지백과 설백이
문제였다. 둘은 독립할 시기가 지났는데도 아직 붙어 다니며 자신을 졸졸 따라다
니고 있다. 이번에도 까마귀산의 잣나무 숲에서 멧돼지를 잡아주고 서둘러 빠져

나오지 않았다면 지금도 따라다니고 있을 것이다. 이 녀석들만 무사히 독립하면 모처럼 느긋한 시간을 보내며 생애 마지막이 될지도 모를 결혼을 준비할 것이다.

'겨울에도 따뜻한' 해안이 가까워지자 지난번 기억이 떠올랐다. 저곳에서 인간의 냄새가 강하게 났었다. 내려가서 확인할까 하다가 애써 지나쳤다. 산마루를 따라가다 인간들이 사는 마을의 동태만 살펴보고 다시 내륙으로 들어갈 것이다. 이제 봄도 머지않아 오소리와 곰이 동면에서 깨어날 때가 되었다. 용의 등뼈 양지바른 곳에 있는, 오소리와 곰이 동면하는 굴을 몇 개 알고 있다.

이제 저 산만 넘으면 호수가 나온다. 블러디 메리는 벌써 곰이라도 잡은 듯 기분이 들떠 산마루 길을 내려갔다. 평소 이 길을 지날 때면 영역표시를 하곤 하던 늙은 자작나무가 앞쪽에 보였다. 새끼들의 흔적이 있는지 발걸음을 재촉했다.

자작나무에 가까이 갈수록 왠지 느낌이 이상했다. 주변을 살펴보았지만 인간들의 흔적은 없었다. 그러나 미약하지만 쇠붙이 냄새가 나는 것 같았다. 그 냄새에 겹쳐 새끼들의 냄새도 나는 듯싶었다. 냄새를 자세히 맡으러 자작나무 쪽으로 한 걸음 더 걸었다. 그 순간 발에 무엇인가가 걸렸다. 굉음이 울리며 옆구리가 뜨끔했다. 블러디 메리는 그 자리에서 펄쩍 뛰어올랐다. 옆구리에서 뜨거운 피가 줄줄 흘러내렸다. 자작나무 밑동에 숨겨진 총구가 보였다. 강렬한 분노가 치밀어 올랐다. 블러디 메리는 자작나무 뒤로 돌아가 검불을 파헤치고 총을 부수었다. 하지만 이미 늦었다는 것을 깨달았다. 상처가 너무 심했다. 다가올 운명을 본능적으로 직감하며 산마루 길을 따라 내려갔다.

주검을 눈치챈 까마귀 한 마리가 그루터기에 올라앉아 이쪽을 기웃거린다.
"이놈의 검정새, 뭘 얻어먹으려고 얼쩡거려!"
스테파노비치가 막대기를 던지며 까마귀에게 화풀이를 했다. 까욱거리던 까마귀가 날아올랐다. 먼 하늘에는 검은 점 같은 독수리들이 급강하를 하다

가 끝없이 펼쳐진 하늘 위로 다시 솟구친다. 커다란 원을 그리며 교차하는 모습이 훨훨 자유롭다.

블러디 메리는 눈 속을 헤매다 기력이 다해 이 자리에 이렇게 누웠다. 누운 채 뒷발로 눈더미를 차고 앞발로는 긁었다. 끊기려는 막바지 숨을 그 뒷발질의 여력으로 몰아쉬었을 것이다. 부릅뜬 눈에 마지막 순간의 안간힘과 고통이 남아 있다. 세월이 흘러 자연이 휴식을 주는 그런 죽음이 아니었다. 나는 블러디 메리의 이마를 쓸고 수염을 쓰다듬었다. 수염이 뻣뻣했다. 손등을 스쳐가던 전율이 다시 흘렀다. 가만히 눌러 눈을 감겼다.

쓰러진 블러디 메리 주위를 다른 호랑이 발자국이 맴돌았다. 하나는 작고 하나는 크다. 어미의 죽음을 지켜봤는지 뒤늦게 주검을 발견했는지 알 수 없지만, 남매는 죽은 어미 곁을 서성이며 오래 머물렀다. 주변은 남매의 발자국으로 가득하고, 어미가 깨어나기를 기다리며 눈밭에 엎드려 있었던 자국도 여럿이다.

어미 곁을 맴돌던 남매의 발자국이 결국 어미를 떠났다. 큰 발자국 위에 가끔 작은 발자국이 겹쳐졌다. 천지백이 앞장서고 설백이 뒤따랐다. 산등성이를 가로지르며 오르던 남매의 발자국이 산중턱에 멈췄다. 설백이 앞발을 가지런히 모으고 뒷발을 양옆구리에 붙인 채 가만히 엎드렸다. 눈밭에 선명하게 찍힌 스핑크스 자국은 산비탈의 어미를 향하고 있다. 그 주위를 천지백이 돌며 서성였다. 천지백이 길을 재촉하자 설백이 다시 따라나섰다. 발자국이 산등성이를 넘어 사라졌다. 남매는 그렇게 어미와 작별했다.

블러디 메리는 눈 속을 헤매다 기력이 다해 이 자리에 이렇게 누웠다. 누운 채 뒷발로
눈더미를 차고 앞발로는 긁었다. 끊기려는 막바지 숨을 그 뒷발질의 여력으로 몰아쉬었을 것이다.

숲 속의 파문 | 진달래와 호랑이 | 우연한 만남 | 야수의 밤 | 들국화

4
—
새
로
운
세
대

SIBERIAN TIGER

사슴강의 풍경은 퇴색하는 겨울의 끝자락이다.
겨우내 얼어붙었던 사슴강의 얼음장 위에 부드러운 윤기가 흐른다. 귀를 대보니 속에서부터 흐르고 있다.

숲 속의 파문

좁다란 사슴강이 구부러졌다 펴졌다를 반복하며 끝없이 펼쳐진 나무의 바다 속으로 사라진다. 강 양쪽으로 들어찬 우람한 거목과 갈수록 길을 막는 쓰러진 고목들, 사슴강의 풍경은 퇴색하는 겨울의 끝자락이다. 겨우내 얼어붙었던 사슴강의 얼음장 위에 부드러운 윤기가 흐른다. 귀를 대보니 속에서부터 흐르고 있다.

3월 초, 사슴계곡 잠복지로 넘어왔다. 잠복지 내부를 정리하고 삼각대에 카메라를 얹었다. 내륙의 비트는 해안과는 느낌이 다르다. 차갑지만 신선한 공기, 새들의 미약한 울음소리, 딱따구리가 가끔씩 나무를 쪼는 소리…… 알몸의 숲에는 장쾌한 파도소리 대신 고요한 기운이 흐른다. 사슴강의 얼음이 풀려 물소리가 들려올 때까지는 이 기운을 유지할 것이다.

월백이 동해안에 모습을 나타내지 않은 지 석 달이 넘었다. 그렇지만 내륙의 검은산에서 까마귀산을 거쳐 사슴계곡 남부까지, 시호테알린 산맥을 따라 혼자 다니는 암호랑이의 발자국이 가끔 발견되었다. 월백이 내륙에 터를 잡은 것 같다.

호랑이는 성실하고 부지런한 동물이다. 산맥과 강을 끼고 끊임없이 움직인다. '동에 번쩍 서에 번쩍'은 호랑이에게 어울리는 말이다. 하지만 이 말에 들어있는 '번개처럼 빠르다'라는 어감은 어울리지 않는다. 특별한 경우를 제외하고 호랑이는 급작스러운 행동을 하지 않는다. 꾸준하고 성실하게 새벽이슬을 맞으며 걸어간다. 눈이 덜 쌓이는 초겨울이나 눈이 녹기 시작하는 초봄에는 주로 얼어붙은 강을 따라 이동한다. 산골짜기 강의 얼음은 두께가 깊어 눈이 다 녹고 나서도 한동안 짐승들이 다니는 대로大路 역할을 한다. 초봄, 사슴강은 호랑이의 좋은 이동로다. 눈이 많이 쌓였던 한겨울에 야산이나 해안으로 빠져나갔던 사슴들도 사슴계곡으로 돌아오고 있다.

호랑이가 움직이면 어치나 까마귀, 독수리가 따라 움직인다. 호랑이가 잡아먹고 남긴 찌꺼기를 얻어먹을 심산이다. 반대로 까마귀나 독수리가 모여 있어도 호랑이가 그곳으로 간다. 숲의 수다쟁이들이 모여 있는 이유를 알아내기 위해서다. 다른 호랑이가 넘어왔는지, 사냥꾼이 들어왔는지, 지난번에 들렀을 때와 달라진 것은 없는지, 자신의 영토에서 벌어지는 일들을 세세하게 확인한다. 호랑이는 자신의 영역 안에서 일어나는 변화에 대해 예민하다. 숲의 부자연스런 변화, 그것이 가져올 수 있는 위험과 경쟁을 피하기 위해서다. 그래서 숲 속에 파문이 일면 호랑이가 온다. 우데게는 호랑이의 이런 행위를 '숲을 지배한다'라고 표현한다. 그들에게 호랑이는 숲의 진정한 주인이다.

빨간 모자를 쓴 까막딱따구리 한 마리가 강 건너 버드나무에 연신 입질을 하고 있다. 버드나무에는 지름 5센티미터의 둥근 구멍이 뚫려 있고 그 밑에는 쪼아낸 톱밥이 소복하다. 올해 태어날 새끼들의 보금자리다. 버드나무 위쪽은 양지 바른 언덕으로 그곳에 너구리굴이 하나 있다. 너구리는 날씨가 따뜻한 날이면 굴에서 나와 사슴강을 따라다니며 먹이를 찾고 배가 부르면 다시 굴로 돌아갔다.

눈이 녹아가던 어느 날 아침, 너구리굴 맞은편 강가에서 폭설로 쓰러졌던 사슴 주검 하나가 드러났다. 숲의 고요한 흐름에 파문이 일기 시작했다.

"삐잇, 삐–삐, 삐잇."

가녀린 울음으로 이른 아침을 더 고요하게 만들던 동고비가 제일 먼저 찾아와 주검을 쪼며 아침식사를 했다. 오색딱따구리도 한 마리 날아와 "탁, 탁탁탁, 탁탁……" 제법 힘차게 입질을 하자 얼어붙은 사슴 주검에서 둔탁한 소리가 났다. 그 소리를 듣고 노란목도리담비가 나타났다. 담비는 지그시 한쪽을 파헤치는 게 아니라 이리 깡총 저리 깡총 주검을 뒤적였다.

"깍, 까악, 깍깍깍."

나무꼭대기에 앉아 있던 까마귀 한 마리가 '야 담비다, 담비가 사슴 주검을 뜯어 먹고 있다!' 동네방네 떠든다. 그러자 까마귀들이 떼로 몰려와 사슴을 쪼아대며 소란을 피우기 시작했다. 담비는 한편으로는 뜯어 먹고 한편으로는 까마귀들을 쫓아내느라 분주하다. 담비가 이 까마귀에게 달려들면 저 까마귀가 뜯어 먹고 저 까마귀에게 달려들면 이 까마귀가 뜯어 먹는다.

그때 까마득한 창공에서 독수리 한 마리가 맴을 돌다가 급강하하며 날아왔다.

"끼이얏, 끼얏!"

독수리가 목털을 세우고 괴상한 소리를 지르며 다가가자 담비는 몇 번 덤비는 척하다가 도망쳤다. 독수리는 금세 두 마리, 세 마리 늘더니 결국 십여 마리가 몰려들어 아귀다툼을 벌인다. 사슴을 뜯어 먹는 시간보다 저희끼리 싸우는 시간이 더 많다. 한 놈이 다른 놈을 올라타고 맹렬하게 쪼아대면 그 위로 또 한 놈이 올라타며 싸움에 끼어든다. 또 다른 놈은 멀리 허공에서부터 날아온 속도 그대로 강렬하게 동족을 덮친다. 겨울을 넘기느라 허약해진 놈은 이 북새통에 죽기도 한다. 죽은 독수리를 다른 독수리들이 뜯어 먹는다. 까마귀들은 독수리들이 싸우는 틈을 타 슬쩍슬쩍 주검을 훔쳐 먹다가 이내 독수리 등쌀에 쫓겨나기를 반복한다.

아침부터 소란이 일자 너구리가 굴속에서 나와 독수리 떼 근처를 얼쩡거렸다. 하지만 사슴에 접근할 엄두도 못 내고 물끄러미 바라만 본다. 그러자 마찬가지 신세인 까마귀들이 너구리를 괴롭히기 시작했다. 어떤 놈은 너구리 주변을 깡총깡총 뛰어다니며 덤빌 듯 덤빌 듯 깍깍거리고, 어떤 놈은 너구리 위를 날아다니며 한 번씩 슬쩍슬쩍 건드린다. 또 어떤 놈은 아예 등에 올라탔다가 너구리가 입질을 하자 날아오른다.

하늘을 빙빙 돌던 검독수리 몇 마리도 무슨 일인가 하고 날아오더니 독수리들의 난리통에 우두커니 서서 구경만 한다. 강가 갯구멍에서는 수달이 이마에 눈을 뒤집어쓴 채 내다보고, 젊은 스라소니도 눈 쌓인 통나무 밑에서 고개를 내민다. '무슨 일이야?' 하며 두리번거리는 스라소니는 잠을 자다 깼는지 눈가에 졸음이 가득하다.

숲의 봄은 궁핍하다. 겨울을 이겨내지 못한 생명들의 주검이 드러나고, 그 주검을 차지하기 위해 살아남았지만 굶주린 생명들의 경쟁이 치열하다. 그 과정에서 새로운 주검들이 생겨났다. 봄 숲은 삽시간에 소란스러워졌고 파문은 멀리 퍼져나갔다.

따닥 딱딱, 따닥 딱딱……

까막딱따구리는 이 소란에도 아랑곳없이 열심히 둥지를 판다. 나무 쪼는 소리가 묘한 리듬을 타고 숲을 울린다. 그러다 나무 쪼는 소리가 딱 멎었다. 까막딱따구리가 고개를 돌려 숲 속을 뚫어지게 쳐다본다. 강 건너 나무가

숲의 봄은 궁핍하다. 겨울을 이겨내지 못한 동물들의 주검이 드러나고,
그 주검을 차지하기 위해 살아남았지만 굶주린 생명들의 경쟁이 치열하다.

우거진 숲 속에서 붉은빛이 능청거렸다. 붉은빛은 작은 언덕을 넘어 성큼성큼 걸어오더니 아름드리나무 옆에 바짝 붙어 섰다.

"까악, 깍깍깍깍, 까—악!"

까마귀들이 급하게 울어대며 일제히 날아올랐다. 독수리들도 큰 날개를 푸득거리며 날아오른다. 허공을 휘젓는 날갯짓 소리가 공기를 가르고 새들이 우짖는 소리가 숲을 가득 메웠다. 영문을 모르는 너구리만 어리둥절해 있다가 사슴 주검으로 달려들었다.

호랑이가 강의 좌우를 가만히 살펴보더니 강 건너 너구리를 내려다본다. 긴장한 눈빛이 이글거린다. 월백이다. 골격이 당당해지고 살이 붙었다. 체장도 길어지고 전신의 털도 깨끗하니 독립한 티가 났다. 젊고 싱싱한, 아름다운 호랑이가 되었다. 시호테알린 산맥을 따라 영역을 돌고 온 모양이다.

월백은 독수리와 까마귀 떼가 조용해지기를 기다린다. 몇 달 전까지만 해도 까마귀가 성가시게 굴면 이빨을 내보이며 달려들던 월백이었는데, 신중해지고 성숙해졌다.

너구리를 쳐다보던 월백이 성큼성큼 강으로 내려왔다. 뒤늦게 월백을 발견한 너구리가 기겁을 하고 하류로 내뺀다. 겨울을 난 너구리라 마음만 급했지 걸음이 비틀거린다. 발을 헛디뎌 자꾸만 넘어지면서 도망갔다. 그러나 월백은 도망가는 너구리에게 눈길 한번 주지 않았다. 애초부터 너구리에는 관심이 없었던 듯 의심에 찬 눈초리로 독수리와 까치가 머물렀던 곳을 살피기 시작한다. 사슴 주검에 코를 대고 꼼꼼히 냄새를 맡는다. 다시 고개를 들어 강의 좌우를 둘러본다. 월백은 처음부터 사냥이 목적이 아니었다. 왜 이런 소란이 벌어졌는지 그것을 확인하러 온 것이다.

월백은 지난여름 홍수로 떠내려 와 강가에 쌓인 나무무덤을 살폈다. 그 속

위_ 긴장한 눈빛이 이글거린다. 월백이다. 골격이 당당해지고 성격도 신중해졌다.
아래_ 붉고 윤기가 흐르는 월백의 겨울 털이 노을 빛을 받아 더욱 붉다. 죽은 블러디 메리를
보는 것 같다. 월백은 어미가 죽은 것을 알고 있을까?

에는 자연의 소리를 담기 위한 무선 마이크가 숨겨져 있다.

"후-욱, 훅!"

콧김을 내뿜더니 나무무덤을 헤집어 무너뜨렸다. 헤드폰을 통해 나무들이 우두둑 무너지는 소리가 폭탄처럼 귓전을 때렸다. 월백은 아주 작은, 게다가 쇠붙이가 아니라 플라스틱 냄새가 나는 마이크를 정확히 찾아냈다. 마이크를 물고 당기더니 강철 같은 송곳니로 잘근잘근 씹어 부숴버렸다. 그러고는 주위를 빙 돌며 다른 곳은 이상이 없는지 냄새를 맡는다.

파문이 이는 곳을 확인하고 이상한 냄새를 점검하는 행위는 영토에 대한 애착이다. 마치 중세시대의 영주처럼 월백은 이 사슴계곡이 자신의 영토라는 확실한 인식을 가지고 파문의 진원지를 확인하고 있다. 성숙한 호랑이들이 보이는 행동이다.

주변을 한참 살피던 월백이 사슴강 가운데로 나아갔다. 사슴강 끝자락에 노을이 지고 있다. 월백이 고색창연한 사슴강의 하류를 바라본다. 사슴강을 배경으로 서 있는 월백의 뒷모습이 황야의 총잡이처럼 고즈넉함 속에 긴장을 숨기고 있다. 야생호랑이란 저런 것인가. 붉고 윤기가 흐르는 월백의 겨울털이 노을빛을 받아 더욱 붉다. 죽은 블러디 메리를 다시 보는 것 같다. 월백은 어미가 죽은 것을 알고 있을까?

월백이 긴장을 풀고 눈이 녹아 고인 물로 목을 축인다. 앞발에 묻은 물을 우아하게 떨어낸 다음, 깊은 산속의 은밀한 강이 마음에 들었는지 강 한가운데 주저앉아 휴식을 취한다. 발을 꼼꼼하게 핥고 털을 가지런히 다듬었다.

"아-웅."

몸단장을 마치고는 큼직한 송곳니를 드러내며 하품을 했다. 눈을 지그시 감고 휴식을 취하는 모습이 노곤하지만 편안해 보였다. 그렇게 두리번거리지도 않고 30분쯤 푹 쉬었다.

마지막 햇살이 숲 너머로 사라지자 월백은 몸을 일으켰다. 사슴강을 따라 걷기 시작했다. 독립한 호랑이에게 끊임없이 이동하며 영역을 둘러보는 일은 사냥만큼이나 중요하다. 월백은 시호테알린 산맥을 따라 다시 긴 여정을 떠났다. 묵묵히 걸어가는 월백의 뒷모습에 푸른 어스름이 끼었다. 터벅터벅 걷는 모습이 사슴강으로 늘어진 나뭇가지에 가려 아른거리더니 이윽고 사라졌다.

진달래와 호랑이

아지랑이 피어오르는 진달래 절벽을 기어올랐다. 기어오를수록 더 가파르다. 진달래는 이미 피었다. 산마루에도 피었고 깎아지른 절벽에도 피었다. 몽실몽실한 몽우리가 도톰한 놈도 있고 활짝 펼친 놈도 있다. 바람에 햇살이 일렁거리자 아지랑이 속에서 연분홍 꽃잎이 뒤척였다.

진달래 절벽의 한 벼랑 끝에 올라서자 푸른 동해에 잇단 '새끼멧돼지 삼형제' 자갈해변이 한눈에 내려다보였다. 우수리호랑이는 이런 곳에서 자신의 영역을 살핀다. 벼랑 언저리에 서 있는 소나무 둥치에 호랑이 흔적이 있다. 블러디 메리가 죽은 후, 설백과 천지백은 발굽동물들이 꼬이는 해안분지를 찾아다니며 해안절벽들을 넘나들고 있다. 그중에서 타친코 절벽이 가장 험준하고 그 다음이 진달래 절벽이다.

해변 쪽으로 튀어나온 산줄기 하나에 파놓은 비트로 기어들어갔다. 여기서는 진달래 절벽의 벼랑들이 잘 보인다. 바위투성이에다 잔솔 밑이라 비트를 만들기 어려운 조건이어서 내부가 좁다. 땅속에서 습기가 올라와 눅눅하기까지 하다. 환기를 시키고 잠복준비를 마친 다음, 낙엽과 고목을 끌어와 다시 위장을 했다.

4월, 일정이 늦어지고 있다. 지난 10월 초에 시작한 잠복생활이 6개월을 넘어섰다. 예년이라면 잠복을 끝내야 할 시기다. 블러디 메리의 죽음이 일정에 영향을 미쳤다. 어미가 죽은 후 설백과 천지백이 어떻게 지내는지 확인하고 싶고, 진달래가 피어난 절벽 위의 호랑이도 보고 싶다. 오든 안 오든 5월 초까지만 기다려보기로 했다. 5월이 넘어가면 잠복의 효율이 급격히 떨어진다. 숲이 우거져 호랑이가 바로 앞까지 오지 않는 한 알아보기 힘들다. 기온도 점점 올라가고 있다. 날씨가 더워질수록 사람냄새가 많이 난다. 게다가 살을 에는 겨울에는 안으로 파고들고 싶지만, 봄이 무르익을수록 밖으로 나가 활보하고 싶어진다. 이때는 한 평짜리 지하 비트에 갇혀 있다는 정신적 피로가 배가된다.

비트 앞 높은 벼랑 끝에 움직임이 있다. 렌즈를 천천히 돌렸다. 줌인 하여 초점을 맞추고 화면을 고정시켰다. 노을의 끝물을 등져 벼랑은 어둡고 검은 윤곽만 살아 있다. 그 윤곽 위로 검은 물체가 쑥 올라왔다 내려간다. 짐승의 머리다. 머리를 들었다 숙였다 하는 것을 보니 뭔가를 뜯어 먹고 있다. 머리가 다시 올라왔다. 귀가 고양이처럼 뾰족하다. 살쾡이인가? 머리가 또 올라왔다. 귀 끝에 털이 송송 솟아 있다. 노을의 마지막 기운에 역광으로 비쳐 귀 털이 붓끝처럼 시커멓다. 스라소니였다. 스라소니가 잠자리를 찾아든 산비둘기라도 잡았는지 연신 뭔가를 뜯어 먹고 있다.

스라소니는 호랑이, 표범과 함께 동북아시아의 삼대三大 큰고양잇과 동물의 하나로, 그중 덩치는 제일 작지만 가장 독한 맹수다. 내가 아는 우데게 사냥꾼 티푸이는 스라소니가 자신보다 열 배 가까이 큰 백두산사슴을 죽이

스라소니는 호랑이, 표범과 함께 동북아시아 3대 큰고양잇과 동물의 하나로,
그중 덩치는 제일 작지만 가장 독한 맹수다.

는 장면을 직접 목격한 적이 있다.

어느 가을, 백두산사슴의 번식기였다. 티푸이는 백두산사슴이 다니는 길목에 숨어 있었다. 그때 그리 크지 않은 스라소니 한 마리가 나타났다. 스라소니는 적당한 거리에서 달려와 바닥을 박차고 오르더니 날카로운 발톱으로 눈잣나무 둥치를 붙들었다. 둥치를 할퀴며 나무 위로 올라간 스라소니는 백두산사슴이 지나다니는 오솔길 위로 뻗은, 이파리가 무성한 눈잣나무 가지 속에 몸을 숨겼다. 오랜 기다림 끝에 말만 한 백두산사슴 떼가 나타나 오솔길을 지나갔다. 그 순간, 스라소니는 나무에서 뛰어 내려 백두산사슴의 등에 올라탔다. 놀란 백두산사슴이 스라소니를 떨쳐버리려고 이리 뛰고 저리 뛰었다. 하지만 이미 네 발의 발톱을 좌악 펼쳐 상대의 살점에 박아 넣은 스라소니는 백두산사슴이 아무리 요동쳐도 떨어지지 않았다. 로데오 경기하듯 백두산사슴을 타던 스라소니는 상대가 잠시 주춤하는 틈을 놓치지 않고 목줄을 파고들었다. 그리고 숨통을 물고 30분 가까이 대롱대롱 매달리며 늘어졌다.

결국 스라소니보다 열 배나 큰 백두산사슴이 쓰러졌다. 스라소니는 발이 땅에 닿자 백두산사슴의 마지막 숨통을 끊기 위해 이를 악물고 흔들었다. 백두산사슴이 미동도 하지 않자 그제야 목줄을 놓고 고개를 들었다. 독한 얼굴의 회갈색 털이 붉게 물들어 있었다. 그래 놓고는 자기도 기진맥진했는지 백두산사슴의 배를 베고 한참을 자더란다.

이 어둠속에서도 생과 사는 갈라지고 있다. 벼랑 끝에 선 야생의 검은 그림자가 저물어 가는 하늘에 대비되었다. 별들이 하나둘씩 밤하늘을 수놓기 시작했다. 스라소니가 머물렀던 벼랑 저편에서 달이 기지개를 켜며 올라왔다. 어렴풋이 비치는 달빛이 잠든 해안절벽을 쓸쓸히 지나간다. 숲은 질릴 정도로 고요하다. 파도는 없는 듯 숨을 죽였고 바람만 가끔씩 살랑거린다.

밤의 고요 속에서 잠든 산맥의 숨소리가 들려온다. 쿤카 카마니는 깊고 깊은 잠에 빠져들었다.

멀리서 여우 울음소리가 들려왔다.

"카아아악 카악 카아아악⋯⋯."

때마침 바람이 불어와 벼랑 위로 솟은 소나무들의 거무스름한 윤곽이 움찔거렸다. 밤하늘을 가르는 여우소리가 소나무의 비명처럼 들렸다. 칼가마의 외침 같기도 했다. 우데게는 한밤중에 숲에서 이해할 수 없는 소리가 들려오면 칼가마가 애원하는 소리라고 생각한다.

송진을 먹고 사는 칼가마는 나무의 정령인데, 몸은 나무둥치 같고 머리는 절구공이 같다. 키는 소나무 절반만 하고 손은 집게처럼 두 손가락이다. 고목더미나 장작더미에 살며 허리에는 허리띠를 매고 있다. 용감한 사람이 그와 싸워 허리띠를 뺏으면 사냥에서 큰 성공을 거두고 부자가 된다고 한다. 대신 칼가마는 힘을 잃는다. 그래서 허리띠를 뺏긴 칼가마는 밤만 되면 숲속을 헤매며 끊임없이 외친다.

"내 허리띠 돌려줘, 내 허리띠 돌려줘."

지겨울 정도로 애원하는 이 소리가 듣기 귀찮아 '옛다, 가져가라' 하고 혼잣말로 중얼거리기라도 하면 그 사람은 다시 가난해진다. 그래서 칼가마의 소리가 들리면 우데게들은 운수를 뺏길까봐 자리를 피했다가 칼가마가 지나가면 돌아온다.

우수리 숲에는 서로 먹고 먹히는 관계는 아니지만 칼가마처럼 성가셔서 피하는 관계가 더러 있다. 백두산사슴과 우수리사슴이 그렇고, 우수리호랑이와 조선표범이 그렇다. 우데게가 칼가마를 피하듯이 호랑이가 돌아오면 표범이 피한다. 표범은 자신의 영역 안으로 호랑이가 들어온 것을 그 발자국과 냄새로 금방 알아차린다. 알아차린 즉시 자리를 피했다가 호랑이가 떠

조선잣나무골 자연보호구에 사는 조선표범.
이 표범도 호랑이만 나타나면 감쪽같이 사라져버린다.

나고 나서야 돌아온다. 같은 영역과 발굽동물을 두고 경쟁하는 관계이기 때문이다. 드물게는 호랑이가 표범을 잡아먹기도 한다.

　두만강에서 북쪽으로 30킬로미터쯤 올라가면 조선표범을 보호하기 위해 설립된 케드로바야파찌 자연보호구가 나온다. 케드로바야파찌의 '케드르'는 조선잣나무, '파찌'는 골짜기란 의미로 조선잣나무골이라는 뜻이다. 골짜기 안에 조선잣나무 군락이 울창해서 붙여진 이름이다. 이 자연보호구에 조선표범 두 마리가 사는데 그중 암표범은 3대에 걸친 근친상간으로 태어났다. 가끔 자연보호구에 들르는 수표범이 3대째 자신의 딸과 결혼해서 태어난 표범이다. 근친상간의 후유증으로 같이 태어난 새끼 한 마리는 어릴 때 죽었고 이 암표범도 야생동물의 예민성이 많이 떨어져 있다. 그래서 이 암표범은 돌아다니는 영역이 좁고 사냥능력도 신통치 않으며 사람의 인기척도 덜 탄다. 영상으로 기록할 때도 어렵지 않게 촬영할 수 있다. 이렇게 야성이 떨어진 표범이지만 자연보호구 안에 호랑이가 나타나기만 하면 한동안 감쪽같이 사라진다. 야성의 유전자가 근친상간으로 많이 사라졌어도 호랑이에 대한 조심성만큼은 살아 있는 것이다.

　봄비가 내렸다. 비가 스며들자 대지의 따스한 기운이 수증기를 피워 올린다. 바다에서 밀려온 습한 기운이 가세해 수증기가 점점 짙어지더니 해안절벽이 안개에 파묻혔다. 바람이 심술을 부릴 때마다 안개는 흔들리고, 그때마다 절벽의 소나무들이 슬쩍 모습을 드러냈다가 다시 안개 속으로 사라진다. 그 위로 토닥토닥 봄비가 내렸다. 비에 젖은 솜처럼 안개가 내려앉으며 어둠이 몰려왔다. 밤이 깊어지자 먼 바다를 항해하는 선박의 불빛만 희미하게 비쳤다.

　새소리에 새벽잠을 깼다. 비트 입구를 열었다. 푸른 안개가 비트 안으로 밀려들어 왔다. 안개는 밤새 더 짙어져 눈앞의 나뭇가지도 어렴풋하다. 짙은 안개 속에서 새소리가 와글거렸다.

"푸르륵, 푸르륵."

"삐이약, 삐약."

목청이 크고 거친 게 우수리어치들이다. 짙은 새벽 운무가 천천히 빠져나가자 어치들이 하나둘 보이기 시작했다. 수십 마리의 어치들이 망개 덤불에 주렁주렁 매달려 열매를 따먹고 있다. 어치들이 이 덤불 저 덤불 날아다닐 때마다 망개 넝쿨이 출렁이고 이슬방울이 튀어 오른다. 철 지난 열매를 따느라 제자리 날갯짓이라도 하면 안개더미가 휘청휘청 날려간다. 햇무리가 나타나자 안개가 엷어지는가 싶더니 갑자기 안개가 걷히며 날이 완전히 밝았다. 따스한 햇살이 남아 있는 안개를 헤치고 축축한 대지를 비췄다. 나뭇가지와 덤불에 매달린 물방울마다 작은 무지개가 들어섰다. 아침식사를 마친 어치들이 하나둘 숲으로 날아갔다.

날이 밝고 해가 졌다. 그리고 다시 날이 밝았다. 밤과 낮이 끝없이 반복되던 어느 날, 바람이 불기 시작했다. 호랑이가 사슴의 목줄을 물고 흔들 듯 바람이 숲의 멱통을 물어뜯고 할퀴었다. 밤새 나무 사이를 거침없이 헤엄치던 바람이, 새벽이 출렁이는 모래톱으로 내려왔다. 바람이 푸른 모래먼지를 일으키며 해변을 휩쓸고 지나가자 바다는 거친 숨을 몰아쉬며 화를 삭였다.

바람이 쓸고 간 자리엔 새로운 자취들이 생겨난다. 그 자취의 끝에는 살아 움직이는 생명이 있다. 태고의 모습처럼 간결해진 모래톱 위로 매화꽃 무늬가 외줄로 찍혔다. 점점이 걸어간 외줄 멀리에 진달래 절벽으로 넘어가는 해안산맥이 구름을 뚫고 솟아 있다. 구름 너머로 태양이 얼굴을 내밀자 해변의 음침한 바위들이 파도에 젖어 반짝인다.

푸른 침엽수와 연분홍 진달래꽃 사이로 검은 줄무늬가 얼룩얼룩 하더니 절벽을 타고 내려와 벼랑 끝에 섰다. 동해를 내려다보는 눈빛이 무심하다. 스산한 바람이 감길 때마다 나뭇가지가 흔들린다. 흔들리는 잔가지 사이로 자갈해변을 내려다본다. 고개를 돌려 절벽 중턱도 바라본다. 어미와 들르던 곰 굴이 보인다. 날은 풀렸고 곰은 이미 나왔을 것이다.

천지백이 야위었다. 젖살이 빠져 홀쭉하다. 하지만 골격이 성장했고 얼굴은 성숙했으며 가만히 내려다보는 눈빛이 깊고 조용하다. 사춘기의 홍역을 치러낸 젊음처럼 늠름한 수호랑이가 되었다. 운치 있게 자란 소나무 밑에서 벼랑 끝으로 한 발 더 내딛는다. 동해가 내려다보이는 영토의 끝, 천지백이 이 해안절벽을 어미로부터 물려받았다. 자신의 영역을 돌고 있다. 천지백의 야윈 얼굴 뒤로 수탉의 볏처럼 뾰족한 절벽들과 칼날 같은 바위산이 솟구쳐 있다. 벼랑마다 푸른 소나무들이 자랐고 바위틈마다 진달래가 피어났다. 천지백과 잘 어울렸다.

진달래가 핀 험준한 절벽, 그리고 야생호랑이. 한국호랑이가 살아남는다면 우리나라의 동해안 절벽에서도 이런 모습을 볼 수 있을 것이다. 우수리 해안을 따라 형성된 험준한 산맥은 한국의 동해안에 융기된 태백산맥과 닮았다. 소백산맥에서 올라온 태백산맥이 동해안을 달리다가 백두산으로 향하고 이 백두대간이 장백산맥을 타고 두만강 북쪽으로 계속 뻗어 시호테알린 산맥과 연결된다. 한국에서는 한국호랑이, 만주에서는 만주호랑이, 이곳 연해주에서는 우수리호랑이라고 부르는 시베리아호랑이가 과거 이 백두대간을 타고 한반도 남단까지 움직였다.

검은 새 한 마리가 바닷바람을 타고 칼날바위 위로, 칼날바위의 푸른 소나무 위로 날아올랐다. 검은 새를 물끄러미 쳐다보던 천지백이 몸을 돌렸다. 가파른 산마루에 망개 덤불이 남빛 새싹을 틔우고 있다. 연분홍 진달래도 지천이다. 붉은 솜털에 싸인 꽃망울은 거의 남지 않고 모두 활짝 터져 절

푸른 침엽수와 연분홍 진달래꽃 사이로 검은 줄무늬가 얼룩얼룩 하더니 절벽을 타고
내려와 벼랑 끝에 섰다. 동해를 바라보는 천지백의 눈빛이 무심하다.

정을 넘기고 있다. 천지백은 등뼈를 유연하게 굴곡시키며 진달래 군락을 지나 고갯마루로 올라갔다. 고갯마루는 역광을 받아 스카이라인이 흑백으로 명확하다. 검은 산과 흰 하늘 사이에 아지랑이가 꿈틀거린다. 천지백은 스카이라인을 걸었다. 아지랑이가 꿈틀거릴 때마다 천지백의 실루엣도 꿈틀거렸다. 고갯마루에 우뚝우뚝 서 있는 침엽수 사이로 천지백의 검은 실루엣이 아른거리더니 하얀 스카이라인 너머로 사라졌다.

천지백이 왔다 간 다음날 설백이 왔다. 바다에는 황혼이 지고 있었다. 물마루 검붉은 바다를 끼고 해안절벽 오솔길을 따라 걸어왔다. 무심하다기보다는 시무룩해 보였다. 천지백보다 더 말랐다. 마르긴 했지만 체격이 자랐고 얼굴에서는 처녀 티가 났다. 성숙한 암호랑이가 되어 있었다.

설백은 천지백이 오줌을 뿌렸던 나무 앞에 멈춰 섰다. 냄새를 맡더니 꼬리를 번쩍 치켜들고 자신의 오줌을 덧뿌렸다. 설백은 오빠를 따라다니고 있다. 오빠는 홀로 살아가는 것이 익숙해졌지만 설백의 움직임에는 아직 오빠와 같이 지내려는 마음과 독립하려는 마음이 섞여 있다. 세상이 낯설어 오빠의 체취를 쫓고 있지만, 독립의 시기가 다가오고 있다. 매번 걸음을 멈춘 지점은 작은 센서가 숨겨져 있는 곳. 숲 속의 이상 징후를 감지하는 능력도 예민해졌다. 자기 영역의 이상 징후를 감지하고 애착을 보인다는 건 독립이 임박했음을 말해준다.

블러디 메리가 죽은 뒤, 설백과 천지백은 해안산맥에 무사히 터를 잡았다. 막내 월백도 내륙에 터를 잡았다. 월백과 천지백은 독립했고 설백은 독립이 머지않았다. 어미의 보살핌은 사라졌지만 자연이 물려주고 어미가 가르친 대로 다들 자신의 삶을 걸어가고 있다.

설백이 황혼에 물든 산마루 길을 올라갔다. 붉게 달궈진 쇳덩어리처럼 이글거리던 빛 무리가 서서히 가라앉더니 이내 사라졌다. 천지백이 넘어간 고

천지백이 왔다 간 다음날 설백이 왔다. 진달래 핀 해안절벽을 따라 걸어왔다.
마르긴 했지만 많이 자랐고 얼굴에서는 처녀 티가 났다.

갯마루로 설백도 넘어갔다. 빈 등고선이 쓸쓸하게 느껴졌다.

　올해의 잠복을 끝내기로 했다. 희끗한 머리카락, 그물같이 얽힌 주름, 피부 아래 더 깊어지고 날카로워진 뼈의 그림자, 눈은 눈구멍 속으로 퀭하니 패어 있다. 7개월간의 잠복생활, 그것을 끝낸다고 생각하자 억눌렀던 고독이 다시 물밀듯이 밀려들었다. 밀려드는 고독 속에서도 다가올 여름관찰과 이어질 겨울잠복을 생각하고 있었다. 한 길이 끝났음에도 새로운 길을 준비하고 있었다. 나무라도 붙들고 울고 싶었다. 결국 울음이 터져 나왔다. 나는 숲의 어둠이 두려웠던가? 자신의 열망이 두려웠던가?

　야생의 삶으로 꿈틀대던 숲은 어디론가 사라지고 문명의 삶에 허기가 느껴졌다. 그 허기를 채운 후, 다시 숲으로 가고 싶다면 그것은 꿈일 것이다. 한 길이 끝났는데도 또 새로운 길로 접어들고 싶다면 그것은 분명 꿈일 것이다. 꿈꾸는 길을 가다보면 친구를 만나게 되고 자신을 만나게 된다.

우연한 만남

갑자기 고개를 돌려 나를 노려본다. 눈동자가 딱 마주쳤다. 뚫어지게 쳐다보는 눈빛이 약간 놀란 모습이다. 하지만 겁먹은 것 같지는 않다. '저게 뭘까?' 이런 호기심이 눈동자에 어려 있다. 쳐다보던 눈길 속으로 파리 한 마리가 날아들었다. 시선이 파리를 쫓기 시작한다. 먹다 만 물고기에 파리가 점점 더 꼬여들자 나를 바라보던 시선은 온데간데없고 파리의 움직임에만 빠져든다. 이 파리 저 파리 한꺼번에 쫓느라 목이 전후좌우로 급하게 꺾인다. 그러다 문득 시원한 바람이 불어오자 나라는 존재는 까마득히 잊어버리고 둥지가 떠나갈 듯 기분 좋게 날갯짓을 한다. 그 날갯짓이 바람을 타는지 몸이 붕붕 뜬다.

어린 생명들은 순진하다. 생각과 행동이 어리석어 보일지라도 티끌이 묻지 않아 새털구름처럼 가볍고 경쾌하다. 올해 태어난 어린 녀석이지만 외모는 어미 못지않게 중후하다. 몸집이 듬직한 게 둥지가 꽉 찬다. 꼬리도 하얗게 변했다. 외동아들인지 외동딸인지 모르겠지만 새끼가 한 마리밖에 없으니 어미가 더욱 애지중지 키웠나 보다. 강가에 피어난 초여름 안개에 참나무 군락은 촉촉하니 더욱 푸르다. 높은 참나무 가지 위에 흰꼬리수리가 지름 1.5미터의 둥지를 틀었다.

허해진 기운이 실해졌다. 삭은 근력도 올라왔다. 내륙을 횡단해 바다로 가기로 했다. 산타고 강을 따라 좌우 숲을 지그재그로 조사하며 며칠 동안 걸었다. 돋던 움이 어느새 자라 숲이 웅성거리고 있다. 지저귀는 은방울 소리, 가지를 옮겨 다니는 재빠른 날개짓, 새들의 기미氣味도 명랑하다. 신록은 날로 짙어가고 계곡마다 생명의 물줄기가 넘실댄다. 그 위로 수리가 날며 야생 꽃사슴이 뛰논다. 시호테알린 산맥 저 너머, 광활한 호랑이의 영토에 여름이 찾아왔다.

조심조심 강가로 나갔다. 물까치 한 마리가 강가에 버려진 물고기를 쪼고 있다. 검은 머리에 하얀 배, 날개짓을 감친 하늘색이 긴 꼬리까지 이어진다. 천상의 새인 듯 맵시가 밝다. 머리를 씰룩이며 연신 물고기를 쫀다. 그때 어디선가 서너 마리의 까마귀가 날아와 물까치에게 달려들었다. 물까치는 능청이는 싸리나무 꼭대기로 물러나 하릴없이 긴 꼬리만 까닥인다. 까마귀들은 걸신들린 듯 물고기를 쪼아 먹었다.

강가의 말라 죽은 나뭇가지에는 흰꼬리수리 한 마리가 조는 듯 앉아 있었다. 가만히 지켜보던 흰꼬리수리가 허공으로 점프를 하더니 행글라이더처럼 날아와 까마귀들을 덮쳤다. 앉았던 나뭇가지의 흔들림이 채 멈추기도 전에 물고기는 흰꼬리수리의 차지가 되었다. 까마귀들이 슬쩍슬쩍 달려들며 억울함을 호소해봤지만 흰꼬리수리가 닥치는 대로 쪼아대자 결국 포기하고 이리저리 서성인다. 일부는 싸리나무로 날아가 애꿎은 물까치에게 화를 푼다. 물까치는 갯버들 사이로 이리저리 피해 다니며 법석을 떤다.

그 사이 흰꼬리수리는 뜯어 먹던 물고기를 통째로 삼켜버렸다. 그래도 양에 안 차는 듯 주변을 두리번거리다 발톱을 세우고 얕은 강으로 뛰어든다. 날개를 퍼덕이며 첨벙거려 보지만 계속 허탕을 치자 물 위로 솟은 돌멩이에 올라앉는다. 몸을 좌우로 흔들어 물기를 털어내더니 누런 부리로 털을 일일이 물어내려 다듬었다. 그러고는 흰 꼬리를 바짝 쳐들어 흰 똥을 찍 갈겨놓고 강을 따라 솟아오르며 상류로 날아갔다. 푸른 산타고 강은 울창한 숲을 끼고 흰꼬리수리를 따라 왼쪽으로 굽이쳤다.

어깨가 시려 눈을 떴다. 아침안개가 강과 숲으로 꿈틀거리며 내려왔다. 점점 짙어지더니 안개비가 내리기 시작한다. 죽음처럼 가라앉은 적막이 호젓하게 흐르는 강물을 타고 흐른다. 강 건너편 안개 속에서 발자국 소리가 났다. 발굽에 자갈이 채이더니 첨벙거리며 강으로 들어선다. 뿌연 안개 너머로 우수리사슴 서너 마리가 물살을 가르며 강을 건너고 있다. 어린 새끼를 데리고 물살을 가르는 소리가 새벽정적을 울리며 멜로디처럼 들려온다.

얕은 여울을 골라 우리도 강으로 들어섰다. 물살이 제법 세다. 물살을 거스르지 않고 흐름을 타며 비스듬히 사선으로 건넜다. 갯버들과 찔레덤불마다 거미줄이 걸려 있다. 거미줄의 주인은 다들 어디로 사라지고 안개이슬만 주렁주렁 매달려 있다. 왕거미의 거미줄은 지름이 2미터가 넘는 것도 있다. 호랑거미가 친 거미줄은 촘촘하고 야무지다. 이름 모를 거미들의 작고 가는 거미줄은 눈에 잘 보이지 않아 길을 갈수록 얼굴에 착착 감겨왔다.

숲은 날이 갈수록 열기가 차오르며 여름이 빠르게 무르익었다. 강의 상류로 올라갈수록 짐승들의 흔적이 눈에 많이 띈다. 반달곰과 살쾡이, 수달, 오소리의 흔적과 함께 우수리에는 흔치 않은 개똥지빠귀와 쇠물닭도 보였다. 강변에는 어린 버드나무와 싸리나무, 찔레덤불이 군락을 이루고 그 뒤로 물참나무와 개암나무, 오리나무, 자작나무 등이 늘어서 있다.

잣나무 숲을 낀 개울을 따라가다 오솔길 옆의 너럭바위에서 배낭을 벗고 휴식을 취했다. 흑빵과 소시지를 잘라 허기를 채우고 맑은 개울물로 목을 축였다. 스테파노비치는 너럭바위에 드러눕더니 이내 코를 곤다. 나도 바위에 걸터앉아 피곤한 몸을 맥없이 늘어뜨리고 전방을 멍하게 바라보았다. 아름드리 잣나무들이 즐비하다. 향기로운 잣 향이 흘러왔다. 그때 5~6미터 앞의 잣나무 뒤에서 둥그스름한 무언가가 스르르 밀려나왔다. 멍한 내 시야에 털북숭이 얼굴 하나가 들어오더니 또렷해졌다. 눈빛이 불타는 듯 깊었다. 호랑이였다.

호랑이는 나를 바라보며 가만히 서 있었다. 아무 말도 할 수가 없었다. 아니, 하면 안 될 것 같았다. 목에 건 카메라를 들 수도 없었다. 손만 까딱해도 덤벼들 것 같았다. 머리가 무척 크고 골격이 우람했다. 갈기도 성성하고 풍채가 남달랐다. 직감적으로 왕대라는 것을 알아차렸다. 시호테알린 산맥의 정령, 하쟈인이었다. 왕대의 눈빛은 무심한 듯 이글거렸고, 뚫을 듯 나에게만 집중되었다. 들킨 자의 눈빛이 아니라 확인하는 자의 눈빛이었다.

한참을 그러고 있었다. 나를 바라보던 왕대가 입술을 살짝 씰룩였다. 허튼짓하지 말라는 암묵의 경고였다. 그 씰룩임이 내 몸에 남아 있던 기운을 마저 앗아갔다. 왕대가 잣나무 뒤에서 천천히 걸어 나왔다. 육중한 전신의 웅자雄姿가 드러났다. 왕대는 잣나무에서 오솔길까지 사선으로 천천히 걸으며 계속 나를 주시했다. 나는 옴짝달싹할 수 없었지만 아무렇지 않은 척 계속 왕대와 눈을 마주쳤다. 왕대의 시선을 정면으로 맞받으려니 심리적 마비현상과 함께 팽팽한 긴장으로 온몸이 바늘로 찔리듯 찌릿찌릿했다.

왕대는 나의 모든 것을 파악하고 인지해 놓겠다는 듯 오솔길로 접어들 때까지 단 한순간도 내게서 눈을 떼지 않았다. 그 무심한 시선에 다가가서도 안 되고 멀어져서도 안 되는 물리적, 심리적 거리를 느꼈다. 오솔길로 접어

나를 바라보던 왕대가 입술을 살짝 씰룩였다. 허튼짓하지 말라는 암묵의 경고였다.
그 씰룩임이 내 몸에 남아 있던 기운을 마저 앗아갔다.

들자 왕대는 나를 바라보던 시선을 거두어들였다. 앞을 보며 묵묵히 오솔길을 걸어갔다. 단 한 번도 뒤돌아보지 않았다. 그렇게 숲 속으로 천천히 사라졌다. 나는 갑자기 초라해졌다. 무시당한 기분이랄까, 허탈한 기분이랄까? 왕대의 시선이 거두어진 순간부터 나 자신은 이미 초라해져 있었다.

왕대는 산타고 강을 따라 오솔길을 걷고 있었다. 터벅터벅 걷다가 마주 걸어오는 인간의 기척을 느꼈다. 사슴이나 멧돼지라면 줄행랑을 치겠지만 왕대는 오솔길에 멈춰 서서 주변을 둘러보았다. 오솔길 주위로 아름드리 잣나무들이 즐비했다. 잣나무 뒤로 걸음을 옮겼다. 잠시 피해 있으면 인간들은 지나갈 것이다. 성가신 인간들이 지나가면 가던 길을 가면 된다. 늘 그렇게 해왔고 오늘도 마찬가지다.

그런데 이상하다. 인간들이 지나가지 않고 머무르고 있다. 지나가야 할 사람들이 머무니 왕대는 궁금해졌다. 고개를 슬며시 내밀어 쳐다보았다. 인간들이 잣나무 근처의 너럭바위에서 쉬고 있다. 한 사람은 누워 있고 또 한 사람은 앉아 있다. 앉아 있던 인간과 시선이 마주쳤다. 가만히 노려보았다. 상대의 눈빛이 태연한 척 시선을 유지했지만 놀람 속에서 흔들리고 있다.

쇠붙이 냄새나는 기다란 막대는 없다. 사냥꾼들은 아니다. 적대감도 느껴지지 않는다. 그래도 입술을 살짝 일그러뜨려 경고했다. 그리고 몸을 일으켜 잣나무 뒤에서 천천히 걸어 나갔다. 눈빛으로 상대를 일정한 거리에 묶어두고 상대의 체취를 기억해두었다.

오솔길로 접어들자 시선을 거두었다. 갈 길을 걸었다. 뒤에 남아 있는 자에 대해서는 일말의 두려움도 없다. 상대는 얼어붙어 있고 눈빛에는 두려움이 숨겨져 있다. 그래도 정확하게 초점이 맞춰진 인간의 눈빛은 늘 부담스럽다.

스테파노비치를 흔들어 깨웠다. 코골기를 뚝 멈추더니 언제 낮잠을 잤느

나는 듯 벌떡 일어났다. 왕대를 만난 이야기를 하자 백전노장 산지기가 눈을 부릅떴다. 잣나무 뒤로 달려가 왕대가 머물렀던 흔적을 보고는 왜 안 깨웠냐고 아쉬워한다. 움직일 수가 없었다고, 아무 말도 할 수 없었다고, 그렇게 하면 금방이라도 덤벼들 것 같았다고 말해주었다. 스테파노비치는 고개를 끄덕였다. 그도 홀로 숲 속을 걷다 전설적인 왕대, 꾸찌 마파를 만난 적이 있었다.

숲에서 호랑이와 마주치면 어떤 기분일까? 러시아의 수렵학자 바이코프가 호랑이를 주인공으로 쓴 소설《위대한 왕》에 그런 장면이 나온다. 숲에서 호랑이와 마주친 퉁리 영감이 속으로는 치열한 심리싸움을 하면서도 겉으로는 짐짓 태연한 척 그 앞을 지나간다. 그러나 실제로 그렇게 하기란 정말 힘들다. 차마 그럴 용기가 나지 않는다.

오히려 '거리'를 느낀다. 넘어서도 안 되고 멀어져서도 안 되는 일정한 선이 느껴진다. 호랑이가 그 거리를 유지하고 있고 나도 그것을 유지해야만 한다는 생각이 본능적으로 든다. 그 다음 '경거망동 하지 말자, 자제하자'라는 속삭임이 마음속 깊은 곳에서부터 울려 퍼진다. 자제하지 않으면 금방이라도 덤벼들 것 같다. '거리와 자제력'. 산에서 호랑이를 만나면 이 두 가지를 제일 먼저 느낀다. 그 느낌을 행동으로 지키고 나면 우연히 마주친 호랑이와 무사히 헤어질 수 있다.

호랑이와 헤어지고 정신을 차리면 문득 새로운 의문 하나가 떠오른다. 호랑이는 어떤 기분이었을까? 나는 늘 이것이 궁금했다. 키플링의《정글북》에 나오는 늑대인간 모글리는 눈빛의 힘을 가졌다. 모글리가 늑대 무리를 정면으로 바라보면 아무도 마주 보지 못했다. 가장 친한 친구인 검은 표범조차 그의 눈을 똑바로 쳐다볼 수 없었다. 모글리가 사람의 눈을 가졌기 때문이다.

인간은 망막 중심에 정확히 초점을 맞추어야만 사물을 볼 수 있다. 무언가를 바라보려면 목표물을 직시해야 하는 것이다. 그러나 대부분의 포유류는 망막의 중심뿐만 아니라 주변부로도 사물을 명확히 볼 수 있다. 특별한 경우가 아니면 망막의 중심에 초점을 맞출 필요가 없다. 그 특별한 경우란 주로 사냥감을 노릴 때다. 그래서 동물들은 상대가 자신을 직시하면 자신을 노리고 있다는 의미로 받아들이고 극도로 긴장한다. 특히 상대가 인간일 때는 그런 감정을 더 강하게 느낀다.

왕대도 나의 눈빛에서 그런 감정을 느꼈을 것이다. 하지만 왕대는 나의 눈빛을 맞받았고, 그 힘은 뚫을 듯 나를 덮쳤다. 마주친 나의 눈빛이 미세하게 흔들리는 것도 읽었을 것이다. 왕대의 눈빛은 무심한 듯 이글이글 불타올랐다. 우수리 숲의 왕대였다.

그러나 호랑이도 개체마다 타고난 성격과 살아온 경험이 다르다. 숲에서 호랑이가 인간과 마주쳤을 때 어떻게 행동하는지, 내가 오랫동안 보고 듣고 수집한 자료를 토대로 분류해 보았다. 대개의 경우 호랑이가 먼저 피하거나 일정한 거리를 유지했다. 하지만 호기심을 보이며 다가오거나 공격하는 경우도 있었다. 우수리호랑이는 다음 네 가지 행동 가운데 하나를 보여주었다.

첫째, 도망간다(피한다)

고등생물은 자신보다 강한 적이 일정한 거리 안으로 들어오면 즉시 도망간다. 생물학자 헤디거는 이 거리를 '도주거리'라고 이름 붙였다. 도주거리는 상대가 얼마나 강하고 얼마나 두려운 존재인가에 따라 달라진다.

호랑이가 두려워할 만한 존재는 인간밖에 없다. 인간을 만난 호랑이는 대개 도주거리를 둔다. 그러나 그 방식이 다른 동물과는 다르다. 사슴이나 멧돼지는 일정한 거리를 유지하다가 인간이 도주거리 안으로 들어오면 줄행랑을 친다. 하지만 호랑이는 마주치지 않기 위해 길을 슬쩍 비켜가는 정도다. 부리나케 도망가는 호랑이는 그리 많지 않다. 급히 도망가는 호랑이는 아직 경험이 부족한 젊은 호랑이거나 성격이 예민한 호랑이, 사람에게 사소한 피해를 당해본 호랑이들이다. 이런 호랑이들은 사람에 대해 조금씩 경험하고 배워가는 중이다.

둘째, 공격한다

상대가 도주거리 밖에 있다면 다행이지만 갑자기 코앞에 나타나거나 자신이 막다른 골목에 몰리면 사정은 달라진다. 궁지에 몰린 생쥐가 고양이를 물듯 도망갈 기회를 놓친 동물은 어쩔 수 없이 싸울 준비를 한다. 이렇게 도주거리를 놓쳐 더 늦기 전에 공격과 방어로 돌아설 수밖에 없는 거리를 '위기거리'라고 한다.

새끼를 데리고 다니는 암호랑이를 위기거리 밖에서 만나면 공격에 앞서 살벌한 경고음을 듣게 된다. 속이 빈 설골을 울리고 나오는 호랑이 특유의 저음은 너무나 끔찍하다. 그 소리는 더 이상 접근하지 말라는 경고이며 공격행위를 하기 전 상대에게 주는 마지막 기회다. 그러나 운 나쁘게도 위기거리 안에서 호랑이를 만나면, 특히 새끼 딸린 암호랑이와 갑자기 마주쳐 깜짝 놀라게 했을 때는 마지막 기회란 거의 제공되지 않는다. 대부분 최악의 선제공격을 당한다. 암호랑이 입장에서는 정당방위다.

상처를 입어 사냥능력이 떨어진 호랑이도 배가 고프면 인간을 공격할 때가 있다. 특히 인간에게 총격을 받거나 큰 피해를 입은 적이 있어 증오심이 깊어진 호랑이는 매우 위험하다. 이런 호랑이는 위기거리 안에 있지 않더라도 인간을 공격할 수 있다.

호랑이가 인간을 증오하게 되는 원인은 대부분 사냥꾼이 제공한다. 우연히 마주친 호랑이에게 총을 쏘면 어린 호랑이는 도망가지만 어떤 호랑이는 바로 덤벼든다. 나이 든 노련한 호랑이는 일단 피한 뒤 몰래 돌아와서 습격한다. 총격을 당한 경험이 있는 호랑이는 총을 메고 가는 사람을 보기만 해도 습격할 때가 있다. 실제 산에서 호랑이에게 공격을 당한 사람은 대부분 사냥꾼이다. 총을 메고 숲을 걷는 것 자체가 매우 위험한 일이다.

셋째, 거리를 둔다

자신을 방어할 능력이 있는 호랑이는 사람이 다가와도 즉시 도망가지 않는다. 오히려 주변 지형지물에 몸을 숨기고 사람이 지나가기를 기다린다. 그러다 위기거리 안에서 상대와 마주치는 경우가 생기기도 하는데, 그때는 대부분 내가 만난 왕대처럼 행동한다. 경험이 쌓인 정상적인 호랑이일수록 자신의 힘을 알고 상대의 힘도 인정한다. 그리고 인간과 자신의 힘이 균형을 이루는 일정한 거리를 유지한다. 인간이라는 존재를 증오하지도 않지만 좋아하지도 않는다. 인간을 이유 없이 공격하지도 않지만 무서워하지도 않는다. 일정한 거리를 두고 경계하며 경고할 뿐이다. 혹시 사람이 사소한 실수를 하더라도 마지막 기회를 준다.

야생의 맹수들은 힘이 세고, 가진 무기가 강력할수록 다른 맹수가 가진 힘과 무기도 인정해준다. 그래서 결정적인 순간이 아니면 서로 몸을 사리며 본격적인 전투를 꺼린다. 동물행동학의 창시자 콘라트 로렌츠^{Konrad Z. Lorenz} 박사는 이를 '사회적 자제력'이라고 했다.

로렌츠 박사는 언젠가 늑대의 싸움을 관찰한 적이 있었는데, 수컷 두 마리가 만나자 목과 어깨의 털을 빳빳하게 세웠다. 코에는 주름이 잔뜩 잡혔고 거친 표정으로 으르렁거리며 상대에게 송곳니를 드러냈다. 전의가 깊어지며 싸움이 불붙기 시작했다. 이빨로 물려는 무서운 입질이 번개처럼 빠르게 오갔다. 그러나 입질은 번번이 상대의 이빨에 부딪혀 막혔고 실제 물지는 않았다. 나이 든 늑대가 밀어붙이자 젊은 늑대가 점점 뒤로 몰리더니 넘어졌다. 나이 든 늑대가 그 위를 덮쳐 눌렀다. 그러자 기이한 일이 벌어졌다. 젊은 늑대가 목을 저편으로 돌려, 몸에서 가장 치명상을 입기 쉬운 목줄을 적에게 일부러 드러내놓은 것이다. 나이 든 늑대의 이빨이 젊은 늑대의 목 가까이에서 빛나고 있었다. 약자는 자신의 급소를 일부러 드러내놓은 것 같았고, 강자는 위협의 표정과 소리만 요란했지 눈앞에 드러난 상대의 목줄을 물지 않고 자제했다.

강력한 무기를 가진 육식동물들이 사회적 자제력을 발휘하는 까닭은 무엇일까? 만약 자제력을 발휘하지 않고 사사건건 싸워 우열을 가린다면, 그 강력한 힘과 무기로 인해 그 종은 멸종할 것이기 때문이다. 그래서 강한 동물일수록 사회적 자제력이 발달하고, 사회적 자제력이 강할수록 다른 강자와도 일정한 물리적, 심리적 거리를 둔다. 일종의 핵균형을 이루는 것이다. 야생호랑이들이 서로에게, 그리고 인간에게 일정한 거리를 두는 것은 이런 이유에서다.

그러나 야생호랑이에게 사회적 자제력이 있다 하여 사육 호랑이까지 그런 것은 아니다. 사육 호랑이는 자신의 힘으로 먹이를 잡으며 살아온 것이 아니어서 자신의 힘과 그 용도를 잘 모른다. 자신의 힘을 모르면 상대의 힘도 알기 어렵다. 병아리가 자신이 무슨 짓을 하는지도 모르면서 다른 병아리를 쪼아 죽이듯이 사육 호랑이가 사람에게 장난을 친다는 것이 살인행위가 될 수도 있다. 만약 산에서 호랑이를 만난다면 동물원에서 탈출한 호랑이보다는 야생호랑이를 만나는 것이 훨씬 안전하다.

자제력과 거리 두기는 기본적으로 야생성에서 나온다. 길들여졌거나 갇혀서 자란 개체는 이 능력이 퇴화한다. 동물을 복원할 때는 이 점을 심각하게 고려해야 한다. 인간과 거리를 둘 줄 알고 자제할 줄 아는, 야생성이 살아 있는 개체 확보가 무엇보다 절실하다. 그런 고려 없이 방사된 동물은 인간과 심각한 갈등을 겪거나 인간이 설치한 위험물에 쉽게 폐사된다. 육식성 맹수인 표범이나 호랑이를 복원할 때는 더욱 야생성을 고려해야 한다. 이를 간과하면 비극이 탄생한다.

넷째, 다가온다

드물지만 사람을 만나면 아무런 적의나 두려움 없이 다가오는 호랑이도 가끔 있다. 호기심으로 가득 찬 순진무구한 호랑이다. 이런 호랑이는 사람을 처음 보거나 사람에게 피해의식이 전혀 없는 호랑이일 가능성이 높다.

케드로바야바찌 자연보호구의 전임 책임자였던 까르지시까 박사가 이런 호랑이를 만난 적이 있다. 어느 날 깊은 산속에서 야영준비를 하는데 호랑이 한 마리가 나타났다. 호랑이는 태연스레 텐트 주위를 한 바퀴 돌더니 이것저것 냄새를 맡기 시작했다. 주전자 냄새를 맡다가 벗어놓은 장화로 다가가 킁킁거리고 늘어놓은 침낭에도 관심을 보였다.

그렇게 주변의 모든 것을 파악하고 나자 마침내 박사 차례가 되었다. 호랑이가 천천히 다가왔다. 박사는 놀라움과 두려움을 감추고 가만히 서 있었다. 호랑이가 박사의 오른쪽 허벅지 냄새를 맡았다. 이빨에 물린 듯 허벅지가 아팠다. 박사는 배낭을 살며시 들어 허벅지를 막았다. 그러자 호랑이가 왼쪽 허벅지 냄새를 맡았다. 배낭을 왼쪽으로 옮겨 막았다. 그러자 이번에는 배낭 속에 뭐가 들었는지 하나씩 꺼내보기 시작했다. 호랑이는 이런 실랑이를 30여 분간 하다가 아무 일 없었다는 듯 돌아갔다. 그 호랑이는 러시아 말로 '말라도이', 이제 막 독립한 젊은 호랑이였다. 박사를 공격할 의사는 없었다. 단지 '이것은 뭐 하는 동물이지?' 하는 호기심으로 가득 차 있을 뿐이었다. 마치 놀러온 손님의 냄새를 킁킁거리며 맡는 집개처럼 행동했다고 한다. 그 호랑이는 아마도 사람을 처음 보았을 것이다.

하지만 이런 호랑이를 야생호랑이의 일반적인 모습으로 생각하는 것은 매우 위험하다. 자연에서의 사고는 공격하는 자의 자제력 결핍 때문이기도 하지만 공격당하는 자의 방심 때문이기도 하다. 한 동물원의 통계에 따르면, 수노루에 의한 사고가 사자와 호랑이에 의한 사고보다 더 많다고 한다. 사람들이 맹수를 구경할 때는 조심하며 몸을 사리지만, 수노루의 접근은 심각하게 여기지 않는다. 수노루가 다가와 뿔로 툭툭 치면 애교로 받아들이다가 어느 순간 돌변한 수노루에 들이받혀 사고를 당한다.

야생에서 동물을 조사하거나 촬영할 때도 마찬가지다. 호랑이를 염두에 둘 때는 늘 조심하고 긴장하며 만약의 경우를 대비한다. 하지만 캄차카의 불곰이나 북극곰을 촬영할 때는 마음이 해이해지기 십상이다.

일본의 한 다큐멘터리 촬영팀이 캄차카의 쿠릴호수에서 불곰을 촬영할 때의 일이다. 불곰이나 북극곰은 아프리카 사자나 인도 호랑이처럼 인간에 대한 도주거리와 위기거리가 아주 짧다. 대낮에 몇 미터 앞에 사람이 있어도 아무렇지도 않게 어슬렁거린다. 평소 사람에게 덤비지도 않고 평온하게 잘 지낸다. 이에 방심한 촬영팀은 불곰들이 우글거리는 호숫가에 야영텐트를 쳤다. 텐트 주위에 말뚝을 박고 줄 한 가닥을 둘러 영역을 구분한 다음 촬영을 시작했다. 텐트 안에서도 촬영할 수 있고 밥 먹다가도 촬영할 수 있으니 편리하고 좋았다. 그렇게 평온이 지속되던 어느 날 밤, 불곰 한 마리가 텐트를 찢고 들어와 사람을 물어 죽였다. 방심이 예외와 만나면 큰 사고를 부른다. 자연에서 '거리와 자제력'이라는 안전판은 서로가 인지하고 실천할 때만 유효하다.

야수의 밤

　왕대가 지나온 발자국을 거슬러 올라가며 이틀을 걸었다. 하쟈인의 흔적은 산타고강 상류로 이어졌다. 호랑이가 남긴 흔적이 차츰 많아지고 있다. 최상류로 접어들자 오솔길 옆에서 자라던 어린 잣나무 하나가 쓰러져 있다. 누군가 깔아뭉갠 듯 줄기는 부러졌고 잎들이 떨어져 있다. 호랑이가 잣나무 위에 누워 몸을 비빈, 보기 드문 흔적이다. 얼마 안 가 배설물 스탬프가 나왔다. 땅을 긁어내고 쌓은 흙더미 위에 배설물이 놓여 있다. 그런데 배설물에 노랗고 빨간 분비물이 섞여 있다. 번식기를 맞은 암호랑이의 스탬프다. 암호랑이는 번식기가 되면 자신의 영역을 정처 없이 떠돌아다니며 평소보다 더 자주 표시를 남긴다. 나무에 뺨과 옆구리를 부비고 오줌을 뿌리고 바닥을 뒹굴며 자신이 결혼할 준비가 되었다는 암내를 풍긴다.

　야생호랑이의 발정기는 한겨울이라고 알려져 있지만 반드시 그런 것은 아니다. 발정의 시기는 호랑이마다 달라 봄, 여름, 가을, 겨울 대중없이 찾아온다. 이것은 겨울철 눈 위에 찍히는 새끼호랑이의 발자국 크기가 제각각이라는 데서 알 수 있다. 태어나는 계절이 서로 다른 것이다. 야생호랑이의 번식기는 나이와 몸 상태, 새끼를 독립시킨 이후의 휴식기간, 영역 안 사냥감의 다소多少 등과 관계가 있으며, 계절과는 뚜렷한 관계가 없는 듯하다.[1]

암호랑이의 스탬프 옆에 또 하나의 스탬프가 나 있다. 관목의 뿌리가 드러날 정도로 깊게 판 것을 보니 하쟈인이 남긴 것이다. 왕대는 번식기를 맞은 암호랑이를 따라다니고 있었다. 발자국을 따라가자 여러 마리 호랑이가 어울린 흔적이 나왔다. 한 마리는 앞발 볼의 너비가 12.9센티미터로 왕대고, 또 한 마리는 12.1센티미터로 역시 무시 못할 수호랑이다. 나머지 한 마리는 9.5센티미터로 번식기를 맞은 바로 그 암호랑이 같다.

수호랑이들은 발톱자국과 배설물 흔적을 경쟁적으로 남겼다. 그 가운데 핏자국이 남아 있다. 수호랑이끼리 피를 흘리며 싸운 흔적이다. 12.9센티미터와 12.1센티미터가 싸우는 것을 9.5센티미터가 옆에서 지켜보았다. 싸움에서 이긴 왕대의 발자국은 9.5센티미터와 계속 붙어 다녔다. 12.1센티미터는 따로 떨어져서 움직이다가 가끔 9.5센티미터에게 접근했다. 그때마다 왕대는 12.1센티미터를 향해 달려들었고, 12.1센티미터는 멀리 피했다가 다시 돌아오곤 했다. 거기에다 또 다른 수호랑이 한 마리가 나타나 9.5센티미터에게 접근했다가 사라졌다.

이곳에서 '야수의 밤'이 벌어졌다. 암호랑이가 번식기를 맞으면 수호랑이들이 암내를 맡고 몰려든다. 암호랑이를 찾아온 수호랑이들은 서로 으르렁거리며 밤마다 싸우고 심지어 물어 죽이기까지 한다. 한편으로는 암호랑이를 어르고 한편으로는 다른 수호랑이와 싸워가며 1~2주간 암호랑이 쟁탈

---

1 / 동물원의 시베리아호랑이를 대상으로 실시한 조사에서는 1월 말에서 6월까지만 발정했다. 그중에서도 4월과 6월 사이에 발정의 빈도가 가장 높은 것으로 나타났다. 반면 벵골호랑이는 우기(6~9월)를 피해 주로 10~3월에 발정을 했다.

전을 벌인다. 호랑이들이 밤마다 어울려 숲을 쏘다니는 이때를 우수리 원주민들은 야수의 밤이라고 부른다. 야수의 밤이 시작되면 계곡의 정적을 깨뜨리는 포효소리에 섞여 낙엽이나 눈 위를 걷는 호랑이들의 사뿐사뿐한 발자국 소리, 서로 으르렁거리며 다투는 소리, 뭔가를 애타게 갈구하는 듯 끙끙대는 소리, 성미를 못 풀어서 내뿜는 거친 숨소리 등이 손에 잡힐 듯 들려온다. 그 소리는 신경질적이면서도 간드러지고, 그러다 갑자기 공격적으로 돌변하기 일쑤여서 일반인이 들으면 야수가 실성해서 내지르는 소리로밖에 들리지 않는다.

이런 현상은 암호랑이의 배란이 가까워질수록 점점 심해진다. 짝짓기를 더 자주 하기 때문이다. 배란하는 2~3일 동안에는 무려 60번 정도의 짝짓기를 한다. 이런 까닭에 사람들은 수호랑이의 생식기를 정력제로 착각해 사고판다. '비아그라'는 인도의 산스크리트어로 호랑이를 일컫는 말이다.

암호랑이의 냄새나 포효소리를 듣고 뜨내기 수호랑이가 제일 먼저 찾아와 어설프게 하룻밤 몸부림친다 해도, 그런 젊은 수호랑이의 자식이 태어나기란 쉽지 않다. 암호랑이는 배란하기 며칠 전부터 교미 자극이 필요하기 때문에 교미 상대로는 주로 자신의 영역 근처에서 오랫동안 살아온, 이미 안면이 있는 수호랑이를 선호한다. 게다가 강한 아비의 유전자를 물려받고, 그 영토 안에서 안전하게 자라는 것이 새끼들에게 유리하다. 그래서 암호랑이는 대부분 그 지역의 으뜸 수컷, 왕대와 짝짓기를 한다. 무리에 왕대가 끼어 있었으니 야수의 밤의 승자는 십중팔구 왕대였을 것이다. 며칠 전 만난 하쟈인은 이미 승리의식을 충분히 치른 후 돌아가는 길이었다.

암호랑이는 아무래도 월백 아니면 설백 같다. 암호랑이는 보통 두 살 반 정도가 되면 성적으로 성숙해진다. 이때부터는 새끼를 키울 수 있는 영역만 확보한다면 번식기를 가진다. 월백과 설백은 블러디 메리로부터 영역을 물려받았고 나이도 이제 세 살 가까이 되었다. 뜨내기일 수도 있지만, 이 지역을 돌아다니는 암호랑이라면 자매 중 하나일 확률이 높다. 그렇다면 아버지와 결혼한 것이 된다. 두만강 위, 조선잣나무골의 표범처럼 라조 지역의 야생호랑이 사이에서도 근친상간이 일어나고 있는 것일까?

강변 좌우에는 숲이 울창하다. 여울은 물비늘을 하얗게 일으키며 왈왈거리고, 얕은 강바닥에는 암갈색 자갈들이 가지런히 깔려 햇살을 받을 때마다 거북등처럼 물무늬가 진다. 산타고 강은 온갖 아름다움을 뽐내며 울창한 활엽수림을 헤치고 동에서 서로 흘러간다.

모퉁이를 돌자 강 건너에서 노루 한 마리가 물을 마시고 있다. 6월이면 사슴이나 노루는 활엽수림을 낀 강변을 자주 돌아다닌다. 아침이나 그늘 드는 오후에 강변으로 나와 부드럽고 질 좋은 풀을 뜯는다. 호랑이와 그 먹이동물이 살기에 가장 좋은 서식지는 참나무 숲과 잣나무 숲이다. 하나를 더 꼽는다면 바로 이렇게 강을 끼고 형성된 울창한 숲이다. 이런 강변 숲에는 많은 동물들이 살아간다. 호랑이도 그런 동물들을 따라다니며 살아간다.

가만히 살펴보니 엉덩이가 캥거루처럼 치켜 올라가 있다. 앞다리가 뒷다리보다 짧다. 사향노루다. 사향노루가 고개를 들어 나를 쳐다본다. 마시던 물방울이 기다란 목을 타고 굴러 내린다. 입술 양쪽으로 어금니가 날카롭게 돌출되어 있다. 수컷이다. 콧망울을 씰룩이며 귀를 쫑긋거리더니 이내 몸을 돌려 자갈밭을 달린다. 귀엽게 말아 올린 꼬리부터 허벅지까지 털이 새하얗다. 우수리의 사냥꾼들은 사슴이나 노루 엉덩이의 저 하얀 털을 '거울'이라고 부른다. 멀리서도 잘 보여 사냥의 표적이 되기 때문이다. 특히 사향노루는 그 사향주머니 때문에 우수리에서도 멸종위기에 처했다. 엉덩이를 들었다 났다 몇 번 뛰더니 금세 맞은편 숲으로 사라졌다.

산타고 강에서 샤우카를 거쳐 해안산맥으로 들어갔다. 해안을 따라 10킬로미터쯤 내려오자 해안절벽이 끊어졌다. 끊어진 절벽 사이로 작은 강이 바다로 흘러든다. 절벽 위에서 휴식을 취했다. 오랜 야영으로 몸이 조금씩 가라앉기 시작했다. 먹을거리도 부족하고 배터리도 떨어졌다. 베이스캠프로 돌아갈 시간이다.

바다와 맞닿은 강물에서 둥그스름한 물체들이 스멀거린다. 대머리만 물밖으로 내놓고 우리를 쳐다보는 놈도 있고 물속으로 잠수하는 놈도 있다. 일부는 강변의 큼직큼직한 자갈더미 위에서 햇볕을 쬐고 있다. 회색에 검은 반점을 가진 둥글둥글한 몸통이 물기에 젖어 오후 햇살에 번들거린다. 우수리에서는 '니에르빠'라고 부르는 점박이 물범이다(우리나라 백령도에 서식하는 물범과 같은 종이다).

포동포동한 암컷 옆에는 올 봄에 태어난 새끼들이 한 마리씩 자리를 잡고 있다. 새끼는 검은 반점이 아직 선명하지 않고 몸의 색이 회색보다는 흰색에 가깝다. 점박이 물범은 사람의 발길이 잘 닿지 않는 곳이면 우수리 해안 어디든 서식한다. 청어나 명태, 잡고기들을 배불리 잡아먹고 난 후 햇볕을 쬐며 휴식을 취하기 위해 해안가 바위나 강변의 자갈밭으로 오르곤 한다. 물속에서는 빠르지만 뭍에서는 지렁이처럼 느리다. 그래서 물속에 있을 때는 호기심에 찬 눈빛으로 여유 있게 행동하다가도 뭍에만 오르면 늘 사방을 두리번거리며 경계한다.

맹수는 자기가 노리는 생물에게 결코 화를 내는 법이 없다. 상대의 조그만 기척에도 숨을 죽이며 한 발 두 발 유효사냥거리까지 조용하고 겸손하게 접근한다. 이때가 그랬다. 무심히 내려다본 절벽은 가팔랐다. 그 절벽을 끼고 줄무늬의 등줄기가 유연하게 휘어지며 조심스럽게 돌아 나왔다. 나오자마자 다시 튀어나온 절벽 밑으로 들어갔다. 절벽에 가려 더 이상 모습이 보

회색에 검은 반점을 가진 둥글둥글한 몸통이 물기에 젖어
오후 햇살에 번들거린다. 점박이 물범들이다.

이지 않았다. 짧은 순간이었지만 분명 호랑이였다.

숨을 죽이고 목에 맨 카메라를 들다가 도로 내려놓았다. 배터리가 진즉 떨어진 것을 깜빡 잊었다. 늘 주의해도 이렇다. 카메라 대신 망원경을 들었다.

절벽 밑에서 잠시 매복하던 줄무늬가 머리부터 천천히 나타났다. 한 발 한 발 조심하며 나아가더니 절벽 앞쪽의 주먹처럼 솟은 큰 바위 뒤로 숨어들었다. 주먹바위 뒤로 들어가자마자 스핑크스 자세로 바싹 엎드린다. 스핑크스 자세이긴 하지만 언제라도 튀어나갈 수 있게 발바닥으로만 땅을 딛고 웅크렸다. 그리고는 얼굴만 살짝 내밀어 물범을 엿본다. 작은 귀를 쫑긋거릴 때마다 귀 뒤의 하얀 점이 두리번거리며 나를 노려보는 것 같다. 몸집이 크지 않은 암호랑이다.

주먹바위 앞쪽에는 촛대처럼 생긴 바위가 하나 더 서 있다. 줄무늬는 몸을 움찔거리며 그쪽으로 이동할 듯 말 듯 망설였다. 촛대바위 다음부터는 강변 자갈밭이다. 물범들이 쉬고 있는 강 하구까지는 채 30미터가 되지 않는다. 망설이던 줄무늬가 주먹바위에서 기어 나왔다. 네발짐승이 낮출 수 있는 최대한 자세를 낮추어 두세 발 살금살금 걷더니 네다섯 걸음을 재빠르게 움직여 촛대바위 뒤로 가서 딱 붙었다. 그리고 다시 끈질기게 기회를 엿보며 기다린다. 표정은 볼 수 없지만 정지한 움직임 속에서 미세하게 느껴지는 근육의 떨림이 오로지 물범에게 집중되어 있다. 앞쪽으로만 향하는 집중력 때문에 뒤쪽 절벽 위에 엎드려 내려다보는 나의 존재를 전혀 눈치채지 못하고 있다.

몸통이 움찔거리며 튀어나갈 듯 말 듯하다.

'네가 물범이면 나는 범이야. 지금 나는 배가 고프다구.'

팽팽하던 긴장감을 깨고 튀어나갔다. 자갈밭을 달리는 줄무늬의 움직임이 구렁이처럼 유연하고 강물처럼 고요하다. 줄무늬가 자갈밭을 두세 번 도약할 때까지도 물범들은 알아채지 못했다. 절반쯤 달려 나가서야 뒤늦게 눈치채고는 뒤뚱거리며 너도나도 강물로 뛰어든다. 새끼 물범들과 중간 크기의 물범 두어 마리가 뒤처졌다. 뒤처진 물범들이 막 물속으로 들어갔을 때 줄무늬가 따라잡았다. 줄무늬는 달리는 속도 그대로 강물에 뛰어들었다. 줄무늬의 도약에 반투명한 물방울 줄기가 두세 번 깔끔하게 튀어 오르더니 뒤처진 물범 한 마리가 퍼덕였다. 탄력 넘치는 황갈색 줄무늬와 두터운 지방으로 둘러싸인 회색빛 물범이 물속에서 뒹군다. 물줄기들이 천방지축으로 날뛰기 시작한다. 물줄기 사이로 언뜻언뜻 붉은 핏줄기가 보이는 듯하다. 줄무늬는 물범의 목을 물고 흔들며 물 밖으로 끌어내려고 했다. 물범은 조금이라도 더 깊은 물속으로 들어가려고 필사적으로 몸부림쳤다. 그럴수록 줄무늬는 물어 쥔 목줄을 그악스럽게 흔들었다. 가장 빨리 숨통을 끊어주는 게 예의라는 듯 격렬했다.

한동안 요동치던 강물이 잔잔해졌다. 줄무늬는 주둥이를 들어 긴 숨을 들이쉬었다. 벌어진 입 사이로 붉게 젖은 송곳니가 보였다. 강고한 턱선을 따라 물방울이 흘러내렸다. 흘러내린 물방울은 반쯤 물에 잠긴 굵은 발 앞으로 떨어졌다. 발 앞에는 축 늘어진 물범이 물 위로 3분의 1쯤 떠올라 있었다. 물범에게서 불그스름한 색조가 풀려나와 강물을 물들였다.

호랑이가 물범을 사냥한다는 것은 하나의 전설이다. 우데게 사이에 암바와 니에르빠의 관계에 대해 전해 내려오는 이야기가 있긴 하지만 공식적으로 확인된 바는 없었다. 물범의 두개골이 육지 꽤 깊은 곳에서 발견되는 것을 보고 학자들도 막연히 그 관계를 짐작했을 뿐이다. 나중에 이 목격담을 이야기해 주었더니 학자들은 매우 놀라워했다. 하지만 우데게는 당연하다는 듯 받아들였다. 특히 동해를 끼고 살던 우데게의 후손들은 바다의 대정령인 테무가 화를 풀고 오랜 비가 그치면 숲의 대정령인 암바가 물범을 사냥한다고 구체적인 시기까지 말했다. 오랜 장마가 그치고 따뜻한 햇살이 비치면 물범들이 볕을 쬐기 위해 뭍으로 오른다는 사실을 우데게의 선조도 알고 있었고 호랑이도 알고 있었던 것이다.

줄무늬는 혓바닥을 날름거려 강물을 서너 번 마시고는 물범을 촛대바위 뒤로 끌고 왔다. 작년 봄에 태어났음직한 중간 크기의 물범이었다. 줄무늬는 철퍼덕 주저앉아 털을 뽑을 것도 없이 뜯어 먹기 시작했다. 끌고 오느라 길게 난 핏자국 너머에서는 물범들이 바닷속을 들락거리며 이쪽을 바라보고 있었다.

줄무늬는 설백이었다. 체구가 크지는 않지만 당당하고, 탄력 있는 몸매에 털도 깨끗하다. 블러디 메리로부터 물려받은 해안산맥에 완전히 정착한 것 같다. 물범을 사냥하는 법도 어미로부터 배웠을 것이다. 어미가 죽은 이후에도 해안산맥을 끼고 살다보니 바다포유동물을 사냥하는 법이 더욱 능숙해졌을 것이다. 물범이 나타나는 곳을 미리 알고 집요하게 기다리다 노련하게 사냥을 마쳤다. 신비로운 광경이었다.

다시 만나기 힘든 행운을 뒤로하고 슬며시 절벽을 빠져나왔다. 길을 재촉하면서 문득 야수의 밤의 여주인공이 설백일 것이라는 생각이 들었다. 호랑이의 임신기간은 100일 남짓, 여름이 끝나가는 8월 말이나 가을이 시작되는 9월 초에 새끼를 낳을 것이다.

들국화

　사슴강의 물결은 길고 부드러웠다. 산굽이를 완만하게 돌아 나오는 물이랑들이 서두르지 않았지만 끊임없어서 밀어내는 듯 영혼을 빨아들였다. 수없는 물주름들이 저마다 일렁거렸고 그때마다 물결소리들이 제각기 울려 퍼졌다. 물결소리들은 가까워졌다 멀어지고 멀어졌다 다시 가까워지며 하나로 합쳐졌다. 화음은 단조로웠고 변함없었다.

　"라돈 목욕 한번 안 하겠나?"

　사슴강 상류를 걸으면서 스테파노비치가 물었다.

　"라돈 목욕이요?"

　"그런 곳이 있지. 가보세."

　사슴강의 지류로 꺾어들자 수증기가 피어오르는 구멍에서 따뜻한 물이 솟아 개울로 흘러들고 있었다. 구멍 입구는 노르스름하고 주변 땅은 붉은 빛이 감돈다. 미네랄 온천수였다.

　산지기들은 근처를 지나다가 가끔 이 라돈에 들러 목욕을 하거나 물을 떠간다고 했다. 주변에 사슴 발자국이 찍혀 있다. 사슴들도 이 온천수를 이용하고 있다. 미네랄 성분을 섭취하기 위해 찾아오는 모양이다.

스테파노비치에게 물었다.

"이 라돈, 겨울에도 안 얼고 흐릅니까?"

"일부는 얼지만 다 얼지는 않지."

개울이 얼어붙어도 한두 구멍은 얼지 않고 미지근한 물이 흘러 겨울에도 물을 마실 수 있다고 했다. 주변을 둘러보며 자세히 조사해보니 아주 오래된 흔적이지만 호랑이 발자국도 있다. 라돈 근처에 비트 하나를 추가로 준비하기로 했다. 늙은 산지기가 의아해한다.

"설마 이 라돈이 호랑이와 무슨 연관이 있으려고?"

"목이 마를 때 물을 벌컥벌컥 마시고 싶지, 얼음을 살살 녹여 먹고 싶겠어요? 먹고 자고 마시는 본능은 사람이나 짐승이나 마찬가질 겁니다."

"그건 그렇지."

어느 숲이든 소금이나 미네랄이 묻어나는 곳이 있다. 발굽동물들은 광물성 영양소를 섭취하기 위해 그런 곳을 자주 찾는다. 조선곡에 있는 소금절벽만큼은 아니더라도 발굽동물들이 이 라돈을 찾고 있다. 온 산야가 얼어붙는 겨울이 되면 더 자주 찾을 것이다. 오래된 흔적이지만 호랑이도 이곳에 들렀다. 라돈의 존재를 알고 있다. 발굽동물들이 자주 들른다는 사실도 알고 있을 것이다. 겨울산맥을 넘나드는 호랑이라면 근처를 지날 때 이 라돈이 생각날 것이다. 얼마나 소중한 물인가? 먼 길 가는 나그네가 그랬듯이 따뜻한 물 한 모금 마시고 언 몸을 녹여 다시 출발할 것이다.

어둠이 깔리며 달이 수줍게 떠올랐다. 강은 달빛을 받아 새벽처럼 환하고 버드나무 솜털 잎은 은색으로 반짝였다. 기온이 수온보다 더 내려가자 강줄기를 따라 안개가 피어올랐다. 안개는 물 위로 엷게 퍼졌다가 사라졌다. 땔감을 더 모아 모닥불에 던져 넣었다. 모닥불이 벌겋게 타올랐다. 불길이 번뜩일 때마다 나무 그림자가 어른거렸다. 가끔 물고기들이 뛰었다. 수달이 물장구치는 소리도 들려왔다. 주위는 다시 정적에 빠졌고 모래톱을 쓸고 가는 여울소리만 나지막하게 울렸다.

어둠 속에서 스테파노비치의 구레나룻이 모닥불에 언뜻언뜻 비쳤다. 늙어 보였다.

"어이, 말라도이!"

"네, 스타리?"

스테파노비치는 칠순이 넘었어도 자신보다 몇 살만 젊으면 '말라도이(젊은이)'라고 부른다. 그리고 자신은 '스타리(늙은이)'라고 부르라고 한다. 평생 산에서만 살아온 산사나이들이 쓰는 어법이다. 산에서는 세월을 앞서가고 뒤따라오는 것 외에는 어떤 구분도 차별도 없다.

"집에 안 가고 싶어?"

"……."

"애들은 안 보고 싶어?"

"……."

"난, 요즘 자꾸 고향 생각이 나. 손자도 보고 싶고."

"……."

"내년에 산속 생활 은퇴하고 고향으로 돌아갈 거야."

갑자기 눈시울이 붉어졌다.

"스타리는 나중에 강가의 버드나무가 될 겁니다."

"말라도이는?"

"저도 버드나무가 될 겁니다."

"우자 알아?"

우자는 '울다＋者(놈 자)＝우자'로 알타이계 퉁구스어다. '우는 사람', '슬픔을 잉태한 사람'이라는 뜻으로 우데게의 '우자 신화'에 나오는 인물이다.

처음 이 땅에 살던 우데게는 죽는다는 것이 무엇인지 몰랐다. 사람들이 늙으면 그 영혼은 나무로 스며든다고 믿었다. 남자는 버드나무, 여자는 자작나무가 되었다. 나무에 스며든 영혼은 다시 태어났고 그렇게 이 중간세계에서 영원히 순환했다.

어느 날 우자는 숲 속 호숫가를 걷고 있었다. 맑은 호수 속에서 무언가가 반짝였다. 아름다운 조가비였다. 물결이 둥글게 퍼지며 조가비가 말했다.

"우자여, 어서 집으로 돌아가 형이 늘 자던 곳을 파보세요. 그곳은 망자는 者들이 사는 아래세계 '부니'로 들어가는 입구입니다."

우자는 집으로 달려가서 형이 누웠던 자리를 팠다. 아래세계가 나왔다. 아래세계에는 중간세계와 마찬가지로 숲이 펼쳐져 있었다. 숲을 가로지르며 그물망처럼 강이 흘렀고 동물들이 뛰놀았다. 해는 없었지만 달빛이 밝고 고요하게 비쳤다. 우자는 자작나무 껍질로 짠 돗자리로 아래세계의 입구를 가렸다. 뛰어난 사냥꾼인 형이 돌아오면 아래세계로 내려가 동물들을 다 죽일까봐 걱정되어서였다.

저녁이 되자 형이 사냥을 마치고 집으로 돌아왔다. 형은 무심결에 자작나무 돗자리에 앉았다가 아래세계로 떨어졌다. 형이 걱정되어 우자도 따라 내려갔다. 부니로 들어가는 입구에는 커다란 개가 지키고 있었다. 무시무시한 눈방울을 두리번거리던 개가 우자를 발견하고 고막이 터질듯이 우렁차게 짖었다. 그 옆에 앉아 있던 노파가 우자를 보자 화색을 하며 일어섰다.

"우자여, 당신을 오랜 세월 기다렸다네. 당신이 처음으로 이 부니로 통하는 영혼의 길을 냈도다!"

부니로 들어간 영혼은 다시는 중간세계로 돌아올 수 없었다. 입구의 무시무시한 개가 영혼이 부니로 들어가는 것은 허락해도 나오지는 못하게 지켰다. 하지만 노파는 우자를 죽은 사람이 가는 아래세계로 들였다가 다시 중간세계로 올려 보냈다. 그때부터 우자는 중간세계로 올라가 죽은 사람의 영혼을 아래세계로 안내해 오는 역할을 맡게 되었다. 아래세계의 문을 처음 연 우자가 죽은 사람을 들이게 된 것이다.

우자가 아래세계의 문을 연 이후, 중간세계에서 지속되던 영혼의 순환은 멈추었다. 대신 죽음이 생겨났다. 사람들은 숲 속의 나무처럼 많이 태어나기 시작했고, 세월을 따라 우자를 따라 강물처럼 부니로 흘러들어갔다. 그리고 슬픔이 생겨났다.

"말라도이, 자?"

"아뇨."

"우리가 함께 일한 지 얼마나 됐지?"

"한 7, 8년."

"자네 산에서 일한 지는 얼마 됐지?"

"20년이 안 됐습니다."

"말라도이……."

"스타리는 산에서 일한 지 얼마나 됐어요?"

"나? 한 50년 됐나?"

"산이 좋아요? 집이 좋아요?"

"……모르겠어."

"내년엔 고향 가서 손주들하고 지내세요."

"그래야겠지…… 근데 말이야, 공동묘지에 가묘假墓로 써놓은, 나 들어갈 자리가 영 마음에 안 들어."

"……."

"왠지 모르겠지만…… 마음에 안 들어."

"스타리는 강변의 버드나무가 되실 거예요."

"……그럴까……."

찌푸린 구름이 달빛을 시샘이라도 하듯 가리곤 했다. 어느새 모닥불을 빼고는 모두 어둠에 잠겼다. 때때로 구름 사이로 달이 빛났다. 달빛이 강해질수록 찬 이슬도 많이 내렸다. 모닥불은 조금씩 사그라졌다. 달빛이 스러져 가는 밤 그림자와 노닐었다. 차갑고 조용한 밤이었다.

숲에서 생명이 쓰러지면 다른 생명들이 문상객으로 찾아온다. 까마귀가 찾아오고 독수리가 찾아온다. 다음으로 너구리가 찾아오고 오소리가 찾아온다. 마지막으로 개미와 송장벌레가 찾아와 뒤처리를 한다. 이들의 문상이 끝나면 쓰러진 생명은 숲으로 고요히 녹아든다. 문상객이 찾아오지 않으면 쓰러진 생명은 자신을 숲으로 돌려보낼 생명을 스스로의 내부에서 길러낸다.

산이 너무 깊어서 그랬는지 호랑이라서 그랬는지, 이때가 그랬다. 문상객이라고는 까마귀 한 마리 없었고, 자신의 몸에서 태어나 자신의 몸을 먹고 자란 구더기만 우글거렸다. 코에서도 구더기가 기어 나왔고 입에서도 기어 나왔다. 배와 허리에는 수만, 수십만 마리의 구더기가 산더미처럼 쌓여 썩은 살을 녹이고 파먹으며 우글거렸다. 시체 속에서 살도록 운명 지어진 구더기들은 서로가 서로를 밀치고 타오르며 몸 위로 꿈틀꿈틀 기어올랐다. 밀린 놈들은 죽처럼 줄줄 흘러내렸다.

천지백이었다. 밀렵용 와이어 줄에 목이 걸려 있었다. 사슴계곡에서 산타고로 넘어가는 까마귀산 중턱에서 죽은 지 한 달쯤 지나 발견되었다. 참나무 밑동에 묶인 와이어 줄을 풀었다. 줄을 끊으려고 얼마나 몸부림을 쳤는

밀렵용 와이어 줄에 목이 걸려 천지백이 죽었다. 어금니를 앙다물고
쇠줄을 끊어보려 했지만 줄은 끝내 끊어지지 않았다.

지 나무껍질이 다 벗겨지고 나무의 살 속으로 와이어 줄이 파고들었다. 와이어 줄이 나무에 박힐수록 목줄도 조여졌을 것이다. 목줄이 조여질수록 더욱 몸부림쳤을 것이다. 천지백은 어금니와 송곳니를 앙다물고 있었다. 하지만 쇠줄은 끊어지지 않았다. 호랑이 밀렵용 5호 줄이었다. 진창에 처박힌 불도저도 끌어낸다는 5호 줄이었다. 마지막 한오라기의 호흡을 들이쉴 때까지 천지백에게 절망감을 안겨 주었을 것이다.

와이어 줄을 풀어 천지백을 비탈에서 끌어내렸다. 썩은 뱃살이 구더기 더미와 함께 떨어져 내렸다. 늠름했던 허리가 한 겹 거죽만 남고 끊어졌다. 하체는 숲으로 녹아들고 거의 남아 있지 않았다. 서늘했던 눈동자에는 뿌옇게 막이 덮였고 그 위를 구더기가 기어 다녔다. 발자국 하나로도 내가 살아 있음을 느끼게 해주었고, 비트를 습격할 때의 그 호흡소리는 지금도 나를 소름 돋게 하지만, 이제는 더 이상 숨을 쉬지 않았다. 파도가 때리는 기암절벽 위 진달래 꽃잎 사이에 당당히 서서 동해를 내려다보던, 그 아름답던 야생의 천지백이 죽어 지금 눈앞에서 썩어가고 있다.

천지백의 잔해를 수습했다. 마른 나뭇가지를 모아 쌓아올리고 그 위에 천지백을 눕혔다. 불을 지피자 천지백은 삽시간에 활활 타올랐다. 타오르면서도 즙이 되어 흘렀고 흘러내린 즙은 숲으로 스며들었다. 천지백을 태운 연기는 우수리 숲을 떠돌다가 하늘로 퍼져나갔다. 타오르는 불꽃이 고단해 보였다. 불꽃은 점점 강렬해지다가 서서히 사그라졌다. 잿더미 속에서 검게 그을린 천지백의 굵은 뼈들과 두개골을 수습했다.

돌아오는 길에도 사슴강의 물결은 끊임없었다. 물결소리는 단조로웠고 여전히 변함없었다. 강물소리 울리는 강변에 들국화가 피었다. 풀잎들의 푸른 색감을 뚫고 하얀 구절초가 피어올랐고, 연보라빛 쑥부쟁이도 피어올랐다. 흔들리는 꽃들은 맑고도 순백했다. 소담스런 들국화 무리 위로 셀 수 없

돌아오는 길에도 사슴강의 물결은 끊임없었다. 물결소리는 단조로웠고
여전히 변함없었다. 강물소리 울리는 강변에 들국화가 피었다.

이 많은 강아지풀이 목을 내밀었다. 가늘고 긴 줄기마다 강아지 꼬리들이
매달려 바람에 하늘거렸다. 그 너머로 창백한 구름이 유장했다.

우데게 사냥꾼 데르수 우잘라가 떠올랐다. 아르세니예프 대위가 데르수
에게 물었다.

별이 뭘까? 저기 별 떴다. 보면 된다.

달은 대체 뭘까? 눈이 있는 사람, 달 본다. 저게 달이다.

하늘은 어떤 의미일까? 환할 땐 파랗다. 캄캄해지면 까맣다. 비 올 땐 흐
리다.

헨젤과 그레텔 | 우수리 숲의 미래 | 왕대의 향수郷愁 | 호부虎父 밑에 견자犬子 없다
사라져가는 것들을 위한 의식 | 살아남은 자의 슬픔 | 그래도 호랑이는 살아간다

5
—
또
한
해
의
겨
울

SIBERIAN **TIGER**

저 눈 덮인 숲 속을 거닐고 싶다. 쓰러질 때까지 뛰놀고 싶다.
산다는 것은 저 눈 같은 것인가? 내려서 쌓이고 얼어붙었다 녹아 사라지는, 그리고 다시 내리는 것인가?

헨젤과 그레텔

    흐르던 강물이 얼어붙기 시작했다. 강변에 일렁이던 물주름들이 기기묘묘한 무늬를 새기며 문득 살얼음으로 굳어버리더니 점점 두텁고 탁한 은색의 빙질로 바뀌어 갔다. 강변의 얼음은 강의 한가운데로 전차처럼 밀고 들어갔고 양쪽에서 밀려드는 얼음을 피해 물줄기는 미로처럼 구불거리며 활로를 개척했다. 좁아지던 물줄기가 이윽고 두꺼운 얼음 속에 갇혀버리자 한결같던 물결소리는 끊어졌고 사슴강은 하얀 대로로 변했다. 하지만 빙하의 어둠속에서도 물줄기는 제 길을 찾아 흘렀다.

    그리고 눈이 내렸다. 천지가 조용해지며, 밤보다 조용해지며 눈이 내렸다. 강변 양쪽에 들어찬 거목들은 창공으로 가지를 내밀어 손을 맞잡았고, 그 위로 굵은 함박눈이 천천히, 그렇지만 오래 내렸다. 눈은 나뭇가지에 쌓였고 쌓인 눈이 다시 떨어져 내렸다. 가만히 귀 기울이면 가물거리며 날리는 하얀 눈송이 사이로 눈의 소리들이 끊임없이 나풀나풀 누볐다. 물결소리처럼 눈의 소리는 서두르지 않았지만 끊임없었고 하늘거리는 눈송이 사이로 가까워졌다 멀어지며 변함없었다. 적막 속에서 숲도, 강도, 비트도 모두 눈으로 뒤덮여 갔다.

비트의 입구에 턱을 괴고 첫눈 내리는 사슴강을 하염없이 바라보았다. 바라볼수록 새하얀 자연의 표피에 자꾸만 빠져 들어갔다. 숲 속에 들어와 있으면서도 자그마한 비트 밖, 자유로운 숲에 대한 동경과 그리움이 솟아났다. 저 눈 덮인 숲 속을 거닐고 싶다. 쓰러질 때까지 뛰놀고 싶다. 산다는 것은 저 눈 같은 것인가? 내려서 쌓이고 얼어붙었다 녹아 사라지는, 그리고 다시 내리는 것인가? 또 한 해의 겨울이 시작되었다. 또 한 해의 잠복도 시작된 지 오래였다.

푸스스스…… 왼쪽 숲 속, 내리는 눈과 떨어지는 눈이 뒤섞여 부드럽게 휘날렸다. 흩날리는 눈발 속에서 붉은 형체가 탈래탈래 걸어 나왔다. 너구리만 하다. 가만히 보니 너구리 치고는 장丈이 길다. 꼬리는 45도 각도로 길게 늘어지다가 마지막에 바짝 치켜 올라갔다. 귀는 작고 눈망울은 초롱초롱 힘을 준 것 같은데도 졸린 듯 게슴츠레하다. 얼굴은 어리지만 심술궂은 털북숭이, 호랑이 새끼였다. 인적 없는 깊은 숲 속, 첫눈 내리는 사슴계곡에 호랑이 새끼가 나타났다. 그 10여 미터 뒤로 또 하나의 붉은빛이 살박살박 걸어 나왔다. 한 녀석이 아니라 두 녀석이다. 투둑투둑, 눈송이가 떨어지는 하얀 거목들 사이로 어린 몸통이 앙증맞게 붉다. 그 붉은 몸짓이 황홀한 꿈만 같다.

앞선 녀석이 용감하게 숲에서 나와 사슴강으로 내려섰다. 사슴강은 눈꽃동굴이다. 눈송이 덮인 나뭇가지가 지붕이고, 수북이 쌓인 하얀 융단이 바닥이다. 텅 빈 눈꽃동굴의 한가운데에 새끼호랑이 한 마리가 우뚝 서서 호기심에 찬 시선으로 이곳저곳을 바라본다.

시베리아호랑이는 새끼를 보통 두세 마리 낳는다. 수컷만 태어나는 경우도 거의 없고 암컷만 태어나는 경우도 거의 없다. 대부분 암수가 골고루 태어난다. 태어난 새끼들 간의 서열은 다른 동물에 비해 확실하다. 더 용감하고 활달한 녀석이 수컷으로, 낯선 상황에서도 오빠 노릇을 하며 용기 있게 나서곤 한다. 반면 여동생은 오빠의 행동을 한참 지켜보다가 신중을 기해 움직인다. 강 한가운데로 먼저 내려선 녀석이 수컷일 것이다. 동생은 눈꽃 만발한 덤불 뒤에 바짝 엎드려 오빠를 쳐다보고 있다. 그런 둘의 모습이 숲속에서 길을 잃은 헨젤과 그레텔 같다. 오빠는 헨젤, 동생은 그레텔.

오빠가 대범하게 대여섯 걸음을 걷다가 멈춰 섰다. 눈꽃으로 둘러싸여 동굴처럼 은밀한 곳이지만 그래도 노출된 강의 한가운데다. 새끼라도 호랑이의 조심성을 갖추고 있다. 다시 활달하게 여남은 걸음 걷더니 눈 속에 얼굴을 파묻고 무언가를 꿀꺽꿀꺽 들이켠다. 얼지 않은 라돈 구멍이다. 온 강이 얼어붙고 눈까지 쌓였지만 이곳에는 온천수가 만들어놓은 몇 개의 작은 물구멍이 남아 있다. 그 물을 마시러 새끼 호랑이들이 이곳으로 온 것이다. 그런데 어미도 없이 어떻게 둘이서만 왔을까? 이 어린 새끼들이 이곳에 얼지 않은 물구멍이 있다는 것은 또 어찌 알았을까?

야생호랑이는 태어난 지 두 달이면 어미를 따라 굴을 떠난다. 이때쯤이면 자기 발로 어미를 따라다닐 수 있을 만큼 뼈대가 굵어진다. 일단 굴을 떠나면 바람처럼 물결처럼 야생호랑이 평생의 이동생활이 시작된다. 덩치와 하는 행동으로 보아하니 이 녀석들은 태어난 지 서너 달밖에 되지 않은 것 같다. 굴을 떠나 이동생활을 시작한 지는 고작 한 달 남짓일 것이다.

오빠가 물구멍에서 고개를 빼 들었다. 얼음 아래로 흐르는 달콤한 물을 실컷 들이켰는지 긴 혓바닥으로 주둥이를 맛나게 닦고서는 첫눈 내린 하얀 세상을 둘러보며 눈망울을 희번덕거린다. 그 모습이 동네 조무래기들로부터 구슬치기를 휩쓴 개구쟁이마냥 의기양양하다.

오빠의 모습을 보고 용기를 얻었는지 동생도 강가 덤불 뒤에서 살금살금 걸어 나와, 강 한가운데 쓰러져 얼어붙은 고목 뒤로 가서 쪼그리고 앉는다. 그러고는 고개를 갸웃갸웃 다시 오빠를 쳐다본다. 오빠가 고목 쪽으로 다가오자 작은 귀를 쫑긋거리며 몸을 더욱 움츠린다. 이제는 네 차례라는 듯 오빠가 주둥이로 동생의 옆구리를 문지르며 친한 척을 하자 동생도 얼른 일어나 오빠의 얼굴에 자신의 얼굴을 비빈다. 그러고는 긴 꼬리로 오빠의 얼굴을 슬쩍 건드리며 조심조심 물구멍으로 다가간다.

투두둑! 나뭇가지에 내려앉은 눈이 제 무게를 견디지 못하고 떨어졌다. 동생이 깜짝 놀라 멈췄다. 물구멍을 1~2미터 앞에 두고 다시 쪼그려 앉아 한참 뜸을 들인다. 오빠가 장난치듯 뒤따라오자 그제야 일어나 물구멍에 조심조심 주둥이를 들이민다. 오빠와는 달리 물을 마시는 중간중간 고개를 들어 두리번거린다.

동생이 물을 마시는 동안 오빠가 등 뒤로 가더니 동생의 꼬리를 밀치고 엉덩이 냄새를 맡았다. 기겁을 한 동생이 엉덩이를 낮추어 눈 바닥에 철퍼덕 주저앉는다. 그 위를 타넘으며 오빠가 장난을 걸지만 동생은 일절 상대하지 않고 눈밭에 바짝 엎드려 주변을 두리번거리기만 한다. 노출된 강의 한가운데라서 그러는 것인지, 아니면 첫눈 내린 세상이 낯설어서 그러는 것인지, 그것도 아니면 어미 없이 둘만 와서 그러는 것인지, 동생은 예민하고 조심스럽다. 장난을 걸어도 반응이 없자 오빠는 눈을 핥고, 파헤치고, 달리고, 뒹굴며 태어나서 처음 보는 눈송이와 장난치는 재미에 홀로 빠져들었다.

"까악 까악."

까마귀 한 마리가 날아와 나뭇가지에 앉았다. 가지 위를 걸어 다니며 새끼호랑이를 갸웃갸웃 내려다본다. 나뭇가지가 찰랑찰랑 흔들릴 때마다 눈송이가 흩날린다. 오빠는 자신을 바라보며 가끔씩 듣기 싫은 소리를 토해내

시베리아의
위대한 영혼

358

위_ 인적 없는 깊은 숲 속, 첫눈 내리는 사슴계곡에 새끼호랑이가 나타났다. 그 뒤로 또 하나의 붉은빛이
사박사박 걸어나왔다. 투둑투둑, 눈송이가 떨어지는 하얀 거목들 사이로 어린 몸통이 앙증맞게 붉다.

아래_ 오빠가 먼저 강으로 내려와 물을 마시자, 신중한 동생이 멀찍이 떨어져서 오빠를 지켜본다.

는 검은 새를 올려다보았다. 그 눈망울에 '저놈은 뭐 하는 놈인가' 하는 호기심이 담겨 있다. 잡지도 못할 거면서 괜스레 까마귀가 앉아 있는 나무둥치를 향해 풀쩍 뛰어오른다. 나무둥치가 곧게 서 있어 2미터쯤 오르다 이내 미끄러진다. 거듭 뛰어오르며 씨름하는 새끼호랑이를 멀뚱한 표정으로 내려다보던 까마귀가 고개를 좌우로 뱅글뱅글 돌리며 까악거렸다.

오래전 강가에서 나비를 쫓던 새끼호랑이가 떠올랐다. 꽃을 따라 옮겨 다니던 나비들이 물을 마시기 위해 강가의 축축한 곳에 무리지어 모여 있었다. 그때 숲에서 새끼호랑이 한 마리가 나타나 살금살금 다가가더니 나비떼를 덮쳤다. 나비들이 불타오르듯 화르르 날아올랐다. 새끼호랑이는 나비떼를 쫓아 폴짝폴짝 뛰어오르며 강가를 달리다 숲으로 사라졌다. 그때처럼 눈꽃 만발한 강가에서 새끼호랑이가 까마귀를 쫓으며 뜀뛰기를 한다. 어미 없이 뛰노는 새끼호랑이의 모습이 마치 요람에서 홀로 방긋 웃으며 행복해하는 아기 같다.

어디선가 어미가 금방이라도 나타날 것 같아 숨죽여 기다렸지만 나타나지 않았다. 새끼들만 남겨두고 사냥을 나간 것 같다. 어린 새끼를 둔 암호랑이는 사냥을 나갈 때면 새끼들을 안전한 곳에 숨겨둔다. 홀로 발굽동물을 따라다니다 사냥에 성공하면 먹이를 으슥한 곳에 끌어다놓고 새끼를 데리러 돌아온다.

그러나 새끼들은 어미가 숨겨둔 자리에만 머물러 있지 않는다. 인근 숲을 온통 쏘다니며 개구쟁이 짓을 한다. 저희들끼리 장난을 치다가 싫증이 나면, 맛도 보고 할퀴기도 하며 숲의 모든 피조물에 흥미를 보인다. 그러면서 어미가 숨겨둔 장소에서 점점 멀어진다. 하지만 아주 멀리까지 가지는 않는다. 멀리 간다고 해도 부처님 손바닥 안의 손오공이다. 어미는 뛰어난 후각과 청각으로 새끼들의 흔적을 추적해 금방 찾아낸다. 찾아낸 새끼들을 데리고 먹이를 숨겨둔 곳으로 가서 만찬을 벌인다. 이런 식으로 이동생활을 한다. 이 어린 시절이 누구에게도 의존하지 않고 홀로 살아가야 하는 호랑이의 고독한 삶에서 가장 행복한 때다.

이 녀석들이 지난번 야수의 밤으로 태어난 새끼들인지는 알 수 없다. 그러나 어미는 아마도 월백일 것이다. 블러디 메리의 죽음 이후 이 사슴계곡은 내륙에 터를 잡은 월백의 영역이다.

뚜르르르- 뚜르르르-.

어딘가에서 까막딱따구리가 단단한 부리로 늙은 고사목을 연속적으로 두드린다. 고사목의 텅 빈 내부를 울리며 증폭된 그 소리가 마치 목탁소리처럼 울려 퍼진다. 눈밭을 뒹굴던 오빠가 일어섰다. 나무를 두드리는 목탁새 소리가 불안한지 자신이 왔던 길을 되짚어 숲으로 들어간다. 동생도 얼른 물구멍으로 고개를 숙여 몇 모금 더 목을 축이고 오빠를 뒤쫓는다. 올 때는 살박살박 조심스럽더니 갈 때는 뒤처질세라 탈래탈래 뛴다. 하얀 거목 사이로 붉은 몸짓들이 어른거리더니 눈 속으로 사라졌다.

나무를 뚫는 목탁새의 소리만 울려 퍼진다.

우수리 숲의 미래

　한 해가 얼마 남지 않은 어느 날, 고대하던 보급이 들어왔다. 두세 달에 한 번씩 돌아오는 보급날은 긴 잠복의 티타임이다. 300여 개의 주먹밥과 소금 등 식량과 충전된 배터리, 무엇보다 여러 가지 읽을거리가 반갑다. 변기통을 내보내고 물통의 물도 새로 받았다. 무거운 짐을 지고 먼 산길을 걸어온 스테파노비치는 지쳐 보였다. 좁은 비트 안에 같이 들어앉아 차를 끓이고 주먹밥을 녹여 먹으며 모처럼 회포를 풀었다.

　스테파노비치가 며칠 전 호랑이 발자국을 봤다고 한다. 새끼호랑이 두 마리가 해안산맥을 넘어갔는데 어미의 발자국은 없었다고 한다. 나는 깜짝 놀랐다. 해안산맥이라면 설백의 영역인데 설백도 새끼를 낳아 키우고 있는 것일까? 나도 얼마 전 이 사슴계곡에서 월백의 새끼로 보이는 호랑이 두 마리를 보았다고 말해주자 스테파노비치도 깜짝 놀란다.

　월백이 살아가는 주요무대는 검은산에서 까마귀산 남단까지 뻗어 내려온 내륙의 용의 등뼈다. 반면 설백은 천지백이 죽은 이후 해안산맥에 정착했다. 흔적으로 보아 서로 왕래가 없는 듯하지만, 블러디 메리가 삼 남매를 키울 때는 용의 등뼈에서 해안산맥까지 넘나들었다. 그러니 월백이 새끼를 데리고 내륙 길을 따라 해안산맥으로 들어갔다 나오지 말라는 법도 없다. 그렇다면 스테파노비치가 본 발자국은 설백이 아니라 월백의 새끼들일 것이다. 그게 아니라면 설백도 새끼를 낳아 키우고 있는 것이다.

발자국을 직접 가서 확인해보고 싶어졌다. 스테파노비치는 새끼호랑이의 발자국만 보고 어미 호랑이의 발자국은 확인하지 못했다. 산지기들은 숲의 전반적인 상황에 대해서는 잘 알지만 한 동물의 구체적인 생태로 들어가면 부족할 때가 있다. 발자국에 대해서도 마찬가지다. 새끼호랑이의 발자국은 얼핏 봐서는 구분하기 힘들 정도로 스라소니나 조선표범의 발자국과 흡사하다. 만약 설백의 새끼라면 잠복계획도 수정해야 한다. 사슴계곡에서의 잠복을 일단 멈추고 스테파노비치를 따라나섰다.

스테파노비치가 발자국을 발견한 곳은 내륙의 사슴계곡에서 40킬로미터쯤 떨어진 해안산맥이었다. '새끼멧돼지 삼형제' 해안으로 넘어가는 길목에 발자국이 나 있었다. 발자국은 두 마리의 것으로 앞발 볼의 너비가 하나는 5.9센티미터고 또 하나는 6.4센티미터다. 전체적으로 둥그스름한 매화 형상을 닮았고, 발톱자국이 없는 것으로 보아 큰고양잇과 동물의 발자국인 것은 확실하다. 그러나 발자국에 비해 보폭이 길어 스라소니는 아니다. 스라소니는 체고가 높고 체장이 짧은 동물이다. 새끼호랑이 아니면 표범의 발자국이다. 앞발 볼의 너비로 봤을 때 호랑이라면 태어난 지 네다섯 달밖에 안 된 어린 호랑이다. 표범이라면 암수 한 쌍일 확률이 높다. 암표범은 다 자라면 앞발 볼의 너비가 6센티미터 남짓 되고 수표범은 7센티미터 가까이 된다. 간혹 앞발 볼이 7.5센티미터까지 측정되는 수표범이 나타나기도 하지만 매우 드물다.

발자국은 해안산맥으로 올라갔다. 산맥 중턱쯤 오르자 새로운 발자국이 나타나 기존의 발자국에 끼어들었다. 새로운 발자국은 앞발 볼의 너비가 9.5센티미터, 암호랑이의 발자국이다. 발자국의 정체가 명확해졌다. 어미 호랑이가 새끼들과 합류한 것이다. 발자국 크기로 보아 이 새끼들은 월백의 새끼들보다 조금 먼저 태어난 것 같다. 아마도 해안산맥을 끼고 살아가는 설백일 것이다. 천지백을 졸졸 따라다니던 설백이 새끼를 낳았다. 세월은 흐르고 철부지는 자라 성숙해진다.

설백은 새끼들을 데리고 능선 하나를 넘어 참나무 군락 중간중간에 잣나무와 바위들이 드문드문 서 있는 골짜기로 내려갔다. 골짜기는 적당하게 파인 모양새가 으슥하면서도 아늑하다. 그 안쪽에 동물들이 찾아와 마셨을 법한 자그마한 샘이 하나 있는데, 그 샘에서 솟아난 물이 지속적으로 얼어붙어 어마어마한 빙판이 형성되어 있다. 빙판은 흘러내리다 암벽 밑으로 떨어졌고, 그곳에 1미터가 넘는 굵은 고드름들이 주렁주렁 매달려 있다.

그런데 빙판 주위로 즐비하게 늘어선 참나무들의 껍질이 가슴 높이까지 벗겨져 맨살을 드러내고 있다. 지난 가을 해안산맥의 참나무 군락에 찾아온 대규모 해거리가 원인이다. 도토리가 예년에 비해 5분의 1도 열리지 않았다. 많은 발굽동물들이 겨울철 식량인 도토리를 찾기 어려워지자 해안산맥을 떠나 다른 지역으로 이동했고, 남아 있던 사슴과 멧돼지들은 나무껍질을 벗겨 먹으며 혹한의 겨울과 싸우고 있다.

물빛과 눈빛이 섞인 빙판을 따라 더 내려가자 어린 사슴 한 마리가 눈밭에 웅크리고 앉아 오들오들 떨고 있다. 지난봄에 태어난 어린 사슴이다. 어미는 보이지 않고 새끼사슴만 눈망울을 애처롭게 글썽인다. 추위와 허기에 지쳐 내가 다가가도 일어설 줄을 모른다. 이대로 두면 굶어 죽어 눈에 묻힐 것이다. 그리고 봄이 돌아오면 드러나 까마귀와 독수리의 밥이 될 것이다.

추위와 허기에 지친 어린 사슴 한 마리가 눈밭에
웅크리고 앉아 오들오들 떨고 있다.
어미는 보이지 않고 새끼사슴만 눈망울을 애처롭게 글썽인다.

꽃을 피우지도 못하고 사그라질 어린 생명이 가련했다. 배낭을 내려 흑빵
한 덩이를 꺼냈다. 주둥이 앞에 내려놓자 조금씩 입질을 하기 시작한다. 한
덩이를 더 내려놓고 설백의 자취를 따라 내려갔다.

골짜기의 하단 부근에서 멧돼지 잔해를 발견했다. 주변에 호랑이 발자국
이 널려 있다. 설백이 어디선가 멧돼지를 사냥해 이리로 끌고 왔다. 그리고
새끼들을 데려다 먹였다. 다 먹어치우고 머리와 발만 남은 멧돼지의 잔해를
자세히 살펴보았다. 발목과 발굽에 가느다란 이빨자국이 나 있다. 새끼들이

우수리사슴이 서식할 수 있는 북방한계선은 비긴 강이다. 추위에 약해
더 북쪽에서는 살지 못한다. 그래서 추위가 유난히 심하고 폭설이 거듭되는 겨울이면
많은 우수리사슴이 굶주리거나 얼어서 죽는다.

가죽과 뼈만 남은 발목과 발굽에 이빨과 발톱으로 온통 흠집을 내놓았다.

　어미호랑이는 발굽동물의 발은 먹을 게 없다는 것을 알기 때문에 건드리지 않고 버린다. 경험 없는 새끼들이라 뭣도 모르고 이렇게 발을 뜯은 것이다. 게다가 생후 4~5개월 된 새끼들은 자라나는 발톱과 이빨이 근질근질해서 긁을 만한 것은 뭐든 마구 할퀴고 깨문다. 이 시기부터 젖니가 서서히 영구치로 바뀌기 시작해서 생후 16개월이 되기 전에 이갈이를 모두 마친다. 이갈이가 끝나면 본격적으로 큰 발굽동물을 사냥하게 된다. 그동안 갈고 닦

은 송곳니는 잇몸 속에, 발톱은 발가락 속에 숨기고 다니다가 사냥감을 잡을 때면 상대의 몸통 깊숙이 쑤셔 박는다.

특히 아래위 네 개의 송곳니는 호랑이에게 생명줄이나 다름없다. 어릴 때 이갈이를 하다 송곳니를 다치기라도 하면 심각한 어려움에 처한다. 덩치 큰 야생동물은 사냥하기가 어려워져 가축을 습격하게 되고, 그러다 사람까지 해치는 일이 일어난다. 그래서 새끼호랑이가 이 시기에 하는 이갈이 행동은 그들의 미래에 매우 중요한 의미를 가진다.

멧돼지 발굽에 난 발톱자국과 이빨자국을 보니 설백의 새끼들은 무럭무럭 잘 자라고 있는 것 같다. 한편으로는 발굽에 이빨자국이 지나치게 많은 것이 먹이가 부족하기 때문은 아닐까 걱정이 된다. 해안산맥의 참나무 군락이 해거리를 한 것이 마음에 걸렸다.

멧돼지를 먹고 나서 설백은 다시 해안산맥 정상으로 향했다. 정상의 산마루 길은 집채만 한 바위와 굵은 침엽수들 사이로 시야가 트여 동해가 내려다보였다. 넘실거리는 푸른 물결에서 세찬 바람이 불어왔다. 바람은 차갑고 싱그러운 바다 냄새를 싣고 끊임없이 펼쳐진 온대림 너머 아스라이 눈에 잡히는 용의 등뼈 발치로 불어갔다. 설백은 새끼들을 데리고 산마루 길을 따라 남쪽으로 걸어갔다.

설백의 발자국을 따라 3~4킬로미터를 걷다가 문득 발길을 멈췄다. 호떡만 한 매화 발자국이 산기슭에서 올라와 새로 합류했다. 앞발 볼의 너비가 12.9센티미터! 네 발의 보폭이 무려 2미터에 가깝다. 쿤카 카마니의 하얀인, 왕대였다. 지난여름 아름드리잣나무를 사이에 두고 나와 정면으로 마주

바람은 차갑고 싱그러운 바다 냄새를 싣고 끊임없이 펼쳐진 온대림 너머 아스라이 눈에 잡히는
용의 등뼈 발치로 불어갔다. 설백은 새끼들을 데리고 산마루 길을 따라 남쪽으로 걸었다.

첬던 하쟈인이 저 광활하고 웅장한 시호테알린 산맥을 바람처럼 떠돌다가 6개월 만에 돌아왔다. 200킬로미터가 넘는 머나먼 영역순례를 마치고 돌아온 것이다.

우연히 마주친 것일까? 아니면 자신의 딸인 설백을 보러 온 것일까? 몇 달에 한 번씩이라도 자신이 뿌린 씨앗과 그 어미를 만나러 오는 수호랑이의 습성으로 보아 우연히 마주쳤다기보다는 일부러 들렀을 것이다. 하지만 아비가 찾기에 설백은 이미 다 자란 딸이다. 완전히 독립한 자식을 찾아오는 경우는 드물다. 그렇다면 혹시 설백의 새끼들이 자신의 자식이라서 돌아온 것은 아닐까?

하쟈인은 설백의 새끼들과 산마루를 걸었다. 하쟈인이 앞장섰고 새끼들이 뒤따랐다. 호떡만 한 발자국 속에 작은 발자국이 앙증맞게 찍혀 있다. 혈육이 아니라면 이렇게 사이좋게 걷지 않았을 것이다. 비록 설백이 낳은 새끼라 해도 다른 수호랑이의 자식이라면 비극이 일어났을 가능성이 높다. 지난 초여름, 야수의 밤의 주인공은 역시 하쟈인과 설백이었던 것 같다. 하쟈인을 쫄랑쫄랑 쫓아간 설백의 새끼들이 이 사실을 말해준다. 아버지가 딸과 결혼한 것이다. 자연에서 일어나는 일상적인 일인 것 같지만 가만히 생각해보면 슬픈 현실이다.

벌목과 개발로 호랑이들의 서식지는 갈수록 서로 단절되고 있다. 고립된 서식지 속에서 야생호랑이의 수도 점점 줄고 있다. 그래서 혈육끼리 짝을 짓는 일이 늘고 있다. 근친상간이 벌어지면 새끼호랑이 유전자의 싱싱함이 줄어든다. 근친상간이 3대, 4대…… 그렇게 대를 거치면 새끼는 태어나지도 못하고 어미 뱃속에서 죽는다. 설령 태어나더라도 오래 살지 못하고, 살아남아도 백치가 될 가능성이 높다. 번식력이 떨어지는 것이다.

근친상간이 1대에 그친다면, 아직은 괜찮다. 하지만 한반도와 만주, 우수리를 합쳐 350여 마리밖에 살아남지 않은 시베리아호랑이들의 미래를 생각해보면, 저 광활한 우수리 숲의 미래가 지금의 모습일 수 있을까. 이 어린 설백의 새끼들에게 슬픈 미래가 찾아오지는 않을까. 산마루를 따라 끊임없이 걸어간 설백 가족의 흔적을 보며 상념에 젖어들었다.

왕대의 향수 鄕愁

　검독수리가 얼음 바다를 누볐다. 활강하는 버드아이birdeye의 시야는 넓고도 시원했다. 검푸른 물결 위로 소금처럼 새하얗고 거북등처럼 갈라진 얼음판(遊氷)들이 지나갔다. 속도는 빨랐지만 부드러웠다. 흐릿한 눈발 속에서 알 수 없는 선율이 흘러나왔다. 로렐라이처럼 슬픈 아리아의 선율은 높아졌다 낮아지고 낮아졌다 높아지며 마음을 유혹했다. 미지의 세계는 갈수록 깊어졌으며 여정은 힘들었지만 신비로웠다.

　또 한 해가 지나갔다. 왕대와 설백의 가족을 관찰하기 위해 서둘러 '겨울에도 따뜻한' 해안 잠복지로 들어온 지 이레째, 우수리사슴 떼가 넘어왔다. 예닐곱 마리의 사슴이 내려와 해변에 떠밀려온 미역을 건져 먹었다. 얼음 알갱이가 서걱대는 바닷물에 발을 담그고 암초에 붙어 있는 해조류도 따먹었다. 파도가 암초에 부딪쳐 물방울이 얼음구슬같이 부서져내릴 때마다 사슴들은 놀라서 움찔거렸다.

　사슴들은 며칠째 해안분지에 머무르며 부족한 먹이를 바닷가에서 찾고 있다. 이 해안분지의 참나무 숲에도 도토리가 열리지 않았다. 평생을 조심하고 경계하며 살아가는 사슴들도 자연의 휴식과 혹한의 겨울은 어쩔 수가 없다. 낮이 되면 위험을 무릅쓰고 노출된 해변으로 나와 해조류를 건져 먹고 저녁이 되면 아늑해 보이는 해안분지의 참나무 숲으로 들어가 밤을 보냈다.

전성기의 우수리사슴은 뿔이 다섯 갈래까지 자라는데 이번에 넘어온 사슴무리의 우두머리가 바로 뿔이 다섯 갈래인 수컷이다. 오늘도 '다섯 갈래 뿔'이 아침부터 무리를 인솔하고 해변으로 나와 해조류를 건져 먹는다. 허기를 어느 정도 채웠는지 다섯 갈래 뿔이 우람한 등 근육을 씰룩이며 참나무 숲으로 향했다. 그러자 다섯 갈래 뿔을 따라 사슴무리가 하나둘씩 참나무 숲으로 들어갔다.

이때였다. 해안분지를 오목하게 둘러싼 구릉에서 붉은 형체가 뛰어내렸다. 사슴들이 혼비백산 튀었다. 누구 하나 경계의 소리를 지를 틈도 없이 반대편으로 내달렸다. 앞장서 숲으로 들어갔던 다섯 갈래 뿔이 졸지에 제일 뒤처졌다. 붉은 형체는 맨살뿐인 겨울나무 사이를 뚫고 다섯 갈래 뿔을 향해 질주했다. 스쳐가는 나무들이 흔들렸다. 다섯 갈래 뿔은 온몸의 근육에 탄력을 불어넣으며 혼신의 힘을 다해 껑충거렸다. 하지만 그때마다 긴 다리는 눈 속으로 푹푹 빠졌다. 붉은 형체는 앞발과 뒷발을 모아 고무줄처럼 늘였다 오므리며 눈밭을 달렸다. 붉은 등과 허리가 접혔다 펴질 때마다 눈바람이 휘날리며 긴 눈 고랑이 만들어졌다.

하얀 눈을 날리며 겨울 숲을 질주하는 붉은 호랑이. 혼자만의 힘으로 삶을 질주하는 자유로운 영혼. 비장미가 느껴졌다. 고독한 질주지만 모래바람 휘날리며 고비사막을 달리던 칭기즈칸의 기마대를 닮았다. 그에 못지않은 웅자雄姿가 거기 있었다. 귓속 웅웅대는 짧은 순간, 나는 영원을 느꼈다.

호랑이와 사슴의 거리는 순식간에 가까워졌다. 마지막 도약이 이루어지는가 싶더니 눈밭에 같이 뒹굴었다. 눈덩이가 튀며 들썩일 뿐 호랑이도 사슴도 눈밭에 파묻혀 보이지 않는다. 다섯 갈래 뿔의 긴 비명소리만 차가운 숲에 울려 퍼지다 갑자기 뚝 그쳤다. 호랑이가 다섯 갈래 뿔의 목뼈를 부러뜨렸다. 목뼈가 부러지면 바로 절명한다. 숲은 다시 고요를 회복했다. 잠시 후, 눈더미가 일어섰다. 눈이 우수수 떨어지며 형체가 드러났다. 눈을 하얗게 뒤집어 쓴 백호가 서 있었다.

늑대는 사냥을 할 때 제한된 에너지를 지구력이라는 형태로 분산하여 사용한다. 사냥감이 지칠 때까지 오랫동안 꾸준히 쫓는 것이다. 지구력을 보완하기 위해 두목늑대의 지휘 하에 무리를 지어 일사불란하게 협동작전을 펼친다. 반면, 호랑이는 제한된 에너지를 모으고 있다가 짧은 순간 순발력이라는 형태로 폭발시키는 속전속결 작전을 펼친다. 속전속결을 위해서는 사냥감에 몰래 접근하는 은신 능력과 짧은 시간 안에 상대를 따라잡는 순발력, 그리고 일단 따라잡으면 사슴이나 멧돼지같이 큰 동물도 순식간에 쓰러뜨릴 수 있는 힘이 필요하다. 호랑이가 이런 사냥방식을 선택한 것은 무리를 짓지 않고 홀로 사냥하며 살아가는 종족이기 때문이다.

참나무 숲은 50센티미터 이상 쌓인 눈밭이다. 사슴사냥은 눈이 많이 쌓일수록 호랑이에게 유리하다. 눈이 없거나 적당히 쌓인 상태에서는 사슴이 더 빠르지만 눈이 많은 상태에서는 호랑이가 더 빠르다. 호랑이는 불도저처럼 눈을 헤치며 힘으로 달리기 때문이다. 하지만 단거리에 한해서다. 결국 상대 몰래 가까이 접근해야 한다. 그러나 잎이 떨어지고 맨살뿐인 겨울 숲은 몰래 접근하기에는 은신할 곳이 부족하다. 그래서 겨울에는 주로 밤에 사냥한다. 자연은 이렇듯 늘 공평한 존재다.

하지만 이 호랑이는 낮에 사냥했다. 사슴들이 해변으로 먹이를 찾으러 나간 사이 돌아오는 길목에서 기다리고 있었다. 맞바람도 이용했다. 바람은 밤에는 육지에서 바다로 불고, 낮에는 바다에서 육지로 분다. 호랑이는 자신의 냄새를 들키지 않으려고 바다에서 육지로 불어오는 대낮의 해풍을 이용했다. 경험 많은 호랑이다.

호랑이는 몸을 흔들어 눈을 털어냈다. 멀어서 잘 보이지 않지만 덩치가 우람하다. 전성기 수사슴의 목뼈를 단숨에 부러뜨린 것으로 보아 수호랑이다. 호랑이는 사슴의 목을 물고 걸었다. 사슴은 반쯤은 끌려왔고 반쯤은 들려왔다. 지난겨울 설백과 천지백이 먹이다툼을 벌였던 다복솔 밑으로 사슴을 끌고 와 내려놓는다. 호랑이는 솔밭을 한 바퀴 천천히 돌며 냄새를 맡고 훑어본다. 선명한 줄무늬가 굵게 새겨진 몸통, 그리고 어깨가 아주 높다. 고개를 들었다. 성성한 갈기 위로 머리가 무척 크다. 왕대였다.

하쟈인은 머리를 높이 들어 위협적이면서도 고약한 표정을 지었다. 코를 위쪽으로 우그러뜨리고 입술을 양옆으로 당겨 한껏 잇몸을 드러냈다. 잇몸과 함께 커다란 송곳니가 드러났다. 그러고는 콧숨을 내쉬었다 들이마시면서 창공의 냄새를 맡는다. 이 숲에 대한 그리움, 향수鄕愁를 맡는다. 그때마다 허연 콧김이 푹푹 뿜어져 나온다. 향수 달래기, '홈시킹homesicking'이다. 오랜 항해에 지친 뱃사람들이 육지를 발견하거나 고향에 돌아왔을 때 육지 냄새를 맡으며 즐거워하는 것처럼, 머나먼 영역순례를 마친 호랑이들이 늘 향수를 느꼈던 고향에 돌아왔을 때, 또는 그곳이 고향처럼 안전하다고 느껴졌을 때 이런 표정을 지으며 냄새를 맡는다. 냄새를 맡으며 고향을 확인하고 그 안락함을 즐기는 편안한 심리상태에서 짓는 표정이다.

호랑이는 코로만 냄새를 맡는 것이 아니라 잇몸으로도 냄새를 맡는다. 호랑이의 수염이 방향과 균형을 잡는 감각기관이듯 잇몸도 냄새와 맛을 느끼는 중요한 감각기관이다. 사냥할 때나 경계할 때 또는 일상생활에서는 코로 냄새를 맡는다. 하지만 자기가 있는 곳이 특별히 편안하다고 느낄 때나 암호랑이의 암내를 감지했을 때는 코뿐만 아니라 잇몸까지 한껏 드러내 맛과 냄새를 함께 맡는다.[1]

사육하는 호랑이도 가끔 이런 표정을 짓는 경우가 있다. 암내를 맡았거나 자신이 태어나고 자란 사육장이 고향처럼 익숙하고 늘 배도 부르니 만족감을 표현하는 것이다. 하지만 사람들은 사육호랑이가 이런 표정을 지으면 무섭다고 생각한다. 나도 야생호랑이가 아닌 사육호랑이가 홈시킹 하는 것을 볼 때면 이상한 생각이 들곤 했다. 울타리 속에 갇혀 있는 자신의 신세가 괴로워, 고개를 들고 멀리 야생의 고향을 바라보며 뭔가를 그리워하는 듯했다.

하쟈인은 연거푸 홈시킹을 했다. 얼굴은 우그러뜨렸지만 마음은 편안해 보인다. 커다란 수사슴을 잡아 기분이 좋은데다 다복솔 밑에서의 옛일이 떠오르자 마음이 편안해졌을 것이다. 2년 전, 하쟈인은 이 해안에서 블러디 메리를 만나 저 다복솔 아래에서 자식들인 월백, 설백, 천지백과 오붓하게 식사를 했었다. 저 다복솔은 죽은 블러디 메리뿐 아니라 하쟈인에게도 추억이 어린 곳이다.

하쟈인은 라조 지역의 왕대였던 꼬리를 밀어내고 그 자리를 차지할 때까지, 그래서 자신의 영역을 라조 전역으로 확대할 때까지 이곳 남부의 해안 산맥과 내륙의 용의 등뼈를 오가며 성장했다. 이곳이 하쟈인의 고향일 수도 있다. 먼 옛날 저 다복솔 옆 개울가에 늘어선 산벚나무들이 꽃을 피우면 그

---

1 / 말이나 산양 같은 발굽동물의 수컷은 암내를 맡으면 머리를 하늘로 쳐들고 윗입술을 말아 올린다. 이런 행동을 플레멘(flehmen)이라고 한다. 이런 표정을 지음으로써 냄새가 잇몸을 통해 코 안의 야콥슨 기관으로 쉽게 전달된다. 야콥슨 기관은 냄새뿐 아니라 맛을 판별하는 두뇌부위와도 연결되어 있다. 플레멘은 냄새를 맡는 동시에 그 냄새의 맛을 느끼기 위한 행동이다.

아래에서 형제들과 꽃잎 떠도는 맑은 냇물을 마시며 뛰놀았는지도 모른다. 머나먼 순례길에 고향을 그리워하는 왕대의 노스탤지어, 향수 때문인지 그는 6개월에 한 번꼴로 이 해안산맥 지역에 나타났다.

하쟈인은 홈시킹을 멈추고 편안하게 주저앉았다. 사슴의 항문을 뜯어내더니 김이 무럭무럭 나는 내장을 꺼내 먹어치웠다. 그러고는 앞이빨로 사슴의 엉덩이 털을 뽑기 시작한다. 털이 대충 뽑히자 그 자리를 핥는다. 평소에는 누워 있는 혓바닥의 거칠거칠한 가시바늘을 세워 사슴의 털을 마저 긁어내고 엉덩이를 뜯는다. 우적우적 뜯을 때마다 사슴의 살점이 죽죽 찢겨져 나왔다. 뿌득뿌득 사슴 뼈 부러지는 소리도 힘차다. 사슴을 뜯어 먹느라 숙인 하쟈인의 머리와 등짝에 문자가 쓰여 있다. 검은 줄무늬로 이마에 새겨진 임금 王자, 목덜미에서 등줄기로 이어진 큰 大자. 전성기를 맞은 왕대답다.

웬만큼 뜯어 먹었는지 하쟈인은 혓바닥으로 입 주변을 핥았다. 그리고 온몸의 털을 단장하기 시작했다. 고양잇과 동물은 독립심이 강할 뿐만 아니라 스스로의 몸을 까탈스러울 만큼 청결하게 유지한다. 더러운 곳은 웬만해서는 딛지도 않고 눕지도 않는다. 혹시 몸에 묻더라도 혀를 사용해 수시로 닦아낸다. 혓바닥의 침은 털을 청결하게 유지하는 세정 역할뿐 아니라 세균을 방지하는 항균 역할까지 한다. 야생호랑이들이 청결을 유지하는 것은 세균으로부터 자신을 보호하고 몸의 냄새를 줄여 자신의 존재를 감추려는 생존 본능에서 나오는 행동이다.

사육호랑이들에게는 이런 습성이 많이 사라졌다. 야생호랑이와 사육호랑이를 비교해 보면 행동과 눈빛도 전혀 다르지만 무엇보다 먼저 청결상태의 차이가 눈에 띈다. 야생호랑이는 털이 맑고 깨끗해 몸 전체에 윤기가 흐른다. 하얀 털은 새하얗고 붉은 털은 붉디붉다. 틈만 나면 몸을 핥고 닦는다.

우수리 원주민들은 한 지역에서 가장 강하고 전성기에 있는 수호랑이를 왕대라 부른다.
하자인의 이마에 임금 王자가, 등줄기로 넘어가는 뒷덜미에는 큰 大자가 선명하게 보인다.

머나먼 순례길에 고향을 그리워하는 왕대의 노스탤지어.
향수 때문인지 그는 6개월에 한 번꼴로 이 해안산맥 지역에 나타났다.

그래서 배설물 속에는 늘 자신의 털이 섞여 나온다. 하지만 사육호랑이의 외모는 영양상태가 나쁘지 않은데도 볼품이 없다. 털은 가지런하지 못하고 지저분하며 윤기 없이 탁하다. 몸에는 뭔가 덕지덕지 묻어 있으며 아무 곳에나 철퍼덕 주저앉는다. 냄새를 줄여 조심할 필요를 느끼지 못하는 것이다.

하쟈인은 발등에 침을 묻혀 혀가 닿지 않는 얼굴과 이마까지 꼼꼼히 닦아냈다. 그 모습이 고양이처럼 귀엽다. 갑자기 하쟈인이 벌떡 일어나더니 미동도 않고 주위의 소리에 귀를 기울인다. 파도소리, 바람소리, 그 바람에 서걱대는 갈대소리, 그 사이로 나무 쪼는 소리가 들려왔다. 딱따구리가 저녁거리를 찾아다니며 나무를 쪼고 있다. 하쟈인이 긴장을 푼다. 좌우로 몸을 흔들어 투레질을 하더니 뒷발을 번갈아 가며 턴다. 그리고 천천히 산 위로 걸음을 옮겼다.

구름이 달 위로 흘렀다. 올해도 둥지를 틀었는지 앞산에서 수리부엉이 부부가 고즈넉하게 울음을 주고받는다. 부엉이 소리를 밀어내고 우렁찬 호랑이의 포효가 해안분지를 울렸다.

"꾸-어흥, 꾸-어흥."

조용히 야간카메라를 켰다. 저녁때 사냥한 수사슴 옆에 호랑이가 서 있다. 호랑이가 산으로 뻗은 숲을 바라보며 다시 포효한다. 호랑이는 가족을 부를 때나 발정기에 짝을 찾을 때 외에는 거의 포효하지 않는다. 적을 위협하기 위해 커-흥 하고 짧고 굵게 내지르는 소리나 경고를 위해 낮게 으르렁거리는 소리는 포효라고 할 수 없다. 우수리호랑이의 포효는 통곡하듯 산을 울리지만 들을 기회는 거의 없다. 호랑이가 사는 지역의 주민뿐 아니라 호랑이를 연구하는 학자도 마찬가지다. 자신의 소재가 드러날 위험이 없는 심심산골에서, 가족을 부를 때나 번식이라는 은밀한 일을 위해서만 포효하기 때문이다.

"꺼-어흥, 꺼-어흥."

어두컴컴한 숲 속에서 화답이 울려나왔다. 그렇게 서너 번 울음소리가 오가더니 숲 속에서 새끼호랑이 두 마리가 촐랑거리며 뛰어나왔다. 그 뒤로 암호랑이 한 마리가 천천히 걸어 나왔다. 설백이다.

새끼들은 아비에게 오자마자 허겁지겁 사슴을 뜯어 먹는다. 설백도 슬그머니 주저앉아 입을 댄다. 하쟈인이 파먹던 엉덩이 부위는 새끼들이 먹고 설백은 가슴 부위를 뜯는다. 하쟈인은 털썩 주저앉아 앞발을 가지런히 뻗은 자세로 물끄러미 바라만 본다. 갈비뼈 부러지는 소리가 뚜둑뚜둑 들려왔다. 설백은 어느 정도 뜯어 먹자 하쟈인과 교대했다. 신기하게도 네 마리가 동시에 뜯어 먹는 경우가 없다. 꼭 누군가는 물러나 주변을 살핀다.

식사를 끝낸 가족이 모두 앉아서 몸단장을 한다. 입술과 발에 묻은 기름과 찌꺼기를 닦아내고, 갈기도 핥고 어깨도 꼼꼼히 핥는다. 설백은 커다란 혓바닥을 놀려 새끼들의 혀가 닿지 않는 얼굴과 등을 번갈아 핥아준다.

새끼 한 마리가 아비의 품으로 파고들었다. 아비의 굵은 앞발이 사냥할 토끼라도 되는 듯 깨물고 흔든다. 그러다 아비의 다리를 앞발로 붙들고 뒷발로는 할퀴며 응석을 부린다. 다른 녀석은 아비의 꼬리를 가지고 장난을 친다. 아비는 꼬리를 잡혀줄 듯 말 듯 구렁이처럼 구불거리며 약을 올린다. 새끼는 꼬리를 잡으려고 뛰어오르기도 하고, 곰처럼 뒷다리로 일어서기도 하고, 그러다 넘어지기도 하며 끈질기게 덤벼든다. 아비는 새끼의 모습이 귀여운지 못 이기는 척 꼬리를 내려 물려준다. 토끼잡기 놀이에 싫증난 새끼도 어미의 꼬리를 가지고 놀다가 갑자기 아비의 등으로 뛰어오른다. 아비는 커다란 송곳니를 드러내 슬쩍 무는 척하다가 이내 말타기 놀이에도 호응해준다.

호랑이가 홀로 살아가는 동물이긴 하지만 가족끼리는 이렇게 교감하며 살아간다. 이런 관계는 새끼들이 자라 가족이 해체될 때까지 지속된다. 그 이후에도 어미는 독립한 자식들과 우호적인 관계를 형성한다. 하지만 아비는 아들과 경쟁관계에 놓일지도 모른다.

하쟈인은 싫증내지 않고 새끼들과 오랫동안 놀아주었다. 구름 위로 흐르던 달이 많이 기울었다. 저녁부터 울던 수리부엉이도 잠이 든 듯 분지는 고요하다. 하쟈인이 몸을 일으켰다. 앞발과 뒷발을 번갈아 짚고 몸을 쭉 뻗어 기지개를 켰다. 그리고 허공으로 고개를 쳐들더니 코를 우그러뜨리고 잇몸을 한껏 드러낸 채 고개를 좌우로 저으며 숨을 들이켠다. 이 숲에 대한 그리움, 향수를 담아둔다. 한동안 홈시킹을 하고 난 하쟈인은 설백에게 다가가 말울음 같은 소리를 내며 설백의 목덜미에 얼굴을 비빈다. 그러고는 꼬리를 번쩍 들고 다복솔 둥치에다 스프레이처럼 오줌을 뿌려 자신의 냄새를 남기더니 그 옆의 작은 개울로 발걸음을 옮긴다.

얼어붙은 개울 양쪽에는 굵은 산벚나무들이 가운데로 비스듬히 기울어 자라고 있다. 그 사이로 하쟈인은 묵묵히 걸어갔다. 새끼들이 아비를 따라나서다 어미가 움직이지 않자 멈춰 선다. 하쟈인은 뒤돌아보지 않고 곧장 앞으로 걸어갔다. 설백은 멀어지는 하쟈인을 물끄러미 쳐다보았다. 그의 뒷모습이 얼룩얼룩 굴곡을 이루더니 어둠 속으로 사라졌다. 어둑어둑한 산벚나무들만 우두커니 서 있었다.

하쟈인은 다시 저 멀리 시호테알린 산맥으로 영토순례를 떠났다.

호부虎父 밑에 견자犬子 없다

눈이 쌓여 하얗던 사슴계곡에 얼룩이 지고 있다. 양지쪽의 눈이 녹아 누런 낙엽이 드러났다. 누더기가 조금씩 늘어나는 하얀 천 가운데를 사슴강이 지네처럼 구불구불 기어간다. 사슴강 건너 100미터 정도 거리를 두고 잠복지와 비스듬히 마주보는 둔덕에는 거목들과 함께 커다란 바위들이 드문드문 앉아 있다. 그중 한 바위 옆으로 짐승들이 다니며 낸, 유심히 보지 않으면 알 수 없는 작은 오솔길이 나 있다. 숲에서 사슴강으로 넘어오는 길목이다. 그 길목을 고목 하나가 쓰러져 가로막고 있다. 고목은 여름에는 새파랬을 거무스름한 이끼로 덮여 있고, 그 위로 상황버섯 같기도 하고 영지버섯 같기도 한 버섯 한 송이가 붙어 있다. 세월을 두고 자랐는지 버섯은 둥그스름한 게 엄청 커보였다. 그 테두리에 볼록 튀어나온 곳이 두어 군데 있었는데 그 부분이 이따금씩 움찔거렸다.

렌즈를 조심조심 줌인 하여 포커스를 맞췄다. 뿌옇던 화면이 맑아지며 둥근 버섯의 형체가 드러났다. 버섯이 귀를 움찔거리고 있다. 그 한가운데에서 눈빛이 이글거린다. 호랑이 얼굴이다. 고목 뒤에 몸을 웅크리고 얼굴만 빼꼼 내놓은 채 사슴강을 뚫어지게 쳐다보고 있다. 암호랑이다. 이곳 내륙을 영역으로 살아가는 월백 같다.

완벽한 위장이다. 양지발라 눈이 녹은 둔덕은 호랑이와 같은 색을 띠고 있다. 고목과 바위는 검누렇게 마른 이끼로 덮여 있고, 눈이 녹은 곳에는 누런 낙엽이 깔려 있다. 월백은 자신의 색깔과 흡사한 지형지물에 감쪽같이 몸을 숨기고, 눈과 귀만 내놓은 채 사냥감을 노리고 있다. 사냥감이 나타나면 쏜살같이 튀어나갈 것이다. 하지만 사슴강은 적막하다. 은빛 빙판이 햇살에 반짝일 뿐 사슴은커녕 너구리 한 마리 보이지 않는다. 월백의 머리 위로 솟은 아름드리나무 위에서 넓적한 얼굴의 올빼미 한 마리만 월백을 내려다보고 있다.

둔덕 너머 숲 속에서 나무 부러지는 소리가 나더니 새끼 호랑이 한 마리가 달려 나왔다. 그 뒤로 또 한 마리가 달려 나와 앞선 놈을 덮친다. 한동안 뒤엉켜 뒹굴다가 밑에 깔린 녀석이 몸을 뒤집어 일으키자 덮쳤던 녀석이 잽싸게 나무둥치 위로 뛰어 올라간다. 아름드리면서도 45도로 비스듬히 기울어져 새끼호랑이들이 올라가 놀기 좋아하는 나무다.

뒤따르던 녀석도 뒤질세라 나무둥치 위로 올라간다. 둘은 나무둥치 중간쯤에서 마주 보며 대치하더니 서로 앞발로 얼굴을 치고, 치는 발을 입으로 물려고 한다. 그러다 한 녀석이 다른 녀석의 얼굴을 잽싸게 때리고는 줄행랑을 친다. 맞은 녀석은 심통 난 얼굴로 도망가는 녀석을 바라보다 이끼 긴 나무껍질 한 조각을 떼어내 씹는다. 헨젤과 그레텔, 월백의 새끼들은 두 달 전에 비해 몰라보게 자랐다.

월백은 일어설 듯 말 듯 주위를 살펴본다. 어미의 조심스런 행동에는 아랑곳없이 새끼들은 숲 속을 뛰어다니며 소란을 피운다. 월백이 고개를 돌려

헨젤과 그레텔,
월백의 새끼들이 두 달 전에 비해 몰라보게 자랐다.

철없는 새끼들을 물끄러미 바라본다. 귀가 젖혀지며 긴장해 있던 눈빛이 머쓱한 눈빛으로 바뀐다. 아무리 조심해도 새끼들이 저리 천방지축이니 어떤 사냥감이라도 벌써 도망갔겠다. 할 수 없다는 듯 월백이 일어섰다. 올빼미가 소리 없이 날아갔다.

월백이 한 발 한 발 조심스럽게 내디디며 사슴강으로 내려왔다. 그런 어미를 추월하여 새끼호랑이 두 마리가 강으로 우당탕 뛰어내렸다. 어미 없이 단둘이 왔을 때와는 달리 거침없이 물구멍으로 달려가 시원한 물을 꿀꺽꿀꺽 달게 마신다. 새끼들이 마시고 나자 월백도 물을 마셨다. 사방이 트여 불안했던지 물을 마시자마자 둔덕으로 자리를 옮긴다. 몇 발자국 차이지만 사슴강의 하얀 빙판보다는 낙엽과 덤불이 드러난 검누런 둔덕이 편한 모양이다.

어미와 함께여서 그런지 동생이 오빠 못지않게 용감하다. 지난번과는 달리 오빠가 힘으로 눌러도 죽기 살기로 덤벼든다. 오빠가 슬쩍 빠져나와 사슴강 맞은편의 가파른 산기슭으로 기어오른다. 동생도 뒤질세라 따라나선다. 산기슭은 북사면이라 눈이 그대로 쌓여 있다. 둘은 눈구덩이 속에서 엎치락뒤치락 뒹굴며 장난을 친다. 그러다 경사진 비탈을 눈더미와 함께 굴러내린다. 산발치까지 다 굴러내리자 다시 산기슭을 뛰어 올라간다. 둘은 엎치락뒤치락 뒹굴며 굴러내리기를 반복한다. 눈썰매를 타는 개구쟁이처럼 남매는 지칠 줄 모르고 즐거워했다.

월백은 염려스러운 표정으로 새끼들에게서 눈을 떼지 않는다. 무심히 쳐다보는 눈빛 같지만 눈동자에 슬쩍슬쩍 긴장감이 스쳐간다. 가끔 숲 속에서 새들의 날갯짓 소리라도 들려오면 고개를 휙 돌려 뚫어지게 쳐다본다. 우수리호랑이의 조심성은 사람들의 상상을 훨씬 뛰어넘는다. 특히 새끼를 데리고 다닐 때의 암호랑이는 아주 위험한 존재다. 그 모성애는 심각할 정도다.

블러디 메리가 죽은 것도 엊그제 같은데 세월이 흘러 월백이 어미가 되었다.
굴을 떠난 지 얼마 되지 않은 새끼들을 데리고 사슴계곡을 자주 찾는다.

또 한 해의
겨울

월백, 설백, 천지백이 블러디 메리를 따라다니던 것도, 블러디 메리가 죽은 것도 엊그제 같은데 세월이 흘러 월백이 어미가 되었다. 굴을 떠난 지 얼마 되지 않은 새끼들을 데리고 사슴계곡을 자주 찾는 것을 보니 가까운 까마귀산에서 새끼를 낳은 것 같다.

암호랑이는 새끼를 낳을 때가 가까워지면 새끼를 낳아 키울 굴을 찾아다닌다. 초보 어미는 굴을 선택하는 데 게으르거나 미숙한 경우가 있다. 굴이라고 말하기에는 어색한, 쓰러진 고목 뿌리 안쪽의 흙더미나 우묵한 덤불 속에서도 새끼를 낳는다. 하지만 경험 많은 암호랑이는 주도면밀하게 굴을 고른다. 새끼들이 건강하게 자랄 수 있도록 굴의 상태가 좋아야 하고, 자신이 사냥을 나갔을 때 남겨진 새끼들이 인간이나 다른 맹수들로부터 해를 당하지 않을 만한 안전한 곳이라야 한다.

암호랑이가 새끼를 낳았다는 굴을 수소문해 찾아가 보면 몇 가지 특징이 있다. 먼저 굴의 위치다. 굴로 접근하는 상대가 한눈에 내려다보이는 고지이거나, 적이 쉽게 접근할 수 없는 오지다. 또 굴의 크기와 상관없이 햇볕이 잘 들고 환기가 잘 되어 굴속으로 날아든 낙엽이 바싹 말라 있다. 그리고 멀지않은 곳에 사냥하기 괜찮은 장소가 꼭 있다. 그래야 사냥을 위해 굴을 비우는 시간을 최소한으로 줄일 수 있다. 즉 암호랑이들은 사슴계곡 같은 괜찮은 사냥터가 근처에 있고 습기가 차지 않으며 비바람이 들이치지 않는 따뜻한 남향의 바위굴을 선호했다. 달갑지 않은 손님들이 접근하기 힘든 곳이라면 금상첨화다.

새끼를 낳을 굴이 정해지면 암호랑이는 인간이나 다른 맹수들에게 들키지 않으려고 더욱 신중해진다. 굴로 바로 통하는 지름길은 피하고 주변을 우회해 드나든다. 드나들 때마다 가능한 한 발자국 흔적을 남기지 않으려고 조심한다. 굴 근처에는 발톱자국이나 배설물 같은 영역표시도 일절 남기지 않는다. 새끼가 있을 때는 다른 맹수뿐만 아니라 동족인 호랑이도 적으로 간주하기 때문이다.

새끼를 낳으면 굴을 떠나지 않고 새끼만 돌보다가 일주일쯤 지나야 나가서 물도 마시고 사냥을 해서 배도 채운다. 젖만 먹던 새끼들이 눈을 뜨고 이빨이 나면 꿩이나 토끼, 오소리 같은 작은 짐승들을 잡아와 새끼들에게 먹이기 시작한다. 새끼들이 고기 맛에 익숙해지면 죽은 짐승 해체하는 법을 보여주고 직접 고기를 뜯어 먹게 한다. 여기에도 익숙해지면 작은 동물을 산 채로 잡아다 주고 새끼들이 어떤 행동을 하는지 지켜본다. 새끼들이 동물을 처치하지 못하면 직접 동물을 죽이는 시범도 보여준다.

굴을 떠나서도 어미는 늘 새끼를 데리고 다닌다. 함께 다니면서 오솔길과 지름길, 위험한 곳과 안전한 곳, 잠시 휴식을 취할 만한 곳과 오래 쉴 만한 곳, 겨울에도 얼지 않는 물구멍이 있는 곳이나 철마다 사냥감이 나타나는 곳 등 평생 숲에서 살아가는 데 필요한 지형지물을 가르친다. 이런 기초교육이 끝나면 사람을 발견했을 때 대처하는 법, 사람이 만든 구조물을 피하는 법, 도로를 건너는 법, 야생동물과 가축을 구분하는 법, 상처를 입었을 때 소독하고 치료하는 법 등 심화교육을 한다.

사냥법도 가르친다. 처음에는 새끼들을 으슥한 곳에 숨겨두고 혼자 사냥을 나가지만 새끼가 자라면서 차츰 새끼를 데리고 사냥을 나간다. 작은 동물은 새끼들이 직접 잡게 한다. 새끼들은 처음에는 사냥감이 충분히 다가올 때까지 기다리지 못하고 조급하게 뛰어나가느라 자주 실패한다. 그러면서 먹잇감이 충분히 다가올 때까지 지그시 기다리는 인내력과 먹잇감에 소리 없이 접근하는 잠복술을 배운다. 나아가 날짐승을 잡는 법, 물고기를 유인하는 법, 물범이 나타나는 장소와 시기, 독사를 다루는 법, 가시투성이 고슴도치를 잘못 다루면 가시에 찔릴 수도 있다는 것, 너구리와 오소리는 궁지에 몰리면 죽은 체를 한다는 것, 그중에서도 너구리는 노린내가 심해 맛이 없고 오소리는 맛은 있지만 다부져서 가볍게 보다가는 갈퀴같이 긴 발톱에 한칼 당한다는 것 등 여러 가지 특수한 사냥법을 배운다. 기초교육을 받을 때는 어미가 하는 것을 보고 새끼들이 자연스럽게 따라하지만, 교육수준이 높아지면 어미가 새끼들에게 시범을 보이며 직접 가르친다.

새끼호랑이는 생후 16개월이 되기 전에 영구치로 이갈이를 마친다. 여렸던 발톱도 굵어진다. 이때부터 본격적으로 사슴이나 멧돼지 같은 큰 발굽동물을 사냥하기 시작한다. 처음에는 주로 어리거나 허약한 발굽동물을 노리지만 생후 1년 6개월이 넘으면 어미에 비해 성공률이 낮긴 하지만 큰 발굽동물도 거뜬히 사냥할 수 있게 된다. 실제적인 사냥훈련은 큰 동물을 사냥하게 된 바로 그때부터 시작된다. 그 시기에 커다란 멧돼지나 곰같이 위험한 동물을 얕보고 생각 없이 덤비다가 큰코다치는 경우도 생긴다. 그런 것은 어미도 가르쳐줄 수 없다. 스스로 경험하고 상처받으며 터득해가야 한다. 홀로 경험을 쌓으며 어미를 따라다니는 반독립 상태가 1년 남짓 더 진행된 후, 마침내 홀로서기에 나선다.

어미는 평소에는 자상하지만 교육시킬 때는 아주 엄해진다. 두 달 전 '겨울에도 따뜻한' 해안가에서 설백의 가족이 하쟈인을 만난 날도 그랬다. 하쟈인이 떠난 다음 설백은 새끼들이 남은 사슴을 맘껏 먹도록 두고 멀찍감치 떨어져서 망을 보았다. 새끼들이 어느 정도 먹고 나자 설백이 가서 먹었고, 이번에는 새끼들이 망을 보았다. 물론 새끼들은 망을 보기보다 장난치는 데 더 열중했지만 어쨌든 어미와 교대로 망을 보았다. 다시 차례가 돌아와 설백이 사슴을 먹으러 갔을 때, 새끼들은 망보러 갈 생각은 않고 사슴 옆에서 장난을 쳤다. 새끼들이 더 먹고 싶어서 그러는 줄 알고 설백은 다시 망을 보러 갔지만, 새끼들은 먹지는 않고 계속 장난만 쳤다. 설백은 새끼들의 이런 행동을 두 번은 용납했어도 세 번째에는 달랐다. 살벌한 표정으로 새끼들을 향해 물어죽일 듯이 위협적인 소리를 질렀다. 깜짝 놀란 새끼들은 그제야 기가 죽어 망을 보러 갔다. 먹이를 먹을 때는 교대로 먹어야 하고, 어미가 먹을 때는 자신들도 망을 봐야 한다는 걸 배운 것이다.

눈 덮인 산기슭을 활개 치며 돌아다니던 동생이 어미 곁으로 돌아왔다. 눈썰매를 타느라 지쳤는지 어미의 품속에 털썩 드러눕는다. 월백은 딸의 몸에 묻은 눈서리를 핥아준다. '호부虎父 밑에 견자犬子 없다'고 아들은 대담하게도 산기슭 제일 높은 곳에 서서 멀리 어미와 동생을 내려다본다. 더 놀고 싶은데 상대가 없어 김샜다는 듯 뚱한 표정이다. 그러다 마지못해 어슬렁어슬렁 돌아오더니 갑자기 동생을 덮친다. 동생도 지지 않는다. 야생마처럼 서로 앞발을 높이 치켜들고 한껏 겨루다 제 풀에 겨워 어미의 엉덩이 위로 넘어진다. 월백은 새끼들의 등쌀에 치여 일어서더니 숲 속으로 천천히 걸음을 옮긴다. 어미가 멀어져도 남매는 그 자리에서 줄기차게 다툰다.

"아―웅, 꾸어흥."

숲을 걷던 월백이 하품하듯 묘한 소리를 섞어 포효하자 동생은 놀이를 멈추고 어미 쪽으로 달려간다. 다시 상대를 잃은 오빠는 긴 혓바닥으로 콧등을 핥으며 동생을 뚱하게 바라본다. 그러다 쏜살같이 달려가 동생을 덮치고 달아난다. 동생이 다시 오빠를 따라잡으려고 달린다. 남매로 태어난 인연을 원 없이 즐기듯 번갈아 술래를 맡으며 오빠와 동생은 끝없이 달렸다. 월백은 그런 새끼들을 곁눈질로 살피며 숲 속으로 천천히 사라졌다. 3년 가까이 늘 경계하고 조심하면서 새끼를 키워내는 것은 쉽지 않은 일이다.

사라져가는 것들을 위한 의식

"알로, 알로, 여기는 페트로바, 여기는 페트로바!

호랑이가 산막 주변을 배회하고 있다. 챠라가 사라졌다.

반복한다. 호랑이가 산막 주변을 배회하고 있다. 챠라가 사라졌다."

무전기가 치직거리며 꼭두새벽부터 가쁜 호흡을 토해냈다. 무전기 소리를 듣는 순간 설백이 떠올랐다. 1년 전, 천지백과 함께 산막을 지키는 개 챠라의 흔적을 쫓아 페트로바 산막 근처까지 접근했었던 설백의 모습 위로, 꼬리의 모습도 겹쳐졌다. 늙은 왕대였던 꼬리는 죽기 전 민가의 가축을 자주 습격했었다.

겨울철, 열매가 덜 열리거나 눈이 많이 내린 지역의 발굽동물은 다른 지역으로 이동한다. 호랑이는 그 발굽동물을 따라 이동하며 살지만, 다른 지역에는 이미 다른 호랑이가 살고 있기 때문에 남의 영역으로 함부로 넘어가기는 힘들다. 그래서 배가 고파 민가로 내려오는 호랑이가 생긴다. 호랑이와 민가 사이에 갈등이 발생하는 것이다. 몸속 깊은 곳에서 손으로 긁을 수 없는 가려움증이 치솟아 올랐다.

'위험한' 해안 잠복지를 나와 페트로바로 향했다. 해안길은 차갑고 험했지만 썰물이 빠져나간 뒤라 바다는 잔잔했다. 연푸른 안개를 뚫고 솟은 암초마다 물범들이 올라와 고요한 새벽바다를 즐기고 있다. 암벽을 타고 산맥을 넘었다. 오랜 잠복에 때아닌 등산이 급작스러워 몸이 후끈거리고 걸음이 흔들린다. 벼랑 끝에 올라서자 희미하게 밝아 오는 빛 속에 저 멀리 페트로바 섬이 보인다. 뒤로는 해금강처럼 아름다운 '위험한' 해변의 기암괴석들이 새벽바다의 진격을 막으며 병풍처럼 서 있다. 올해의 잠복이 끝나기 전 마지막으로 설백의 가족을 카메라에 담기 위해 해안 잠복지로 옮긴 지 한 달째, 호랑이는커녕 사슴 한 마리 보이지 않았다.

몇 시간을 걸어 페트로바 해변으로 내려서자 숭어들이 뛰고 있다. 민물이 따뜻해서인지 아니면 민물에서 흘러내려온 먹이를 찾는 건지, 그것도 아니면 바닷물과 민물이 만나는 곳에서 잘 자라는 파래를 따먹으러 온 건지, 작은 개울이 바다로 흘러드는 곳으로 어른 팔뚝만 한 숭어가 잔뜩 몰려왔다. 검푸른 등살에 그물무늬가 싱싱하다.

평소 같으면 썰물 때를 이용해 이 숭어를 나무작살로 잡고 있을 스테파노비치가 보이지 않는다. 이쯤이면 달려 나왔어야 할 산막을 지키는 개, 네눈박이 챠라도 보이지 않는다. 숭어는 뛰는데 아무도 없다. 해변을 가로질러 숲에 접해 있는 산막으로 들어갔다. 산막에도 아무도 없다. 산막 주변을 살펴보았다. 오늘 아침 지나간 두 사람의 발자국이 나 있다. 그중 격자무늬는 스테파노비치의 장화 자국이다. 발자국을 따라 산발치를 100여 미터쯤 돌아가자 비탈 밑의 옹달샘 근처에서 두 사람이 뭔가를 들여다보고 있다. 총을 든 산지기 제냐가 나를 보더니 어깨에 총을 걸치며 손으로 목을 긋는다. 스테파노비치는 어서 와보라고 손짓을 한다.

옹달샘 주변 여기저기에 호랑이 발자국이 나 있다. 대부분 간밤에 얼어붙은 어제의 발자국인데 몇 개는 오늘 아침에 찍힌 생생한 발자국이다. 눈과 진흙에 찍힌 대추 모양의 발가락과 서양 배 모양의 볼 자국이 습기로 인해 윤기가 흐른다. 자를 꺼내 재보았다. 앞발 볼의 너비가 9.5센티미터. 설백의 발자국과 크기가 같다.

스테파노비치가 샘터에서 10미터쯤 떨어진 곳을 가리켰다. 낙엽에 덮인 자리가 오목하게 눌려 있다. 호랑이가 웅크리고 있었던 자리다. 호랑이는 여기 웅크리고 있다가 달려 나갔다. 그 흔적 끝에 핏자국이 있다. 핏자국은 산막에서 걸어온 개 발자국과 연결되었다. 챠라는 샘물 쪽으로 오다가 뒤늦게 호랑이를 발견했던 것 같다. 도망쳤지만 몇 발자국 못 가서 피를 쏟았다.

젊은 산지기 제냐가 말했다.

"새벽 4시쯤인가, 챠라가 짖는 소리에 잠을 깼어요. 맹렬하게 짖더니 비명을 지르고는 곧 잠잠해지더라고요. 총을 들고 산막 입구로 나가 챠라를 불렀지만 대답이 없었어요. 문득 호랑이라는 생각이 들었어요. 꼭두새벽이라 날은 어둡지, 가볼 수도 없고…… 그래서 허공에다 총을 세 발 쐈습니다. 호랑이는 어제 저녁부터 근처에서 개를 지켜보고 있었던 것 같아요. 챠라가 평소와는 달리 저녁 내내 짖었거든요. 저기 옹달샘으로 돌아가는 모퉁이까지 내려가서 짖다가 올라오곤 했어요. 그때 알아채고 총을 몇 방 쏴서 호랑이를 쫓아버렸어야 했는데……"

호랑이는 개를 잡은 다음 산비탈로 올라갔다. 비탈에 서 있는 나무 사이로 발자국이 나 있고 그 위에 핏방울이 점점이 떨어져 있다. 개를 끌고 간 흔적은 없다. 개가 작고 가볍다보니 끌린 자국이 남지 않은 모양이다. 총소리까지 울려서 그랬는지 호랑이는 숲 속으로 계속 들어갔다.

챠라를 물고 가던 호랑이는 산막에서 2킬로미터쯤 떨어진 참나무 숲에서 새로운 호랑이 두 마리와 합류했다. 앞발 볼의 너비가 하나는 6.8센티미터, 또 하나는 7.6센티미터. 새끼호랑이다. 개를 잡아간 호랑이의 정체는 짐작한 대로 설백이었다. 설백이 새끼들을 먹이기 위해 챠라를 잡아갔다. 산막 지척까지 접근해 밤새 잠복하다 챠라가 다가오자 순식간에 낚아채 간 것이다.

설백의 새끼들은 석 달 전에 봤을 때보다 많이 자랐다. 큰놈의 앞발 볼의 너비가 석 달 전에는 6.4센티미터였는데 지금은 7.6센티미터로 1.2센티미터나 자랐다. 근처에 새끼 두 마리가 서로 엉켜 잠을 잔 흔적이 있다. 새끼들은 이곳에서 기다리다 어미가 사냥감을 물어오자 쫄래쫄래 쫓아갔다.

챠라까지 잡아가다니 설백이 굶주렸던 모양이다. 새끼를 먹여 살릴 사냥감이 부족한 것 같다. 참나무의 해거리가 이 지역 먹이사슬에 큰 변화를 가져왔다. 사슴과 멧돼지는 도토리를 찾아 다른 지역으로 떠나갔고, 남아 있는 발굽동물들은 나무껍질을 벗겨 먹으며 연명하고 있다. 그리고 많은 사람들이 밀렵에 나서고 있다. 일자리는 없고 먹고는 살아야 한다. 전문밀렵꾼들도 점점 늘고 그들이 도시에서 데려와 부려놓는 관광밀렵꾼들도 해마다 증가하고 있다. 기승을 부리는 밀렵으로 그나마 남아 있는 사슴과 멧돼지의 수가 속수무책으로 줄고 있다. 백두산사슴은 이제 이 해안지역에서 완전히 사라졌고 우수리사슴과 멧돼지도 발자국 보기가 힘들어졌다. 게다가 벌목으로 숲이 지속적으로 줄어들고 있다. 풍요로웠던 우수리 숲이 시들어가고 있다.

설백은 블러디 메리로부터 인간이 키우는 가축이나 구조물에 접근하면 위험하다고 교육받았을 것이다. 하지만 배가 고프자, 새끼들에게 줄 먹이가 없자, 어릴 때 오빠와 같이 와봤던 페트로바 산막의 검누런 개를 떠올렸을 것이다.

설백은 참나무가 빽빽하고 덤불이 우거져 으슥한 구릉으로 들어가 새끼들에게 개를 먹였다. 그곳에 검은색과 누런색이 섞인 챠라의 털이 여기저기 흩어져 있다. 새끼들의 발자국도 즐비하다. 설백의 발자국은 오래 머물지 않고 다시 산비탈을 돌아나갔다. 작은 개를 새끼들에게 넘겨주고 다른 사냥감을 찾으러 떠난 것 같다.

배가 고팠던 새끼들은 자잘한 뼈까지 다 먹어치우고 털과 함께 굵은 뼈들만 남겨두었다. 그런데 챠라의 두개골이 없다. 새끼들의 발자국이 움직인 대로 주위를 살펴보니 30미터쯤 떨어진 곳에 챠라의 두개골이 놓여 있다. 챠라가 작은 개라서 나눠 먹기에는 부족했던 모양이다. 한 마리가 마지막 남은 머리를 독차지하기 위해 이리로 가져온 것 같다. 두피까지 깨끗이 벗겨 먹은 두개골에 약간 붙어 있는 살점이 아직 싱싱하다. 뜯어 먹은 지 얼마 되지 않았다.

머리를 뜯어 먹던 새끼호랑이는 앞발 볼의 너비가 6.8센티미터, 동생이다. 동생 옆으로 오빠의 발자국이 나 있다. 챠라의 몸체를 마저 해치우고 뒤늦게 따라온 것 같다. 두 마리의 발자국이 뒤엉키며 뒹굴었다. 새끼들이 다툰 흔적 위에 어미의 발자국이 다시 찍혀 있다. 설백의 모든 발자국이 새끼들의 흔적을 밟은 것으로 보아 설백은 제일 나중에 합류했다.

그런데 새로운 핏자국이 나 있다. 챠라의 것이 아닌 신선한 핏자국이다. 설백이 새로운 먹이를 잡아온 걸까? 가만히 살펴보니 그게 아니었다. 핏자국이 설백의 발자국을 따라 나 있지 않고, 새끼의 발자국을 따라 나 있다. 그리고 설백의 발자국 위에 떨어진 핏자국은 하나도 없고 설백이 핏자국을 밟은 흔적만 있다. 발자국을 따라 가보았다.

"이런, 이게 뭐야! 어떻게 이런 일이 일어날 수 있지?"

앞서 가던 스테파노비치가 비명을 질렀다. 새끼호랑이 한 마리가 누워 있었다.

"누가 호랑이를! 왜, 왜 코와 발이 없지?"

따뜻한 햇살 아래 잠을 자듯 누워 있었지만, 복부가 비어 있고 뒷다리 하나가 엉덩이까지 무참하게 뜯겨져 나가고 없었다. 콧등과 한쪽 앞발도 많이 상했다. 처참한 죽음이었다. 상하지 않은 앞발의 크기를 재보았다. 동생이었다. 하쟈인이 들렀을 때 그 품속으로 뛰어들어 아비의 굵은 앞발을 토끼 삼아 가지고 놀던 여동생이 죽은 것이다. 몸속 깊은 곳에서 다시 가려움증이 치솟아 올랐다.

죽은 지 얼마 안 된 듯 몸이 얼지 않고 부드러웠다. 고개를 들어 주변을 둘러보았다. 서늘한 기운이 느껴졌다. 그 기운이 숲에서 오는 것인지 마음속에서 오는 것인지 알 수 없었다. 누가 이 어린 호랑이를 죽였을까? 도대체 왜? 근처를 샅샅이 살펴보았지만 조금 전까지도 이곳에 머물렀음직한 어미와 오빠의 발자국만 널려 있었다. 설마 설백이……?

죽은 새끼의 목줄에 이빨자국이 나 있다. 호랑이는 멧돼지나 곰같이 크고 강한 동물은 목뼈를 단번에 부러뜨리기 힘들어 목줄을 물어 질식사시킨다. 하지만 약한 동물은 머리에서 등으로 넘어가는 등줄을 물어 단번에 목뼈를 부러뜨린다. 설백의 짓이라면 등줄을 물어 목뼈를 부러뜨렸을 것이다. 하지만 새끼의 등줄은 상처 하나 없이 온전하다. 게다가 몸 이곳저곳에 잡다하게 상처가 나 있고 뜯어 먹기까지 했다.

네 개의 송곳니가 박혔던 구멍의 깊이가 4센티미터 정도로 얕고 가늘다. 다 자란 호랑이의 송곳니 길이는 5센티미터쯤 되지만 그 송곳니로 먹잇감을 악물면 약 10센티미터 깊이의 굵은 구멍이 생긴다. 이것은 새끼호랑이의 송곳니 자국이다. 새끼호랑이의 주검 앞에 다른 새끼호랑이가 쭈그리고 앉아 있었던 흔적이 있다. 앞발 볼의 너비가 7.6센티미터. 7.6센티미터가 6.8센

따뜻한 햇살 아래 잠을 자듯 누워 있었지만, 복부가 비어 있고 뒷다리 하나가
엉덩이까지 무참하게 뜯겨져 나가고 없었다. 콧등과 한쪽 앞발도 많이 상했다. 처참한 죽음이었다.

티미터를 죽였다. 오빠가 동생을 잡아먹은 것이다.

개가 문제였다. 허기진 새끼들에게 작은 개 한 마리는 양에 차지 않았다. 몸통을 다 먹어치우고 마지막 남은 챠라의 머리를 두고 새끼들끼리 싸움이 붙었던 것 같다. 머리를 차지하기 위해 악착같이 싸우다가 오빠가 동생의 목줄을 물어 죽이게 되었다. 동생에게 뺏은 챠라의 두피를 다 벗겨 먹고도 배가 고프자 동생의 주검을 뜯어 먹기 시작했다. 어미가 잡아온 것이 90킬로그램짜리 사슴이었다면 이런 일이 벌어지지 않았을 것이다.

설백은 뒤늦게 돌아와 새끼들을 찾다가 핏자국을 따라갔다. 핏자국의 끝에서 아들이 딸을 뜯어 먹고 있는 현장을 보았다. 그제야 아들은 뜯어 먹기를 멈추었다. 설백은 딸의 주검을 맴돌았다. 맴돌다가 주변으로 나가 서성거렸다. 서성거리다가 다시 돌아와 몇 바퀴씩 맴돌았다. 받아들이지 않을 수 없는 현실이었다. 설백의 발자국에 슬픔이 묻어 있다. 떠날 수도 없고 마냥 머무를 수도 없는 어미의 심정이 담겨 있다. 시들어가는 우수리 숲에서 새끼를 키우는 암호랑이의 운명이었다.

스테파노비치가 외투를 벗어 새끼호랑이의 몸을 덮어주었다. 그 위에 십자가 모양으로 나뭇가지를 올렸다.

"미안하다. 용서해줘, 새끼호랑이야. 옛날에는 자연이 아름답고 풍족했는데 지금 우리에겐 너무 문제가 많아. 사슴도 없고 멧돼지도 없고 너희가 먹을 만한 게 거의 없어. 1년 전만 해도 이 지역에 너희 가족이 다섯이나 있었는데 이제는 네 어미와 오빠, 둘만 남았구나. 나머지는 어디 갔지? 어디 간 거야? 계속 이러면 지킬 것도 없을 거야. 두고 보자고, 5년 후에 뭐가 남을지. 또 10년 후엔……."

처참한 현실 앞에서 늙은 산지기는 분노하고 있었다. 한때 밀림이라고 불렸던 이곳은 이젠 밀렵의 천국이 되었다. 350여 마리밖에 남지 않은 시베리아호랑이가 매년 수십 마리씩 죽어가고 있다.

다리에 힘이 풀려 쪼그리고 앉았다. 오랜 잠복생활 탓만은 아니었다. 몸이 뚫린 듯, 그 뚫린 구멍으로 바람이 훑고 지나가듯 가슴이 허전했다. 늙은 산지기의 분노와 설백의 슬픔이 나라는 존재와 내가 맺었던 인연을 할퀴고 지나갔다. 눈물이 흘러내렸다.

내일이라도 자연보호구 사무소에서 사람들이 나와 현장을 확인할 것이다. 외투에 감싸인 새끼호랑이를 하염없이 내려다보다 발걸음을 돌렸다. 뒤한번 돌아보지 않고 묵묵히 걸었다. 땅만 보며 걷던 나는 문득 걸음을 멈췄다. 아까 내가 걸어온 발자국 위에 설백의 발자국이 찍혀 있다. 우리가 죽은 새끼 쪽으로 걸어갈 때, 새끼 곁에 있던 설백이 숲을 빙 돌아 우리 뒤로 왔다. 우리가 새끼호랑이의 주검을 발견하고 그 주변을 살펴볼 때, 설백은 우리를 지켜보며 근처를 맴돌고 있었다. 우리가 물러난 지금 설백은 죽은 새끼에게 가 있을 것이다.

뒤를 돌아보았다. 비탈에 선 참나무들이 아침 햇살을 받아 눈 위에 일제히 그림자를 드리우고 있다. 건들바람에 그림자들이 미세하게 흔들리며 바람 맞은 전선줄처럼 우는 소리를 낸다. 겨우내 떨어지지 않고 붙어 있던 누런 이파리들도 나부낀다. 저 참나무 숲 너머에 설백이 있을 것이다. 외투에 덮인 새끼의 냄새를 맡으며 주위를 서성거리고 있을 것이다. 어미의 슬픔을 방해하지 않으려고 길을 재촉했다.

이튿날, 현장감식이 있었다. 사인은 날카로운 송곳니에 목이 물려 질식사한 것으로 확인됐다. 현장은 전날 본 그대로였다. 다만 하나, 새끼호랑이를 감싼 외투가 벗겨져 있었다. 우리가 죽은 새끼에게 무슨 짓을 했는지 알고 싶었는지, 아니면 마지막으로 다시 한 번 죽은 새끼를 보고 싶었는지, 설백은 외투를 벗겨 새끼를 확인했다. 그리고 살아남은 새끼를 데리고 해안산맥을 따라 길을 떠났다.

자연보호구에서 나온 사람들은 새끼호랑이의 주검을 가져가려던 계획을 포기했다. 박제로 만들기에는 새끼호랑이의 몸이 너무 심하게 상했다. 남아 있는 몸과 가죽의 밀매를 방지하기 위해 화장하기로 결정했다.

그날 저녁, 마약 마을에 사는 심마니 부부를 불러 죽은 새끼호랑이를 위한 작은 의식을 치렀다. 이들에게 호랑이는 숲의 신, 암바다. 이들은 숲을 걷다가 호랑이의 흔적을 보면 편안해하고 호랑이가 죽으면 슬퍼한다. 하지만 이들에게 죽음은 돌이킬 수 없는 삶의 종말이 아니라 새로운 삶의 시작이다. 새끼호랑이에게는 새로운 삶으로 인도해줄 의식이 필요했다.

숲에서 마른 나무를 주워와 장작더미처럼 쌓고 그 위에 설백의 새끼를 눕혔다. 불을 붙이자 연기가 매캐하게 오르더니 나무의 진액을 따라 금방 활활 타오른다. 악탕카가 북을 치기 시작했다. 키몬코 올가는 장작불 주변을 돌며 북소리에 맞춰 윙뚜춤sharman dance을 추었다. 전통의상을 차려입고 허리를 흔들며 부르는 그녀의 노랫가락은, 뜻을 알 수는 없지만 애절하다. 호랑이를 숭배하는 우데게에게 옛날부터 전해져오던 이 의식은 죽은 자를 아래 세계로, 암바를 위의 세계로 인도하던 치유의 의식이다. 오늘의 의식은 이 숲의 사라져 가는 모든 것들을 위해 치러지고 있다.

살 타는 냄새가 사방으로 퍼져 하늘로 올라간다. 넘실거리며 타오르는 불꽃 너머로 늙은 샤먼의 둔한 움직임이 아른거린다. 불꽃 속에서 설백의 새끼가 몸을 움츠리며 사그라진다. 한 어린 영혼이 지금 사라지고 있다. 블러디 메리도 사라졌고 천지백도 사라졌다. 가장 용맹하고 신성시되던 한 종족이 인간의 손에 의해 멸종의 길로 가고 있다. 불꽃은 점점 뜨겁게 타오르고 올가의 노랫소리는 점점 고조되었다. 악탕카는 아들에게 북채를 넘겨주었다. 숲에서 꿈꿀 수 없는 부를 좇아 도시로 떠났다가 숲에서 살겠다며 다시 고향으로 돌아온 아도. 오늘 이 북채가 아도에게 넘겨졌듯이 언젠가는 다른 누군가에게 다시 넘겨지기를. 오늘 한 어린 생명이 사라졌지만 그 자리를 살아남은 생명의 후손이 다시 채워주기를 이 자리의 모든 이들이 바랐다. 아도의 앞날과 숲의 앞날, 그리고 그 숲을 지키는 암바의 앞날을 위해 불길이 사그라질 때까지 올가는 온 힘을 쏟아 부었다.

의식이 끝난 후 올가는 아들에게 말했다.

"아도야, 너는 아니? 숲이 얼마나 좋은지? 나무도 참 많고 동물도 아주 많단다. 그 숲을 암바가 다스린단다. 나무를 베려면 베어라. 숲은 금방 살아날 거야. 암바도……."

살아남은 자의 슬픔

밀려왔다 부서져서 물러가는 조수潮水는 오늘도 밀려왔다 부서져서 물러 갔다. 썰물이 빠져나간 바다는 고요하다. 짙어가는 저녁 어스름에도 방향을 잃지 않고 귀가하던 철새들이 바다가 물러간 저쪽 섬으로 사라졌다.

험준한 해안산맥에서 산록이 뻗어내려 해안분지로 이어졌다. 산록에는 볼록볼록한 야산들이 서로 잇대어져 커다란 무덤들이 늘어선 것 같다. 무덤 에 푸른 저녁 기운이 감돌자 시호테알린의 '잠자는 영혼'이 깨어나는 듯하 다. 무심하게 바라보던 한 무덤 위로 둥그런 머리가 둥실둥실 떠오르더니 누군가 걸어올라 왔다. 멀지만 분명 호랑이다. 호랑이가 산등성이를 넘어 이동하고 있다. 저녁 기운에 젖어 붉은 털이 푸르다. 앞서 올라온 호랑이 뒤 로 작은 호랑이 한 마리가 따라 올라왔다. 작은 호랑이는 다리를 절뚝이며 뛰다시피 걷고 있다. 작은 호랑이가 뒤처지자 큰 호랑이가 기다린다. 작은 호랑이는 기다리던 큰 호랑이를 지나 절뚝이며 나아갔다. 그 뒤를 다시 큰 호랑이가 따라갔다. 앞서거니 뒤서거니 하며 호랑이는 검푸른 산등성이 너머로 사라졌다.

산록에 반사되어 분지로 떨어지던 빛의 잔재들을 산그늘이 밀어내더니, 이윽고 푸른 저녁은 어둠으로 덮였다. 산맥 위로 보름달이 휘영청 떠올랐다. 달이 올랐지만 '겨울에도 따뜻한' 해안분지는 어둡다. 양지바른 분지라 겨우내 쌓였던 눈이 거의 다 녹았다. 달빛을 되받아 증폭시키던 하얀 눈밭이 스러지자 칙칙한 수풀들이 드러났고, 그것들이 달빛을 흡수하며 달의 기운을 앗아갔다.

호랑이가 넘어간 산등성이는 이 해안분지로 내려오는 길목이다. 야간렌즈로 갈아 끼우고 호랑이를 기다렸다. 바람은 잠들고 공기는 서늘하게 맑다.

8시경, 어두컴컴한 숲 속에서 더 어두운 음영이 어른거리더니 소나무와 관목이 늘어선 분지로 걸어 나왔다. 음영은 성큼성큼 걸어오다 멈춰 섰다. 금빛으로 은은하게 빛나는 눈빛이 조심스럽게 주변을 살핀다. 구름이 달을 가리자 분지는 더 어두워졌다. 음영은 긴 꼬리를 슬쩍 휘젓고는 뒤돌아서서 자신이 걸어 나온 숲을 바라보며 울음을 터뜨렸다.

"꾸-어흐흥, 꾸-어흐흥……."

굵고 깊은 성대에서 울려나오는 울음소리는 구름에서 벗어나기 시작한 달빛을 따라 분지 전체로 떨려나갔다. 숲 속에서 미약한 소리가 반응하더니 작은 음영이 걸어 나왔다. 다리를 절뚝이고 있다. 절뚝일 때마다 꼬리를 번쩍번쩍 치켜들어 몸의 균형을 잡는다. 챠라의 머리를 두고 동생과 다투다 살아남은 새끼호랑이다. 동생과의 싸움에서 자신도 뒷다리 하나를 다친 것 같다.

절뚝이며 다가온 새끼는 어미의 허리에서 턱밑까지 이마로 치대며 "후르릉, 후르릉" 마치 꼬마들이 엄마에게 보채듯이 묘한 콧소리로 칭얼거린다. 다리가 아파서 그러는 건지 아니면 배가 고파서 그러는 건지 새끼의 심사가 불편해 보인다.

"끄르르륵 후룽, 끄르르륵 후룽."

설백도 얼굴을 마주 비비며 콧소리와 울대에서 울려나오는 소리를 묘하게 섞어 새끼를 달랜다.

설백은 이곳에 오면 늘 들르는 다복솔밭으로 새끼를 데리고 갔다. 솔가지들이 축축 늘어져 솔밭은 우산 속처럼 아늑해 보였다. 설백은 세월을 두고 바닥에 쌓인 마른 솔잎 위에 자리를 잡고 휴식을 취했다. 솔밭 한편에 '다섯 갈래 뿔'의 허연 두개골이 이빨을 드러내고 뒹굴고 있다. 얼음 바다에 발을 담그고 미역을 건져 먹던 수사슴의 두개골에 다섯 갈래 뿔은 아직 우람하다.

새끼가 어미의 품속을 파고든다. 설백은 새끼의 몸을 꼼꼼하게 핥아준다. 새끼는 자신의 다친 다리를 핥는다. 새끼가 콧소리를 높여 칭얼거릴 때마다 설백은 '흐흐흥'인지 '후르릉'인지 구르는 듯한 소리를 내어 달래준다. 고요한 밤, 모자가 주고받는 콧소리는 숲의 정령들이 주고받는 속삭임 같다. 달빛이 내리는 수풀 사이로 털레털레 걷던 살찐 너구리 한 마리가 이 소리를 듣고 물끄러미 바라본다. 다른 동물들의 시선은 아랑곳없이 정령들의 속삭임은 숲을 울리며 나지막하게 퍼져나간다. 뒤늦게 소리의 주인을 알아챈 너구리가 화들짝 놀라 수풀 속으로 사라졌다. 콧소리가 차츰 잦아들더니 새끼는 어미의 배를 베고 단잠에 빠져들었다. 설백도 앞발을 괴고 눈을 감았다. 들숨과 날숨에 따라 아랫배를 규칙적으로 들었다 놓는 것 외에는 미동도 하지 않았다. 새끼 한 마리를 잃었지만 설백은 다시 일상으로 돌아왔다.

밤이 깊어가며 만월이 중천에 올랐다. 물러났던 조수가 다시 밀려와 부서지기 시작했다. 잠들었던 바람도 깨어났다. 선잠이 들었던 설백이 고개를 들었다. 코를 좌우로 움직이며 솔향이 흐르는 솔밭의 냄새를 맡는다. 어미가 부스럭거리자 품속의 새끼도 고개를 들었다. 다치지 않은 뒷다리를 들어 가려운 턱을 긁는다. 자다 깬 얼굴이 뚱 하니 귀엽다.

어미가 새끼에게 장난을 걸었다. 숲의 정령들이 다시 속삭이기 시작한다. 눈높이를 새끼에게 맞추려는 듯 어미는 드러누운 채 두 앞발로 새끼의 얼굴을 가볍게 친다. 이마를 들이밀어 새끼의 얼굴에 부비다가 커다란 송곳니로 슬쩍 깨문다. 새끼도 입을 마주 벌리며 어미를 물고 치면서 재롱을 부린다. 그때마다 어미는 적당히 힘을 조절하며 호응해준다. 죽은 동생의 역할을 어미가 하고 있다.

새끼는 곧 심드렁해졌다. 어미를 따라 다리를 절뚝이며 하루 종일 산야를 누볐으니 지쳤을 것이다. 다친 다리를 수시로 핥는다. 뼈를 다쳤는지 아니면 인대를 다쳤는지 뒷다리 하나를 거의 딛지 못한다. 불구가 된다면 자연이라는 공평한 생존의 무대에서 버텨내기 쉽지 않을 것이다. 지금은 어미가 있어 모르겠지만 언젠가 어미를 떠나야 하는 시기가 왔을 때, 어미에게 종족보전을 위한 새로운 본능이 찾아와 어미가 떠나려 할 때, 그때는 힘들 것이다. 어쩌면 어미 곁을 떠나야 할 그날까지 버티는 것도 쉽지 않을 것이다. 사냥하며 이동하는 생활을 견뎌내지 못한다면 언젠가 저 솔밭에 뒹구는 허연 뼈다귀들처럼 자신의 두개골을 어느 숲에 굴릴지도 모른다.

"아―웅."

설백이 부스스 일어서더니 입이 찢어져라 하품을 한다. 어깨를 낮추고 앞발을 쭉 뻗어 늘어지게 기지개를 켠다. 치켜 올린 꼬리가 멋스럽다. 떠날 준비가 되었는지 설백은 콧소리를 내며 주둥이로 새끼의 엉덩이를 떠민다. 그러고는 돌아서서 길을 나선다. 새끼가 다리를 절뚝이며 따라 나서다 만다. 한참을 걸어가던 어미는 새끼가 따라오지 않자 멈춰 서서 돌아본다. 새끼가 바닥에 주저앉는다. 어미가 다시 돌아와 흐흐흥 콧소리를 내며 새끼의 엉덩이를 떠민다. 그러고는 돌아서서 다시 길을 나선다. 새끼는 꿈쩍도 않고 앉아서 아픈 다리를 핥는다. 어미가 다시 멈춰 서서 새끼를 물끄러미 바라본

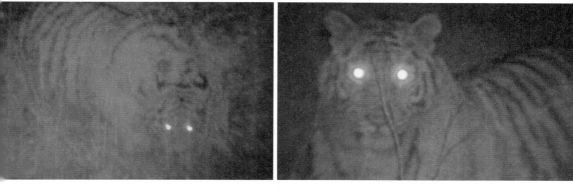

좌_ 새끼가 다리를 절뚝이며 어미를 따라나서다 만다. 우_ 어미가 새끼를 물끄러미 바라본다.
금빛으로 둥그렇게 빛나는 어미의 눈빛이 속이 텅 빈 듯 허전해 보였다.

다. 금빛으로 둥그렇게 빛나는 어미의 눈빛이 속이 텅 빈 듯 허전해 보였다.

머뭇거리던 어미가 다시 새끼의 엉덩이를 떠밀며 재촉한다. 새끼는 어미의 뒷발을 치고 꼬리를 물며 걷지 말고 놀자고 한다. 그러나 어미는 돌아서서 그냥 걷는다. 꼬리를 물다 만 새끼가 어미의 뒷모습을 물끄러미 쳐다본다. 대꾸해주지 않는 어미의 태도가 당황스러운 듯 미동도 하지 않는다. 어두운 숲으로 어미가 멀어지자 그제야 새끼가 따라나선다. 절뚝이며 천천히 걷는 걸음마다 꼬리가 번쩍번쩍 치켜 들린다. 오르락내리락 하던 꼬리가 달빛에 아른거리더니 어두운 숲 속으로 사라졌다. 살아남은 자에겐 끊임없이 영역을 이동하며 생활해야 하는 삶이 남아 있다.

그래도 호랑이는 살아간다

사슴강의 빙판이 아침햇살을 받아 윤기가 흐른다. 봄 거미가 나왔는지 거미줄이 두어 가닥 빙판 위로 날리며 반짝인다. 얼음장 아래에서 물결소리가 들려온다. 강은 자신의 속에서부터 녹아 겨우내 얼어붙었던 바위 틈새를 비집고 다시 흐른다. 얼음장에서 빠져나온 습기는 나무가 뿜어내는 입김과 섞여 나뭇가지 언저리에 희끄무레 머물고 있다. 빙무氷霧 위로 대기는 청명하고 맑은 새소리와 더불어 미세한 기운과 기미들이 숲을 가볍게 떠다닌다. 숲의 고요한 흐름이 느껴진다. 그 흐름 속에서 살아 움직이는 소리가 들려왔다.

"뿌드득 뿌드득……."

누군가 수분이 빠져나가 퍼석해진 얼음을 밟고 있다. 상류의 암벽을 끼고 거뭇거뭇한 줄무늬가 돌아 나오더니 빙판 한가운데로 천천히 걸어왔다. 터벅터벅 빙판을 걷는 줄무늬의 걸음걸이에는 타고난 무게감과 함께 밤의 일을 마친, 아침의 나른함이 배어 있다. 사슴이라도 잡아먹고 오는 길인지 입가에 선혈이 얼룩얼룩하다. 골격은 단단하고 근육에 탄력이 엿보이며 검고 붉은 털이 깨끗하니 맑다. 강변 양쪽에 늘어선 고색창연한 나무들은 줄무늬를 경호하고, 나무를 오가며 먹이를 쪼던 새들은 밝게 지저귀며 줄무늬의 권위를 칭송한다.

줄무늬는 걷다 말고 슬며시 고개를 돌려 자신이 걸어 나온 강의 상류를 바라보았다. 강으로 기울어져 자란 거목이 은빛 빙판에 그림자를 드리운 곳에서 작은 줄무늬가 살박살박 걸어 나온다. 그 너머, 시커먼 암벽 뒤에서도 개구쟁이 얼굴이 슬그머니 내다보더니 털레털레 걸어 나왔다. 헨젤과 그레텔, 숲의 정령인 듯 화사하고 싱그럽다. 월백에 이어 새끼들이 나타나자 강의 맥박이 빨라지고 숲의 숨결은 두근거린다. 호랑이가 사는 숲에서만 느낄 수 있는 야생의 기운이 물결소리를 따라 흐른다.

월백이 길게 구불거리는 사슴강의 끝을 바라본다. 하류로 100미터쯤 떨어진 그곳에 둔덕을 파고 들어간 나의 비트가 있다. 비트 주변에는 눈 속의 어린 사슴이라는 연분홍 노루귀와 어울려 올해도 얼음새꽃이 피었다. 주변의 눈을 녹이고 지천으로 피었다. 마른 풀과 낙엽에는 햇살이 튕기고 그 사이로 피어난 노란 꽃송이들은 저마다 봄을 하나씩 품고 있다.

비트를 바라보는 건지, 비트를 뒤덮은 얼음새꽃 군락을 즐기는 건지, 월백의 눈빛에는 나른한 기운이 감돌면서도 가끔씩 긴장이 서린다. 녹지 않은 얼음을 골라 디디며 조심조심 어미 곁으로 다가온 새끼들도 퉁명스런 얼굴로 나를 노려본다. 거무튀튀한 검불과 썩은 고목으로 숨겨지고 낙엽과 눈에 덮였다가 봄꽃들이 피어난, 그래서 적지 않은 세월을 땅속에서 삭은 비트는 자연스레 숲에 녹아들어 적어도 시각적으로 들킬 염려는 없다. 바람은 고요와 실바람 사이에 머물고 있어 냄새를 실어 나를 기류도 미약하다. 그럼에도 나의 묵은 체취를 맡은 것인지 월백은 단 한 곳, 내가 숲에 녹아든 방향에서 이상한 낌새를 찾고 있다. 다행히 그 눈빛이 부드러워 낌새는 막연한 것 같다. 비트 위의 고목에서 눈이 녹아 물방울이 똑똑 떨어졌다.

월백이 시선을 거두고 얼음장 위에 드러누웠다. 새끼들도 어미를 따라 철퍼덕 주저앉았다. 월백이 반 바퀴 구르며 복부의 하얀 털을 하늘로 드러내고 네 다리를 허공으로 쭉 뻗어 부르르 기지개를 켠다. 새끼들도 서로 등을 부비며 얼음장 위를 뒹군다. 월백의 가족은 따뜻한 햇살 아래에서 아침을 즐겼다.

태어난 지 6, 7개월. 월백의 새끼들은 건강하다. 그악스럽고 앙칼진 오소리쯤은 쉽게 해치우고 어린 사슴을 쫓아다닐 만큼 자랐다. 심술궂은 어린 아이의 얼굴에서 핸섬한 청소년의 얼굴로 탈바꿈하고 있다. 월백이 새끼들을 튼실하니 잘 키웠다. 지난 가을, 내륙의 이 사슴계곡에는 도토리와 잣송이, 야생호두가 많이 열렸다. 게다가 월백은 새끼를 잘 키웠던 어미의 성격을 가장 많이 닮았다.

동생이 구멍 뚫린 얼음장 밑에서 용케도 개구리 한 마리를 건져냈다. 아직 동면에서 덜 깨어난 개구리는 얼음장 위를 한두 번 뛰어 달아나다 멈춘다. 동생은 개구리의 엉덩이를 앞발로 톡톡 쳐서 다시 뛰게 만든다. 다시 뛰자 이내 따라가 고양이가 반쯤 죽인 쥐를 몰듯 천천히 몬다. 오빠가 그 모습을 보고 슬렁슬렁 동생에게 다가왔다. 관심 없는 척 다가온 오빠는 갑자기 덤벼들어 개구리를 냉큼 물었다. 뒷다리가 길쭉하니 폴짝거리는 동생의 장난감이 탐이 났는지, 아니면 털도 없이 피부가 맨질한 게 고놈의 맛이 궁금했는지, 개구리를 한입에 넣고 우물우물 씹더니 꿀꺽 삼켜버린다. 동생은 우물거리는 오빠의 주둥이를 한참 쳐다보다 발길을 돌린다.

동생이 노란 얼음새꽃이 널려 있는 강변으로 올라가 이 꽃 저 꽃 기웃거리며 냄새를 맡는다. 그중 소담스럽게 모여 핀 얼음새꽃 앞에 털썩 주저앉더니 꽃 한 송이를 따서 씹는다. 주둥이를 요리조리 돌리며 얼마나 살갑게 씹는지 마치 맛있는 멧돼지 고기를 씹는 것 같다. 입맛도 전염되는지 오빠도 뒤질세라 강변으로 올라와 꽃 한 송이를 따서 씹는다. 이내 인상을 찡그리며 씹던 꽃을 뱉어내고 헛구역질과 함께 토악질을 해댄다. 그러고는 입맛만 버렸다는 듯 혓바닥을 놀려 콧등을 핥는다.

오빠는 다시 주변을 어슬렁거리다 특이한 버섯이 말라붙은 나뭇가지 하나를 발견했다. 또 호기심이 발동해 버섯을 씹었다 뱉었다 자연을 실험하며 한동안 거기에 매달려 시간을 보낸다. 어미의 보살핌 속에서 남매가 자연을 깨쳐가는 시간이다. 햇볕은 따사롭고 강변의 얼음새꽃은 황금처럼 빛난다.

마른 버섯에 싫증이 난 오빠가 동생에게 다가가 슬쩍 눈을 맞추며 모종의 음모를 꾸민다. 어슬렁어슬렁 어미 곁으로 다가간 남매는 호흡을 맞추어 느닷없이 어미를 덮쳤다. 낌새를 채고 있던 어미는 올 테면 오라는 듯 드러누운 채 앞발을 활짝 벌려 새끼들의 도전을 맞았다. 큰놈이 어미의 이마를 깨물고, 작은놈은 어미의 엉덩이에 올라탄다. 새끼들의 도전이 만만치 않자 어미가 일어섰다. 큰놈이 앞발로 어미의 이마를 서너 번 잽처럼 두드리자 어미는 세게 치는 척 슬쩍 밀어냈고, 작은놈이 어미의 엉덩이에 말을 타듯 완전히 올라타자 어미는 돌아서며 새끼의 이마를 깨무는 척 핥았다. 그 틈을 타 큰놈이 어미의 목덜미를 물고 늘어지자 어미는 커다란 입을 한껏 벌려 삼킬 듯 깨문다. 큰놈의 전방공격과 작은놈의 후방공격을 방어하느라 어미는 다시 배를 하늘로 내놓고 얼음장 위에 드러누웠다.

월백은 새끼들과 엎치락뒤치락 뒹굴면서도 바깥세상과 가족 사이에 경계를 두어, 안과 밖을 뚜렷이 구분했다. 경계의 바깥은 마음의 밖으로 내쳐서 거리를 둔 냉정한 공간이었지만, 경계의 안쪽은 가족끼리 마음을 주고받는 온화한 공간이었다. 그녀는 바깥세상을 향해 긴장하고 절제했으며 신중하

월백은 새끼들과 엎치락뒤치락 뒹굴면서도 바깥세상과 가족 사이에 경계를 두어,
안과 밖을 뚜렷이 구분했다. 경계의 안에서 월백은
강아지처럼 순수했다. 새끼는 평화로웠고 어미는 다정했다.

고 조심스러웠다. 하지만 경계의 안에서 월백은 강아지처럼 순수했다. 새끼는 평화로웠고 어미는 다정했다. 서로를 믿고 의지하며 온전한 가족을 이루고 있다. 호랑이를 무섭고 용맹하게만 생각하지만, 이렇게 평화롭고 다정한 모습이 호랑이의 일상적인 모습일 것이다.

사람들은 호랑이에게서 강렬하고 자극적인 모습을 찾는다. 이렇게 무방비 상태로 배를 드러내고 뒹구는 모습을 보면 시시해한다. 하지만 나에게는 이런 월백의 가족을 두 눈으로 바라보는 지금 이 순간이 가슴 떨리는 삶의 절정이다. 암호랑이가 야생에서 새끼들과 뒹굴며 노는 모습은 자연의 가장 깊은 곳에서만 볼 수 있다. 가장 은밀하고 안전하다고 생각하는 곳에서만 암호랑이는 자신의 내밀한 가정사를 언뜻 엿보여준다. 지금 나 자신, 자연의 객체로 온전히 녹아들었음을 느낀다.

자극적인 모습을 보고 싶다면 지금이라도 비트를 나서면 된다. 폭죽만 쏘아 올려도 그만이다. 그러면 월백은 강렬한 모습으로 나에게 덤벼들거나 자극적인 인상을 남기며 사라질 것이다. 그 짧은 순간의 강렬한 자극을 카메라에 담아 그녀의 삶을 이해하지 못하는, 그렇지만 막연히 자극적인 것을 원하는 수많은 사람들에게 보여줄 수 있을 것이다. 그것을 위해 월백이 자신의 가족을 위해 쳐놓은 저 경계의 울타리를 무너뜨릴 것인가? 경계 안쪽의 가족만을 위한 공간을 산산이 부수고 가족의 평화를 파괴할 것인가?

산다는 것은 달고 쓰고 맵고 신 자연의 순환을 있는 그대로 받아들이고 음미하는 세월이다. 그리고 그렇게 순환하는 자연의 맛을 오랫동안 같이 음미하는 존재가 가족이다. 나는 비록 그녀의 가족은 아니지만 그녀를 어렸을 때부터 지켜봐왔고, 비록 그녀와 감정을 교류하지는 않았지만 그녀가 자연을 음미하는 일거수일투족에 따라 나의 감정은 온통 뒤흔들렸다.

블러디 메리를 쫄랑쫄랑 따라다니며 사슴강에서 열목어를 쫓았을 때는 그 개구쟁이가 과연 누굴까? 파도 넘실거리는 금모래 해변에 정갈한 발자국을 길게 남겨 놓았을 때는 그 주인은 또 누굴까? 상상으로 얼굴을 그리고 지워가며 못내 궁금해했었다. 눈 쌓인 언덕배기에 다소곳이 앉아 푸른 동해를 바라보고 있었을 때는 해변을 거닐다 하얀 무명천을 깔고 쉬는 붉은 한복의 처녀를 생각했었고, 형제들과 함께 나의 비트를 습격했을 때는 급작스럽고 거칠었지만 그 호흡 하나하나가 귓가에 스칠 듯 생생했었다. 그녀의 몸짓 하나, 흔적 하나에도 나 자신 살아 있다는 싱싱한 감성을 느꼈다. 그 인연이 다시 인연을 낳았고, 지금 저기서 뛰놀고 있다. 그녀와 그녀의 가족은 내게 인연 없는 존재일 수도 있지만 그것을 넘어선 존재일 수도 있다.

월백의 조심성은 그녀의 어미만큼이나 집요하고, 새끼들과 뛰놀 때의 선량함은 우수리 숲만큼이나 담백하다. 그런 그녀를 이해한다면, 그런 그녀의 삶을 멀리서나마 지켜본다면, 누구라도 순수한 가족의 힘이 살아 넘치는 그 마음의 경계 안쪽을, 그 안쪽의 공간을 에워싼 울타리를 지키고 보호해야 할 의무감을 느낄 것이다. 그것을 무너뜨릴 권리는 어느 누구에게도 없다는 것을 깨달을 것이다.

숲 속의 개구쟁이답게 새끼들은 끊임없이 어미에게 달라붙었다. 뼈가 굵어지고 몸집이 성장하는 이 시기, 근질거리는 성장통을 해소하고 육체를 단련시키기 위해 새끼들은 지칠 줄 몰랐다. 그것은 가족끼리의 놀이이자 생존을 위한 예행연습이다. 자연은 전쟁터고 가족은 생존훈련 상대다. 2대1의 생존훈련은 점점 더 치열해졌다. 호랑이 태몽을 꾸면 효심 깊은 아기가 태어난다고 하지만 저 모습을 보니 말썽꾸러기가 태어날 것 같다.

견디다 못한 어미가 벌떡 일어나 강 상류로 걸음을 옮긴다. 어미를 물끄러미 쳐다보던 작은놈이 마지못해 따라간다. 큰놈은 아쉬운 듯 덤벼들던 자세 그대로 얼음장 위에 한참을 엎드려 있다가 머리를 세차게 흔든 다음 이윽고 엉덩이를 일으킨다. 푸석해진 빙판 위에 매화무늬 발자국을 길게 남기며 월백의 가족이 멀어지더니, 큰놈의 자태마저 상류의 암벽을 돌아 사라졌다.

봄을 재촉하는 햇살이 텅 빈 은빛 빙판에 보슬보슬 흩어진다. 그 너머 맨살을 드러내고 빽빽이 서 있는 나무들 사이로 옅은 빙무가 걸려 있다. 예부터 호랑이가 살아왔던 우수리의 밀림, 그러나 이제는 누구도 밀림이라 부르지 않는다. 그래도 여전히 호랑이는 살아가고 있다. 월백의 어미와 그 어미들이 그래왔듯이 월백의 자식들도 이곳에서 새끼를 낳고 무사히 길러내기를 나는 진심으로 바랐다.

에필로그 ──

세 빙
細 永

SIBERIAN TIGER

봄이 달리기 시작했다. 아지랑이를 쫓아 진달래가 피어나더니 물결을 따라 다시 강아지풀이 솟아올랐다. 싹은 대지를 초록으로 물들였으며 꽃은 이슬을 머금고 피었다가 소나기에 젖어 떨어졌다. 여름은 습하고 뜨거웠다. 활엽수 이파리들이 더위를 먹어 축축 늘어졌고 뜨거운 지열을 받아 솟구쳐 오른 습기는 산맥의 옆구리를 따라 흐르며 이글이글 타올랐다. 산맥은 사슴을 쫓아 한껏 달음박질을 마친 맹수의 복부처럼 오르내리며 헉헉거렸다.

여름내 번들거리던 잎들은 다시 색으로 물들었고 하나둘 떨어진 자리에 빛이 고였다. 빈약해진 가을볕에도 속살이 드러난 숲의 표피는 건초처럼 말라갔다. 산맥의 능선과 골짜기에서 잎들이 바람에 구르고 바스락거리며 온종일 수군거렸다. 차가운 대지에 앞발을 가지런히 세우고 앉은 맹수가 푹신한 꼬리를 돌려 시린 발등을 덮듯이, 숲은 따스한 낙엽으로 겨울 잠자리를 마련했다. 자작나무와 백양나무는 하얀 피부의 제일 바깥 껍질을 건조시켜 외투로 삼았고, 소나무와 잣나무는 이미 입은 향기로운 거북등 외투를 더 붉고 두툼하게 부풀려 겨울을 맞았다. 그 위에 눈이 내려 산맥을 이불처럼 덮자 숲은 긴 휴면에 빠져들었다. 추위는 숲 속에 고루 퍼져 겨울나무들을 얼려갔다. 나무들은 겨울눈을 내밀어 세상을 엿보면서 추위가 물러갈 날만을 기다렸다.

바짝 얼어붙은 키에프카 강은 눈이 쌓인 채로 구불구불 흘러갔다. 그 위를 가로질러 선명한 매화발자국이 건너갔다. 눈도 시간이 지나면 습기가 빠져나가고 허우대만 남는데, 발자국이 찍혔던 자리에는 습기가 온전히 얼어붙어 윤기가 흐른다. 눈과 발자국 사이의 경계도 마모되지 않고 날이 서 있다. 지난밤, 가루눈이 내린 다음 강을 건넜다. 왼쪽 뒷발이 디딘 자리에 막대기가 끌린 듯 홈이 패어 있다. 뒷발 하나를 제대로 딛지 못해 끌다시피 걸었다. 앞발 볼의 너비가 10.7센티미터. 핏자국은 없다. 눈 쌓인 키에프카 강을 절름거리며 홀로 건넌 흔적 위에 겨울햇살이 부서졌다. 위태로운 세월을 살아오며 벼랑 끝에서 얼씬거렸을 삶이 느껴졌다.

다리를 절며 키에프카 강을 건넌 발자국은 사고현장 쪽으로 이어졌다. 시호테알린 산맥 북부에서 발원한 키에프카 강은 라조 읍내를 거쳐 남쪽으로 흘러내리다 키에프카 마을을 지나 동해로 들어간다. 이 강을 따라 라조 읍내에서 키에프카 마을로 내려오는 80킬로미터가량의 비포장 신작로가 나 있다. 사고는 키에프카 마을에서 멀지 않은 신작로에서 일어났다.

강을 건너고 강가의 좁은 버드나무 숲을 지난 발자국이 신작로 가장자리에서 서성거렸다. 뒷다리를 절고 있어서 그랬는지 신작로를 건널까 말까 한참을 망설이며 기회를 엿본 것 같다. 그러다 신작로를 달렸다. 달리던 발자국이 신작로 한가운데에서 튕겨나가 쓰러졌다. 쓰러진 자리에 붉은 피를 한 움큼 쏟아냈다. 그리고 다시 일어나 비틀거리며 숲으로 걸어갔다.

꽤 넓은 신작로의 가장자리에 서서 건널 시기를 저울질하던 차에, 강렬한 헤드라이트 불빛이 급속히 다가오자 당황해서 자기도 모르게 신작로를 가로질러 뛰었던 모양이다. 고양잇과 동물은 도로를 건너려고 할 때 어떤 물체가 빠르게 다가오면, 그 물체가 지나가기를 움츠리고 기다리기보다는 그 물체보다 더 빨리 뛰어 건너려는 습성이 있다. 자신의 날렵함에 대한 자신감을 본능적으로 따르는 것이다. 그래서 고양잇과 동물에게서 로드킬이 자주 발생한다. 다리를 절고 있음에도 그 자신감을 따른 것이 화를 불렀다.

운전사는 헤드라이트 불빛 속으로 갑자기 붉은 물체가 뛰어 들어왔다고 했다. 뒷다리를 절면서도 혼신의 힘을 다해 뛰었겠지만, 키에프카 고개를 넘어 내리막길을 달리던 랜크루져 지프가 더 빨랐다. 붉은 물체는 지프에 치여 헤드라이트 밖으로 튕겨나갔다. 운전사가 차를 돌려 다시 헤드라이트 불빛을 비췄을 때 붉은 물체는 이미 숲으로 사라지고 없었다. 자세히 보지는 못했지만 호랑이 같았다고 했다. 랜크루져의 앞 범퍼가 우그러져 있었다. 충격이 적지 않았을 것이다.

길을 건너 숲으로 들어간 호랑이의 흔적은 전나무 군락으로 이어졌다. 일직선으로 걷지 못하고 S자로 비틀거리며 걸어갔다. 보폭이 갈수록 짧아졌고, 뒷다리를 끈 흔적도 깊어졌다. 늙은 수호랑이에게나 일어나는 앞발을 끄는 현상까지 나타났다. 붉은 피도 한 점씩 가루눈 위에 떨어져 있다. 하지만 핏자국보다 걸음을 내디딜 때마다 몸 전체가 흔들린 듯한 발자국이 더 위태로워 보였다.

발자국을 따라 2킬로미터쯤 들어가자 호랑이가 누워서 쉬었던 흔적이 나타났다. 온몸의 힘을 빼고 옆으로 드러누워 있었던 듯, 머리에서 꼬리 끝까지 호랑이의 형태가 눈 위에 깊이 찍혀 있다. 옆구리쯤에서 피가 흘러나와 눈과 범벅이 되어 얼어붙어 있다. 흘린 피의 양으로 보아 꽤 오래 누워 있었던 것 같다.

누워 있던 호랑이 주변을 새로운 호랑이 한 마리가 배회했다. 앞발 볼의 너비가 9.5센티미터. 설백이다. 설백은 멧돼지라도 쫓았는지 따로 움직이다 뒤늦게 아들의 흔적을 찾아왔다. 아들 옆에 엎드렸던 자국이 있다. 자식이 처한 상황을 알게 된 설백이 같이 엎드려 아들의 상처를 핥아준 것 같다.

오래 누워서 기력을 다소 회복했는지 아들이 어미를 따라 다시 걸었다. 흔들리며 걸어간 아들의 흔적에 절뚝이던 뒷다리 외에 막대를 끈 듯한 자국이 또 하나 나타났다. 꼬리를 끈 흔적이다. 설백의 아들이 지속적으로 꼬리를 끌고 있다. 호랑이는 걸을 때 꼬리를 바닥에 닿게 하는 경우가 거의 없다. 급하게 달리다 방향을 전환할 때나 무릎 위까지 내린 폭설 위를 걸을 때 외에는 꼬리를 눈에 닿게 하지 않는다. 그럴 때도 꼬리 자국을 지속적으로 남기지는 않는다. 그런 일이 있다면 그것은 호랑이가 삶을 마감하기 직전의 일이다.

500미터 남짓 더 들어가자 온통 전나무에 둘러싸인 제법 아늑한 곳이 나타났다. 굵직한 전나무들이 우뚝우뚝 서 있고, 그 사이로 어린 전나무들이 자라고 있다. 자라다 서로 치여 말라죽은 전나무들도 이곳저곳 물끄러미 서 있다. 산맥을 넘어온 북서풍이 전나무 가지를 건드렸다. 가지에 쌓였던 눈가루가 흩날렸다. 아침부터 대기를 떠다니던 세빙細氷이 눈가루와 섞이며 푸른 전나무 사이로 반짝반짝 아롱져 내렸다. 그 아래에 설백의 아들이 누워 있었다. 동생과의 싸움에서 살아남은 오빠가 결국 제 운명을 이겨내지 못하고 꽁꽁 얼어붙은 채 잠들어 있었다.

말랐지만 성장했고, 성장했지만 또래에 비해 어딘가 왜소해 보였다. 랜드 루저에 옆구리를 부딪쳐 갈비뼈가 여러 개 부러지고 내장이 상했다. 제 어미의 어미인 블러디 메리가 죽었을 때처럼 옆구리가 터져 창자도 보였다. 흐르던 피는 이미 얼어붙어 딱딱하게 굳었다. 운명처럼 절룩이던 뒷다리는 인대가 끊겨졌는지 뼈가 부러졌는지 알 수 없었지만 겉으로는 다 나아 정강이 위에 오래된 외상의 흔적만 보였다. 태어난 지 1년 6개월, 다리를 다치지 않았다면 반독립 상태로 들어갈 나이다. 그랬다면 로드킬을 당하지 않았을지도 모른다.

설백은 주위를 서성이며 아들이 일어서기를 기다렸다. 하지만 설백의 아들은 움직일 수가 없어 눈밭에 누워만 있었다. 설백은 아들에게 일어나라고, 길을 떠나자고 재촉했다. 설백의 묵직한 주둥이가 눈밭을 헤집으며 아들의 엉덩이와 등을 떠민 흔적이 깊게 나 있었다. 아들의 죽음을 예감하면서도 아무런 도움을 줄 수 없는 설백의 절박한 마음이 하얀 눈밭에 찍혀 있었다. 어미의 재촉을 바라보며 아들은 무슨 생각을 했을까? 아들은 일어서지 못했다. 그렇게 설백의 아들은 이승에서의 생을 마감했다.

운명이 모두 그렇게 예정되어 있었는지도 모른다. 설백의 아들에게 설백은 삶의 마지막 남은 지푸라기였다. 누군가 곁에서 돌봐주지 않으면 헤쳐나갈 수 없는 삶, 그런데도 결국은 혼자 살아가도록 예정되어 있는 삶, 그 지푸라기 같은 삶의 마지막 끈을 이 차가운 눈밭에서 놓아버렸다. 하나의 인연이 설백의 삶으로 흘러와 절룩이다가 다시 흘러갔다. 눈동자는 맑았다. 고통스러워 보이지 않았다. 그 속에서 자연에 몸을 맡기고 고요히 떠나버린 영혼의 빈자리가 느껴졌다. 손으로 눈을 쓸어 감겼다. 뻣뻣하게 굳은 주검에 악착같이 달라붙는 눈덩이들을 떼어냈다. 썰매를 이용해 차가 기다리는 신작로까지 실어낸 다음 자연보호구 사무소로 옮겼다. 설백의 아들은 해체된 뒤 박제로 만들어졌다.

사흘 뒤 전나무 숲을 다시 찾았다. 설백의 아들이 쓰러졌던 곳 근처에 방금 지나간 듯 생생한 발자국이 나 있었다. 설백이 아직 전나무 숲에 머무르고 있었다. 새끼를 찾는 건지 새끼의 자취를 배회하며 그리움을 달래는 건

공기 중의 수분이 얼어붙어 대기를 떠다니던 미세한 얼음알갱이細氷가 푸른 전나무 사이로
반짝반짝 아롱져 내렸다. 그아래에 설백의 아들이 누워 있었다.

지, 설백은 아들이 죽은 숲을 계속 맴돌고 있었다.

다음날 가루눈이 내렸다. 새벽부터 눈가루가 하늘에서 천천히 내려왔다. 과거의 모든 흔적은 눈으로 덮였고 자연의 표피는 새로운 삶의 자취를 기록하는 장을 열었다. 그 위에 매화무늬 발자국은 더 이상 없었다. 설백의 기억 속에 과거가 어떻게 자리 잡고 있는지 모르겠지만, 하얗게 내리는 눈처럼 과거를 덮고 자신에게 남은 삶을 새로 기록하기 위해 설백은 흔적 없이 떠났다.

뾰족하고 시린 전나무 가지 사이로 아침햇살이 쏟아졌다. 여우비가 내릴 때처럼, 먼지같이 내리는 가루눈 위로 눈 무지개가 떠올랐다. 전나무의 푸른 우듬지와 바늘잎에는 눈가루가 소복이 쌓여 가끔씩 불어오는 남실바람에 흩날렸다. 맑은 가루눈과 함께 세빙이 햇살을 타고 날아다니며 숲을 밝고 환상적인 다이아몬드 세계로 바꾸어 놓았다. 햇살이 무지갯빛으로 반짝인다.

과거와 미래라는 두 영원이 마주치는 순간마다 생명 없는 질서는 생명 있는 무질서와 손을 잡는다. 유한과 무한을 구분할 수 없듯이, 삶과 죽음은 자연현상일지도 모르겠다. 바람에 날아올라 햇살에 반짝이며 대기를 떠도는, 그러다 푸른 전나무 숲 위로 아롱져 내리는 저 얼음알갱이처럼.

작가의 말 ——

하고 싶은 일을
하지 않는다면
무엇을 할까

SIBERIAN TIGER

다큐멘터리를 촬영하다가 제작비가 떨어진 적이 있습니다. 스태프들은 진즉 철수했고 저와 조연출 단둘만 산속에 남았습니다. 6개월을 더 버티며 일하다 결국 귀국을 준비했습니다. 비행기 티켓을 빼고는 수중에 한 푼도 남아 있지 않았습니다. 장비를 싣고 블라디보스토크로 나갈 운임조차 없었습니다. 버릴 수 없는 중요 장비만 500킬로그램이라 항공화물료도 필요했습니다. 발전기와 모니터, 전선 등 가져가기에는 짐이 될 장비들을 손질하고 산에서 입던 옷과 신발, 텐트는 냇물에 깨끗이 빨아 널었습니다. 그것들을 인근 읍내시장에 내다팔아 블라디보스토크까지 갈 운임과 항공화물료를 마련했습니다. 일주일간 물건을 팔며 겨우 마련한 돈인데 도시에서 하룻밤 묵을 비용이 모자랐습니다. 할 수 없이 공항 근처에 텐트를 치고 잤습니다.

다음날 공항으로 들어가 항공화물을 부치고 출국수속을 끝내자 4루블이 남았습니다. 그 돈을 대합실 입구에 앉아 있는 거지 할머니에게 주었습니다. 잠시 후, 화장실이 급해졌습니다. 화장실로 들어가려는데 돈을 내랍니다. 일인당 5루블. 공항 화장실은 유료였습니다. 볼일은 급한데 돈은 없고. 고민하다가 거지 할머니에게 사정을 이야기했습니다. 할머니는 웃으며 자신의 돈 6루블을 보태 10루블을 돌려주었습니다. 내 옆에서 안절부절못하고 서 있던 조연출까지 챙겨준 것입니다.

생사고락을 같이한 장비와 옷가지를 헐값에 팔고 당장이라도 펄쩍 뛰어나올 것 같은 그곳 동물들에 대한 애틋한 마음도 가슴속 깊이 숨겨둔 채 몇 년 만에 겨우 도시로 나왔는데 화장실 갈 돈이 없었습니다. '우리 사회에서는 내가 하는 일이 가치가 없나 보다' 하는 섭섭함부터 '나 좋아서 하는 일이니 감수해야지' 하는 체념까지 생각에 여운이 남았습니다. '누가 그 고생하러 가래?'라고 말하는 도시생활로 다시 돌아가야 하는 처지가 조금은 서럽기도 했습니다.

우리 사회에는 무엇이 진실로 바람직한가보다는 다른 사람들이 선망하는 것이 무엇인가를 더 염두에 두는 풍조가 있습니다. 기초적이고 일차적인 분야는 멀리하고 심지어 천시합니다. 감자가 없으면 감자 칩을 만들 수 없는데도 감자를 재배하는 농부가 제일 가난합니다. 감자는 천대받지만 반짝반짝 치장만 잘해놓으면 돌멩이도 각광받습니다. 당장은 귀한 줄 모르고 천대하다가 결국 그것이 사라지고 난 뒤 뒤늦게 그 소중함을 깨닫고 우왕좌왕할까봐 걱정됩니다.

난무하는 픽션 속에 순수 논픽션이 사라지고 있습니다. 논픽션조차 고유의 정신을 잃어버린 채 상업적 재생산에만 초점을 맞추고 픽션을 모방하기에 급급합니다. 우리가 사는 현실이 논픽션이고, 그것을 바탕으로 삼지 않으면 픽션이 존재할 수 없는데도, 당장 돈이 되지 않는 일은 갈수록 지원받기가 어렵습니다. 어쩌다 지원을 받아도 배보다 배꼽이 더 큽니다.

장기촬영을 요하는 자연다큐멘터리의 경우, 1년에 한두 편 제작도 힘이

듭니다. 하지만 정해진 예산 내에서 편수를 늘리든지 예산을 대폭 줄여야합니다. 2년 동안 13편을 제작한 적도 있습니다. 그러니 무리하게 일을 진행하게 되고 사고가 발생합니다. 편수를 줄이면 수탁사업이라도 대행해주며 따로 앵벌이에 나서야 합니다. 벤처기업에 5분짜리 영상클립 500개를 제작해주고 2편의 다큐멘터리 제작예산을 얻어낸 적도 있습니다. 그럴 때면 내가 다큐멘터리스트인지 벤처기업 직원인지 구분이 안 됩니다.

우여곡절 끝에 겨우 예산을 확보하면 다음은 서약서를 쓸 차례입니다. '추후 타사他社와 5년 동안 방송행위 금지' 운운하며 취업과 노동의 자유라는 기본권에 위배되는 요구를 버젓이 합니다. 거절하면 이미 결재가 끝나 제작 중인 기획안도 일언지하에 폐기됩니다.

어떤 경우는 소소한 장비나 촬영, 답사, 조명비도 개인의 몫입니다. 이런 식으로 20년 가까이 일하다보면 집안이 거덜납니다. 그래서 예산을 줄입니다. 인건비와 장비비는 기본적으로 드는 비용이기 때문에 아무리 줄여도 한계가 있습니다. 줄일 수 있는 돈은 결국 출장비, 즉 먹고 자는 비용입니다. 그래서 우리는 해외로 가면서도 국내출장비를 받습니다. 해외출장비 하루치면 국내출장 4일을 갈 수 있습니다. 나야 호텔보다 더 좋은 산중호텔에서 지내니 상관없습니다. 식비도 주먹밥에 소금이라 얼마 안 듭니다. 하지만 국내출장비로 해외출장을 같이 갈 스태프가 없습니다. 산속의 일은 원래 힘들어서 출장비를 넉넉하게 주어도 사람 찾기가 힘든데 국내출장비를 주면서 해외를 가라니 사람 구하기가 더욱 어렵습니다.

그러던 차에 지원자가 두 명 있었습니다. 한 명은 좋은 대학을 졸업한 고학력자였고 또 한 명은 촬영기사였습니다. 두 사람을 데리고 현장으로 갔습니다. 현장에 도착하니 고학력자는 산의 일엔 관심이 없고 공부만 열심히 했습니다. 공부할 거면 산에는 왜 왔냐고 물었더니, 그는 더 좋은 직장으로 옮기고 싶은데 산에 들어오면 취직 공부할 시간이 많을 것 같아서 왔다고 대답했습니다.

촬영기사로 지원한 친구는 잠복을 시켜놓았더니 잠복지를 마음대로 이탈해 베이스캠프로 돌아왔습니다. 호랑이가 오기 며칠 전에 미리 얘기해주면 그때 잠복지로 들어가겠답니다. 그 말을 남기고 여자친구를 만나러 가버렸는데 그 사이에 대신 잠복하던 조연출이 호랑이를 촬영하게 되었습니다. 나중에 돌아온 그가 이 사실을 알고 조연출에게 '앞으로 또 함부로 카메라를 잡으면 나는 다시는 카메라를 잡지 않겠다'고 말했습니다.

결국 둘 다 돌려보내고 다시 스태프를 모집했습니다. 학력제한을 없애고 지원자의 문호를 개방했습니다. 그러자 또 두 명이 지원했습니다. 한 명은 전문대학을 졸업했고 한 명은 고등학교를 나왔는데, 다큐멘터리나 자연에 대한 이해력은 초보였지만 자연 속에서 일해보고 싶다는 열망은 높았습니다. 다리 하나 잘려서 돌아오더라도 꼭 가겠다고 했습니다. 사실 이런 열망이 가장 중요합니다. 내가 찾는 사람도 전문성은 부족하더라도 자연에 들어가길 원하고 또 자연에서 견뎌낼 수 있는 사람이었습니다. 화장실 갈 돈이 없어서 거지 할머니에게 10루블을 꾸던 이야기를 해주며 말했습니다.

"이제까지 경험해 본 적이 없는 고생길이다. 그래도 가고 싶다면 가자. 자연을 모른다거나 방송을 모른다거나 카메라를 처음 만져본다거나 하는 이야기는 하지 마라. 중요한 것은 자연에서 견디며 야생을 느끼고 싶은 열망이다. 열망이 있다면 가자. 나머지는 함께 나아가면서 하나씩 배우면 된다."

그러나 자연에서 한 발 한 발 나아간다는 것은 늘 새로운 도전입니다. 자연에 대한 통찰력이나 전문적인 제작 능력을 갖추고 있어도 위험하고 힘든 일입니다. 열망이 있으면 된다고 말은 했지만 아무리 의욕이 높고 열심히 노력한다 해도 그런 것이 단기간에 습득될 리가 없습니다. 게다가 우리에겐 시행착오를 통해 배울 시간과 여건이 충분하지 않습니다. 외줄을 타듯 순간순간 하나씩 배우고 주어진 여건 안에서 시행착오를 최소화해야 합니다. 각자가 감독이 되어야 하고 촬영기사가 되어야 하며 때로는 생태학자가, 심지어 짐승이 되어야 합니다. 짧은 시간 내에 배우고 흉내라도 내려면 정신을 바짝 차려야 합니다. 그 과정에서 초보자는 혼쭐도 많이 납니다. 작은 실수 하나가 심각한 결과를 초래할 수 있기 때문입니다.

기본적인 교육만 받고 잠복을 하던 한 친구가 어느 날 아침 간밤의 어둠을 털어내기 위해 비트 입구를 열다가 깜짝 놀랐습니다. 햇볕이 내리쬐는 입구 바로 앞에 호랑이 발자국이 찍혀 있었습니다. 무슨 일이 있었는지 물어보니 잠에 곯아떨어져 호랑이에게 들켰는지 들키지 않았는지는 모르겠지만, 코를 골았을 거라고 했습니다. 다음부터는 엎드려서 자라고 했습니다. 호랑이는 더 이상 오지 않았습니다. 그나마 다치지 않은 게 다행이었습니다. 허투루 일하지 않는 친구였지만 자기도 모르는 사소한 실수로 심각한 결과를 낼 뻔했습니다.

이렇게 하나하나 배우는 사이 세월이 흘러갑니다. 비트 안에는 등줄쥐들이 돌아다니고 비트 위로는 산토끼들이 뛰어다닙니다. 월든 호숫가에서처럼 밤이 되면 비트 뒤의 느릅나무로 부엉이가 찾아와 죽음을 곡하는 여인들같이 한숨소리를 섞어가며 태곳적 울음을 터뜨립니다. 비트는 자연으로 온통 둘러싸이고 문명과는 완전히 고립됩니다. 마당도 없고 대문도 없습니다. 문명 세계로 통하는 길 자체가 없습니다.

취직공부를 하러 온 명문대 졸업생은 잠시 머물다 돌아갔지만 고등학교를 나온 친구는 자연 속에서 몇 년을 잘 견뎌냈습니다. 새로 온 두 친구는 자연 속에서 외롭고 힘들 때 저의 동반자가 되어주었습니다. 모든 작업이 끝나고 비트를 자연 상태로 복구할 때, 한 친구는 아끼던 잭나이프를 비트에 던져 넣었습니다. 그리고 비트를 무너뜨려 원래 모습으로 돌려보냈습니다. 그 친구의 눈시울이 붉어졌습니다. 신출내기가 아니라 다큐멘터리스트가 되어 있었습니다. 저는 그에게 처음으로 동료의식을 느꼈습니다. 그리고 그것이 마지막이었습니다. 자연을 조금 알 만하니까 사회로 돌아갔습니다.

살아 있는 모든 존재는 '생활'이라는, 자연이 우리에게 준 고귀한 사명을 떨쳐버릴 수가 없습니다. 그것은 등줄쥐도 마찬가지고 호랑이도 마찬가지며 거지도 수행자도 마찬가지입니다. 그 친구들은 자연에서 생활을 유지하기가 힘들다는 사실을 깨닫고 사회로 돌아갔습니다. 먼 훗날 손자손녀가 태어나면 해줄 수 있는 재미있는 이야기 한 편을 가지고 돌아갔기를 바랍니다. 자연을 들여다보는 과정에 녹아 있는 애환을 이해하고 삶의 본질적인 문제들에 직면해 보았기를 바랍니다. 사람의 육신은 조만간 땅에 묻혀 대지를 살찌우는 퇴비로 변한다는 사실도 절실하게 느꼈기를 바랍니다. 계절이 바뀌면 짐승들이 털갈이를 하듯, 그 친구들의 삶에 위기가 찾아왔을 때 자연에서의 경험이 힘이 되기를 바랍니다. 사회에서는 줌렌즈로 세상을 보지만 자연에서는 광각렌즈로 세상을 보는 법이기 때문입니다. 그 외에는 달리 제가 해줄 수 있는 일이 없습니다. 저는 또다시 새로운 초보지원자를 기다리고 있습니다.

헨리 데이빗 소로우는 월든 호숫가에 통나무집을 짓고 살며 호수와 자연을 관찰하고 가끔 생각에 잠기곤 했습니다.

가장 고귀한 성취와 가치 있는 것이 제대로 평가되는 일이란 아주 드물다. 우리는 그런 것이 정말 존재하는지도 곧잘 의심하곤 한다. 알아도 쉽게 잊어버린다. 그러나 그런 것들이야말로 바로 고귀한 실체이리라.

가장 놀랍고 진실된 것은 사람들끼리 잘 전달되지 않는다. 내가 자연의 일상생활에서 거두어들이는 참다운 수확은 만질 수도, 표현할 수도 없다. 아침이나 저녁의 빛깔처럼, 또는 내 손에 잡힌 별가루나 무지개의 한 자락처럼.

〈월든〉 보다 높은 법칙들

사람들은 왜 산을 오를까? 왜 바닷속으로 들어가고 땅속으로 들어갈까? 봄날 애벌레조차 나비를 꿈꾸며 꿈틀거립니다. 꿈이 없는 삶은 허무합니다. 아니 삶이 허무하기 때문에 꿈을 꾸는지도 모르겠습니다. 꿈이라는 나무는 마약과 같습니다. 한 그루를 정성껏 심다보면 열 그루를 심게 됩니다. 나무 우거진 오솔길을 걷고 싶을 때 걸어갑시다. 성공과 실패는 나중의 일입니다. 그것이 우리에게 전부일 때까지 기다리지도 맙시다. 꿈은 태어나는 것이 아니라 키우는 것입니다. 하고 싶은 일을 하고, 가고 싶은 길을 걷는 것입니다. 하고 싶은 일을 하지 않는다면 대체 무엇을 하겠습니까?

SIBERIAN TIGER